URSULA NIEHAUS

Die Stadt-Ärztin

ROMAN

KNAUR

Besuchen Sie uns im Internet:
www.knaur.de

© 2014 Knaur Verlag
Ein Unternehmen der Droemerschen Verlagsanstalt
Th. Knaur Nachf. GmbH & Co. KG, München
Alle Rechte vorbehalten. Das Werk darf – auch teilweise –
nur mit Genehmigung des Verlags wiedergegeben werden.
Redaktion: Ilse Wagner
Umschlaggestaltung: ZERO Werbeagentur, München
Umschlagabbildung: St. Mary Magdalene, 1500–10 (oil on panel),
Piero di Cosimo, (c.1462–1521) / Palazzo Barberini, Rome, Italy /
Giraudon / The Bridgeman Art Library; The Capitulation of Ulm
in October 1805 (engraving), French School, (19th century) /
Private Collection / The Bridgeman Art Library
Satz: Adobe InDesign im Verlag
Druck und Bindung: CPI books GmbH, Leck
ISBN 978-3-426-66360-8

2 4 5 3 1

Für Faran

»Ich bin der Doctor der Artzney
An dem Harn kann ich sehen frey
Was kranckheit ein Menschn thut beladn
Dem kan ich helffen mit Gotts gnadn
Durch ein Syrup oder Recept
Das seiner kranckheit widerstrebt
Daß der Mensch wider werd gesund
Arabo die Artzney erfund.«

Ständebuch, Jost Amman, 1568

Erster Teil

1531–1539

1. Kapitel

Eine einschläfernde Hitze erfüllte das enge Schulzimmer. Träge umkreiste die Fliege das Haupt des Schulmeisters, um sich dann auf seiner fleischigen Nase niederzulassen. Agathe strich sich eine schweißfeuchte Haarsträhne aus dem herzförmigen Gesicht, die sich aus einem ihrer Zöpfe gelöst hatte. Gelangweilt kratzte sie mit dem Fingernagel am Rahmen ihrer Wachstafel. Sie hatte längst ihre Aufgabe erledigt und wartete darauf, dass der Lehrer in seinem Unterricht fortfahren würde.

Dicht gedrängt saß sie mit einem guten Dutzend anderer Kinder in dem engen Raum. Der Junge zu ihrer Rechten in der Bank stieß ihr unablässig den Ellbogen in die Seite, während er unbeholfen seine Buchstaben ritzte, und auf ihrer Linken kitzelte Hellas Zopf ihr die Wange.

Agathe beobachtete, wie die Fliege über die gerötete Gesichtshaut des Lehrers kroch, dem weit geöffneten Mund zu, dem ab und an ein gurgelndes Schnarchen entfuhr. Schließlich entschloss sie sich, eines der Wörter auf ihrer Tafel auszuwischen und noch einmal schöner zu schreiben. Die schmalen Augenbrauen konzentriert über ihren nussfarbenen Augen zusammengezogen, hatte sie gerade den Griffel angesetzt, als ihr der dunkelblonde Schopf ihrer Schwester auf die Schulter sank.

Agathe schreckte zusammen. Die Wachstafel fiel ihr aus der Hand und schlitterte laut scheppernd über den staubigen Dielenboden.

Der Lehrer fuhr auf und sog erschreckt die Luft ein. Sein strafender Blick traf Agathe, doch bevor er sie schelten konnte, packte ihn der Husten. Die Fliege war ihm in den Hals geraten.

Hilflos rang er nach Luft. Tränen traten ihm in die Augen, und sein ohnehin gerötetes Gesicht färbte sich purpurn. Dann krümmte er sich in einem nicht enden wollenden Hustenanfall zusammen. Schließlich entließ er, sichtlich entkräftet, die Schüler für diesen Tag weit vor der Zeit.

Blinzelnd traten die Mädchen in das grelle Sonnenlicht hinaus. Es war kein weiter Weg bis zu ihrem Elternhaus. Die schmale Gasse, an der das schäbige Schulhaus mit dem engen Klassenzimmer lag, mündete direkt auf den Platz vor dem Münster. Diesen mussten sie überqueren und dann noch über den Holzmarkt laufen. Dahinter begann schon die Sattlergasse, in der das Haus der Familie Streicher lag, gleich gegenüber der Greth.

Heute waren viele Menschen auf der Straße, weit mehr als sonst, stellte Agathe fest. Und es waren nicht wie gewohnt freundliche Mägde und Hausweiber, die ihre Einkäufe vom Markt heimtrugen, es waren Männer, grob gekleidet, manche trugen Knüppel in den Händen, andere Hacken.

Agathe spürte, wie Hellas Hand sich ängstlich um die ihre krampfte. Gerade einmal elf Jahre war sie alt, klein und von zierlicher Gestalt, und um sie her waren nur Beine und Rücken. Ihre Schwester war ein Jahr älter und einen halben Kopf größer gewachsen als sie, und doch war es Agathe, die die Führung übernahm. Beruhigend erwiderte sie den Händedruck der Schwester und lächelte ihr zu. Dann warf sie entschlossen ihre weizenblonden Zöpfe über die Schulter zurück und versuchte, einen Weg durch die Menge zu bahnen.

Je näher sie dem Westturm des Münsters kamen, desto dichter wurde das Gedränge, und gerade als Agathe vor sich das hohe Portal erblickte, öffneten sich die Flügeltüren des Gotteshauses. Die Menge drängte nach vorn. Agathe und Hella wurden mitgerissen, und als sich die Menschen johlend in das Innere des Münsters ergossen, wurden auch sie unversehens hineingespült.

Die Männer um sie her stürzten sich sogleich auf die hölzernen Altäre. Grob rissen sie die kunstvoll bemalten Altarflügel herunter und schlugen die Bilder in handliche Stücke.

Die Schwestern blickten entsetzt auf das irre Tun. Sahen zu, wie sich die Männer um die zerschlagenen Bildnisse rauften und sich so viel Holz auf die Schultern luden, wie sie zu tragen vermochten.

»Was machen die da?«, fragte Hella schrill.

Agathe blieb ihr die Antwort schuldig. Fassungslos beobachtete sie, wie die Ersten der Plünderer mit ihrer Beute an ihnen vorbei wieder durch das Portal ins Freie hasteten. Zwei trugen schwer an etwas Großem, Sperrigem. Agathe erkannte die Statue der Heiligen Mutter Gottes, der das Münster geweiht war.

»Zerschlagt die Götzenbilder!«, tönte der Ruf durch das Kirchenschiff.

Agathe schluckte. Der Mob plünderte das Münster – ihr schönes Münster, auf das die Bürger Ulms so stolz waren.

Viele wohlhabende Familien hatten im Münster Altäre gestiftet, um Vorsorge zu treffen für den Tag, an dem sie vor dem Jüngsten Gericht zu erscheinen hätten. Manche wie die Besserers, die Neitharts oder die Roths hatten gar ganze Kapellen errichten lassen.

Für viel Geld hatten sie die Altäre mit sakralen Kunstwerken geschmückt, sie mit dem dazugehörenden Messgeschirr, silbernen und mit Edelsteinen besetzten Kelchen und aufwendig bestickten Textilien ausgestattet und von eigens dafür angestellten Geistlichen Messen für das

Seelenheil ihrer Verstorbenen lesen lassen. Auch die Schwestern hatten es nicht versäumt, sonntags mit der Mutter frische Blumen auf den Altar ihrer Familie zu stellen.

In weiser Voraussicht hatte der Rat der Stadt bereits vor Wochen wertvolle Monstranzen und Altargeräte ins Steuerhaus bringen lassen, und auch viele Stifter hatten ihre Kunstwerke nach Hause geholt. Sogar die Orgel hatte man mit Pferden hinausgezogen, doch es war beileibe noch genug geblieben, um Opfer des Wütens zu werden. Durch all die einstige Pracht brandete nun rohe Gewalt.

Wie konnten diese Menschen es nur über das Herz bringen, all diese wunderschönen Dinge zu zerschlagen?, fragte Agathe sich. Und warum gebot ihnen niemand Einhalt? Sie vermutete, dass es mit der Reform der Kirche zu tun hatte, über die man vor einem halben Jahr abgestimmt hatte und zu der sich die Stadt nun bekannte.

Augustin hatte ihr davon erzählt, als man vor zwei Tagen ihren eigenen Familienaltar aus dem Münster nach Hause gebracht hatte. Die prunkvollen Altäre dienten nur der selbstgefälligen Zurschaustellung des Reichtums der Stifter, hatte er wichtig erklärt, und es sei falsch, die Götzenbilder anzubeten. Denn nur Gott allein gebühre die Verehrung der Gläubigen.

Augustin musste es wissen. Schließlich ging ihr Bruder schon auf die Lateinschule und lernte dort die rechte Auslegung der Heiligen Schrift.

Agathe hatte trotzdem nicht verstanden, was plötzlich daran falsch war, zur Mutter Gottes zu beten. Und warum man all die schönen Bilder zerschlug, verstand sie auch nicht. Empörung stieg in ihr auf. Das durften sie nicht! Die Mutter Gottes wäre sicher höchst erzürnt darüber, zu sehen, was mit ihrer Kirche geschah.

Auch am Bild des Choraltars machte sich ein Mann zu

schaffen. Doch er war dabei sehr umsichtig, so dass es Agathe nicht so vorkam, als wolle er ihm Schaden zufügen. Behutsam klappte er die Flügel des Altaraufsatzes zu und wuchtete sich das schwere hölzerne Bildwerk auf die Schulter. Dann suchte er sich einen Weg zwischen den Rasenden hindurch zu einem Seitenportal.

Agathe warf Hella einen fragenden Blick zu. Die Schwester nickte. Es war nicht nötig, ein Wort zu wechseln, sie verstanden sich auch ohnedies. Agathe wies auf die Statue einer gütig lächelnden Madonna, die den Wütenden bisher entgangen war. Die Mädchen mussten sich recken, doch es gelang ihnen, das Bildnis von seinem Sockel zu heben.

Es war weit schwerer, als Agathe erwartet hatte, und für einen Moment schwankte die Muttergottes bedrohlich. Doch dann bekam Agathe den Saum des hölzernen Gewandes zu fassen, und Hella packte das Haupt der Statue, gleich unter dem Heiligenschein.

Gebückt unter ihrer Last und immer wieder wachsam hinter sich blickend, wählten Agathe und Hella denselben Weg, auf dem der Mann mit dem Altarbildnis das Münster verlassen hatte. Keiner schien von den Schwestern Notiz zu nehmen. Zu sehr war der Mob mit seinem zerstörerischen Werk beschäftigt. Unbehelligt erreichten sie das Freie, und Agathe blickte sich suchend um. Wo wäre die Muttergottes in Sicherheit?

Ihr Blick fiel auf die angelehnte Tür eines verlassenen Schuppens, der einst zur Dombauhütte gehört hatte, damals, als man noch die Baupläne von Matthäus Böblinger umzusetzen versuchte, der den schönsten und höchsten Turm in deutschen Landen für das Münster entworfen hatte.

Dann jedoch, kurz nachdem Kaiser Maximilian I. bei seinem Besuch den Turm erklommen hatte, der bereits bis auf eine Höhe von über siebzig Fuß angewachsen war, hatten sich während der Messe Steine aus dem Turmgewölbe gelöst und waren herabgestürzt. Schweren Herzens hatten sich die Ulmer von ihren ehrgeizigen Plänen verabschieden müssen. Der Turmbau wurde mit einem Notdach über dem Viereckkranz beendet, und wo ehedem von früh bis spät rege Emsigkeit geherrscht hatte, wurde nunmehr recht verhalten gearbeitet.

So fanden die Mädchen, als Agathe die Tür mit dem Fuß aufstieß, nur einen Stapel Bauholz und ein paar leere Rupfensäcke in dem Schuppen. Ächzend unter ihrer Last, trugen sie die Muttergottes hinein und ließen sie im hintersten Winkel vorsichtig zu Boden gleiten.

»Autsch!« Scharf sog Hella die Luft ein und hob den Daumen an den Mund.

»Warte, lass mich schauen!«, sagte Agathe und zog Hella zur Tür des Schuppens.

Widerwillig hielt Hella der Schwester die Hand hin. Ein Holzsplitter hatte sich ihr in die Haut gebohrt.

»Das habe ich gleich.« Mit spitzen Fingern zog Agathe den winzigen Span heraus.

Wieder sog Hella die Luft ein, doch Agathe überging den Schmerzenslaut. »Nun spuck drauf!«, befahl sie, und die Ältere gehorchte.

Während Hella an ihrem Daumen sog, griff Agathe zwei der Säcke und breitete sie über die Statue. Sorgsam steckte sie die Enden fest und betrachtete zufrieden ihr Werk. Hier wäre die Madonna vor den Plünderern sicher. Niemand würde vermuten, welche Kostbarkeit sich unter dem schmutzigen Sackleinen verbarg.

Agathe ließ Hella keine Zeit, zu verschnaufen. »Wir müssen zurück!«, drängte sie. »Vielleicht gelingt es uns, noch eine Statue in Sicherheit zu bringen, bevor sie alle kaputt schlagen.«

Hella nickte zustimmend, und eilig kehrten die Mädchen durch das Seitenportal ins Münster zurück. Immer mehr Menschen hatten sich in das Gotteshaus gedrängt und reckten die Köpfe auf der Suche nach Verwertbarem. Doch was sich zum Feuern der Öfen eignete, war schnell davongetragen, und so entlud sich die Enttäuschung derer, die leer ausgegangen waren, an anderen Kostbarkeiten.

»Zerschlagt die Götzenbilder!«, klang es wütend von überall her, hallte bedrohlich von den Deckengewölben wider. »Zerschlagt die Götzenbilder!«

Mit Knüppeln und Stecken drosch der Mob wahllos auf alles ein, was Bildnisse von Heiligen trug. Leinwände wurden zerfetzt, Stuckwerk fiel in Scherben. Einzig vor dem schlanken Sakramentshaus an der Ecke zum Seitenschiff, das von einer gut bewaffneten Schar uniformierter Stadtwachen mit gezogenen Schwertern bewacht wurde, kam die Raserei zum Erliegen.

Die sinnlose Gewalt machte Agathe Angst. Es hatte keinen Sinn, ein weiteres Bildnis zu retten. Sie mussten so schnell wie möglich fort von hier. Bemüht, den Rasenden auszuweichen, strebten die Schwestern dem Hauptportal zu, doch die Menge machte ein Fortkommen schier unmöglich.

Unter den anfeuernden Rufen der Umstehenden stießen zwei Männer die Statue von Johannes dem Täufer von ihrem Sockel. Agathe konnte gerade noch dem tönernen Arm des Heiligen ausweichen, bevor er auf dem Boden aufschlug. Johannes zerbarst in viele Scherben, und als ginge auch von den heil gebliebenen Stücken noch Gefahr für ihr Seelenheil aus, droschen andere mit ihren Knüppeln die Fragmente gänzlich zu Staub.

Hella blieb wie angewachsen stehen. Mit angstgeweiteten Augen starrte sie auf die Trümmer.

»Komm fort von hier!«, drängte Agathe und schlüpfte behende zwischen den Tobenden hindurch dem rettenden Portal zu.

Doch bereits nach wenigen Schritten merkte sie, dass Hella ihr nicht gefolgt war. Sie hielt inne und wandte den Kopf. »Los! Beeil dich!«, rief sie. Dann sah sie, wie neben der Schwester die Figur des heiligen Georg zu schwanken begann.

»Hella, pass auf!«, schrie sie gellend.

Doch die Schwester reagierte nicht. Agathe kam es vor, als dehnten sich die Sekunden zu Ewigkeiten, während die Statue herabstürzte. »Hella!«, rief sie abermals, dann hielt sie die Luft an.

Dieser zweite Schrei riss Hella endlich aus ihrer Starre, und sie fuhr zurück. Das Haupt des Heiligen verfehlte sie nur um eine Handbreit.

Agathe atmete seufzend aus, und mit lautem Knall schlug die Statue auf dem steinernen Kirchenboden auf.

Tonscherben spritzten umher, und der noch unversehrte Kopf des Drachen wurde emporgeschleudert. Das aufgerissene Maul des Untiers traf Hella an der Schläfe. Ohne einen Laut sackte das Mädchen zu Boden.

»Hella!« Agathes Schrei schnitt durch das Lärmen. Sie eilte zu ihrer Schwester und warf sich neben ihr auf die Knie. »Hella!«

Doch die Schwester reagierte nicht. Wie leblos lag sie da. Aus einer schmalen Wunde an der Stirn rann Blut über ihr bleiches Gesicht.

Mit einem Mal wurde es still um sie herum. Einer nach dem andern hielten die Männer in ihrem Rasen inne und senkten die Stecken. Betretenes Schweigen umhüllte sie.

Agathe spürte, wie jemand sie am Arm fasste, fortzog, auf die Beine stellte. Ein anderer beugte sich vor und hob Hella auf seine Arme.

»Wie heißt du, Kind? Wo wohnst du?«

Die Fragen drangen nicht bis zu Agathe vor. Der Mann schüttelte sie leicht. »Sag mir, wo du wohnst! Wer sind deine Eltern?«

Agathe war unfähig, zu sprechen, vor ihren Augen tanzten dunkle Pünktchen. Mit aller Kraft nahm sie sich zusammen. Sie musste Hella nach Hause bringen! Unsicher einen Fuß vor den anderen setzend, führte sie die Männer aus dem Münster hinaus, an den Händlern am Holzmarkt vorbei in die Sattlergasse.

Helene Streicher öffnete selbst die Tür, und obschon die aufgelöste Erscheinung ihrer jüngsten Tochter – Agathes staubbedecktes Kleid, ihr wirres Haar – und die groben Menschen in ihrer Begleitung sie ahnen ließen, dass etwas Schlimmes geschehen sein musste, bewahrte sie die Haltung, die man von einer Frau ihres Standes erwartete. Einzig die zarte blaue Ader an ihrer Schläfe pochte heftig. Solange sie ein Unglück nicht zur Kenntnis nähme, träfe es vielleicht nicht ein.

Dann jedoch trat ein Mann vor, der auf seinen starken Armen ihre mittlere Tochter trug, totenbleich und ohne Bewusstsein, und dem Unglück ließ sich nicht länger die Tür weisen. Helene erbleichte. Einen winzigen Moment stand sie wie versteinert da, die fein geschwungenen Lippen fest aufeinandergepresst, dann entfuhr ihrer Kehle ein spitzer Schrei.

Jos, der Hausknecht, kam herbeigeeilt. Behutsam nahm er Hella aus den Armen des Mannes entgegen und trug das Kind die zwei Treppen hinauf in die Schlafkammer der Mädchen. Helene folgte ihm, und benommen taumelte Agathe hinterher. Jos legte Hella auf ihre Bettstatt. Alsdann lief er los, den Wundarzt zu holen.

Als das Klappen der Haustür verriet, dass die Männer, die Hella heimgebracht hatten, den Hausflur verlassen hatten, stürzte auch Katharina, die bereits erwachsene Streicher-Tochter, herbei. In der Eile verrutschte ihr dichter Schleier und offenbarte ein großes Stück rosafarbenen Narbengewebes. Es überzog gut die Hälfte von Katharinas Gesicht, von ihrem linken Ohr, von dem nur ein kleiner Fetzen übrig geblieben war, die Wange hinab über Auge und Nase bis hin zu ihrem Mundwinkel, der seither in starrem Lächeln verweilte.

Seit jenem unglückseligen Fastnachtsmorgen trug Katharina den Schleier auch im Haus, um wenigstens einen Teil ihres entstellten Gesichtes zu verbergen. Sie hob die Hand, um ihn zurechtzurücken, doch beim Anblick ihrer verletzten Schwester schlug sie unwillkürlich das Kreuzzeichen.

»Hella! Kind! Wach auf!« Helene beugte sich zu ihrer Tochter hinab und schüttelte sie leicht an der Schulter.

Hella reagierte nicht. Still lag sie da, die Augen geschlossen, als schliefe sie. Aus der Wunde an ihrer Stirn sickerte ein feiner Faden dunkelroten Bluts in das Kissen.

»Der Drachenkopf hat Hella getroffen«, stieß Agathe, die hinter ihrer Mutter in die Kammer getreten war, tonlos hervor. »Sie zerschlagen die Altäre im Münster!«

Sachte legte Helene die Hand auf Hellas Brust. Das Herz schlug. Kaum spürbar hob und senkte sich der Brustkorb. Hella lebte!

Wortlos verließ Helene die Kammer, um kurz darauf mit einer Kanne kalten Brunnenwassers zurückzukehren. Agathe sah, wie die Hand ihrer Mutter zitterte. Kaum vermochte sie, den Krug zu halten, während sie vorsichtig das Gesicht ihrer Tochter mit Wasser besprengte.

Angespannt beobachtete Agathe die Züge der Schwester und wartete auf eine Regung. »Hella, wach auf!«, flehte sie leise.

Wieder und wieder tauchte Helene die Hand in den

Krug, doch es schien vergebens. Hella zeigte keinerlei Reaktion. Schließlich hielt sie mutlos inne.

Agathe indes mochte so schnell nicht aufgeben. Trotzig schob sie das Kinn vor. Hella musste aufwachen! Sie musste einfach! Beherzt nahm sie der Mutter den Krug aus der Hand und schüttete einen Schwall Wasser in das Gesicht der Schwester. Hella regte sich nicht.

Agathe schüttete mehr Wasser in Hellas Gesicht. Da! Jetzt vermeinte sie, ein leichtes Flirren der blassen Wimpern zu erkennen. In einem Schwung leerte Agathe den ganzen Inhalt des Kruges über den Kopf ihrer Schwester.

Hella schlug die Augen auf, um sie sogleich wieder zu schließen. »Mein Kopf!«, klagte sie. »Es ist so hell …«

Mit einem Schluchzen der Erleichterung warf Agathe sich über die Schwester und schloss sie in die Arme, doch Hellas Stöhnen ließ sie zurückfahren.

Helene zog Agathe beiseite und ließ sich selbst auf der Kante des Bettes nieder. Zärtlich tupfte sie mit einem Zipfel des Lakens das Wasser von Hellas blassen Zügen. Das Blut aus der Wunde an Hellas Stirn färbte das Tuch rot.

Eiliges Poltern ertönte auf der Stiege, und einen Moment darauf schob Jos einen schlaksigen Burschen in die Kammer, der einen großen Holzkasten unter dem Arm trug. »Hier ist der Wundarzt«, stieß er schnaufend hervor.

»Merk, Hans Jacob«, nannte der junge Mann ein wenig atemlos seinen Namen und verbeugte sich linkisch. Er hatte lange Arme und Beine, und es schien, als hätte der übrige Körper es nicht vermocht, mit ihrem Wachstum Schritt zu halten.

Agathe bemerkte den prüfenden Blick, mit dem ihre Mutter ihn musterte. Merk war recht jung für einen Wundarzt. Gerade einmal zwanzig Jahre mochte er zählen, und es konnte nicht viel Zeit vergangen sein, seit er sein

Meisterstück gemacht hatte. Dennoch bedeutete Helene dem Wundarzt mit einer Handbewegung, an das Bett ihrer Tochter zu treten.

Merk setzte den Holzkasten auf dem Boden ab und beugte sich über Hella. Behutsam schob er den Zopf des Mädchens beiseite und beschaute die Wunde an ihrer Stirn.

»Dürfte ich wohl um das Ei eines Huhns bitten?«, fragte er, den Blick schüchtern zu Boden gerichtet, beugte sich zu seinem Kasten hinab und begann, mit beiden Händen darin zu kramen.

Während Jos eilte, das Ei zu holen, beobachtete Agathe, wie Merk eine tönerne Schale aus dem Kasten hervorholte, ein paar Stoffstreifen, ein kleines verschlossenes Glasgefäß, einen hölzernen Spatel und etwas, das aussah wie ein Rührbesen, nur dass er viel kleiner war als der, welcher in der Küche des Streicherschen Hauses zum Einsatz kam.

Merk legte die Dinge auf dem Kasten neben der Bettstatt ab, nahm den Stopfen von dem Glas und schüttete vorsichtig ein wenig des erdfarbenen Pulvers in die Schale.

»Was ist das?«, fragte Agathe, die ihre Neugier nicht zu zügeln vermochte.

»Pscht!«

Es war Katharina, die Agathe zur Ordnung ermahnte, nicht die Mutter. Nach dem Tod ihres Mannes war Helene in tiefe Traurigkeit versunken, und einzig der Glaube vermochte ihr Trost zu spenden. Nach wie vor versorgte sie den Haushalt, doch den aufreibenden Anforderungen der Kindererziehung – Agathe war zu der Zeit zwei Jahre alt, Hella drei und Augustin fünf – war sie nicht gewachsen gewesen. Wie selbstverständlich hatte die damals elfjährige Katharina, von jeher ein ernstes und besonnenes Kind, diese Aufgabe übernommen.

Agathe bedachte die große Schwester mit einem unwilligen Blick. Der junge Wundarzt indes lächelte ihr schüchtern zu. »Das ist Galens Stopfpulver«, erklärte er. »Es schließt die Wunde.«

Kurz darauf kehrte Jos mit dem Ei zurück. Merk zerschlug es und ließ das Eiklar zu dem Pulver in die Schale gleiten. Dann griff er nach dem Rührgerät und begann, es mit dem Pulver aufzuschlagen, bis es schaumig und fest wurde.

Abermals kramte er in seinem Kasten und förderte einen zerknitterten Lappen zutage, auf dem Agathe unschwer die Flecken von bereits getrocknetem Blut erkennen konnte.

Nun endlich wandte Merk sich seiner jungen Patientin zu, und Agathe schlich noch näher heran, um besser sehen zu können.

Merk drehte Hellas Kopf, bis die Wunde nach oben wies. Nach einem kurzen Moment des Zögerns drückte er mit der rechten Hand den Lappen auf die Wunde und hielt ihn fest.

»Au!« Hella schrie auf.

Mit der Linken langte der Wundarzt nach der Schale mit dem verrührten Eiweiß. Er nahm das Tuch von der Wunde und ergriff den Spatel. Doch bereits, als er ihn in die Eiermasse tauchte, überschwemmte frisches Blut den Rand der Wunde, und er musste erneut den Lappen auf die Blutung pressen.

Agathe sah, wie der Blick des Wundarztes hilflos von dem Lappen zur Schale ging, von dort zum Spatel und zurück. Offensichtlich fehlte ihm eine dritte Hand, erkannte sie und streckte unversehens ihre eigene nach dem Lappen aus.

Merk nickte ihr dankbar zu. Rasch löste er seine Hand von dem Lappen und presste ihre darauf.

Erneut entfuhr Hella ein Schmerzenslaut, doch tapfer

widerstand Agathe dem Drang, ihre Hand zurückzuziehen.

Mit der freien Rechten ergriff Merk nun den Spatel und häufte etwas von der Eiweißmasse darauf. »Jetzt zieh den Lappen weg«, wies er sie an, und Agathe tat wie geheißen. Sogleich trat wieder etwas frisches Blut aus der Wunde hervor, doch der Moment genügte Merk, die Masse auf die Wunde zu streichen.

Fast im selben Augenblick hörte die Wunde auf zu bluten, stellte Agathe beeindruckt fest und sah zu, wie der Arzt einen der Stoffstreifen auf der Wunde plazierte. Die übrigen wand er als Verband um den ganzen Kopf und steckte schließlich das Ende des letzten Streifens gewissenhaft fest.

Mit dem blutverschmierten Lappen wischte Merk den letzten Rest der Eimasse aus der Schale. Sodann räumte er seine Utensilien in den Kasten und hob ihn sich ungelenk auf die Schulter.

»Man wird dir in der Küche deinen Lohn auszahlen«, beschied ihm Helene.

Der Wundarzt verbeugte sich höflich und stakste, von Jos begleitet, aus der Kammer.

»Tut es sehr weh?«, fragte Agathe Hella voller Mitgefühl und wischte ihr mit dem feuchten Zipfel des Lakens die Spuren geronnenen Blutes aus dem Gesicht.

Hella wimmerte anstelle einer Antwort.

Agathe legte das Tuch beiseite und ergriff die Hand der Schwester. Prüfend blickte sie ihr in das Gesicht. Hella wirkte benommen, und ihr linkes Auge, das auf der Seite, auf welcher die Wunde war, kam Agathe merkwürdig vor. Die Pupille war größer als auf der rechten Seite. Bisher war es Agathe nie aufgefallen, dass Hella zwei verschieden große Augen hatte. Ob das von der Verletzung herrührte? »Nun wirst du bald wieder gesund«, flüsterte sie zärtlich.

Hella blieb bei Bewusstsein, doch die Kopfschmerzen wollten nicht weichen. Ihr war schwindelig, und sie konnte sich nur mit Mühe von ihrer Bettstatt erheben. Man verdunkelte das Fenster, und den Rest des Tages über wechselten sich Agathe und ihre große Schwester Katharina darin ab, Hella kühlende Tücher auf das Haupt zu legen.

Bis spät in die Nacht hinein saß Agathe an Hellas Bett, und erst als ihr die gleichmäßigen Atemzüge der Schwester verrieten, dass Hella eingeschlafen war, begab sie sich selbst zu Bett.

Am darauffolgenden Tag waren Hellas Schmerzen noch ärger. Agathe mochte nicht von ihrer Seite weichen, und obschon sie den Unterricht liebte, war sie am Morgen nur mit Mühe dazu zu bewegen, in die Schule zu gehen.

Als sie nach dem Unterricht endlich in die Kammer stürzte, die sie mit Hella teilte, fand sie Katharina auf den Knien betend am Bett ihrer Schwester.

Das allein war kein Grund zur Sorge, denn Katharina pflegte ständig zu beten. Und wenn sie nicht betete, dann las sie in dem kostbaren Septembertestament, das Onkel Hieronymus, der Bruder ihres verstorbenen Vaters, ihnen mitgebracht hatte. Eineinhalb Gulden hatte er dafür bezahlt, und es war Agathe strengstens untersagt, es anzufassen.

Doch Hella lag da wie tot. Bleich, bewegungslos und mit geschlossenen Lidern.

Agathe stockte der Atem, und Tränen stiegen ihr in die Augen. »Ist sie …« Ihre Stimme brach, und ein mächtiger Kloß in ihrer Kehle hinderte sie daran, weiterzusprechen.

Katharina unterbrach ihr Gebet, schüttelte den Kopf und richtete sich auf. Hella war nicht tot, doch sie hatte erneut das Bewusstsein verloren. Eine gnädige Ohnmacht hatte sie von ihren Schmerzen befreit.

»Mutter hat Jos schon zu Doktor Stammler geschickt«,

flüsterte die Zwanzigjährige und griff nach dem feuchten Tuch, das von Hellas Stirn gerutscht war.

Noch während sie den Lappen in eine Schüssel kalten Wassers tauchte, öffnete sich die Tür, und selbstbewussten Schrittes trat ein Mann in die Kammer, gefolgt von Helene, Jos und ihrem Bruder Augustin.

Das war nicht Doktor Stammler, stellte Agathe fest und krauste die Stirn. Sie mochte Doktor Stammler. Und das nicht nur, weil er einmal für sie ein Stück Süßholz aus der leeren Hand hervorgezaubert hatte. Heute wusste sie, dass es ein Trick gewesen war, doch das nahm sie Stammler nicht übel. Im Gegenteil. Er hatte ihr eine Freude machen wollen, damals, als das mit Katharina passiert war, und sie bewunderte den Arzt dafür umso mehr. Wie klug und wissend musste er sein, dass er vermochte, Kranke zu heilen und den Menschen ihr Leben zu retten.

Doktor Stammler sei zu einem anderen Patienten gerufen worden, deshalb habe man ihn weiter zu Doktor Neiffer geschickt, erklärte Jos halblaut seiner Dienstherrin und zuckte bedauernd die massigen Schultern.

Dieser Doktor Neiffer war also auch Arzt, verstand Agathe. Ein richtiger studierter Arzt wie Doktor Stammler, obwohl er außer dem Alter – beide mochten um die vierzig Jahre zählen – wenig mit dem gemütlichen, ein wenig zur Korpulenz neigenden Stammler gemein zu haben schien.

Eingehend musterte sie die elegante Erscheinung des Arztes, dessen dunkle Schaube trotz der sommerlichen Hitze ein Kragen aus fuchsfarbenem Fell zierte. Er war schlank und hochgewachsen, und seine Züge wurden gerahmt von dunklen, sorgfältig gelegten Locken. Dass man ihn nur für die zweite Wahl gehalten hatte, quittierte er mit einem herablassenden Heben der Brauen.

Katharina beeilte sich, ihm an Hellas Bettstatt Platz zu

machen, doch Agathe blieb ungerührt am Kopfende stehen. Neiffer presste die Lippen zusammen und machte eine lässige Handbewegung in ihre Richtung, gerade so, als verscheuche er eine Fliege. Agathe ignorierte den stummen Befehl. Trotzig schlang sie die Hände fest um einen der hölzernen Bettpfosten.

Ein hochmütiger Zug legte sich um die Lippen des Doktors, und er schüttelte missbilligend den Kopf, bevor er sich endlich seiner Patientin zuwandte. Prüfend heftete er seinen Blick auf den Verband, den der Wundarzt Hella angelegt hatte.

Agathe hätte gern gewusst, ob die Wunde schon dabei war, zu verheilen. Gespannt rückte sie noch ein Stück näher heran. Doch wenn sie erwartet hatte, dass Neiffer die Verbände öffnen und Hellas Stirnwunde betrachten würde, so wurde sie enttäuscht. Der Doktor nickte nur kurz zur Bestätigung, dass es mit dem Verband seine Richtigkeit hätte.

»Wieso nimmt er den Verband nicht ab?«, fragte Agathe leise ihren Bruder, der Neiffer voller Bewunderung anstarrte.

»Das ist Sache des Wundarztes«, flüsterte dieser zurück, und sein geringschätziger Tonfall ließ deutlich erkennen, was er von diesem Berufsstand hielt.

»Aber wie kann er ...«

»Sei still!«, befahl der Vierzehnjährige und legte unwillig den Finger auf die Lippen.

Hella war noch immer bewusstlos und ließ die Untersuchung über sich ergehen, ohne eine Reaktion zu zeigen. Doch die dauerte nicht lange. Während Agathes wacher Blick jeder seiner Bewegungen folgte, klopfte der Doktor einmal hier, ein anderes Mal drückte er dort. Bereits nach wenigen Augenblicken richtete er sich auf, verschränkte wichtig die Hände hinter dem Rücken und nickte wissend.

Die Blicke aller hefteten sich gespannt auf sein Gesicht, als er tief Luft holte und die Brust vorreckte. »Der Schlag gegen den Schädel hat das Gleichgewicht der Säfte in ihrem Innern durcheinandergebracht und ihr Blut träge werden lassen«, erklärte Neiffer mit sonorer Stimme und blickte unverwandt über die Anwesenden hinweg. »Bringt mir morgen den ersten Urin des Mädchens!«

»Ich glaube, ich werde auch ein Doktor der Medizin«, flüsterte Augustin Agathe leise zu. »Als Arzt bist du ein angesehener Mann und verdienst viel Geld. Krank werden die Menschen immer.«

»Ich werde auch Arzt, wenn ich groß bin!«, wisperte Agathe zurück.

»Du kannst nicht Arzt werden, du bist ein Mädchen!«, widersprach Augustin spöttisch.

»Kann ich wohl!«, entgegnete Agathe und streckte dem Bruder die Zunge heraus.

Der Doktor hatte derweil einen handgroßen Bogen Papier hervorgezogen. Schwungvoll schrieb er einige Wörter nieder und reichte Jos das Rezept. »Am besten, du gehst damit in die Apotheke in der Krongasse. Meister Goll versteht sich darauf, die Medizin so zuzubereiten, wie ich es erwarte.«

Agathe sah, wie die Mutter ein paar Münzen aus dem Beutel an ihrem Gürtel nestelte und dem Doktor reichte. Es waren auch größere darunter. Mit einem gnädigen Nicken nahm Neiffer sie entgegen und verließ ohne ein weiteres Wort die Kammer.

Agathe war hin- und hergerissen. Einerseits widerstrebte es ihr, die Schwester allein zu lassen, andererseits war die Aussicht, Jos zur Apotheke zu begleiten, gar zu verlockend. Agathe liebte den süßlich-herben Duft der Kräuter, und obwohl ihr wegen der seltsamen Dinge, mit denen in der Apotheke gehandelt wurde, immer ein wenig unheimlich zumute war, übten die unzähligen Gläser, Flaschen und Schachteln mit geheimnisvollem Inhalt, die sich auf den Regalen türmten, einen magischen Reiz auf sie aus.

Katharina ließ sich neben Hellas Bett auf den Boden sinken, um ihre Gebete wieder aufzunehmen. Hella wäre nicht allein, und ohnehin würde ihre Besorgung nicht lang dauern, dachte Agathe. Mit fliegenden Zöpfen rannte sie hinter Jos her, der sich gerade anschickte, das Haus zu verlassen.

Zu ihrer Überraschung hielt Jos sich am Ende der Sattlergasse rechts und überquerte den Holzmarkt. »Zur Kronengasse geht es dort entlang«, sagte sie und wies mit ausgestrecktem Finger in die andere Richtung.

Jos schnaubte durch seine großen Nasenlöcher. »Wir kaufen immer bei Meister Heubler!«, sagte er mit Nachdruck und steuerte geradewegs auf die Apotheke bei der Barfüßerkirche zu. »Mein Vater hat schon in der Mohren-Apotheke die Medizin für deinen Vater besorgt. Und für deinen Großvater – Gott habe sie allesamt selig.«

Als Agathe die Tür zur Offizin des Apothekers öffnete, sog sie tief den schweren Duft ein, der ihr entgegenschlug. Wie jedes Mal warf sie einen unbehaglichen Blick zu der hohen Decke des Raumes hinauf, wo an zwei dünnen Seilen der schuppige Körper eines ausgestopften Reptils hing, direkt über dem Rezepturtisch, auf den Jos nun das Rezept des Doktors legte.

Meister Heubler trat aus seinem Laboratorium. Er war ein schmächtiger Mann mit schütterem Haarwuchs, und obschon noch jung an Jahren, hatte er die gebeugte Gestalt eines alten Mannes. Es mochte daran liegen, dass er seine junge Frau mitsamt seinem Sohn in ihrem ersten Kindbett verloren hatte, kurz nachdem er von seinem Schwiegervater Kaspar Kettner die Apotheke übernommen hatte. Es hieß, er habe sie sehr geliebt, was nicht verwunderlich war, denn sie musste eine außergewöhnliche Schönheit gewesen sein, und der Gram darüber, dass all seine Medizin es nicht vermocht hatte, Maria zu retten, habe ihn beinahe um den Verstand gebracht.

»Womit kann ich dienen?«, fragte Meister Heubler mechanisch anstelle einer Begrüßung. Doch er erwartete keine Antwort. »Es ist für Hella, nicht wahr? Ich habe schon von dem Unglück gehört«, fuhr er fort.

Jos nickte, während Heubler das Rezept zur Hand nahm. Der Apotheker blinzelte und hielt es dann weit von sich, um die Worte darauf entziffern zu können. »Pulver Contra Cafum?«, murmelte er erstaunt. »Hm.« In seiner Stimme schwang Verwunderung mit. »Na, der Doktor wird es wissen! Dann Zitronensirup, Sauerampfersirup. Und was heißt das? Ich bin nicht an die Schrift von Doktor Neiffer gewöhnt. Der schickt sie alle in die Krongasse ... Ach ja, Mixtur mit Bibernellwasser soll das heißen.« Heubler nickte bedächtig, dann verschwand er durch eine schmale Tür in sein Laboratorium.

Agathes neugieriger Blick glitt von dem massigen, mit geschnitztem Rankwerk verzierten Rezepturtisch in der Mitte des Raumes, auf dem neben der unverzichtbaren Waage ein steinerner Mörser stand, hin zu den Repositorien, jenen schweren Regalen, welche die gesamte rückseitige Wand der Offizin bedeckten. Während sich im unteren Teil größere Fächer befanden, die sperrige Arzneipflanzen oder solche, die der Apotheker in größeren Mengen vorhielt, beherbergten, stapelten sich auf den oberen Regalböden allerlei Töpfe, Krüge, Kannen und Albarelli. Nur wenige der Gefäße trugen eine Aufschrift, und Agathe wunderte sich, wie Meister Heubler sie alle auseinanderhalten konnte.

Ganz oben, vom Boden aus ohne eine Leiter kaum zu erreichen, fristeten einige hölzerne Behältnisse mit verblichenen Etiketten ihr staubiges Dasein. Ein Teil des Regals war mit einem geschmiedeten Gitter gesichert, und Agathe fragte sich gerade, ob es außerordentlich kostbare oder besonders gefährliche Arzneien waren, die Heubler dort sicher verwahrte, als der Apotheker in den Verkaufsraum zurückkehrte.

Noch im Gehen verschloss er eine kleine bauchige Flasche mit einem Stopfen und reichte sie Jos. »So, alles drin, wie der Doktor es verordnet hat«, sagte er und wischte sich die Hände an seinem dunklen Kittel ab. »Da kann man jetzt nur Gutes wünschen.«

Zurückgekehrt ins Streichersche Haus, gelang es der Mutter mit Hilfe von Jos, Hella aufzurichten und gerade so weit zu sich zu bringen, dass Agathe ihr die dickflüssige Medizin verabreichen konnte. Gehorsam schluckte Hella den Sirup, doch bereits im nächsten Augenblick sank sie zurück in ihr Dämmern.

Agathe ließ sich auf der Bettkante nieder und griff nach der Hand der Schwester. Sie hoffte inständig, dass die Medizin wirken und Hella heilen würde, denn wenn nicht ... Agathe getraute sich nicht, den Gedanken zu Ende zu denken.

Hella war wie ein Teil von ihr. Die Mädchen waren fast gleich alt und hatten miteinander gespielt, seit sie kleine Kinder waren. Wenn Jos sich eine von ihnen im Spaß auf seine breiten Schultern gesetzt hatte, um wiehernd wie ein Pferd durch die Stube zu traben, hatte die andere lautstark gefordert, dass er sie als Nächste reiten lassen sollte.

Das knappe Jahr, das sie trennte, fiel nicht ins Gewicht. Vielmehr war es so, dass eher Agathe sich für Hella verantwortlich fühlte als umgekehrt, obschon sie die Jüngere der Schwestern war.

Alles hatten sie gemeinsam unternommen. Agathe schluckte trocken. Sie konnte und wollte sich das Leben ohne Hella nicht vorstellen. Der Unfall war einzig ihre Schuld, dachte sie bitter. Hätte sie Hella nicht gedrängt, in das Münster zurückzukehren, dann läge sie jetzt nicht hier, sondern wäre gesund und munter. Dann wäre das alles nicht geschehen.

Verzweifelt drückte Agathe die Hand der Schwester. Doch sie nahm keinerlei Gegendruck wahr. Hella hatte das Bewusstsein nicht wiedererlangt. Agathe biss sich auf die Unterlippe, um die Angst zu vertreiben, die sie zu überwältigen drohte. Hella durfte nicht sterben!

Es würde schon alles gut werden. Die Medizin von Doktor Neiffer würde helfen, und bald schon wäre die Schwester wieder auf den Beinen und würde mit ihr zur Schule gehen, als sei nichts geschehen.

So verrann für Agathe der Nachmittag zwischen Hoffen und Bangen, und mit ihm der Abend. Agathe wurde müde, und sie spürte, wie ihr die Augen zufielen. Verzweifelt kämpfte sie gegen den Schlaf an. Das beängstigende Gefühl, dass, wenn sie einnickte, Hella sie verlassen würde, hatte von ihr Besitz ergriffen.

Irgendwann in der Nacht musste sie dennoch eingeschlafen sein, denn plötzlich fuhr sie auf und wusste zunächst nicht, wo sie war und was sie geweckt hatte. Hellas durchdringendes Stöhnen brachte sie schnell zu sich. Der Körper der Schwester krampfte sich unter Schmerzen zusammen. Agathe sprang auf und rief laut um Hilfe.

Schlaftrunken eilten Katharina und Augustin in ihren Nachtgewändern herbei. Nur die Mutter war vollständig angekleidet; vor Sorge um die Tochter hatte Helene es nicht vermocht, sich zu Bett zu begeben, und war unruhig durch das Haus gewandert.

Hellas Stöhnen wurde lauter. Sie ballte die schmalen Hände zu Fäusten, zog die Beine dicht an den Körper, und ihr Gesicht verzerrte sich in schrecklichem Schmerz, die

Augen weit aufgerissen. Helene und die Geschwister mussten hilflos mit ansehen, wie Hella mit dem Tod rang.

Doch es währte nicht lang. Ein letztes Mal bäumte Hella sich auf, dann entspannte sich plötzlich der Körper der Schwester. Mit geöffnetem Mund sank ihr Kopf in die Kissen zurück und fiel zur Seite.

Ein ersticktes Schluchzen entfuhr Helene, und sie schlang die Arme um Hellas Schultern. Tränen liefen ihr über das Gesicht und tropften auf das Nachthemd ihrer Tochter.

Agathe machte einen Schritt auf die Mutter zu, doch Katharina fasste sie am Arm und schob die Geschwister aus der Stube, um die Mutter mit Hella allein zu lassen. »Seit Vaters Tod habe ich sie nicht mehr weinen sehen«, sagte sie mit spröder Stimme. Ihre Lippe zitterte, und auch sie konnte die Tränen nicht zurückhalten.

Agathe war wie betäubt. Ihr Verstand weigerte sich, die traurige Wahrheit zu begreifen, dass Hella tatsächlich gestorben war. Es konnte nicht sein! Der Doktor hatte Hella doch eine Medizin gegeben. Sie hätte gesund werden müssen.

Die Hilflosigkeit in ihr, die Ohnmacht, mit der sie das Sterben der Schwester hatte mit ansehen müssen, wandelte sich in Zorn. Einen Zorn, der sich gegen den Arzt richtete. »Warum hat er sie nicht gesund gemacht!«, stieß sie wütend hervor.

»Versündige dich nicht, Agathe«, mahnte Katharina. »Wenn es Gott gefällt, Hella zu sich zu rufen, so ist es nicht an uns, an seinem Ratschluss zu zweifeln«, sagte sie ergeben.

»Ich glaube wirklich, ich werde Arzt«, sagte Augustin voller Bitterkeit. »Du kriegst dein verdammtes Geld, ganz gleich, ob du den Kranken heilen kannst oder nicht. Und wenn der Patient stirbt, ist es Gottes Wille.« Er wandte sich ab, damit die Schwestern nicht sahen, wie er eine Träne aus dem Augenwinkel wischte.

Es waren diese ernüchternden Worte ihres Bruders, die Agathe wirklich bewusst werden ließen, was geschehen war. »Hella!«, schluchzte sie auf und warf sich in die Arme der großen Schwester. »Hella!«

2. Kapitel

Ein kalter Herbstwind fuhr durch die Sattlergasse und bauschte die Röcke unter Agathes Umhang. Die Menschen, die ihr entgegenkamen, schienen es eilig zu haben, ins Warme zu gelangen. Ungestüm hastete eine junge Magd an Agathe vorbei und stieß ihr mit dem ausladenden Weidenkorb, den sie über dem Arm trug, beinahe das Bündel mit ihrem Stickzeug aus der Hand.

Agathe packte das Bündel fester und zog mit der freien Hand ihren Umhang enger zusammen. Sie hatte es nicht eilig, zu Walburga zu kommen, auch wenn die Base vermutlich schon auf sie wartete. Walburga Rockenburger war die jüngste Tochter von Mutters Bruder.

Für das Sticken hatte Agathe sich noch nie erwärmen können. Zwar hatte sie Freude an den bunten Garnen, doch die Gleichförmigkeit der Handarbeit langweilte sie entsetzlich. Noch langweiliger, als gemeinsam mit Walburga zu handarbeiten, war es jedoch, zu Hause zu sticken. Denn dort war sie zusätzlich gezwungen, dabei den salbungsvollen Ergüssen zu lauschen, die ihre Schwester Katharina über ihrem Studium der Heiligen Schrift von sich gab.

Das, worüber Walburga plapperte, war sicher nicht so erbaulich wie die Lehren der Schrift, doch es war weit amüsanter. Denn die Base wusste stets, worüber man in der Stadt sprach: welcher adlige Jüngling welcher Maid die Ehe versprochen hatte, welcher Frau gerade ein Kind geboren worden war, wer siech darniederlag und wen der Herrgott zu sich gerufen hatte oder es in den nächsten Tagen tun würde.

Überdies besaß Walburga die Gabe, mit einer Lebhaftigkeit über all diese Dinge zu berichten, dass Agathe vermeinte, die Menschen leibhaftig vor sich zu sehen, und das, während die Nadel der Base ohne Unterlass durch das Gewebe des Sticktuches glitt und makellose Blumen und Ranken darauf zeichnete.

Kurz vor dem Weinhof versperrte ein breites Fuhrwerk die Gasse und zwang die Passanten, stehen zu bleiben. Unter Schnaufen und Keuchen waren zwei Männer zugange, einen großen Holzbottich von der Ladefläche des Fuhrwerks herunterzuhieven. Ein Dritter, ein glatt rasierter Mann in mittleren Jahren mit tief liegenden Augen und augenscheinlich der Eigentümer des Bottichs, sprang fuchtelnd um sie herum und rief ihnen aus sicherer Entfernung beredte Anweisungen zu. Tiefe Furchen umrahmten seinen auffallend kleinen Mund, und bei jeder Bewegung umflatterte ihn sein dunkler Mantel.

Ein spitzer Ellbogen bohrte sich Agathe unsanft in die Seite. Er gehörte zu einem hageren Mann, der sich, die Umstehenden rüde beiseiteschiebend, zu dem Fuhrwerk vordrängte. Die Fäuste voller Empörung in die Hüften gestemmt, baute er sich vor dem Besitzer des Bottichs auf. »Sebastian Franck! Wie könnt Ihr es wagen, in meine Stadt zu kommen!«, giftete er.

Der Besitzer des Bottichs fuhr herum, dass ihm die schulterlangen Locken um die hohe Stirn flogen. »Sieh an! Martinus Frecht, der Ulmische Apostel!«, sagte er, als er den Hageren erkannte. »Kein Glück ist ungetrübt, keine Rose ohne Dorn!«

Spöttisch fixierte er sein Gegenüber. »Ich wusste gar nicht, dass Ihr Herr von Ulm seid. Ich dachte, Ihr wärt Prediger im Münster. Der Rat muss gar dringlich einen Nachfolger für Sam gesucht haben, dass er Euch gleich die ganze Stadt dafür bot!«

»Papperlapapp! Was habt Ihr hier zu suchen?« Barsch schnitt Frecht ihm das Wort ab.

»Handwerk hat güldenen Boden. Ich bin Seifensieder«, sagte Franck gedehnt, legte die Handflächen aneinander und bedachte Frecht mit einem maliziösen Lächeln. »Die Ulmischen Frauen sind sehr reinlich. Sie kaufen mehr Seife als die in Esslingen.«

»Seifensieder! Pah! Dass ich nicht lache! Ihr seid hier, um Eure ketzerischen Ansichten zu verbreiten!«, geiferte Frecht, das spitze Kinn angriffslustig vorgereckt. »Aber ich schwöre Euch: Solange ich hier Lektor der Schrift bin, wird Euch das nicht gelingen!«

»Lasst Euch Schuhe anpassen, die Euren Füßen gerecht sind. Mich deucht, die von Sam sind deutlich zu groß für Euch«, spottete Franck. »Ihr solltet gehen und ungebildeten Priestern das Lesen und Schreiben beibringen, aber nicht studierten Männern vorschreiben, was sie zu glauben haben!«

Ob dieser Beleidigung sog der Prediger scharf die Luft ein und machte drohend einen Schritt auf den Seifensieder zu. Lauernd umkreisten sie einander wie zwei dunkle Kornkrähen. Die Umstehenden rückten näher, um kein Wort des Disputes zu verpassen.

Heiser vor Erregung und mit ausgestrecktem Arm auf Francks Brust weisend, stieß Frecht hervor: »Wenn Ihr es wagt, hier Euer böses Gedankengut zu säen, werdet Ihr in Ulm nicht lange ein Auskommen haben!«

»Nichts ist bös, solange man es gut verstehen will!«, gab der Seifensieder zurück.

»Seid versichert, dass ich dafür sorgen werde, dass Ihr aus der Stadt gejagt werdet. So wie in Straßburg. Es bedarf nur eines klagenden Wortes von mir an den Rat ...«

»... der mir bereits das Bürgerrecht gewährt hat«, vollendete Franck den Satz des Predigers.

Offenen Mundes, seinen Blick hasserfüllt in den des Seifensieders gebohrt, stand Frecht für einen Moment wortlos da, unfähig, darauf eine Antwort zu geben.

»Das wird Euch noch leidtun!«, zischte er schließlich. In dem Versuch, ein wenig seiner Würde zurückzuerlangen, raffte er die Kanten seiner schwarzen Schaube zusammen und rauschte zutiefst beleidigt davon.

Unwillkürlich wollte Agathe Hella mit dem Ellbogen anstoßen. Mitten in der Bewegung hielt sie jedoch inne. Bald zweieinhalb Jahre waren seit dem Tod der Schwester vergangen, und die Erinnerung an Hella begann zu verblassen, doch immer noch hatte Agathe ab und an das Gefühl, die Schwester stünde neben ihr. Manchmal vermeinte sie sogar, deren Stimme zu hören.

Durch die heftige Bewegung glitt ihr das Stickzeug aus der Hand und rollte auf das Fuhrwerk zu, wo es zu Füßen eines schmächtigen Mannes mit dürrem Bart zu liegen kam. Der Mann beugte sich ungelenk hinab, griff danach und hob es auf. Suchend wandte er den Kopf nach demjenigen, dem es gehören mochte.

In dem Moment ließ ein scharfer Knall die Passanten, die mit Neugier dem Disput gelauscht hatten, zurückfahren. Das Seil, das den schweren Bottich hielt, war geborsten.

»Herrgottsakra!«, fluchte einer der Fuhrwerker, als der Bottich ins Rutschen geriet.

Immer noch hielt der schmächtige Mann Agathes Bündel in den Händen, den Kopf suchend abgewandt.

Mit dumpfem Krachen schlug der Bottich auf das Pflaster. Ein Schrei gellte durch die Gasse, durchdringend und schmerzvoll, und Agathes Bündel fiel erneut in den Schmutz. Abrupt verklang das Schreien, und der Schmächtige sank totengleich zu Boden.

Agathe presste entsetzt die Hand auf den Mund, und die

Umstehenden standen starr vor Schreck. Der Mann bot einen schlimmen Anblick: Sein Gesicht hatte alle Farbe verloren, sein rechtes Bein war unnatürlich verdreht, der Fuß unter dem schweren Bottich eingeklemmt.

»Ihr Säckel!«, brüllte der Seifensieder die Fuhrleute an. »Seid ihr festgewachsen? Nun hebt gefälligst den Bottich von dem Mann runter!«

Sofort sprang einer der Beschimpften herbei. Mit dem ganzen Gewicht seines Körpers lehnte er sich gegen den oberen Rand des Bottichs, und es gelang ihm, diesen gerade so weit anzuheben, dass sein Kamerad den Fuß des Schmächtigen darunter hervorziehen konnte.

Dem Verletzten entfuhr ein Stöhnen, doch er blieb ohne Bewusstsein. Dort, wo sich zuvor seine Zehen befunden hatten, war nunmehr ein einziger blutiger Klumpen.

»Kennt einer den Mann?«, fragte der Seifensieder betroffen in die Runde.

»Gruber. Messner von Sankt Michael«, ließ sich eine dürre Alte vernehmen, die das grausige Geschehen aus nächster Nähe mit angesehen hatte.

»Er ist Schneider, oder?«, meldete sich eine andere Frau zu Wort.

Die Alte nickte knapp. »Verdient mit Nähen sein Brot. Bekommt ja jetzt kein Geld mehr fürs Glockenleuten.«

»Wo wohnt er? Hat er eine Familie?«, erkundigte sich der Seifensieder.

Die Alte schüttelte den Kopf. »Wohnt allein da oben. Im alten Messnerhaus. Oben auf dem Michelsberg.«

»Seine Frau ist ihm davongelaufen. Sie hatte wohl Angst, bei ihm zu verhungern.« Die andere Frau zeigte sich gesprächiger.

»Und was machen wir jetzt mit ihm?« Sebastian Franck war sichtlich erschüttert.

»Klause bei der Eich?«, schlug die Alte vor.

»Wie bitte?«

»Am besten, Ihr bringt ihn in das Seelhaus der Regelschwestern beim Hirschbad!«, erklärte die Gesprächige. »Es ist zwar offiziell geschlossen worden, wie die anderen Klöster auch, aber es wohnen immer noch ein paar alte Beginen dort und pflegen Kranke.«

Franck nickte. »Heda, ihr zwei!«, rief er den Fuhrwerkern zu, die sich unter das weit in die Gasse vorkragende Obergeschoss des Seifensiederhauses verzogen hatten. »Für diesen Tag habt ihr genug Leid angerichtet! Nun schafft endlich den Bottich in die Werkstatt, und dann bringt ihr den Unglücklichen hier ins Seelhaus beim Hirschbad!« Aus der abgeschabten Börse, die er unter seiner Schaube am Gürtel trug, nestelte er zwei Kreuzer und reichte sie dem Älteren der beiden.

Umständlich hoben die Männer den Bottich an und wuchteten ihn ächzend durch das Tor, das in der Außenwand des schmalen Hauses gähnte.

Agathe bückte sich und hob ihr Bündel vom Boden auf. Bedrückt klopfte sie den Staub ab, den Blick immer noch auf den bewusstlosen Messner geheftet. Der Mann tat ihr furchtbar leid, sicher hatte er schlimme Schmerzen. Sie fühlte sich mitschuldig an dem Unfall. Der Bottich war zwar nicht aus ihren Händen gerutscht, doch es war ihr Bündel gewesen, das den Mann abgelenkt hatte, so dass er die Gefahr nicht hatte kommen sehen. Wenn sie es nicht hätte fallen lassen …

Als die Fuhrleute wieder durch das Tor traten, stand Agathe immer noch neben dem Verletzten, das Stickbündel fest an sich gepresst. Zu gern hätte sie dem Mann geholfen, doch sie wusste beim besten Willen nicht, wie sie das anstellen sollte.

Umständlicher als nötig wischten sich die Männer den Schweiß von der Stirn, dann hoben sie den reglosen Körper des Messners auf ihren Karren. Der Seifensieder reichte ihnen Grubers blutverschmierte Holzpantine. Kurz legte er seine Hand auf des Messners Stirn. »Gott stehe dir bei, guter Mann«, murmelte er.

Das Fuhrwerk setzte sich rumpelnd in Bewegung, und unwillkürlich folgte Agathe ihm mit zwei Schritten Abstand. Wenn sie dem Messner schon nicht helfen konnte, so wollte sie doch sehen, wie es ihm in der Klause bei der Eich erginge und ob die Beginen gut für ihn sorgen würden.

Über den Holzmarkt führte sie ihr Weg, am Kirchle vorbei, dann die Hirschgasse entlang. Bei der alten Eiche, kurz vor der Steinernen Brücke, die über die Blau führte, hielt der Wagen an. Die Männer sprangen vom Bock und klopften an ein Tor, dessen grüner Anstrich dringlich der Erneuerung bedurfte.

Und nicht nur das Tor, stellte Agathe fest. Das ganze Anwesen, obschon es von ansehnlicher Größe war, machte einen baufälligen Eindruck. In großen Stücken hatte sich der Putz von der Außenwand des Hauses gelöst, die hölzernen Klappläden vor den Fenstern saßen schief in ihren Angeln, und auf dem Dach fehlte eine gute Anzahl Schindeln.

Es verging eine geraume Weile, dann näherten sich schlurfende Schritte. In dem großen Hoftor öffnete sich eine Schlupftür, und eine Frau von unbestimmbarem Alter, groß und kräftig wie ein Gaul, erschien im Türrahmen. Anders als die adretten Schwestern im Heiliggeist-Spital, deren schwarzer Habit ein blaues Kreuz auf rotem Grund zierte, war sie in ein unförmig weites Gewand aus stabilem, abgetragenem Barchent gehüllt, über das sie eine fleckige Schürze gebunden hatte.

Eine riesige, mit schwarzen Haaren bewachsene Warze verunzierte ihre Wange, und als wären das der Unansehnlichkeiten nicht genug, schien der Schwester zudem der Hals zu fehlen und ihr Kopf mit der eng gebundenen weißen Haube direkt auf den breiten Schultern zu sitzen.

Die Fuhrleute hoben den Messner vom Wagen, und als sie, den noch immer Bewusstlosen zwischen sich tragend, der Begine folgten, trat Agathe mit größter Selbstverständlichkeit hinter ihnen in den Hof und von dort durch einen engen Flur in einen großen, düsteren Saal.

Abgestandener, süßlicher Gestank schlug ihnen entgegen, und in Agathe stieg Ekel auf. Hastig presste sie einen Zipfel ihres Mantels vor ihre Nase, und im ersten Moment wollte sie sich vor dem Gestank ins Freie flüchten, doch etwas hielt sie zurück, zwang sie, weiter in den Raum hineinzugehen.

Der Saal erstreckte sich auf der ganzen Breite des Hauses und maß vielleicht acht Schritt im Geviert. Seine beklemmend niedrige Decke wurde in Abständen von schmucklosen Pfeilern gestützt. Dicht gedrängt, nur wenige Handbreit voneinander entfernt, standen Pritschen darin, kaum dass man zwischen ihnen hindurchgehen konnte.

Eine knöcheltiefe Schicht aus Stroh, die dringend des Wechsels bedurfte, bedeckte die abgetretenen Bodendielen. Blut und Exkremente hatten sie an manchen Stellen bereits zu einer dunklen Masse zusammengeklebt.

Durch die kleinen Fenster fiel nur wenig Licht in den Raum, und im Halbdunkel erkannte Agathe erst jetzt, dass auf den meisten der Pritschen Sieche lagen.

»Legt ihn dorthin!« Die Begine wies auf eines der schmalen Bettgestelle gleich neben der Tür. Es war mit einer dünnen Lage Stroh gepolstert, über das man ein zerschlissenes Laken ausgebreitet hatte.

Die Fuhrleute taten, wie ihnen geheißen, doch sobald sie sich ihrer ohnmächtigen Last entledigt hatten, konnten sie diesen Ort des Elends nicht schnell genug verlassen.

Agathe dagegen blieb neben der Pritsche des Messners stehen, ihr staubiges Stickbündel immer noch in Händen haltend, und starrte auf den Fuß des Messners, der über das Ende der kurzen Bettstatt hinausragte. Frisches Blut tropfte von dem durchweichten Strumpf ins Stroh, wo es zwischen den Halmen versickerte.

Die große Begine trat herbei und schüttelte den Messner an der Schulter. Dieser regte sich nicht. Die Schwester rüttelte fester, doch weiterhin ohne Erfolg. Selbst als sie ihm mit der flachen Hand auf die Wangen schlug, blieben seine Augen geschlossen. Zu tief war die Ohnmacht, die ihn gefangen hielt.

Missgestimmt baute sich die Frau neben Agathe auf und stemmte ihre geröteten Hände in die Hüften.

»Verschwinde!«, knurrte sie mürrisch, ohne die Lippen zu bewegen. Furchen zogen sich von ihren Mundwinkeln bis zum Kinn hinab. »Das ist hier keine Volksbelustigung!«

Trotzig schob Agathe das Kinn vor. »Ich bin seine Tochter!«, behauptete sie und blickte der Frau fest in die Augen.

»Seine Tochter!«, wiederholte die Schwester gedehnt und musterte Agathe unter schweren Lidern hervor. Ihr Blick glitt von Agathes sorgfältig gescheiteltem Blondhaar hinab zu ihren gut genähten, ledernen Schuhen. Ihre Augenbrauen hoben sich zum Rand ihrer Haube.

»Nun dann: Tochter!«, sagte sie. »Du kannst dich gleich nützlich machen. Hol Wasser im Fluss! Auf dem Hof in der Ecke rechts neben dem Tor findest du einen Eimer.«

Aus dem hinteren Teil des Raumes drang ein röchelndes Stöhnen, das Agathe erschaudern ließ. Ohne ein weiteres Wort wandte sich die Begine ab und eilte in die Richtung, aus der das Stöhnen kam.

Agathe trat in den Hof und legte ihr Stickbündel beiseite. In bezeichneter Ecke fand sie den Eimer und eilte damit die wenigen Schritte zur Blau hinunter. Sie füllte ihn und schleppte ihn wie verlangt zur Bettstatt des Messners.

Die Begine nahm ihr den schweren Eimer aus der Hand, als wiege er nichts, und schüttete dem Messner bald die Hälfte des Wassers über das Haupt. Mit einem gellenden Schrei fuhr der Mann auf, und Agathe wich erschrocken zurück. Doch das Schreien währte nicht lange. Bereits wenige Wimpernschläge darauf versank der Gepeinigte wieder in der gnädigen Schwärze seiner Ohnmacht. Schlaff sackte sein Körper zurück auf die Pritsche.

»Ist wohl besser so«, murmelte die Begine. Sie schob den abgewetzten Beinling des Messners bis über das Knie hinauf und fasste den oberen Rand seines von Motten zerfressenen Strumpfes. Gebannt beobachtete Agathe, wie sie ihn mit sicherem Griff über den Schenkel hinab und über den Fuß zog.

Dann jedoch verhakte sich die grobe Wolle des Strumpfes in den gesplitterten Knochen der Zehen, und Agathe schauderte. Dennoch vermochte sie es nicht, den Blick abzuwenden.

Ungerührt fasste die Schwester in den blutigen Knäuel aus Haut und Knochen. Masche für Masche löste sie die Wollfäden von den Splittern, bis sie den Strumpf befreit hatte, und warf ihn achtlos zu dem anderen Unrat auf den Boden.

Agathe schaute dem Messner forschend in das wachsbleiche Gesicht. Auch diese sicherlich schmerzhafte Prozedur hatte ihn nicht aus seiner Ohnmacht erwachen lassen.

Das Stöhnen im hinteren Teil des Raumes schwoll zu einem gepeinigten Schreien und rief eine zweite Begine herbei, eine kleine abgezehrte Frau, in deren Gesicht das Alter bereits tiefe Furchen gegraben hatte. Auch sie trug eine formlose Tracht.

Die große Schwester richtete sich auf und funkelte Agathe herausfordernd an.

»So, Tochter, nun übe dich mal in Fürsorge für deinen Vater. Du kannst die Wunde auswaschen.« Mit dem Fuß schob sie Agathe den halbleeren Eimer hin.

Diese wich unwillkürlich einen Schritt zurück. »Sollte man nicht besser einen Doktor rufen?«, fragte sie mit belegter Stimme.

»Einen Doktor? Kind, was glaubst du?«, rief die Begine und schnalzte mit der Zunge über so viel Unverstand. »Einen Doktor haben wir hier noch nie gesehen. Du glaubst doch nicht, dass die feinen Herren sich hier ihre Schauben schmutzig machen, noch dazu um ein Vergelts Gott!«

»Dann wenigstens einen Wundarzt?« So schnell war Agathe nicht bereit aufzugeben.

Die Begine verzog spöttisch das Gesicht. Gleichwohl griff sie an den Beutel des Messners und wog ihn in der Hand. Verneinend schüttelte sie den Kopf. »Ich glaube auch nicht, dass ... dein Vater ... sich einen Wundarzt leisten kann. Das müssen wir wohl selbst machen. Da drüben findest du Lappen.« Mit ausgestrecktem Arm wies sie zur Decke des Raumes, wo auf einer schlaff gespannten Leine fleckige Lumpen trockneten.

Ihr Blick fing sich an dem feinen blauen Wolltuch von Agathes Kleid, und sie fügte hinzu: »Du solltest dir besser etwas vor dein hübsches Kleid binden, Tochter.« Mit dem Kinn deutete sie auf eine verwaschene Schürze, die an einem Nagel neben der Tür hing. Damit ließ sie Agathe stehen und eilte ihrer Mitschwester zu helfen, die vergeblich versuchte, den schreienden Patienten zu beruhigen.

Agathe zögerte. So etwas hatte sie noch nie getan, und sie kam sich sehr töricht vor. Es war eine Sache gewesen, hierherzukommen und kluge Vorschläge zu machen, doch eine gänzlich andere, selbst Hand anzulegen. Was, wenn sie es falsch machte? Und dem Messner womöglich noch schlimmeren Schaden zufügte?

Agathe spürte, wie Wut in ihr aufstieg und all ihre Bedenken beiseitefegte. Wut auf all die überheblichen Ärzte, die sich nicht um die Armen kümmerten, weil diese sich ihr Honorar nicht leisten konnten. Unwillkürlich ballte sie die Fäuste. Wenn sie die Wunde nicht auswaschen würde, wer weiß, wann die Beginen Zeit dafür fänden?

Entschlossen schlüpfte Agathe aus ihrem Mantel, hängte ihn an den Nagel und band sich die Schürze um. Das fleckige Kleidungsstück war viel zu weit für ihre schlanke Gestalt und fiel ihr bis auf die Füße. Es musste einer Frau gehören, die deutlich größer und fülliger war als sie selbst. Agathe pflückte einen der schmutzigen Lappen von der Leine und wandte sich damit wieder der Pritsche zu.

Der zerschmetterte Fuß des Messners bot einen schauderhaften Anblick. Gestocktes Blut mischte sich mit dem Schmutz und den Exkrementen der Straße, die durch den zerlumpten Strumpf gedrungen waren, zu einer dunkelroten Masse, aus der milchweiß die geborstenen Knochen der Zehen stachen.

Ein flaues Gefühl stieg in Agathe auf und nistete sich in ihrer Magengrube ein. Zögerlich tauchte sie den Lappen in den Eimer, drückte das überschüssige Wasser aus und näherte sich damit vorsichtig der verletzten Gliedmaße.

Auf ihrer Stirn bildeten sich winzige Schweißperlen. Die Flauheit in ihrem Magen wurde stärker und ließ sie mitten in der Bewegung innehalten. Sie vermochte es nicht, mit dem Lappen die Wunde zu berühren. Verzagt ließ sie die Hand sinken. Was war sie doch für ein Hasenfuß!

»Nun stell dich nicht so an!«, schimpfte Agathe stumm mit sich selbst. »Es ist das mindeste, was du für den armen Mann tun kannst!«

Ein paarmal schluckte sie trocken und atmete tief durch,

um ihren Widerwillen zu vertreiben, dann endlich gelang es ihr, allen Mut zusammenzufassen. Noch einmal holte sie tief Luft, biss die Zähne fest aufeinander und berührte mit dem Lappen den Fuß.

Zaghaft zunächst, dann immer sicherer, tupfte und wischte sie, spülte den Lappen aus, bis das Wasser im Eimer rot war von Blut, und endlich hatte sie die Wunde vom Schmutz gereinigt.

Mit einem Seufzen ließ sie den Lappen in den Eimer fallen und trat einen Schritt zurück. Dabei prallte sie unversehens gegen die hünenhafte Begine. Agathe hatte gar nicht bemerkt, dass diese hinter ihr stand. Wie lange hatte die Schwester sie schon beobachtet?

Wein spritzte aus dem Krug auf, den die Begine in ihrer Rechten hielt, und zu den Flecken auf ihrer Schürze kam noch ein weiterer hinzu. Die Schwester quittierte es mit einem unwilligen Schnauben. Fachmännisch beschaute sie den Fuß des Messners. Schließlich nickte sie zufrieden.

Sie hatte also nichts falsch gemacht, dachte Agathe erleichtert. Sie verspürte sogar ein wenig Stolz, dass es ihr gelungen war, ihren Widerwillen zu überwinden.

Aus einem Leinenbeutel förderte die Begine nun einen faserigen Bausch zutage, ungesponnener Wolle nicht unähnlich.

»Was ist das?«, fragte Agathe.

»Scharpie«, antwortete die Begine knapp. Geschickt rupfte sie ein Büschel davon ab, tränkte es mit Wein aus dem Krug und benetzte die Wunde großzügig. Sie musste gespürt haben, dass ihre Antwort Agathe nicht genügte, denn erklärend fügte sie hinzu: »Flusen, die aus Flachs oder Baumwolle gezupft werden.«

Unter Agathes aufmerksamem Blick zog sie einen weiteren Bausch aus dem Beutel, größer als den ersten, und tränkte auch diesen mit Wein. Sorgfältig legte sie den Verbandstoff auf die Wunde und trug Agathe auf, ihn dort festzuhalten, während sie aus ihrer Schürze Leinenbinden hervorzog, die sie geübten Griffes um den Fuß des Messners wickelte.

»So, das wär's«, befand sie, als sie das Ende des letzten Stoffstreifens sorgfältig festgesteckt hatte. »Alles Weitere liegt nicht mehr in unserer Macht. Jetzt geh nach Hause und sprich ein paar Gebete für ihn.«

Agathe nickte. Ermattet griff sie nach ihrem Mantel und legte ihn sich um die Schultern. Sie war schon beinahe zur Tür hinaus, als die Begine sie zurückrief: »Die Schürze kannst du hierlassen. Die brauchen wir noch!«

»Entschuldigung«, murmelte Agathe, entledigte sich des geliehenen Kleidungsstücks und verließ widerstrebend die Klause. Mit einem Mal fühlte sie sich, als hätte man alle Kraft aus ihr gesogen. Ob der Messner wieder gesundete, lag nun nicht mehr bei ihr, das war Agathe bewusst. Sie hatte getan, was sie vermochte, doch das reichte ihr nicht. Am liebsten würde sie bis zu seiner Genesung neben seiner Pritsche ausharren. Doch sie wusste, dass ihm das nicht nutzen würde. Überdies wäre sie den Schwestern nur im Weg. Das hatten sie ihr deutlich zu verstehen gegeben.

Als Agathe daheim in die Stube trat, unterbrach Katharina ihre Lektüre und hob unwillig den Kopf. Dann jedoch bemerkte sie die ungewöhnliche Blässe auf dem Gesicht der Schwester. »Was ist mit dir?«, fragte sie und legte die Bibel beiseite.

»Auf dem Weg zu Walburga ist ein Unglück geschehen«, antwortete Agathe erschöpft.

»Jesus hilf!«, keuchte ihre Mutter, ließ Nadel und Stickzeug fahren und sprang auf. »Was ist passiert? Sag, was fehlt dir?«, drängte sie.

»Nichts. Das heißt: nicht mir«, entgegnete Agathe und ließ sich auf die gepolsterte Bank unter dem Fenster sinken. In stockenden Worten berichtete sie von dem Streit zwischen dem Seifensieder und Prediger Frecht und schilderte, wie der Bottich von Sebastian Franck beinahe den Messner von Sankt Michael unter sich begraben hätte.

»Seinen Fuß hat es getroffen«, sagte sie, und immer noch stand ihr der Schrecken über das grausige Geschehen ins Gesicht geschrieben. »Die Fuhrleute haben ihn in die Klause bei der Eich gebracht. Ich bin ihnen gefolgt und habe geholfen, seine Wunde zu versorgen. Die Zehen sind geborsten und waren ganz von Blut und Schmutz verklebt. Mit einem Lappen habe ich …«

»Was hast du getan?« Katharinas Stimme erklomm ungewohnte Höhen. »Sag nicht, du hast die Wunde ausgewaschen! Einem wildfremden Menschen!«

»Doch, das habe ich«, bestätigte Agathe.

»Wie konntest du nur!«, erregte Katharina sich. »Das ist ekelhaft! Das ist etwas für Bader oder Chirurgen und anderes unehrliches Pack! Wie kommst du überhaupt in die Klause? An einem solchen Ort hast du nichts verloren! Hast du denn völlig vergessen, wer du bist?« Um Unterstützung heischend, blickte sie die Mutter an.

»Agathe! Was hast du dir nur dabei gedacht?«, rügte Helene bekümmert. Doch ihrem Tadel fehlte die Kraft. Sie war viel zu erleichtert, ihre jüngste Tochter wohlauf zu wissen, als dass sie ihr hätte zürnen können. »Nun geh und ruh dich aus. Ich lass dir dein Abendmahl auf die Stube bringen.«

Tags darauf suchte Agathe vergeblich ihr Stickzeug.

»Wahrscheinlich hast du es gestern gar nicht mit heimgebracht«, tadelte Katharina. »Du wirst es in dieser schrecklichen Klause vergessen haben. Wann lernst du endlich, auf deine Sachen zu achten?«

»Ja, du hast recht. Ich habe es nicht mitgebracht«, stimmte Agathe zu und machte sich beschwingten Schrittes auf den Weg zum Seelhaus beim Hirschbad. Es verdross sie nicht, dass sie ihr Stickzeug dort vergessen hatte. Im Gegenteil – das gab ihr einen guten Grund, wieder dorthin zu gehen. Ohnedies hatte der Gedanke an den verletzten Messner sie den ganzen Morgen über beschäftigt.

»Ah, die Tochter!«, begrüßte die große Begine sie am Tor. »Was willst du noch?«

»Ich habe mein Stickzeug vergessen«, antwortete Agathe.

Die Begine ließ sie ein, und Agathe trat in den Hof. Ihr Stickzeug lag noch an derselben Stelle, an der sie es am Nachmittag zuvor abgelegt hatte. Und dort konnte es noch einen Moment länger bleiben, entschied sie und folgte der Schwester in den Krankensaal.

Der Messner war nicht bei Bewusstsein. Unruhig warf er sich auf seiner schmalen Bettstatt hin und her. »... das Läuten ... muss doch ... darf nicht vergessen ...«, murmelte er undeutlich.

»Wundfieber!«, kommentierte die Begine. »Deinem Vater geht es nicht gut!«

»Meinem ... äh, ja.« Agathe blickte auf den Verband, den sie tags zuvor angelegt hatten. Die weißen Leinenbinden waren von einer gelb-roten Flüssigkeit durchweicht, und ihnen entströmte ein widerlicher Gestank, der trotz des fauligen Geruchs, der über dem ganzen Krankensaal lagerte, deutlich wahrzunehmen war.

»Wird er wieder gesund?«, fragte sie beklommen.

»Ohne Wundarzt?« Die Begine schüttelte zweifelnd den Kopf. »Das liegt in der Hand des Herrn.«

Grußlos verließ Agathe die Klause. Sie musste sich beherrschen, nicht zu laufen. Erhitzt und ein wenig außer Atem, erreichte sie das Streichersche Haus. Sie fand ihre Mutter in der Wäschekammer damit beschäftigt, das Linnen durchzusehen.

»Dieses hier kannst du gleich zu Lumpen reißen«, befahl Helene ihrer jungen Hausmagd und drückte ihr eines der Tücher in die Hände. »Nanu, Agathe! Was machst du hier? Ich glaubte dich bei Walburga.«

»Mir ist das Stickgarn ausgegangen«, log Agathe. »Ich würde gern neues kaufen. Kannst du mir ein wenig Geld geben?«

»Natürlich.« Helene nestelte ein paar Kreuzer aus dem bestickten Beutel, der neben dem großen Schlüsselbund an ihrem Gürtel hing, und ließ sie in die ausgestreckte Hand ihrer Tochter gleiten.

Enttäuscht betrachtete Agathe die Münzen. Das würde nicht reichen. »Es ist ein ziemlich großes Tuch ...«, sagte sie gedehnt und trat unruhig von einem Fuß auf den anderen.

Helene lächelte erfreut. Endlich schien ihre Jüngste Gefallen an weiblichen Handarbeiten zu finden. Großzügig legte sie fünf Schillinge zu den Kreuzern. »Dann lauf und kauf dir ein paar hübsche Farben«, sagte sie.

Mit wehendem Rock flog Agathe die Stiege hinab. Doch statt zur Haustür hinaus, eilte sie durch die Küche in den Hof, wo laute Axthiebe verrieten, dass Jos damit beschäftigt war, Feuerholz für den kommenden Winter zu spalten.

Agathe schwang sich auf den ansehnlichen Stoß, zu dem Jos die Scheite bereits an der Hauswand aufgestapelt hatte. Wie beiläufig fragte sie: »Sag mal, wo wohnt eigentlich der Wundarzt?«

Jos richtete sich auf und wischte sich den Schweiß aus dem Gesicht. Trotz der Kühle des Tages hatte er sich seines Hemdes entledigt und arbeitete mit entblößtem Oberkörper. »Warum willst du das wissen? Ist jemand verletzt?«

»Noch nicht«, beschwichtigte Agathe. »Aber wenn ich dich so mit der Axt schaffen sehe ...«

Jos lachte gutmütig. »Hinter der Metz wohnt er. Aber

ich werd mir schon nicht die Hand abhacken.« Er bedachte sie mit einem lustigen Zwinkern. »Jedenfalls nicht, wenn nicht alle naslang kleine Mädchen in den Hof gerannt kommen und mich hinterrücks erschrecken.«

Wundarzt Merk hauste in einem düsteren Zimmer im hinteren Teil eines schäbigen Hauses nahe der Fleischerhalle. Er stammte aus Lauingen an der Donau, und schon als ganz jungen Burschen hatte sein Vater, selbst Chirurgus, ihn in die Lehre genommen.

Da der Vater jedoch mehr Zeit damit zubrachte, in den Drei Mohren zu zechen, als seinen Sohn das Handwerk zu lehren, hatte der gerade mal zwölfjährige Hans Jacob beschlossen, sich auf eigene Faust einen anderen Lehrherren zu suchen. Er verließ seine Heimatstadt und fand nach einer Zeit des Umherziehens in Ulm den Meister, den er sich erträumt hatte: Martin Unnauer, einen zwar bärbeißigen, doch erfahrenen Mann, der ihn gewissenhaft in allen Belangen seiner Kunst unterwies.

Auf Agathes Klopfen hin öffnete Merk selbst die Tür.

»Der Messner von Sankt Michael hat einen zerschlagenen Fuß«, sagte Agathe und zeigte ihm die Münzen. »Reicht das, um ihn zu behandeln?«

Merk nahm ihr die Münzen aus der Hand und nickte. »Fritz!«, befahl er.

In einer Ecke des Zimmers erhob sich gehorsam ein junger Bursche von seinem Lager, offensichtlich der Lehrjunge des Wundarztes, und wuchtete sich den hölzernen Kasten mit dem Handwerkzeug seines Lehrherren auf die Schultern. Wenig später nur führte Agathe Merk und ihn unter dem erstaunten Blick der Begine in der Klause an die Pritsche von Messner Gruber.

Die Bewegungen des Wundarztes waren längst nicht mehr so unbeholfen wie damals, als er Hellas Kopfwunde behandelt hatte. Ohne weitere Umstände wickelte er die stinkenden Binden von dem Fuß des Messners und warf sie ins Stroh. Mit spitzen Fingern zupfte er sodann die von Blut und Eiter fest mit den Knochensplittern und Hautfetzen verklebte Scharpie ab und betrachtete aufmerksam die zerquetschten Gliedmaßen.

Auf seinen Wink hin öffnete der Lehrbursche den Werkzeugkasten. Diesem entnahm Merk zunächst ein einfaches Stück Holz, das er dem Messner zwischen die Zähne schob. Den zahlreichen Bissspuren nach zu urteilen, die das Holz trug, mussten sich vor ihm schon viele Patienten voller Pein in dieses Holz verbissen haben. Nur so waren die Schmerzen zu ertragen, die der Wundarzt ihnen zuzufügen gezwungen war.

»Bringt heiße Glut!«, befahl Merk mit fester Stimme und entnahm dem Kasten einen schmutzigen Lumpen und eine Zange mit dicken Backen.

Agathe schauderte. Während die Begine den Lehrburschen in die Küche der Klause führte, beobachtete sie beklommen, wie der Wundarzt weiter in seinem Kasten kramte. Merk holte verschieden große Eisen hervor, musterte sie, verglich ihre Größe. Schließlich entschied er sich für eines der kleineren und legte die anderen zurück in den Kasten.

»Wozu braucht Ihr das Eisen?«, fragte Agathe mit belegter Stimme.

»Das ist ein Kauter«, erklärte Merk. »Was Arzneien nicht heilen, heilt das Messer. Was das Messer nicht heilt, heilt das Feuer!«

Agathe schluckte trocken. Doch noch ehe sie sich die Bedeutung dieser Worte ausmalen konnte, brachte der Lehrbursche ein Kohlebecken herbei, um dessen Griff er einen Lappen gewickelt hatte. Funken stoben daraus empor, als Merk den Kauter in die Glut schob.

Ohne dass es einer Anweisung bedurfte, trat die kräftige

Begine hinzu, schlang ihre Arme um den Brustkorb des Messners und hielt ihn wie mit Zwingen.

»Halt du seine Füße fest!«, befahl der Wundarzt seinem Lehrling. »Am besten, du fasst ihn bei den Waden. Er darf sich nicht bewegen!«

Der Lehrling beugte sich über die Pritsche und packte die Waden des Verletzten mit festem Griff, während Merk die Zange zur Hand nahm.

»Bereit?«, fragte er den Lehrburschen.

Dieser nickte. An der Stelle, an welcher der kleine Zeh am Fuß angewachsen war, setzte Merk die Zange an und umfasste die Griffe mit beiden Händen. Gebannt schaute Agathe zu, wie sich die Schneiden der Zange um den deformierten Zeh des Messners legten.

Mit einem glitschigen Zwacken schloss sich die Zange. Der Zeh fiel zu Boden, verschwand in dem dreckigen Stroh, und ein Schwall frischen Blutes schoss aus dem Schnitt hervor. Dem geknebelten Mund des Messners entfuhr ein Gurgeln, und er versuchte, sich aufzubäumen, doch die Begine hielt ihn mit eisernem Griff.

Merk langte nach dem Lappen und zog damit den Kauter aus der Glut. Bevor er jedoch das Eisen auf die blutende Wunde pressen konnte, tat es einen dumpfen Schlag. Der Lehrjunge war bewusstlos zu Boden gesackt.

Die Füße des Messners, der versehrte wie der unversehrte, traten vor Schmerzen in die Luft, und Tropfen hellroten Blutes spritzten umher.

»Herrgottsakra!«, fluchte der Wundarzt und stieß den Lehrburschen erbost mit dem Fuß. Doch dieser blieb reglos liegen.

Unwillkürlich trat Agathe einen Schritt vor und nahm dessen Platz ein. Sie griff nach den Waden des Messners, und mit aller Kraft zwang sie seine Beine auf die Bettstatt nieder. Doch ihre Kräfte reichten nicht aus, um sie dort so lange niederzuhalten, bis der Wundarzt sein Handwerk verrichtet hätte.

»Setz dich darauf«, befahl die Begine.

Agathe tat wie geheißen und schwang sich auf die Schenkel des Messners. Mit beiden Händen packte sie den verletzten Fuß, und endlich gelang es ihr, diesen so ruhig zu halten, dass Merk den Kauter auf die blutende Wunde pressen konnte, ohne dabei den ganzen Fuß zu versengen.

Mit einem Zischen fraß sich das Eisen in das Fleisch. Der widerliche Geruch nach verbranntem Gewebe stieg Agathe in die Nase, und sie würgte, doch tapfer drängte sie den Brechreiz zurück, während Merk den Kauter in die Glut zurückschob und wieder nach der Zange griff.

Drei Zehen büßte der Messner ein, bevor der Wundarzt ein Einsehen hatte und die Zange beiseitelegte. Der arme Mann war wieder in tiefe Ohnmacht gesunken, so dass Merk in aller Ruhe sein weiteres Geschäft verrichten konnte. Sorgfältig beträufelte er die verbrannten Stellen mit Öl, breitete Scharpie darüber und befestigte diese fachmännisch mit neuen Binden.

Schließlich wischte er seine Instrumente ab und packte sie in den Kasten. Dann schüttelte er seinen Lehrburschen wach. »He, du Bachl! Du bist mir eine schöne Hilfe!«, brummte er. »Ein Lehrling, der kein Blut sehen kann! Sag mir, was ich mit dir anfangen soll?«

Zerknirscht lud sich der Lehrling den Instrumentenkasten auf die Schulter, während Merk sich an die Begine wandte. »Lasst die Verbände geschlossen. Ich komme in ein paar Tagen wieder und schau nach ihm«, sagte er. »Wenn das Eiterfieber verschwindet, sollte er wohl gesund werden.«

Agathe biss sich auf die Lippe und blickte den Wundarzt betreten an. »Ich habe nicht mehr Geld, um Euch zu entlohnen«, sagte sie leise.

Merk musterte sie forschend. »Mach dir darüber mal keine Sorgen, Kind, das ist im Preis inbegriffen«, sagte er schließlich und verließ, seinen unnützen Lehrburschen ärgerlich vor sich herschubsend, das Seelhaus.

»Er ist nicht dein Vater, oder?«, fragte die Begine Agathe. Zum ersten Mal lag keine Schroffheit in ihrer Stimme.

»Nein«, antwortete Agathe ehrlich. »Mein Vater ist schon lange tot. Er liegt bei den Barfüßern begraben.«

»Wie heißt du, Kind?«

Agathe nannte ihren Namen. Die Streichers waren Kaufleute, wohlhabend, seit Generationen schon, und gehörten der oberen Schicht der zünftigen Familien an. Durch seine Vermählung hatte Vater Johann das Ansehen und Vermögen der Familie noch bedeutend vergrößern können, denn Helene war nicht nur eine gebürtige Rockenburger, sondern darüber hinaus noch die Tochter der Elisabeth Gienger. Und die Giengers galten unumstritten als die reichste und angesehenste Familie der Stadt. So hatte Streicher bei seinem Tod vor gut zehn Jahren die Familie in solidem Wohlstand zurückgelassen.

Wenn es die Begine erstaunte, zu hören, dass das Mädchen aus einer so vornehmen Familie stammte, so ließ sie es sich nicht anmerken. »Ich bin Notburga«, sagte sie. »Notburga Fischer. Du bist ein gutes Mädchen, Agathe. Und ein mutiges. Du solltest jetzt nach Hause gehen. Und vergiss dein Stickzeug nicht!«

»Ach, Agathe, da bist du ja!«, begrüßte ihre Base Walburga sie kurz darauf. »Ich dachte schon, dich hätte der Schlagfluss getroffen wie Konrad Sam«, plapperte sie drauflos, kaum dass Agathe die Stube des imposanten Hauses der Rockenburgers am Weinhof betreten hatte. »Es soll ein sehr friedvoller Tod sein. Das jedenfalls hat Sam Schuhmacher Fischer erzählt – dem alten Sebastian natürlich, nicht dem jungen. Als ihn der Schlag zum ersten Mal getroffen hatte und er danach wieder zur Vernunft gekommen war, hatte der ihn wohl gefragt, ob er große Schmerzen gehabt habe. Sam hatte geantwortet, er wünschte schon, dass er gestorben wäre, denn er glaube nicht, dass es einen sanfteren Tod gäbe.«

»Nein, mich hat nicht der Schlag getroffen«, entgegnete Agathe müde. Nach ihrem Erlebnis in der Klause bei der Eich fühlte sie sich völlig erschöpft. Trotzdem hatte sie beschlossen, auf dem Heimweg kurz bei ihrer Base vorbeizuschauen, wenn auch nur, um später, ohne zu lügen, sagen zu können, dass sie bei Walburga gewesen war.

»Wo warst du denn dann gestern?«, fragte Walburga vorwurfsvoll und warf ihre goldbraunen Zöpfe über die Schultern zurück. »Hattest du nicht gesagt, du wolltest kommen?«

»Wollte ich auch«, antwortete Agathe leichthin und wickelte ihr Stickmustertuch aus seiner leinenen Hülle. »Aber es ist etwas dazwischengekommen.«

»Und was ist dazwischengekommen?«, hakte Walburga nach und legte den kleinen Kopf schief, die vollen Lippen missbilligend geschürzt.

Agathe zog einen Hocker heran und ließ sich mit einem Seufzer neben ihrer Base nieder. »Das ist eine lange Geschichte«, sagte sie.

»Fein!«, freute Walburga sich, und ein erwartungsvolles Strahlen breitete sich über ihr puppenhaftes Gesicht. »Ich liebe lange Geschichten!« Geschickt fädelte sie einen Faden in die Nadel, und während sie sorgsam das Ende des Fadens auf dem Stickgrund vernähte, begann Agathe ihr von dem Unfall des Messners zu berichten, wie tags zuvor bereits Mutter und Schwester.

Doch anders als Katharina, unterbrach Walburga sie nicht. Einen Ausdruck angewiderter Faszination auf den weichen Zügen, lauschte sie Agathes Worten voller Lust an der Sensation.

Als Agathe geendet hatte, maß Walburga sie mit einem Blick, mit dem man gewöhnlich ekliges Getier betrachtet, und zog die Nase kraus. »Ich finde das ganz schön widerlich!«, sagte sie. »Wenn ich mir allein den Dreck und den Gestank vorstelle ...«

Den Gestank kannst du dir gar nicht vorstellen, dachte Agathe bei sich.

»Du verdirbst dir doch die guten Kleider in so einem Rattenloch! Warum hast du das getan?«

Agathe zog die Nadel aus ihrem Sticktuch und fuhr mit dem Finger über die Blüte, die sie zuletzt gestickt hatte. Ja, warum hatte sie es getan?, fragte sie sich, während sie abwesend einen neuen Faden durch das Nadelöhr zog.

Sie war dem Messner in die Klause gefolgt, weil das Gefühl der Schuld sie dazu getrieben hatte. Die Wunde ausgewaschen und bei der Amputation geholfen hatte sie einfach, weil es hatte getan werden müssen. Doch Agathe wusste, das war nur die halbe Wahrheit.

Unwillkürlich machte sie ein paar Stiche. Es hatte sie mit großer Befriedigung erfüllt, helfen zu können, und wenn sie ehrlich zu sich selbst war, so musste sie zugeben, dass alles, was mit dem Heilen zu tun hatte, eine fast magische Anziehung auf sie ausübte.

Kritisch betrachtete Agathe die unförmige Blüte, die ihre Nadel auf den Stoff gezeichnet hatte. Heute war es ihr völlig unmöglich, sich auf die Handarbeit zu konzentrieren. Unwillig ließ sie ihre Stickerei in den Schoß sinken.

»Allein, was du dir da holen kannst!« Walburga riss Agathe aus ihren Gedanken. »Am Ende gar die Pestilenz! Bist du von Sinnen?« Der ernste Tonfall, in der Walburga die Frage stellte, machte deutlich, dass sie wirklich am Geisteszustand ihrer Base zweifelte.

Nein, sie war ganz und gar nicht von Sinnen, dachte Agathe. Und wenn sie noch einmal in die gleiche Situation käme, so würde sie wieder genau so handeln, wie sie es getan hatte. Trotzig zog sie die krummen Stiche wieder aus dem Stickgrund.

Ja mehr noch: Am liebsten würde sie gleich morgen wieder in die Klause bei der Eich gehen und Schwester Notburga bei der Pflege der Kranken helfen. Sie wollte alles lernen, was die erfahrene Begine über das Heilen wusste. Doch wie sollte sie das anstellen? Mutter würde dazu nie ihr Einverständnis geben.

Gedankenverloren starrte Agathe auf ihr Sticktuch, als stünde dort die Antwort geschrieben. Aber ja! Das Handarbeiten war die Lösung! »Was hältst du davon, wenn wir gemeinsam ein Altartuch besticken?«, fragte sie ihre Base mit einem Lächeln, von dem sie hoffte, dass es nicht allzu scheinheilig war.

»Um Himmels willen! Das dauert ja eine Ewigkeit!«, stöhnte Walburga.

Genau darum, dachte Agathe.

»Ich glaube, du bist wirklich von Sinnen!«, beschied ihr Walburga.

3. Kapitel

»Wieso sind denn keine Putzlumpen mehr da? Ich hab doch erst vor kurzem Leinen ausgemustert und dir aufgetragen, es zu Lumpen zu reißen!«, tadelte Helene.

Schuldbewusst blickte die Hausmagd zu Boden. Sie war zu faul gewesen, die ausgemusterten Laken zu zerreißen, und hatte sie in den Verschlag unter der Treppe gelegt, wo sie Besen und Eimer verwahrte. Doch als sie eben eines hervorholen wollte, waren sie verschwunden. Den ganzen Verschlag hatte sie durchsucht, aber die Laken blieben unauffindbar.

»Ah, Agathe! Hast du Lumpen gebraucht?« Helene wandte sich an ihre Jüngste, die just in diesem Moment in den Flur trat.

»Nein, Mutter«, antwortete Agathe kurz angebunden, und bevor Helene ihr weitere Fragen stellen konnte, verabschiedete sie sich: »Ade. Ich gehe zu Walburga.« Sie nahm ihren Umhang aus schwerem Wolltuch vom Haken, warf ihn sich um die Schultern und öffnete die Haustür.

»Bei dieser Kälte willst du hinausgehen? Das Sticken muss dir ja wirklich Freude bereiten«, sagte Helene lächelnd.

»Ja, das tut es, Mutter«, antwortete Agathe und schlüpfte hinaus. Raschen Schrittes eilte sie die Sattlergasse entlang. Ihr Atem stieg in weißen Wölkchen dem strahlend blauen Himmel entgegen.

An der Ecke zum Holzmarkt hielt sie für einen Moment inne und blickte sich gewissenhaft um, doch sie sah niemanden, den sie kannte. Ohnedies war kaum ein Mensch unterwegs, die eisige Kälte hatte die meisten in ihre Häuser getrieben.

Linker Hand führte die Gasse zum Weinhof, wo Walburga wohnte, doch Agathe hielt sich rechts. Eilig querte sie den Holzmarkt und bog in die Hirschgasse. Als sie die Klause bei der Eich erreichte, war ihr vom Laufen warm geworden.

»Jungfer Streicher! Schaut: Es geht!« Schwer auf einen Stock gestützt, humpelte Messner Gruber ihr entgegen, kaum dass Agathe in den Hof des Seelhauses getreten war. Seine Wunden waren verheilt, und in den vergangenen Tagen hatte er unter Mühen und Schmerzen versucht, wieder laufen zu lernen. Kälte und Anstrengung hatten eine gesunde Röte auf sein Gesicht gelegt. »In ein paar Tagen kann ich sicher nach Hause gehen. Wie soll ich Euch nur danken? Wenn Ihr nicht gewesen wärt …«

»… dann hätte Euch Gott einen anderen zur Hilfe geschickt!«, vollendete Agathe den Satz. Sie freute sich von ganzem Herzen für Gruber, doch die Vorstellung, dass er allein dort oben auf dem Michelsberg hauste, wollte ihr nicht so recht behagen. »Gibt es jemanden, der Euch zur Hand gehen kann? Zumindest für eine Weile?«, fragte sie besorgt.

»Ach, macht Euch keine Sorgen, ich komme schon zurecht.« Gruber winkte ab. »Es ist besser, allein zu sein, als in schlechter Gesellschaft.« In seinen Worten schwang ein Hauch Bitternis, der von trauriger Erfahrung herrühren mochte.

»Ich kann ja ab und an nach ihm schauen«, schlug Gertrudis vor.

Das war ein überraschendes Angebot, denn die Schwester war bequem. Geschickt vermied sie jede Anstrengung und schützte andere Aufgaben vor, wenn es darum ging, kräftig anzupacken.

Als junge Frau vor die Wahl gestellt, einen Witwer mit drei kleinen Kindern zu ehelichen, hatte sie es vorgezogen, den Schleier zu nehmen und in das Seelhaus zu ziehen, in der Erwartung, ihre Tage beschaulich im Gebet verbringen zu können. Doch zu ihrem Leidwesen hatte sich diese Hoffnung nicht erfüllt.

Verwundert zog Agathe die Augenbrauen hoch und trat ins Haus. Im Krankensaal war es nur wenig wärmer als draußen. Im Vorbeigehen nahm Agathe die Schürze vom Nagel neben der Tür und band sie sich über den Umhang. Sie war ihr nicht mehr zu weit und reichte auch nicht mehr bis auf den Boden. Während seiner Genesung hatte der Messner, der geschickt mit Nadel und Faden umzugehen wusste, sich nützlich gemacht und die Schürze Agathes schlanker Gestalt angepasst.

»Ah, Agathe, gut, dass du da bist!«, rief Notburga, als sie ihrer ansichtig wurde. »Die Heffnerin hat schon wieder alles unter sich gehen lassen. Wir müssen die Laken wechseln. Schwester Gertrudis hat es im Kreuz, und Schwester Regula …« Sie verstummte, als die kleine abgezehrte Begine zu ihnen trat.

»Ja, sag es schon, Notburga: Schwester Regula ist alt und schwach und nicht mehr in der Lage, die Kranken zu betten!«, sagte sie in gespieltem Groll und bedachte Agathe mit ihrem zahnlosen Lächeln. »Gott zum Gruß, Agathe.« Das fröhliche Funkeln ihrer Augen ließ immer noch die Energie und Lebensfreude ahnen, die sie einst als junge Frau versprüht haben mochte.

Dabei hatte das Schicksal es nicht sehr gut mit ihr gemeint. Ihr Mann, von Beruf Schwertfeger, war von Gemüts wegen das genaue Gegenteil seiner Frau: düster und schwerblütig. Bisweilen kam es vor, dass er sich für Tage in seiner Werkstatt einsperrte und trübsinnig auf seinen Schleifstein starrte.

Dann hatte Regula ihm seine Ruhe gelassen in der Hoffnung, er käme bald wieder zu sich. Und das kam er auch – bis zu jener einen Nacht, in der er eines der Schwerter ergriff, ein scharfes, soeben poliertes, und damit ihren greisen Vater erstach, ihre Mutter und ihre beiden halbwüchsigen Söhne, bevor er den Stahl gegen sich selbst richtete.

Regula hatte sie gefunden, leblos in ihrem Blut, als sie Tags drauf heimkehrte. Sie selbst war seinem Wüten nur entkommen, weil ihre Base, der sie vor deren Niederkunft zu Hilfe geeilt war, sie nicht hatte heimgehen lassen.

»Gott zum Gruß, Schwester Regula«, entgegnete Agathe und eilte, aus der Wäschekammer ein frisches Laken zu holen. Feine Frauenhände hatten darauf mit weißem Garn ein Monogramm gestickt: HS – Helene Streicher. Die Löcher und Risse darin hatte der Messner ausgebessert.

Als Agathe an die Bettstatt der Heffnerin trat, kam sie gerade recht, um zu sehen, wie Notburga der Alten die Augen schloss.

»Nun hat sie ihre Ruhe«, murmelte die Begine. Schwerfällig ließ sie sich neben der Pritsche der Verstorbenen auf den Knien nieder und sprach ein Gebet.

Agathe tat es ihr gleich, und auch Schwester Regula und Schwester Gertrudis, Letztere unter mitleidheischendem Stöhnen, gesellten sich zu ihnen.

Nachdem sie den Herrgott inständig darum gebeten hatten, die Heffnerin in seine Gnade aufzunehmen, schickte Notburga Agathe los, Wasser aus der Blau zu holen. Sie selbst zog derweil der alten Frau das verschmutzte Hemd aus, und mit vor Kälte steifen Fingern wuschen sie gemeinsam den ausgemergelten Körper ab und hüllten ihn in das fadenscheinige Kleid, in dem man ihn bestatten würde.

Notburga löste Messer und Löffel von dem abgeschabten Ledergürtel der Heffnerin und band ihn ihr um die knochigen Hüften. Schließlich faltete sie der alten Frau die von den Jahren gekrümmten Hände auf der Brust und strich ihr ein letztes Mal sanft über das zerfurchte Gesicht.

Es war diese zärtliche Geste, die Agathe die Tränen in die Augen trieb. Sie hatte die Heffnerin zu Lebzeiten nicht gekannt. Ein paar Mal nur hatte sie die alte Frau gefüttert und ihre Bettpfanne in die Latrine geleert. Doch in den letzten Tagen hatte die Heffnerin nicht einmal mehr vermocht, den dünnen Brei zu schlucken, den Agathe ihr einzuflößen versuchte. Hilflos hatten Agathe und die Schwestern mit ansehen müssen, wie sie von Tag zu Tag mehr dahinsiechte.

Die Heffnerin hatte ein Lebensalter gelebt, ihre Zeit auf Erden war abgelaufen. Ihr Tod war absehbar gewesen, und doch traf er Agathe mit ungekannter Heftigkeit. Niedergeschlagen fragte sie sich, ob ein Arzt ihn hätte verhindern können. Die Einsamkeit, in der die alte Frau ihre letzten Tage verbracht hatte, bedrückte sie. Die Heffnerin war kinderlos, und außer den Schwestern in der Klause gab es niemanden, der sich um sie gekümmert hatte.

Betrübt folgte Agathe Notburga in eine Ecke des Krankensaals, wo eine schwere Truhe an die Wand gerückt stand. Die Begine klappte den Deckel auf und ließ das Essbesteck der Heffnerin hineinfallen. Es schepperte blechern, und Agathe stellte erschüttert fest, wie viele Löffel und Messer bereits in der Truhe waren.

»Habt Ihr schon viele sterben sehen?«, fragte sie mit belegter Stimme.

»Ach, Kind!« Die Begine seufzte und ließ sich schwer auf eine leere Bettstatt sinken. »Nur wenige marschieren hier auf eigenen Füßen raus«, sagte sie, und zum ersten Mal bemerkte Agathe die schweren Tränensäcke unter ihren gutmütig blickenden Augen.

Notburgas Blick verlor sich an der schmutzigen Wand des Krankensaales, und ihre Gedanken wanderten zurück in die Zeit, als die Klause bei der Eich noch ein Seelhaus gewesen war. »So viele waren es, seit ich hierherkam. Ich war noch jung, damals. Nicht ganz so jung, wie du heute bist, aber auch noch nicht alt. Über zwanzig Jahre ist das nun her. Und schuld daran ist das da.« Mit dem Zeigefinger tippte sie an die übergroße Warze auf ihrer Wange, die ihr Antlitz verunzierte. »Deswegen wollte mich kein Mann heiraten.«

In ihrer Stimme schwangen weder Bitterkeit noch Selbstmitleid. »Mein Vater war Schuhmacher«, fuhr Notburga fort. »Ein ehrlicher Mann, aber nicht wohlhabend genug, sich eine Mitgift zu leisten, die diese Warze hätte ausgleichen können. Schließlich haben er und mein Oheim Sebastian zusammengelegt, damit die Terziarinnen mich in die Klause aufnahmen.

Sechzehn Frauen waren wir, alle ehelos oder verwitwet. Wir führten ein religiöses, gottgefälliges Leben, aber wir haben keine ewigen Gelübde abgelegt, und es gab auch keine Klausur. Jeder, die den Konvent hätte verlassen wollen, sei es, um zu heiraten, stand es frei, zu gehen.

Dieses Seelhaus war kein vornehmer und erst recht kein vermögender Konvent. Wir kamen alle aus einfachen Handwerkerfamilien, nicht wie die feinen Patriziertöchter vom Sammlungskonvent. Die konnten es sich leisten, den ganzen Tag herumzusitzen und zu beten.« Notburga schnaubte verächtlich. »Es gab ja kaum Tanzereien und Lustbarkeiten in der Stadt, bei der nicht etliche von denen zugegen …«

Notburga besann sich der Tatsache, dass auch Agathe diesen Kreisen entstammte, und unterbrach sich. »Wir jedenfalls mussten unseren Unterhalt mit Krankenpflege verdienen«, fuhr sie mit Bestimmtheit fort. »Zu zweit sind wir zu den Kranken gegangen und durften dafür ein geringes Entgelt verlangen. Der Rat hatte die Höhe festgesetzt, aber meist wurden wir zu den Armen gerufen, die sich auch das kaum leisten konnten, so behandelten wir oft nur für Gotteslohn.«

Fasziniert hatte Agathe Notburgas Schilderung gelauscht. »Und wo sind all die Schwestern jetzt?«, wollte sie wissen.

»Fort! Dank der glorreichen Kirchenreform vor zwei Jahren wurde das Seelhaus geschlossen!«, erwiderte die Begine bitter. »Man hat uns einfach fortgeschickt. Die meisten von uns baten ihre Familien um Hilfe oder verließen Ulm, um anderenorts in Klöstern Aufnahme zu finden.«

»Bis auf Euch, Schwester Gertrudis und Schwester Regula«, stellte Agathe fest.

»Regula war schon zu alt, um noch irgendwohin zu gehen. Gertrudis zu bequem, und ich …« Notburga seufzte. »In einer großen Stadt wie dieser gibt es so viele Kranke. So viele, die sich keinen Wundarzt leisten können, geschweige denn einen studierten Doktor der Medizin. Ich mochte sie nicht allein lassen.«

Agathe nickte. Das konnte sie gut verstehen.

»Die Nachbarn wussten, dass wir drei noch da waren«, fuhr Notburga fort. »Nach wie vor kamen sie zu uns, wenn jemand erkrankte. Das sicherte uns wenigstens das Nötigste zum Leben. Auf die Dauer jedoch wurde es für uns zu beschwerlich, in der Stadt umherzulaufen, daher haben wir aus unserem Schlafraum einen Krankensaal gemacht und sind selbst in die Kammern hinter der Küche gezogen. Seitdem bringen sie die Kranken zu uns.«

»Und es hat sich niemand daran gestört, dass Ihr den Anordnungen getrotzt habt und einfach geblieben seid?«, fragte Agathe ungläubig.

»Doch. Einmal kam Bürgermeister Besserer mit ein paar ehrenwerten Herren vom Rat, um uns zum Gehen aufzufordern. Aber als er gesehen hat, dass unser halber Saal voller Kranker lag, hat er es – dem Herrgott sei es gedankt – nicht übers Herz gebracht, uns fortzuschicken.

Er ist ein anständiger Mann, der Besserer. Vielleicht hatte er Mitgefühl mit den Kranken. Er humpelt ja selbst erbarmungswürdig. Wir mussten ihm nur versprechen, hier nicht das Papsttum zu pflegen, dann dürften wir uns weiter um die Kranken kümmern.«

Notburgas Blick kehrte in den Krankensaal zurück und heftete sich auf die Bestecktruhe. »Doch die meisten kommen nicht hierher, um zu gesunden, sondern um zu sterben. Löffel und Messer sind oft alles, was sie hinterlassen«, sagte sie freudlos.

»Macht es Euch noch viel aus?«, fragte Agathe.

»Menschen sterben zu sehen? Ja, daran werde ich mich nie gewöhnen können. Es ist, als würde jeder Einzelne ein kleines Stück von mir mit ins Grab nehmen.«

Agathe nickte. »Genauso geht es mir mit der Heffnerin«, sagte sie traurig. »Aber eigentlich hatte ich das da gemeint.« Mit der Hand wies sie auf Notburgas Warze.

»Das? Nein, heute nicht mehr. Es hat mich vor einiger Unbill bewahrt. Nimm zum Beispiel meine Schwester. Bildhübsch ist sie, mit blassem Teint und einem engelsgleichen Gesicht. Sie hat einen hübschen Kerl geheiratet, aber er ist ein rechter Taugenichts, der sie schlägt und das Geld beim Kartenspiel verliert. Da habe ich es doch weit besser getroffen!«

Mit vor Kälte steifen Gliedern erhob Notburga sich von der Pritsche. Es wurde Zeit, die Vergangenheit ruhen zu lassen und sich wieder den Anforderungen der Gegenwart zu stellen. Entschlossen ließ sie den Deckel auf die Truhe fallen.

»Was habt Ihr mit den Essbestecken vor?«, wollte Agathe wissen.

»Nichts. Aber ich bringe es auch nicht fertig, sie fortzuwerfen.«

»Den Toten bringen sie keinen Nutzen mehr, aber möglicherweise den Lebenden. Vielleicht könnte man sie verkaufen«, schlug Agathe in ihrer praktischen Art vor. »Sollen wir sie zu einem Alträucher tragen? Ihr könnt hier doch jeden Kreuzer gebrauchen.«

»Das ist eine gute Idee«, stimmte Notburga zu. »Aber jetzt eil dich, zu deiner Base zu kommen, sonst trägst du am Ende nichts mehr irgendwohin!«

Ganz so bald, wie Notburga gedacht hatte, saß Agathe jedoch nicht in der Rockenburgerschen Stube über das Altartuch gebeugt. Ihr Weg zum Weinhof führte sie nämlich vorbei an dem Haus, in dem Sebastian Franck seine Seifensieder-Werkstatt betrieb. Trotz der Kälte war der hölzerne Laden vor dem Geschäft heruntergeklappt und der Meister selbst damit beschäftigt, graubraune Seifenklötzchen auf der Auslage zu einer Pyramide zu stapeln.

Agathe hielt inne und sprach ihn an: »Meister Franck, es wird Euch sicher freuen, zu hören, dass der Messner von Sankt Michael wieder gesundet ist.«

Verblüfft schaute der Seifensieder von seinem Tun auf. »Wer?«, fragte er und musterte verständnislos das fremde Mädchen mit den dicken Zöpfen, das vor seiner Auslage stand.

»Der Mann, dem Euer Bottich auf den Fuß gefallen ist«, erklärte Agathe ihm, die ihre Freude über die Genesung des Messners mit ihm teilen wollte. »Er hat drei Zehen verloren, aber jetzt kann er wieder laufen!«

»Ach! Der Messner!« Franck erinnerte sich. »Gott sei es gedankt!«

»Gott und den Beginen von der Klause an der Eich. Sie

haben ihn gesund gepflegt«, erwiderte Agathe. Beiläufig glitt ihr Blick über die verschiedenfarbigen Stapel von Seifenstücken. Sehr zu ihrem Erstaunen entdeckte sie ganz rechts neben der Seife einige Bücher aufgereiht. Sie zeigten Spuren von Gebrauch, doch zweifelsohne waren sie von hohem Wert. »Handelt Ihr jetzt auch mit Büchern?«, fragte sie.

»Nein, nein!«, wehrte der Seifensieder ab. »Das sind nur ein paar Exemplare, die ich für einen Freund veräußere. Sich regen bringt Segen, und man muss schließlich sehen, wo man bleibt.«

Das ist wohl wahr, dachte Agathe, und ihr kam ein guter Gedanke. Wer solche Kostbarkeiten zum Verkauf anbot, der konnte es sich leisten, ein paar von seinen Münzen für einen wohltätigen Zweck aufzuwenden. Laut sagte sie: »Die Schwestern in der Klause führen ein sehr ärmliches Leben, und es fehlt ihnen an Geld für Verbände und Medizin für die Kranken.« Sie machte eine beredte Pause, dann fügte sie hinzu: »Es muss Euch doch große Erleichterung sein, den Messner wieder wohlauf zu wissen. Immerhin war es Euer Seifenbottich, der ihm den Fuß zertrümmert hat.«

Verblüfft starrte Sebastian Franck sie an. Dann zog er anerkennend den Mundwinkel hoch.

»Ich verstehe.« Er lachte, fingerte eine Münze aus seinem Beutel und reichte sie ihr. »Wärst du so freundlich, den Schwestern meinen aufrichtigen Dank auszusprechen?«, bat er.

»Das werde ich gern tun«, versprach Agathe.

4. Kapitel

So kalt der Winter gewesen war, so heiß geriet der darauffolgende Sommer. Agathe wusste nicht zu sagen, was schlimmer war: die Kälte, die durch alle Ritzen des Krankensaals gekrochen war, das Wasser der Blau an ihren Rändern hatte zufrieren lassen und sie bei jeder Handreichung in die Haut gebissen hatte, oder die Hitze, die seit ein paar Wochen die Stadt in glühendem Würgegriff hielt.

Seufzend verlangsamte sie ihren Schritt und wischte sich den Schweiß von der Stirn. Heute hatte sie es nicht so eilig, in die Klause bei der Eich zu kommen. Bei dieser Hitze war der Gestank nach Eiter, Urin und Erbrochenem, der im Krankensaal aus dem Stroh aufstieg, schier unerträglich.

Bereits seit einem guten halben Jahr nun schlich Agathe sich ein- oder zweimal in der Woche heimlich in das Seelhaus, und während auf dem Altartuch, das sie gemeinsam mit Walburga bestickte, langsam Kreuze und Kelche Gestalt annahmen, lernte sie, Wunden zu reinigen und Verbände anzulegen. Sie half, eitrige Beulen zu öffnen, kühlende Pflaster zu bereiten und Beine zu schienen.

Gewöhnlich richtete der Scharfrichter für kleines Geld Gelenke ein, doch Agathe hatte Notburga auch schon dabei geholfen, einen gebrochenen Arm zu behandeln und eine ausgerenkte Schulter zurück in ihr Gelenk zu befördern. Meist jedoch bestand die Aufgabe der Schwestern darin, die Siechen im Seelhaus zu waschen, zu füttern, ihnen den Trinkbecher zu halten und ihre Bettpfannen zu leeren, bis der Herrgott sie von ihren Leiden erlöste.

Agathe hatte die Klause erreicht und wollte gerade die Tür zum Hof öffnen, als eine magere Gestalt auf sie zutaumelte: eine Frau, das Gesicht hinter einem schweißdurchtränkten Schleiertuch verborgen.

»Helft mir!«, wisperte die Frau und griff mit feuchten Fingern haltsuchend nach Agathes Arm. Vor Schwäche konnte sie sich kaum auf den Beinen halten, und ihr Körper schien vor Fieber zu glühen.

Stützend legte Agathe ihr den Arm um die Mitte und schleppte sie mehr, als dass sie sie führte, durch Tor und Hof ins Seelhaus hinein.

An der Tür zum Krankensaal jedoch prallte sie jäh zurück. Wie eine Wand schlugen ihr Hitze und Gestank entgegen. Inzwischen hatten sich sogar die dicken Mauern, die den Saal im Frühjahr angenehm kühl gehalten hatten, aufgeheizt und bewahrten den heißen Brodem darin wie ein Ofen. Zwar hatte man die Klappläden vor den Fenstern geöffnet, doch durch die winzigen Löcher drang kaum ein Lufthauch. Nur Schwärme von dicken, grün schillernden Fliegen, die sich in dunklen Wolken auf den Verbänden und offenen Wunden der Kranken niederließen.

»Heilige Mutter Gottes, was bringst du uns denn da!«, rief Notburga und eilte herbei, um Agathe zu helfen, die Frau auf eine leere Pritsche zu betten. Als die Begine mit flinken Fingern der Kranken das Schleiertuch vom Gesicht zog, um ihr Kühlung zu verschaffen, entfuhr ihr ein Ausruf des Entsetzens. Hastig deckte sie den Schleier wieder über das Gesicht und fuhr Agathe an: »Wie kannst du sie hierherbringen! Jetzt muss ich sehen, wie ich sie wieder loswerde!«

Bestürzt starrte Agathe Notburga an. Warum in aller Welt war die Begine so aufgebracht? Noch nie hatte Agathe erlebt, dass Notburga einen Kranken abgewiesen hatte.

»Die Frau ist mir in den Arm gesunken, gleich vor dem Tor. Ich dachte ...«, hob sie zu einer Erklärung an, doch Notburga unterbrach sie schroff: »Sie gehört nicht hierher!«

»Aber sie ist krank!«, wagte Agathe zu widersprechen.

»Sie ist sündig!«, verbesserte die Begine.

»Was hat sie denn?«

»Das hat dich nicht zu interessieren!«, erwiderte Notburga scharf. »Ich verbiete dir, in ihre Nähe zu kommen!« Die Stimme der Begine duldete keinen Widerspruch.

Seit Agathes erstem Besuch im Seelhaus hatte Notburga nicht mehr in diesem Ton mit ihr gesprochen. Gehorsam wandte sie sich ab und ging in den Hof, um die gewaschenen und getrockneten Laken von der Wäscheleine zu nehmen und zusammenzulegen. Die Tür zum Krankensaal hielt sie dabei genau im Auge. Was immer das Geheimnis dieser Kranken war, sie würde es herausfinden.

Agathe brauchte nicht lange zu warten. Sehr bald schon verließen Notburga und die alte Regula gemeinsam den Krankensaal. Schwester Gertrudis hatte Agathe heute noch nicht gesehen. Die Frauen verschwanden in der Küche, und Agathe hoffte, sie wären dort mit der Bereitung der Abendsuppe für eine Weile beschäftigt. Hastig legte sie das letzte Laken in den Korb und huschte in den Saal und an die Bettstatt der Kranken.

Die Frau lag reglos da und schien zu schlafen. Vorsichtig schob Agathe das Schleiertuch beiseite und spähte der Kranken ins Gesicht. Sie hatte mit Schlimmem gerechnet, doch bei dem Anblick presste sie jäh ihre Hand auf den Mund, um nicht laut aufzuschreien. Ein abstoßender Ausschlag aus kupferfarbenen Knötchen entstellte das Antlitz der Frau, zog sich den Hals der Kranken hinab bis in ihren Ausschnitt hinein.

Agathe hatte nicht erwartet, dass sie so jung war. Sie

mochte gerade einmal fünf Jahre älter sein als sie selbst, und trotz ihrer Entstellung kamen ihre Züge Agathe bekannt vor. In dem Moment schlug die Kranke die Augen auf, und Agathe fuhr zurück.

Hastig verhüllte die Frau ihr Gesicht. »Wo bin ich?«, fragte sie matt.

»In der Klause bei der Eich«, antwortete Agathe. »Wie heißt du?«

»Susanna«, wisperte die Kranke.

Erstaunt sog Agathe die Luft ein. Nun wusste sie, woher sie die Frau kannte. »Du bist Magd bei meiner ...« Agathe unterbrach sich: »Du bist Magd bei den Rockenburgers am Weinhof, nicht wahr?«

Susanna entfuhr ein mutloser Seufzer. »Sie haben mich fortgejagt, als ich den Ausschlag bekam«, flüsterte sie.

Agathe biss erbost die Zähne aufeinander. Die Familie ihres Oheims war vermögen genug, einen Arzt zu rufen, wenn einer ihrer Dienstboten erkrankte. Wie konnten sie so unmenschlich sein, die junge Frau einfach davonzujagen?

Eine schwere Hand legte sich auf Agathes Schulter.

»Ich habe doch gesagt, du sollst nicht in ihre Nähe kommen!«, herrschte Notburga sie an.

Agathe hatte sie nicht kommen hören.

»Es ist wohl besser, du gehst jetzt heim!«

Wie ein geprügelter Hund verließ Agathe die Klause. Was war nur mit einem Mal in Notburga gefahren? Zweifelsohne war sie wütend auf Agathe, dass sie Susanna ins Seelhaus gebracht hatte. Aber warum?

War es eine besonders gefährliche Krankheit, die Susanna heimgesucht hatte? Doch seit wann hätte Notburga Angst, sich anzustecken? Und wieso sprach sie von Sünde? Für Agathe ergab das alles keinen Sinn. Aufgewühlt lief sie durch die Gassen. Wenn sie nur wüsste, was für eine Krankheit das war, die Susanna hatte. Sicher würde sie dann verstehen, wieso Notburga so wütend auf sie war.

Agathe fiel nur ein Mensch ein, der ihre Frage beantworten konnte: Doktor Stammler. Sie würde sofort zu ihm gehen, um ihn zu fragen. Mitten im Schritt wandte sie sich um und schlug den Weg zum Münsterplatz ein.

Vor dem Haus des Doktors befiel Agathe jedoch der Zweifel. Konnte sie einfach zu ihm gehen und ihn nach dieser Krankheit fragen? Was, wenn er sich weigerte, ihre Fragen zu beantworten? Wenn er ihrer Mutter davon berichtete?

Nein, verraten würde Stammler sie nicht, davon war Agathe überzeugt. Sie konnte ihm vertrauen. Wenn sie ihn darum bitten würde, Stillschweigen zu bewahren, so würde er sie nicht enttäuschen. Energisch ließ sie den eisernen Klopfer gegen die Tür schlagen.

Einen kurzen Moment nur musste sie warten, dann ließ eine Hausmagd sie ein und führte sie in das Studierzimmer des Arztes.

Der Raum war kühl und dämmerig wegen der geschlossenen Klappläden, erhellt nur durch eine kleine Öllampe, doch heimelig in seiner Unordentlichkeit. Bücher und Papiere stapelten sich auf dem Schreibpult, in dem Regal gegenüber dem großen Kamin, in dem freilich zu dieser Jahreszeit kein Feuer brannte, und sogar auf den glänzenden Bodendielen.

Die papierene Flut setzte sich auf dem großen Eichentisch fort, hinter dem die Gestalt des Arztes mit seinem breiten, lederbezogenen Sessel zu verschmelzen schien. Den schwarzen Arztmantel, in dem Agathe ihn kannte, hatte er abgelegt und saß, in Hemd und offenem Wams, in ein Buch vertieft.

»Nanu, Agathe, was machst du denn hier? Ist jemand bei

euch erkrankt?« Der Arzt blickte von seinem Buch auf und machte Anstalten, sich zu erheben.

»Nein, nein!«, wehrte Agathe ab. »Nicht direkt. Es ist vielmehr … äh …« Nun fiel es ihr doch schwer, die richtigen Worte zu finden. Ein wenig verlegen wand sie die Hände.

»Nun, was ist dann, mein Kind?«, fragte Stammler freundlich und ließ sich in den Stuhl zurücksinken.

»Ich … äh … ich bin krank«, brachte Agathe hervor.

»Du? Was fehlt dir denn?« Die klugen braunen Augen des Arztes musterten sie aufmerksam.

»Ich … äh … ich habe Fieber. Und Ausschlag.«

»Fieber.« Stammler streckte die Hand aus und legte sie auf Agathes Stirn. Verneinend schüttelte er den Kopf. »Soweit ich es ermessen kann, hast du kein Fieber. Zugegeben, es ist heiß in diesem Sommer, da kann einem schon sehr warm werden. Aber ich kann dich beruhigen, du hast kein Fieber. Und Ausschlag, sagtest du? Wo hast du einen Ausschlag?«

»Unter meinem Kleid«, antwortete Agathe unbehaglich.

»Dann ist es wohl das Beste, du lässt mich den Ausschlag anschauen«, sagte Stammler ruhig. »Ich rufe Berta, dass sie dir beim Entkleiden hilft.«

»Nein!«, entfuhr es Agathe heftig.

Stammler lächelte verständnisvoll. »Mein Kind, du musst dich nicht genieren. Ich bin Arzt, es ist nicht das erste Mal, dass …«

Doch Agathe ließ ihn nicht zu Wort kommen. »Ihr braucht den Ausschlag nicht anzuschauen. Ich kann Euch beschreiben, wie er aussieht. Es ist ein hässlicher Ausschlag. Lauter Pusteln, kupferfarbene Knötchen, eines neben dem andern …«, sprudelte sie hervor.

»Kupferfarbene Knötchen, sagst du? Um Himmels willen, Agathe! Wie, um aller Welt …«, fuhr Stammler auf.

Auf seinen Zügen zeigte sich das gleiche Entsetzen, das Agathe bei Notburga gesehen hatte. Der Arzt wusste also, von welchem Leiden sie sprach.

»Was ist das für eine Krankheit?«, fragte sie.

»Lues«, antwortete Stammler tonlos, »die Lustseuche. Agathe, du bist doch noch so jung! Wie konntest du nur?«

Lustseuche! Agathe wusste zwar nicht genau, was das bedeutete, doch sie verstand, dass es etwas Schamloses, Unzüchtiges sein musste. Deshalb also hatte Notburga von Sünde gesprochen. Deshalb war sie so abweisend zu Susanna gewesen. »Ist diese Krankheit sehr ansteckend?«, fragte sie.

Die Neugier in Agathes Stimme ließ Stammler aufhorchen. So sprach niemand, der von einer gefährlichen Krankheit befallen war. Argwöhnisch zog er die buschigen Brauen zusammen und fasste Agathe streng ins Auge. Sein Blick schien bis in ihr Innerstes zu dringen. »Kupferfarbene Knötchen«, wiederholte er gedehnt, »überall unter deinem Kleid, aber nicht im Gesicht und nicht an den Händen. Und ich darf den Ausschlag nicht anschauen?«

Verlegen senkte Agathe den Kopf. Was hatte sie sich nur dabei gedacht? Hatte sie geglaubt, diesem scharfsichtigen Mann etwas vorlügen zu können?

»Kind, sieh mich an!« Stammler runzelte die Stirn unter dem bereits zurückweichenden Haaransatz. »Du bist nicht krank! Warum flunkerst du mir etwas vor? Wer ist es? Wer hat diesen Ausschlag?«, fragte er eindringlich.

Gehorsam hob Agathe den Blick, doch sie presste die Lippen zusammen und schwieg.

»Ich nehme nicht an, dass es ein Familienmitglied ist?«, forschte Stammler nach.

Agathe schüttelte verneinend den Kopf.

»Sonst hättet ihr mich in euer Haus gerufen«, konstatierte er. »Und auch keine deiner Freundinnen?«

Abermals schüttelte Agathe den Kopf.

»Es ist jemand, der sich keinen Arzt leisten kann«, mutmaßte Stammler. »Also jemand vom Gesinde?«

»So ähnlich«, gab Agathe ausweichend zur Antwort.

»Die Lues ist eine gefährliche Krankheit und in der Tat sehr ansteckend. Ihr dürft die Person nicht im Haus behalten«, warnte der Arzt eindringlich. »Schickt sie so schnell es geht ins Blatternhaus!«

»Sie ist nicht bei uns im Haus«, entgegnete Agathe.

Erleichtert schnaubte Stammler durch die Nase. »Das ist beruhigend zu wissen.«

»Ist diese Krankheit zu heilen?«, fragte Agathe. »Wenn ja, so könnt Ihr mir sagen, was zu tun ist?«, bat sie inständig. »Dann könnte ich … dann könnte man vielleicht …« Sie verstummte und sah den Arzt bittend an. »Jemand muss ihr doch helfen!«

Nachdenklich ließ der Arzt seinen Blick auf dem Mädchen ruhen. Es schien ihr mit ihrem Ansinnen ernst zu sein. Agathe war sehr unabhängig für ihr Alter. Allein mit welcher Festigkeit sie seinen Blick erwiderte! Sie besaß Mut und Beharrlichkeit.

Stammler seufzte verhalten. Diese Eigenschaften hatte er sich auch für seinen Sohn gewünscht. Doch Ludwig besaß weder das eine noch das andere. Dabei war er nicht dumm. Nur leichtlebig und unbotmäßig.

Ob es wohl daran lag, dass er es bei Ludwigs Erziehung an Härte hatte missen lassen?, fragte Stammler sich zum wiederholten Mal. Nach dem Tod seiner Frau hatte er seinem Sohn vieles durchgehen lassen.

Sicherlich hatte es ihm an weiblicher Sorge gefehlt. Doch der Arzt hatte sich nicht dazu durchringen können, sich um seines Sohnes willen ein zweites Mal zu verehelichen. Er hatte sich an seine Ursula gewöhnt und verspürte wenig Lust, einen fremden Menschen um sich zu haben.

Als Ludwigs Eskapaden anfingen, zum Ärgernis zu werden – man hatte ihn und zwei seiner Kumpane nächtens aufgegriffen, als sie unziemlich bekleidet und in fröhlicher Trunkenheit mit ein paar jungen Sammlungsschwestern im Brunnen auf dem Marktplatz ein Bad nahmen –, hatte sein Vater ihn zum Studium geschickt. Nach Wien, nicht nach Heidelberg an seine eigene Alma Mater.

Dort war er nun seit vielen Jahren schon, und dort blieb er, und obwohl Stammler nicht glaubte, dass Ludwig seine Studien ernst nahm und sie irgendwann zu einem rühmlichen Abschluss führen würde, so schickte er ihm dennoch regelmäßig Geld für seinen Unterhalt.

Wenn sein Sohn nur ein bisschen wäre wie dieses Mädchen hier, dachte Stammler. Vielleicht wären sie dann besser miteinander zurechtgekommen. Abermals seufzend, erhob er sich aus seinem Sessel und griff nach Papier und Feder. »*Salbe aus Quecksilber zu bereiten mit Schweineschmalz gegen die Krankheit der Franzosen*«, setzte er in gestochen scharfen Lettern auf das Blatt.

»Danke! Oh, ich danke Euch!« Agathe griff nach dem Rezept, doch der Arzt legte die Hand darauf und hielt es fest.

»Ich nehme an, weder du noch die Person, die dieser Salbe bedarf, hat das Geld, um die Medizin zu bezahlen?«, fragte er und fügte in Gedanken hinzu: Und ich nehme darüber hinaus an, dass deine Mutter ganz und gar nichts von der Sache weiß und auch besser nichts davon erfahren sollte, weshalb du sie nicht um Geld für die Salbe bitten kannst.

Betreten zog Agathe ihre Hand zurück und blickte zu Boden. So weit hatte sie gar nicht gedacht. Ursprünglich hatte sie nur erfahren wollen, was für eine Krankheit Susanna hatte. Die Idee, sie selbst zu behandeln, war ihr ganz überraschend gekommen. Deutlich stand ihr die Enttäuschung ins Gesicht geschrieben.

»Ist die Medizin sehr kostspielig?«, fragte sie kleinlaut. Vielleicht würde es ihr gelingen, ihrer Mutter unter irgendeinem Vorwand ein paar kleine Münzen abzuschwatzen, aber sicher nicht genug, um teure Medizin zu bezahlen.

Wortlos wandte der Arzt sich ab und kramte in einer Schatulle, die auf einem Brett des Regals stand. Dann ließ er klimpernd einige Münzen auf das Rezept fallen. »Lass die Kranke mit der Salbe einreiben«, sagte er. »Ich kann nicht versprechen, dass es hilft, aber es ist das einzige mir bekannte Mittel, das einen gewissen Erfolg verspricht.«

»Quecksilbersalbe!« Meister Blasius Goll betrachtete Agathe prüfend über die Gläser der runden Brille hinweg, die gefährlich auf der Spitze seiner dünnen Nase balancierte. »Soso!«, setzte er mit Nachdruck hinzu, dann verschwand er durch die schmale Tür in der Rückwand der Offizin in seinem Laboratorium.

Agathe hörte ihn dort geräuschvoll mit Gerätschaften hantieren. Gelegentlich wurde das Klappern von einer unangenehm hohen Frauenstimme unterbrochen, die sich über etwas zu echauffieren schien. Ungeduldig trat Agathe von einem Fuß auf den anderen und wünschte, der Apotheker würde sich mit der Zubereitung der Salbe beeilen. Sie fürchtete, wenn sie zu lange ausbliebe, hätte Notburga Susanna bereits in das Blatternhaus bringen lassen, bevor sie zurückkehrte.

Ganz bewusst war Agathe zur Apotheke in der Krongasse gegangen. Meister Heubler in der Mohren-Apotheke kannte sie und ihre Familie seit langem und hätte ihr sicher eine Menge unangenehmer Fragen gestellt. Meister Goll dagegen war sie bislang nur hier und da auf der Straße begegnet, die Kron-Apotheke hatte sie noch nie betreten.

Blasius Goll und Johannes Heubler verstanden sich nicht sehr gut. Zwar waren sie ungefähr im gleichen Alter und hatten ihre Apotheken beinahe zur selben Zeit übernommen – Goll nur ein knappes Jahr nach Heubler –, doch sonst hatten sie keine Gemeinsamkeiten aneinander entdecken können.

Dabei war es nur zum Teil geschäftliche Rivalität, die sie entzweite. Vielmehr war es die unterschiedliche Leidenschaft, die sie ihrer Profession entgegenbrachten. Heubler liebte die Pharmazie. Goll dagegen war, als Sohn eines Apothekers, von seinem Vater Hans in diesen Beruf gezwungen worden, dabei wäre er weit lieber Instrumentenbauer geworden. Der Geruch von Kräutern und Arzneimitteln verursachte ihm Übelkeit, die er nur mit Mühe im Laufe der Jahre zu überwinden gelernt hatte.

Insgeheim jedoch gab es da noch etwas, was Blasius Goll seinem Amtsgenossen bitterlich neidete: Maria. Auch er hatte dereinst ein Auge auf die hübsche Apothekertochter geworfen. Aber die hatte ihn nicht haben wollen. Stattdessen hatte er dann Amalia geheiratet – was sich als eklatanter Fehler erwiesen hatte.

Amalia war weder hübsch noch freundlich. Nur vermögend, was Blasius' angespannter finanzieller Situation entgegenkam. Er wusste nicht zu sagen, wie viele Male er sich gewünscht hatte, es wäre sein Weib gewesen, das im Kindbett verstorben wäre, anstelle der liebreizenden Maria. Doch so, wie die Sache lag, stand nicht einmal zu hoffen, dass Amalia ins Kindbett käme, denn dafür hätte Blasius sich überwinden müssen, mit ihr ein zweites Mal das Schlafgemach zu teilen – in seinen Augen wirklich eine ungebührliche Zumutung.

Flüchtig blickte Agathe sich in Meister Golls Apotheke um. Die Offizin war, genau wie in der Mohren-Apotheke, ausgestattet mit hohen Repositorien und einem schweren Rezepturtisch, auf dem sich eine Waage nebst Gewichten befand.

Während bei Meister Heubler alle Dinge sauber aufgereiht an ihrem Platz standen und bei aller Fülle an Gläsern und Schachteln eine beruhigende Ordnung ausstrahlten, wirkte die Kron-Apotheke wie eine unordentliche Speisekammer.

In den Regalen standen Gläser und Flaschen verschiedener Größe und Farbe hintereinander, teils mit, teils ohne Beschriftung. Dazwischen stapelten sich Tiegel und lose Bündel getrockneter Kräuter. Alles in diesem Raum, insbesondere die Flaschen auf den oberen Regalbrettern, wirkte farblos, was daran liegen mochte, dass sich eine dicke Staubschicht spinnwebgleich darauf gesenkt hatte. Es würde nicht schaden, wenn hier einmal gründlich sauber gemacht würde, dachte Agathe.

Mit einem Quietschen öffnete sich endlich die Tür zum Laboratorium einen Spaltbreit, und Agathe hob bereits ihre Hand, um die Münzen auf den Rezepturtisch zu legen. Doch es war nur das Weib des Apothekers, das neugierig seine spitze Nase hindurchschob, die der ihres Mannes an Länge in nichts nachstand.

Grußlos und unverwandt blickte sie Agathe an, dann verschwand ihr Kopf wieder.

»Doch! Ganz bestimmt! Wenn ich es dir sage!«, drang ihre unangenehm hohe Stimme durch die angelehnte Tür.

Endlich trat Meister Goll heraus und stellte einen verschlossenen Tiegel auf den Rezepturtisch. »Quecksilbersalbe!«, sagte er und nannte den Preis.

Agathe zahlte, und erleichtert, dass er ihr keine unangenehmen Fragen gestellt hatte, verließ sie die Apotheke.

»Ich dachte, du wärst nach Hause gegangen«, brummte Notburga, als Agathe wieder in den Krankensaal trat. Sie schien ihr noch nicht verziehen zu haben.

»Nein, ich war bei Doktor Stammler!«, erklärte das Mädchen.

Notburga entging der herausfordernde Ton nicht. Fragend hob sie die Brauen.

»Er sagt, es sei die Lues«, berichtete Agathe.

Notburga nickte spöttisch. »Und weiter? Hat er dir auch erklärt, wie sie zu dieser Krankheit gekommen ist, der feine Herr Doktor?«

»Das kann ich mir in etwa denken!«, erwiderte Agathe.

»Ihre Krankheit ist die Strafe Gottes für ihren sündigen Lebenswandel!«, moralisierte die Schwester.

»Sollten wir es dann nicht auch Gott überlassen, sie zu richten?«, parierte Agathe.

Notburga schnaubte ob dieser Spitzfindigkeit. »Solche Zuddeln gehören ins Blatternhaus beim Griesbad, aber nicht hierher!«, schimpfte sie. »Hat dir das dein Doktor nicht gesagt, Fräulein Neunmalklug?«

»Doch, das hat er gesagt.« Trotzig reckte Agathe das Kinn vor. »Aber da heilt man sie nicht. Man sperrt sie nur weg, damit sie niemand anderen anstecken kann. Hier können wir sie vielleicht heilen.«

»Wie in aller Welt willst du das anstellen? Wir können hier doch nicht …«, hob Notburga an zu protestieren, doch Agathe ließ sie nicht ausreden. »Doktor Stammler hat mir ein Rezept für Medizin gegeben und dazu das Geld, sie zu bezahlen«, sagte sie hastig und hielt der Begine den tönernen Tiegel hin. »Es ist eine Salbe aus Quecksilber. Damit sollen wir Susanna einreiben.«

Agathe spürte, wie die Begine zögerte. »Sie hat Fieber!«, appellierte sie an deren Mitgefühl und zwängte sich an ihr vorbei in Richtung der Pritsche, auf der die Kranke lag. »Wir können sie nicht fortbringen. Sieh nur, wie schwach sie ist.«

Widerstrebend folgte Notburga ihr. »Was liegt dir nur an diesem Weib?«, fragte sie resigniert.

»Sie ist die Magd meiner Tante«, sagte Agathe leise und begann, den Gürtel an Susannas Kleid zu lösen.

»Na, feines Gesinde hat deine Tante da!«, brummte Notburga. Doch sie half Agathe, die Magd zu entkleiden.

Unter Susannas Kleid war der Ausschlag noch schlimmer als im Gesicht und auf den Händen. Flache Geschwüre, manche offen, andere mit dickem, gelblichem Schorf überzogen, bedeckten ganze Teile ihres Leibes. In den Armbeugen, den Kniekehlen und in der Leiste war es am ärgsten.

Agathe holte Wasser, und als sie wieder an Susannas Pritsche trat, hatten sich Schwärme von Fliegen, dicht und schillernd wie der Schuppenpanzer eines Reptils, auf ihren offenen Schwären niedergelassen, ohne dass die Magd es zu bemerken schien.

Agathe wedelte mit den Händen, um die Fliegen zu verscheuchen. Gründlich wusch sie Susannas Körper vom Kopf bis zu den Zehen – sogar hinter den Ohren fand sie braune Pusteln – und trocknete ihn ab. Dann nahm sie den Deckel von dem irdenen Tiegel und schnupperte daran. Die talgig-graue Salbe roch nur nach gewöhnlichem Schweineschmalz. Als Agathe jedoch daranging, jede Stelle von Susannas Haut sorgfältig einzustreichen, reizte ein scharfer Geruch, der von der Salbe aufstieg, ihren Hals, und sie musste husten.

Schließlich deckte Agathe Susanna mit einem dünnen Laken zu, damit sich die grünen Plagegeister nicht wieder auf ihrer Haut niederlassen konnten.

Schwach und kraftlos hatte die Magd die Behandlung über sich ergehen lassen – nicht einmal das kühle Wasser hatte sie zu beleben vermocht –, so dass Agathe wenig Hoffnung auf ihre Genesung hatte. Selbst Doktor Stammler, in dessen Heilkünste sie großes Vertrauen setzte, hatte ihr keine Besserung versprochen.

Gründlich wusch Agathe sich die Reste der Salbe von den Händen, band die fleckige Schürze ab und hängte sie an den Nagel neben der Tür. Wie stets zwickte sie dabei unsinnigerweise das Gewissen. Für sie war es ein Leichtes, die Klause zu verlassen und sich in die saubere Kühle ihres Elternhauses zurückzuziehen. Doch die Beginen mussten hier in Hitze, Schmutz und Gestank ausharren, von den Siechen ganz zu schweigen.

Agathe fühlte sich ein wenig schwindelig, was von der Hitze herrühren mochte. Erschöpft wischte sie sich den Schweiß von der Stirn und trat in den Hof hinaus. Die Luft war bereits ein wenig abgekühlt, und die Sonne hatte ihre Kraft für diesen Tag verloren. Es wurde höchste Zeit, sich auf den Heimweg zu machen. Für einen Besuch bei Walburga war es heute zu spät.

Agathe schlief schlecht in dieser Nacht, und bereits vor dem Morgengrauen erwachte sie mit Kopfschmerzen. Ihr Mund und Rachen fühlten sich an, als hätte sie seit Tagen nichts getrunken.

Mühsam erhob sie sich, um in der Küche einen Becher Wasser zu holen, doch auf der Stiege begann sich alles um sie her zu drehen, so dass sie beinahe die Stufen hinabgestürzt wäre. Erst in letzter Sekunde fand sie Halt am Geländer.

Die Hand auf den Magen gepresst, ließ sie sich auf der Treppenstufe nieder und wartete, bis die Übelkeit so weit verging, dass sie sich zurück in ihre Kammer schleppen konnte.

Eine schreckliche Angst überkam sie. Was, wenn sie sich bei Susanna angesteckt hatte? Wenn sie nun auch diese fürchterliche Krankheit bekam? Hastig zog sie ihr dünnes Nachthemd über die Knie hoch bis zur Brust und strich suchend über die glatte Haut ihres Leibes, auf der Suche nach den verräterischen Pusteln.

Ertasten konnte sie nichts, nicht die kleinste Unebenheit auf der Haut. Doch um wirklich etwas erkennen zu können, war es noch zu dunkel in der Kammer. Das Talglicht hatte sie beim Zubettgehen gelöscht, und sie traute sich nicht, noch einmal aufzustehen und einen zweiten Versuch zu unternehmen, die Stiege hinabzuklettern. Ihr wurde bereits schwindelig, sobald sie den Kopf auch nur anhob.

Agathe spürte, wie die Angst sich in ihr ausbreitete. Es war nicht mehr lang bis zum Sonnenaufgang, doch die Minuten gerieten ihr zu Stunden. Mit ausgedörrter Kehle lag sie im Dunkel, kämpfte gegen die Übelkeit in ihrem Magen und haderte mit sich.

Hatte Notburga doch recht gehabt? War es ein Fehler gewesen, Susanna zu behandeln? Sie war der Kranken zu nahe gekommen, als sie sie gewaschen und gesalbt hatte. Musste sie jetzt dafür bezahlen, dass sie sich wieder einmal von ihrem Eigensinn hatte leiten lassen?

Und was war mit den Schwestern und den anderen Kranken? War die Lues so ansteckend, dass auch sie die Krankheit bekämen? Hatte sie deren Leben auch in Gefahr gebracht? Heiße Tränen der Scham und des Bedauerns rollten Agathe über die Wangen.

Endlich, nach einer kleinen Ewigkeit, schlich sich der erste Lichtstrahl in Agathes Kammer. Gewissenhaft untersuchte sie jeden Zoll ihres Leibes, den sie erreichen konnte, nach den heimtückischen Pusteln ab. Doch da war nichts außer zarter, unversehrter Haut.

Agathe ließ sich in die Kissen zurücksinken und ergab sich für einen Moment dem Schwindel, der die wenigen Möbel ihrer Kammer ins Trudeln versetzte. Dass sie bislang keine Flecken gefunden hatte, konnte sie nicht beruhigen. Die mochten noch kommen. Vielleicht dauerte es eine Weile, bis sie sich zeigten. Kurz überlegte sie, ob sie nach Doktor Stammler schicken sollte, doch rasch verwarf sie den Gedanken. Dafür wäre noch Zeit, wenn der Ausschlag tatsächlich aufträte.

Beim Morgenmahl entdeckte man Agathes Fehlen an der Tafel. Mit eigener Hand brachte die Mutter ihr Milch und eine Schale gezuckerten Haferbrei hinauf, doch Agathe erlaubte nicht, dass sie länger in ihrer Kammer verweilte, als es dauerte, das Tablett neben ihrer Bettstatt abzustellen. Sie ertrüge niemanden in ihrer Nähe, log sie ihr vor.

Agathe fühlte sich matt. Ihr Kopf schmerzte zum Zerbersten, und ihre Kehle war wie ausgedörrt. Überdies war ihr immer noch übel und schwindelig, daher stand ihr nach Essen nicht der Sinn. Doch die Milch trank sie begierig, wiewohl sie ihr nur für kurze Zeit Linderung verschaffte.

Wieder und wieder fuhr Agathe sich tastend über den Leib und fragte sich bang, wie lange es wohl dauerte, bis die Flecken kämen. Wann immer sie ein winziges Jucken verspürte, fuhr sie wie gestochen auf und schaute sofort nach, ob an dieser Stelle der Ausschlag begann.

Doch der Tag verging, ohne dass sich die unheilvollen Pusteln zeigten. Und auch die folgende Nacht. Zwar ließ die Furcht Agathe kaum schlafen, und sie getraute sich nicht, das Licht zu löschen, aber die Kopfschmerzen ließen allmählich nach.

Ein weiterer Tag und eine weitere Nacht verrannen, ohne dass etwas geschah. Am Morgen des dritten Tages erwachte Agathe ohne ein Gefühl der Übelkeit, und als sie sich probehalber aufrichtete, war auch der Schwindel vergangen. Was immer es für eine Krankheit gewesen sein mochte, die sie niedergestreckt hatte – die schreckliche Lustseuche war es wohl nicht, die schien sie verschont zu haben!

Erleichtert schwang Agathe die Beine aus dem Bett. Sie fühlte sich kräftig genug, um aufzustehen. Vor allem drängte es sie, ins Seelhaus zu laufen, um herauszufinden, wie es den Schwestern ging und ob Stammlers Medizin Susanna hatte helfen können.

Hastig erledigte sie ihre Morgentoilette und zog sich an. Beim Morgenmahl mit Mutter und Schwester bemühte sie sich, ihre Ungeduld nicht zu zeigen, lange hielt sie es allerdings nicht aus.

»Ich gehe heute früher zu Walburga!«, sagte sie beiläufig. »Ich habe sie schon so lange nicht gesehen.«

»Willst du dich nicht noch ein paar Tage ausruhen«, wandte Helene ein, der Eifer auf dem Gesicht ihrer Jüngsten stimmte sie jedoch milde.

»Na, lauf schon!«, gab sie schließlich nach, froh darüber, dass ihre Tochter von ihrer Krankheit genesen war. »Bleib aber nicht so lang!«

»Jungfer Streicher!«

Agathe wandte den Kopf. In der Tür zu seinem Laden stand Sebastian Franck und winkte sie zu sich heran.

»Gott zum Gruße, Meister Franck!«

»Wartet einen Moment!«, bat der Seifensieder. Er verschwand in seiner Werkstatt, und Agathe nutzte die Gelegenheit, die Auslage seines Geschäftes zu betrachten, wo inzwischen die Bücher, die Franck zum Verkauf anbot, die Seife beinahe verdrängt hatten. Nurmehr eine einzige Pyramide aus Seifenstücken, verschämt in einer Ecke aufgebaut, gab Zeugnis von der ursprünglichen Profession ihres Verkäufers.

Neugierig besah Agathe die Buchrücken. Breite und schmale waren es, manche davon neu und unversehrt, andere bereits sehr abgegriffen. Einige Bücher waren in Leder gebunden, andere hatten einen papiernen Einband. Agathes Blick verfing sich an einem etwa daumendicken, angestoßenen Buch, auf dem ein seltsames Zeichen prangte: eine Schlange, die sich um einen Stab wand.

Neugierig nahm sie es zur Hand. Auf dem vorderen Einband war das gleiche Zeichen in das vom Alter dunkle Leder geprägt. Die Schrift darunter war abgerieben. *Wundarzney* war das einzige Wort, das sie entziffern konnte. Unwillkürlich schlug Agathe das Buch auf und blätterte vorsichtig darin. Es schien sich um eine Art medizinisches Anleitungsbuch zu handeln. In den Text waren an manchen Stellen Zeichnungen eingefügt, die chirurgische Behandlungen veranschaulichten. Das Buch war in deutscher Sprache abgefasst, und an einer beliebigen Stelle begann Agathe zu lesen. Doch der Sinn der einzelnen Wörter entzog sich ihr, als wären sie auf Griechisch oder Hebräisch geschrieben.

Agathe blätterte ein paar Seiten zurück und versuchte es aufs Neue, diesmal mit mehr Erfolg. Reinlichkeit, so verstand sie, sei das oberste Gebot des Medizinierens. Ein Arzt solle sich äußerster Sauberkeit befleißigen. Die Haare und Fingernägel habe er kurz zu schneiden und die Hände so oft als möglich mit Seife zu reinigen. Auch die chirurgischen Gerätschaften, die Wunden, die Betten, die Laken, kurz: Alles, was mit den Kranken in Berührung kam, sollte von äußerster Sauberkeit sein – nicht zuletzt, um der Gesundheit des Arztes willen, auf dass er sich nicht die üblen Krankheiten zuzöge, die er bei seinen Patienten zu bekämpfen suchte.

Agathe nickte unbewusst. Das klang einleuchtend. Wenn Sauberkeit von so großer Wichtigkeit war und sie sich den Schmutz und den Gestank im Krankensaal der Klause vorstellte, dann war es wahrlich kein Wunder, dass nicht mehr ihrer Siechen dort genasen.

»Ich habe etwas für Euch!« Sebastian Franck unterbrach ihre Überlegungen. In den Händen hielt er ein unförmiges Bündel. »Nanu! Was lest Ihr denn da? Ah, *Über die Wundarzney!* Irgendwo habe ich auch noch Steinhöwels

Büchlein der Ordnung der Pestilenz von 1473. Die beiden Bücher stammen aus dem Nachlass eines Arztes.« Er machte Anstalten, danach zu suchen, hielt jedoch abrupt inne und hob die Brauen. »Weder das eine noch das andere erscheint mir eine geeignete Lektüre für eine junge Dame zu sein. Vielleicht sollte ich Euch etwas zur religiösen Erbauung heraussuchen?«

»Nein, dank Euch, Meister Franck.« Agathe winkte ab. Bedauernd klappte sie das Buch zu und legte es zurück. Zu gern hätte sie es erworben, doch der Gedanke, ihre Mutter um Geld für ein medizinisches Lehrbuch zu bitten, war schlicht absurd.

Der Seifensieder entsann sich des Grundes, warum er Agathe zu sich gerufen hatte, und reichte ihr das eingewickelte Paket. »Hier sind ein paar Seifenreste, meist geborstene Stücke. Die kann ich nicht verkaufen. Vielleicht können die Schwestern in der Klause sie gebrauchen?«

»Ganz bestimmt können sie das, Meister Franck! Ihr könnt Euch gar nicht vorstellen, wie sehr!« Agathe strahlte. »Vergelt's Euch Gott!«

»Geben ist seliger denn nehmen!«, entgegnete der Seifensieder.

»Ihr solltet sie aufschreiben!«

»Was meint Ihr?« Franck runzelte die hohe Stirn.

»Eure Sprichwörter! Ihr solltet sie sammeln und aufschreiben.«

»Ja.« Franck lachte. »Vielleicht mache ich das eines Tages.«

In der Klause schien alles seinen gewohnten Gang zu gehen, stellte Agathe mit Erleichterung fest, als sie Notburga, geschäftig wie stets, im Hof des Seelhauses antraf. Nichts deutete darauf hin, dass sie oder ein anderer sich bei Susanna mit der Lues angesteckt hatte.

»Eine Spende von Meister Franck«, sprudelte Agathe

hervor und drückte der Schwester das Seifenpaket in die Hände. »Ihr wisst doch, der Seifensieder, dessen Bottich Messner Gruber auf den Fuß gefallen ist. Er handelt jetzt mehr mit Büchern, als dass er Seife siedet, und er hat ein Buch über Medizin, das …«

»Selten genug, dass uns überhaupt jemand mit Spenden bedenkt«, unterbrach die Begine sie missmutig. Die anhaltende Hitze schien ihr zuzusetzen. »Ich versteh zwar nichts von diesen religiösen Feinheiten, aber früher, vor der Kirchenreform, als man sich das Himmelreich noch mit guten Taten verdienen musste, war es um die Spenden besser bestellt.«

Agathe folgte der brummelnden Schwester ins Haus. Kaum dass sie in den Krankensaal trat, sprangen Hitze und Gestank sie an wie eine hinterhältige Katze, und ungezählte Fliegen taumelten um sie herum. Von Reinlichkeit konnte hier bei Gott keine Rede sein!

»Wir sollten hier sauber machen«, schlug Agathe vor, während sie Notburga in den hinteren Teil des Raumes folgte.

»Natürlich! Und bunte Vorhänge sticken und Spielmannsleute für die Siechen kommen lassen«, murrte Notburga missvergnügt. »Und wann, bitte schön, soll ich auch dafür noch Zeit finden?« Am Fußende von Susannas Pritsche blieb sie stehen und stemmte die Hände in die Hüfte. »Wenn du zudem noch Volk hierherholst, das nicht hierhergehört!«

Agathe schaute Susanna an, und die Antwort blieb ihr in der Kehle stecken. Die Magd bot einen erbarmungswürdigen Anblick. Ihre Wangen waren hohl, sie hatte einen Großteil ihrer Haare verloren, und aus dem Mundwinkel rann ihr ein dünner Speichelfaden das Kinn hinab. Der Ausschlag indes war bis auf einige größere Krusten zurückgegangen. Susanna war wach, und ihre

Augen wirkten klar. Das Fieber schien sie verlassen zu haben.

»Wie geht es dir?«, fragte Agathe.

Wenn Susanna Notburgas Seitenhieb verstanden hatte, so ließ sie es sich nicht anmerken. »Besser«, antwortete sie mühsam, und Agathe konnte erkennen, dass sie einen ihrer Schneidezähne verloren hatte.

»Sie kann nicht essen«, sagte Notburga und wies auf die hölzerne Schale, die Susanna nur bis zur Hälfte geleert hatte. »Aber sonst scheint sie sich zu erholen. Deine Salbe wirkt, auch wenn sie mich jedes Mal zum Husten bringt.«

»Agathe, was, um Himmels willen, machst du hier!« Walburga wich entsetzt zurück, als Agathe in die Stube des Rockenburgerschen Hauses trat. »Ich dachte, du seist krank!«

»Ja, das war ich«, sagte Agathe, »aber es war nichts Schlimmes, ich bin wieder gesund.«

»Nichts Schlimmes? Na, da habe ich aber anderes gehört!«, entfuhr es der Base.

»Was hast du gehört?«, fragte Agathe.

»Na, dass ... dass du ...«, stotterte Walburga.

»Los, sag schon!«, drängte Agathe. »Was hast du gehört?«

»Scht!« Hastig blickte Walburga sich um. Ihre Mutter und ihre ältere Schwester Juliana saßen ein Stück entfernt und schenkten den Mädchen keine Aufmerksamkeit.

»Du hättest die Lustseuche!«, flüsterte Walburga.

Agathe blieb vor Überraschung der Mund offen stehen. Wo in aller Welt hatte Walburga solches Gerede aufgeschnappt?

Dann jedoch entsann sie sich ihres Besuches bei Meister Goll. Die Frau des Apothekers hatte sie sehr merkwürdig angeschaut. Hatte sie etwa angenommen, die Salbe sei für sie selbst gedacht, und in der Stadt herumerzählt, Agathe hätte diese übel beleumdete Krankheit?

»Unfassbar, was die Leute so reden, nicht wahr?« Walburga versuchte, den Klatsch leichthin abzutun.

»Du hast es geglaubt!«, sagte Agathe empört.

»Ich? Nein, nicht im mindesten!«

»Und du hast es weitererzählt, oder etwa nicht?«

Walburga verzog ihr schmollendes Puppengesicht. »Natürlich nicht! Wie kannst du nur so etwas von mir denken!«

Agathe spürte, wie Wut in ihr aufstieg, und auf ihren Wangen bildeten sich rote Flecken. »Wenn du es genau wissen willst, so ist es Susanna, die die Lustseuche hat. Eure Magd Susanna!«

Walburgas Augen weiteten sich erstaunt. »Das kann nicht sein!«, widersprach sie. »Susanna war liederlich. Sie ist mit einem Landsknecht fortgelaufen.«

»Sie ist nicht fortgelaufen!«, entgegnete Agathe heftig. »Deine Mutter hat sie hinausgeworfen, als sie gemerkt hat, dass Susanna krank war!«

»Na, und wenn schon? Was hätte sie sonst tun sollen?«

»Einen Arzt rufen«, gab Agathe aufgebracht zurück.

»Für eine Hausmagd? Du bist ja völlig von Sinnen!«

Empört holte Agathe Luft. »Verspürt ihr denn gar keine Verantwortung für euer Gesinde?«, stieß sie wütend hervor. »Es gehört zu eurem Hausstand. Ihr lasst sie für euch arbeiten, aber wenn es ihnen schlechtgeht, werft ihr sie fort wie verdorbenes Obst! Wie kann man nur so roh sein, so gänzlich ohne Mitgefühl!« Auf dem Absatz machte sie kehrt und ließ ihre Base kopfschüttelnd zurück.

Auch in der Woche darauf hielt die sengende Hitze an. Nicht nur, dass sie ab den späten Morgenstunden jede Bewegung zur Qual geraten ließ, dachte Agathe und entledigte sich ihres leichten Umschlagtuches. Weit schlimmer fand sie, dass die Wärme es ihr schwermachte, eine Seite Schinken oder einen Kanten Käse aus der Streicherschen Küche in die Klause zu schmuggeln. Unter dem dicken Wolltuch ihres weiten Winterumhangs war das ein Leichtes gewesen.

Mit einem schelmischen Lächeln zog Agathe das dicke Paket hervor, dass sie eng an sich gepresst verborgen gehalten hatte, glücklich, dass es ihr gelungen war, einen Ballen dünnen Leinens und ein Töpfchen mit Honig zu stibitzen. Aus dem Beutel an ihrem Gürtel förderte sie zudem eine Handvoll kurzer Nägel zutage.

Als Erstes würde sie der Fliegenplage zu Leibe rücken, hatte Agathe beschlossen, und sie trat an eines der Fenster in der zur Straße gelegenen Wand des Krankensaals. Ihren Unterarm als Maß verwendend, schätzte sie Breite und Höhe der Fensteröffnung ab. Alsdann breitete sie auf einer freien Pritsche das durchscheinende Leinen aus und schnitt es in passende Stücke. Von der anderen Seite des Saales her folgte Notburgas argwöhnischer Blick jeder ihrer Bewegungen.

Gerade als Agathe den ersten Nagel in die Wand schlagen wollte, um den linken oberen Zipfel des ersten Tuches zu befestigen, ergriff eine Hand das Tuch an der rechten Ecke, um ihr die Arbeit zu erleichtern. Agathe wandte den Kopf und blickte in das von Narben überzogene Antlitz von Susanna.

Der Magd schien es deutlich besserzugehen. Zwar lagen noch dunkle Schatten unter ihren Augen, doch ihr Gesicht wirkte nicht mehr so hohlwangig, und um den Kopf hatte sie ein Tuch gewunden, das den Anblick ihrer kahlen Kopfhaut verbarg. Ein scheues Lächeln huschte über ihre Züge, bevor sie sich wieder dem Fenster zuwandte. Agathe schlug den nächsten Nagel ein.

Sie hatten bereits drei der Fensterlöcher mit Gaze bespannt, als Notburga zu ihnen trat. »Wo keine Fliegen reinkommen, kommen auch keine Fliegen raus«, spottete sie. »Wenn ihr hier fertig seid, kann die da verschwinden!« Mit einem Nicken in Susannas Richtung machte sie deutlich, von wem sie sprach. »Gesund genug ist sie jetzt. Wir können hier keinen unnützen Esser brauchen!«

»Und wohin soll sie gehen?«, fragte Agathe ruhig.

»Dahin, woher sie kommt«, brummte Notburga.

»Mit diesen Narben im Gesicht? Ihr glaubt doch nicht, dass auch nur eine Hausfrau ihr eine Stellung gibt.«

Unbeteiligt, als gelte das Gespräch der beiden nicht ihr, sondern irgendeiner beliebigen Fremden, stand Susanna neben ihnen. Ihr Gesicht zeigte keine Regung, und wenn Notburgas harsche Worte sie verletzten, so ließ sie es sich nicht anmerken. Mit einem Schnauben wandte die Begine sich ab und überließ die beiden jungen Frauen ihrem Tun.

Als sie auch das letzte Fenster verschlossen hatten, holte Agathe einen alten Lumpen und riss ihn in Streifen. Sie öffnete das Töpfchen mit dem Honig, und auf Susannas Gesicht zeichnete sich Verstehen. Einmütig bestrichen sie die Stoffstreifen mit Honig und befestigten sie in Abständen an der Decke des Krankensaals. Auch in der Tür zum Hof hängten sie einen Fliegenfänger auf.

Als sie fertig waren, stellte Agathe zufrieden fest, dass bereits die ersten Fliegen an den Honiglumpen klebten. Mit der Plage würde es bald ein Ende haben.

Missbilligend betrachtete sie alsdann das schmutzstarrende Stroh auf dem Boden. Das käme als Nächstes an die Reihe. Sie würde hier sauber machen, entschied Agathe, möge es Notburga auch noch so missfallen. Am Ende würde sie die Schwester schon noch davon überzeugen, dass Reinlichkeit von Nutzen war, nicht nur für die Kranken.

Entschlossen stapfte sie über den Hof zu dem windschiefen Schuppen, in dem die Schwestern allerlei Gerätschaften aufbewahrten. Mit Besen, Forke und einem alten Eimer kehrte sie zurück in den Krankensaal. Susanna nahm ihr die Forke ab, und schweigend machten sich die beiden Frauen an die Arbeit.

Es war eine erbärmliche Schinderei, die ihnen bei der Hitze bald den Schweiß auf die Stirn trieb. Wie Pech haftete der Dreck von Jahren auf dem gestampften Lehmboden, und aus dem hochgewirbelten Stroh stieg der Gestank schlimmer auf denn je.

So anstrengend es auch war, unverdrossen trugen sie den Unrat Eimer für Eimer hinunter zum Ufer, wo sie ihn in das schmale Rinnsal entleerten, das die Hitze von der Blau übrig gelassen hatte. Der Schweiß durchfeuchtete ihre Kleider und rann von ihren Gesichtern, und da sie beide nicht ganz bei Kräften waren, kamen sie nur langsam voran.

Sie hatten bereits ein gutes Stück des Bodens vom gröbsten Schmutz befreit, als Notburga herbeieilte und empört die Hände in die Hüften stemmte.

»He, was macht ihr denn mit unserem Stroh?«, rief sie. »Hört auf damit, ich habe kein neues, das ich auf den Boden streuen kann!«

»Wir brauchen hier kein Stroh auf dem Boden. Es stinkt und ist widerlich. Wie sollen die Kranken da gesund werden?«, widersprach Agathe. »In dem Buch von Meister Franck habe ich gelesen ...«

»Es ist praktischer so!«, unterbrach Notburga sie scharf und spielte ihren Trumpf aus: »Einen Boden ohne Stroh muss man ständig fegen. Dafür habe ich keine Zeit.«

»Ich kann das fürs Erste übernehmen.« Es war Susanna, die leise, doch mit fester Stimme gesprochen hatte. Aufrecht blickte sie der Begine in die Augen.

Deren Blick glitt von Susanna zu Agathe und wieder zurück zu Susanna, und ihr entfuhr ein Grunzen. »Das habt ihr euch fein ausgedacht!«, brummte sie. »So soll sie, in Gottes Namen, bleiben. Kost und Unterkunft gegen Putzen und Hausarbeit.« Ohne Susannas Antwort abzuwarten, wandte die Schwester sich ab und stapfte davon.

Nach wenigen Schritten jedoch hielt sie inne und drehte sich noch einmal zu Susanna um. »Und keine Liederlichkeit, hast du mich verstanden?«, sagte sie streng.

Susanna nickte, und zum zweiten Mal an diesem Tag huschte ein Lächeln über ihre mageren Züge.

5. Kapitel

»Schwester!« Eine Stimme klang schwach von einer der Pritschen her.

Die schlanke Frau in dem schlichten, unförmigen Gewand wandte dem Kranken ihr vernarbtes Gesicht zu. »Ich komme gleich!«, antwortete sie mit größter Selbstverständlichkeit.

Susanna schien sich daran gewöhnt zu haben, dass man sie so ansprach. Und auch die Beginen hatten sich an die Magd gewöhnt, die sich mit ihrer ruhigen Art problemlos an das Leben im Seelhaus angepasst hatte.

Notburga hatte es nie ausgesprochen, doch in dem Jahr, das Susanna nun bei ihnen in der Klause lebte, war ihr die fleißige Magd zu einer Stütze geworden, auf die sie nur ungern verzichten würde. Zumal die alte Regula in letzter Zeit noch hinfälliger geworden war, und Schwester Gertrudis ihre Kunst vervollständigt hatte, gerade dann durch Abwesenheit zu glänzen, wenn es galt, ordentlich zuzupacken.

Agathe spürte die Wertschätzung, die Notburga Susanna inzwischen entgegenbrachte, an dem Tonfall, in dem sie den Namen der Magd aussprach. In den ersten Wochen hatte sie nur »Heda!« gerufen, oder: »Du da, komm her!«, wenn sie Susanna eine Arbeit hatte auftragen wollen.

So war es zuletzt doch für alle ein Gutes gewesen, dass sie Susanna ins Seelhaus gebracht hatte, dachte Agathe nicht ohne Stolz. Es war unübersehbar, dass hier zwei weitere Hände unermüdlich beschäftigt waren: Der Fußboden im Krankensaal war sauber gekehrt, die Kranken waren ordentlich gebettet, lagen auf leidlich sauberen Laken, und es schwirrten kaum noch Fliegen umher.

»Agathe, bist du noch hier?« Notburga klang überrascht. »Einen Bürgermeister lässt man nicht warten!«

»Ach, du lieber Himmel! Der Empfang!« Agathe fuhr aus ihren Gedanken auf. Wie gewohnt hatte sie sich an die Arbeit gemacht, sobald sie den Krankensaal betreten hatte. Dabei hatte sie heute nur kurz vorbeischauen wollen. Unwillig hängte sie ihre Schürze an den Nagel neben der Tür und eilte nach Hause.

Im dämmerigen Flur des Streicherschen Hauses prallte Agathe gegen den Rücken eines Fremden. »Entschuldigung!«, sagte sie hastig und fuhr zurück.

Der junge Mann wandte sich um. Er war schlank und hochgewachsen und hatte sein hellbraunes Haar modisch bis auf die Höhe seines ausgeprägten Kinns gestutzt. Agathe entfuhr ein Freudenlaut. »Augustin! Du bist zurück!« Strahlend breitete sie die Arme aus, um ihren Bruder an sich zu drücken.

Augustin jedoch trat abwehrend einen Schritt zurück, und anstatt seine Schwester zu umarmen, verneigte er sich knapp. Als Magister galt es schließlich, eine gewisse Würde zu wahren. »Gott zum Gruße, Agathe«, sagte er förmlich.

Agathe zog eine Grimasse. Das war eine dürftige Begrüßung nach bald vier Jahren, in denen sie ihren Bruder nicht gesehen hatte. »Sag, wie war es an der Universität? Ist Heidelberg eine große Stadt? Größer als Ulm? Du musst mir alles erzählen! Ich bin so gespannt!«, sprudelte sie aufgeregt hervor.

Augustin überging ihre Fragen. »Du bist erwachsen geworden!«, stellte er verwundert fest, als hätte er erwartet, dass während seiner Abwesenheit daheim alles beim Alten geblieben wäre.

Seine kleine Schwester hatte sich verändert. Sie war ein gutes Stück gewachsen, ihr herzförmiges Gesicht hatte das Kindliche verloren, und ihr zuvor weizenblondes Haar war nachgedunkelt und hatte einen warmen Goldton angenommen. Am augenscheinlichsten war jedoch, dass dem unlängst schmalen, feingliedrigen Kind an den rechten Stellen Rundungen gewachsen waren.

Hübsch war sie geworden, stellte Augustin fest. Keine klassische Schönheit, doch mit ihrem ebenmäßigen Teint, der geraden Nase und den glänzenden nussbraunen Augen sehr anziehend.

»Wir sollten dich bald verheiraten«, sagte er und meinte es nur zum Teil im Scherz. Es würde ihm keine Schwierigkeit bereiten, zu gegebener Zeit eine vorteilhafte Ehe für sie zu arrangieren.

Katharina, die auf der Suche nach Agathe in den Flur trat, hatte seine Worte gehört. »Besser wär's, dann kann ihr Gemahl auf sie achtgeben!«, pflichtete sie mit Leidensmiene bei. »Aber damit werden wir uns leider noch etwas gedulden müssen. Sie ist erst fünfzehn.« Tadelnd wandte sie sich an Agathe: »Wo bleibst du denn? Es wird Zeit, zu gehen, und du bist noch nicht einmal umgekleidet!« Ungeduldig stupste sie ihre Schwester vor sich her die Stiege hinauf und in deren Kammer, wo sie ihr aus dem Kleid half. Während sie die Flechten von Agathes Haar löste, plapperte sie munter drauflos: »Er muss ein sehr bedeutender Mann sein, wenn sogar der Bürgermeister einen Empfang für ihn gibt!«

»Wer?«, fragte Agathe abwesend.

»Von Ossig!«

Verständnislos wandte Agathe den Kopf und blickte ihre Schwester an.

»Halt still! Kaspar Schwenckfeld von Ossig!«, wiederholte Katharina mit Nachdruck. »Hörst du denn nie zu, wenn man dir etwas sagt?« Heftig fuhr sie mit dem beinernen Kamm durch Agathes Haar. »Er entstammt einem alten Adelsgeschlecht, aber stell dir vor: Er hat zugunsten seines Bruders auf das väterliche Gut verzichtet und ist Gelehrter geworden!« Katharinas Stimme vibrierte vor Bewunderung.

»Selbst schuld«, brummte Agathe.

Ihre Schwester überhörte die abfällige Bemerkung. Scharf zog sie den Kamm über Agathes Kopfhaut, um das Haar zu scheiteln, und begann, einen straffen Zopf zu flechten. Agathe sog schmerzerfüllt die Luft ein.

»Dann hat er die Schriften Luthers studiert«, fuhr Katharina unbeirrt fort, »und er war von dessen Lehren so angetan, dass er auf ein Pferd gestiegen und sofort nach Wittenberg geritten ist – mitten im Winter! Und jetzt ist er selbst ein berühmter Reformator und hat schon viele Schriften verfasst.« Katharina machte eine bedeutungsvolle Pause und erwartete, dass Agathe sich entsprechend beeindruckt zeigte.

Doch ihre kleine Schwester tat ihr den Gefallen nicht. Die Kirchenreform und mit ihr all die gebildeten Prädikanten waren Agathe herzlich gleichgültig. Die einzige Veränderung, die sie hatte wahrnehmen können, war die, dass der Gottesdienst im Münster nunmehr den ganzen Vormittag andauerte. Wenigstens hatte man in der Kirche Bänke aufgestellt, damit die Gläubigen während der schier endlosen Predigten sitzen konnten.

Obwohl Agathe wusste, dass es im Grunde unsinnig war, hegte sie insgeheim einen Groll auf alles, was mit der Kirchenreform zu tun hatte. Wäre die Reformation nicht gewesen, so hätte der Pöbel nicht das Münster geplündert. Und dann wäre Hella noch am Leben!

»Sicher ist er ein beeindruckender Mann, und du wirst ihm vorgestellt«, fuhr Katharina fort zu schwärmen. Sie hatte Agathes Frisur beendet und streifte ihr das Kleid über den Kopf.

»Ach was, sicher ist er alt und grau«, widersprach Agathe naserümpfend. Katharina erschien ihr heute ungewöhnlich lebhaft. Sie konnte sich nicht entsinnen, dass ihre Schwester sich je für einen Menschen so begeistert hatte – schon gar nicht für einen Mann. Obwohl es ihr ja nicht um den Mann zu tun war, verbesserte Agathe sich in Gedanken, sondern um den gelehrten Prediger. Das war schließlich etwas ganz anderes.

Katharina überging Agathes Einwand. »Wie ich dich beneide! Am liebsten würde ich mit zu dem Empfang gehen.«

»Warum tust du es nicht, wenn dir so viel daran liegt?«, fragte Agathe.

Jäh verdüsterte ein Schatten die Miene der Schwester, und Agathe biss sich auf die Zunge. Katharina ging so gut wie nie außer Haus, das wusste sie sehr genau.

Einmal, kurz nachdem Katharina von den Folgen des Unfalls, der ihr Gesicht entstellt hatte, genesen war, war die Schwester nichtsahnend auf den Markt gegangen, um wie gewohnt Einkäufe zu erledigen. Die Menschen auf der Straße hatten sie angestarrt und waren vor ihr zurückgewichen. Eine Frau hatte bei ihrem Anblick voller Furcht ein Kreuzzeichen geschlagen, und eine Horde verlauster Bengel hatte ihr böse Schmähworte nachgerufen. Bitterlich weinend hatte Katharina sich in den Schutz ihres Elternhauses geflüchtet und dieses seither kaum mehr verlassen.

Agathe konnte das in gewissem Maße verstehen, und auch, dass die Schwester Trost und Ablenkung in der Heiligen Schrift fand.

Doch sie war längst der Meinung, dass Katharina wieder unter Menschen gehörte. Bereits jetzt fand sie ihre Schwester spröde und humorlos, und wenn sie weiterhin im Haus blieb und sich ausschließlich geistlicher Lektüre widmete, wäre sie bald völlig verschroben. Vielleicht war dies hier die rechte Gelegenheit? Deshalb schlug sie vor: »Du kannst dir einen dichten Schleier um den Kopf winden, der nur die Augen und den Mund frei lässt. Viele fromme Frauen tun das ...«

»Nein, nein!«, wehrte Katharina hastig ab. »Ich bleibe hier.« Sie hatte das letzte Band an Agathes Kleid geschlossen. »Fertig! Und nun lauf! Aber du musst mir nachher alles ganz genau berichten.«

»Das mache ich«, versprach Agathe und eilte aus der Kammer.

Obschon gerade erst aus Heidelberg angekommen, ließ Augustin es sich nicht nehmen, Mutter und Schwester zum Empfang des Bürgermeisters zu begleiten. Es war eine gute Gelegenheit, sich seinen Freunden, von denen er einige ebenfalls geladen wähnte, als frisch geprüfter Magister zu präsentieren und sich von ihnen ausgiebig bewundern zu lassen.

Die meisten Scholaren verließen die Universität ohne einen Abschluss und nur wenig klüger, als sie gekommen waren. Er hingegen hatte es bereits zum Baccalaureus und nun auch zum Magister Artium gebracht.

Aufgeregt hüpfte Agathe auf dem Weg zum Haus der Familie Besserer neben ihrem Bruder her. Es gab so vieles, das sie ihn über das Medizinieren zu fragen hatte.

»Hast du viele Kranke geheilt?«, wollte sie wissen.

»Kranke? Wieso Kranke?«, fragte Augustin irritiert.

»Du bist doch jetzt Arzt, oder etwa nicht?«

Augustin lachte. »Nein, du Dummchen. Ich bin noch kein Arzt. Ich bin Magister. Magister Artium. Kannst du aufhören herumzuhopsen? Das gehört sich nicht!«

Agathe mäßigte ihren Schritt. »Was ist ein Magister Artium?«, fragte sie unbeirrt.

»Ein Meister der freien Künste«, erklärte Augustin herablassend. »Es sind die eines freien Mannes würdigen Kenntnisse.«

Agathe kam es so vor, als hätte er diese Worte auswendig gelernt. »Aber du bist doch nach Heidelberg an die Universität gegangen, um Doktor der Medizin zu werden«, wandte sie ein.

»Ja, das ist richtig«, bestätigte Augustin. »Aber bevor du Medizin studieren kannst, musst du die Septem Artes liberales beherrschen, die sieben freien Künste. Und die lernst du an der Artistenfakultät.«

»Was sind das für Künste?«, fragte Agathe mit der ihr eigenen Hartnäckigkeit.

»Für das Trivium, das umfasst das Wortwissen, sind es drei Fächer: lateinische Grammatik – an der Universität spricht man nur lateinisch – Dialektik und Rhetorik, also die Kunst des Rede- und Briefschreibens. Wenn du sie beherrschst, kannst du die Prüfung zum Baccalaureus absolvieren.

Dann kommt das Quadrivium. Es umfasst die vier Fächer Arithmetik, Geometrie, Astronomie – wozu auch die Astrologie gehört – und Musik.« Als Augustin das letzte Fach nannte, verzog er das Gesicht. Auf diesem Gebiet hatte er sich nicht durch Leistung ausgezeichnet.

»Auch das Quadrivium endet mit einer Prüfung, nämlich der zum Magister, die ich soeben absolviert habe.«

Helene, die den Ausführungen ihres Sohnes still gelauscht hatte, lächelte voller Stolz, doch Agathe stellte enttäuscht fest: »Jetzt hast du schon so lange studiert, aber das Medizinieren hast du dabei nicht gelernt.«

»Nein«, bestätigte Augustin nicht unzufrieden. Er genoss das zwanglose Leben eines wohlsituierten Scholaren und hatte nichts dagegen einzuwenden, dieses noch einige Jahre länger zu führen. »Im Weinmond kehre ich an die

Universität zurück. Dann widme ich mich den wissenschaftlichen Studien an der Medizinischen Fakultät.«

Agathe hätte ihn gern noch weiter über das Leben und das Lernen an der Universität ausgefragt, doch sie hatten das Haus des Bürgermeisters erreicht, und so musste sie ihre Neugier fürs Erste zügeln.

Man führte Helene Streicher mit Sohn und Tochter in das obere Geschoss des Hauses, wo Bernhard Besserer und seine vierte Frau Margarethe, die Witwe des Laux Ehinger, an der Tür zum großen Saal ihre Gäste begrüßten. Der Bürgermeister war weit in den Sechzigern, doch auch in jungen Jahren mochte er kaum von anziehendem Äußeren gewesen sein. Seine großen hervorquellenden Augen und die vorspringende Mundpartie hätten an das Antlitz eines Frosches denken lassen, wenn sein Gesicht dabei nicht so schmal geraten wäre, dass es diesen Vergleich hohnlachte.

Doch Bernhard Besserer war weit davon entfernt, ein Mann zu sein, über den man lachte. Sobald er sprach, verlor sich sein unglückliches Äußeres, und der gebildete Mann vermochte es wie kaum ein Zweiter, seine Zuhörer in seinen Bann zu ziehen und ihnen Respekt abzuverlangen. Mit Umsicht und großem Sachverstand lenkte er nicht von ungefähr seit vielen Jahren schon die Geschicke der blühenden Reichsstadt.

Der Bürgermeister begrüßte Helene auf das herzlichste, dann entdeckte er Augustin in ihrer Begleitung. »Da ist ja der verlorene Sohn!«, scherzte er. »Was machen die Studien? Mühen, nehme ich an? Mühen!« Sein klarer Blick glitt weiter zu Agathe. »Du bist eine hübsche junge Dame geworden«, stellte er augenzwinkernd fest. »Das letzte Mal, als ich dich sah, warst du noch ein kleines Mädchen.«

»Ach, Oheim!« Agathe lachte. Sie sprach ihn auf diese vertraute Art an, denn auf eine verzwickte Weise, die sie nicht hätte erklären können, waren die Besserers mütterlicherseits mit ihnen verwandt.« »Ihr schmeichelt mir. Habt Ihr vergessen, dass Ihr mich erst vor drei Tagen in der Gasse getroffen habt?«

»Nun, ich bin eben ein alter, vergesslicher Mann!«, erwiderte er mit einem Schmunzeln und fasste Agathe beim Arm, um sie ein Stück in den Saal zu geleiten.

Agathe spürte, wie er sich schwer auf sie stützte. Er humpelte bei jedem Schritt.

»Was fehlt Euch, Oheim?«, fragte sie teilnahmsvoll.

»Ach, Kind, das ist das Alter. Das Zipperlein plagt mich schon seit ein paar Jahren, und der große Zeh macht mir argen Verdruss.« Er wandte sich zu Augustin um. »Aber ich halte es schon noch ein paar Jahre aus, bis du mich von meinem Leiden befreien kannst.«

»Wenn es in meiner Macht liegt, Oheim, gern«, antwortete Augustin steif. Es behagte ihm nicht, wenn man über seine künftige Profession Witze machte.

»Das ist gut, mein Junge. Und bis dahin bescheide ich mich mit den Diensten von David Jud. Mag sich der eine oder andere auch das Maul darüber zerreißen – ich finde, er ist ein ausgezeichneter Arzt.«

Höflich verneigte er sich vor Helene. »Ihr entschuldigt mich, Base?«, bat er und wandte sich den Neuankömmlingen zu, die eben in den Saal geleitet wurden.

Während Helene von ihrer Schwägerin und einer Nichte ins Gespräch gezogen wurde, trat ein junger Mann zu Augustin und Agathe, einen gefüllten Becher in den Händen. Die Miene in gespieltem Vorwurf verzogen, polterte er: »Du bist zurück und hast dich noch nicht bei mir blicken lassen! Ein schöner Freund bist du!«, und schlug Augustin jovial auf die Schulter.

»Julius Ehinger! Alter Knabe!« Augustin freute sich sichtlich, den Freund wiederzusehen.

Agathe kannte Julius. Vielmehr hatte sie ihn als jungen

Burschen gekannt. Doch mit dem mageren Jungen, an den sie sich erinnerte, hatte dieser stattliche junge Mann wenig gemein. Neugierig musterte Agathe ihn.

Er war so alt wie ihr Bruder, doch sein frischer Teint, die rotblonden Haare, die ihm in ungebändigten Locken auf die Schultern fielen, und nicht zuletzt sein Überschwang ließen ihn weit jünger wirken.

Er war ein Stück kleiner als Augustin, aber kräftiger mit breiten Schultern und starken Schenkeln, die sich unter den modisch eng geschnittenen, zweifarbigen Beinkleidern abzeichneten.

Julius wandte sich ihr zu, und sein klarer Blick aus hellblauen Augen musterte sie vom Scheitel bis zur Sohle ihrer bestickten Schuhe.

»Und wer ist diese junge Dame, Augustin?«, fragte er augenzwinkernd. »Deine Schwester Agathe kann es kaum sein, die ist ja noch ein kleines Mädchen. Nun, Augustin, wer ist die schöne Dame? Deine Braut? Wenn nicht, dann hast du sicher nichts dagegen, wenn ich ihr den Hof mache?«

Agathe spürte, wie ihr die Röte den Hals hinauf und in die Wangen stieg, und senkte hastig den Blick. Sie fühlte sich unbehaglich, doch zugleich auch ein wenig geschmeichelt. So hatte noch niemand mit ihr – oder besser: über sie gesprochen. Julius' Worte verwirrten sie, und Agathe wusste nichts darauf zu erwidern.

»Natürlich ist das Agathe!«, brummte Augustin verstimmt. »Sie ist fünfzehn – noch ein Kind!«, fügte er mit Nachdruck hinzu. Musste denn heute jeder feststellen, dass seine Schwester erwachsen wurde?

Julius verstand, dass er es mit seiner Bewunderung für die Schwester des Freundes ein wenig übertrieben hatte. »Kommt, ich stelle euch dem Ehrengast vor«, sagte er versöhnlich, doch er konnte der Versuchung nicht widerstehen, seinen Freund noch ein wenig zu reizen, indem er Agathe den Arm bot und sie galant durch den Saal geleitete, einer Gruppe von Gästen zu, die sich neben einem der großen Kamine versammelt hatte.

Im Kern dieser Gruppe führte ein Mann die Rede, den Agathe zu ihrer Verblüffung wiedererkannte: Sebastian Franck, der Seifensieder. Man hatte ihn kaum geladen, weil er wohlduftende Seife zu bereiten wusste. Vielmehr war der gebildete Mann ein enger Freund des Ehrengastes, teilte dessen religiöse Gesinnung und hatte sich in den vergangenen Jahren als Verfasser und Verleger aufsehenerregender religiöser Schriften einen Namen gemacht – sehr zum Ärgernis von Martinus Frecht, dem Münsterprediger, der dies bereits hatte kommen sehen.

Die Ansichten, die Franck vertrat, waren unvereinbar mit den Lehren des Lutheraners und wichen auch sonst in mancherlei Hinsicht von der gängigen Meinung ab, wovon sich die Gäste im eleganten Saal des Bessererschen Hauses überzeugen konnten. »Das Machtstreben der Fürsten ist mir ein Greuel!«, erklärte er mit weithin vernehmbarer Stimme und unterstrich seine Worte mit lebhaften Gesten. »Sie sind genauso räuberisch wie die Tiere auf ihren Wappen.

Natürlich unterstützen die Reichsfürsten von Hessen, Kurpfalz, Sachsen und Württemberg die Reformation! Sie gibt ihnen die theologische Rechtfertigung dafür, Rom keine Abgaben mehr zu zahlen, sich die Besitztümer der Kirche in ihren Ländern einzuverleiben und deren Pfründe in die eigenen Taschen zu stecken. Außerdem stärkt eine protestantische Landeskirche ihre Eigenständigkeit und Unabhängigkeit gegenüber dem Kaiser.«

»Man sollte sie alle davonjagen, so, wie wir es mit den Papisten auch gemacht haben!«, pflichtete ihm einer aus der Zuhörerschaft bei.

Doch der Mann neben dem Seifensieder hob beschwichtigend die Hände. Das musste Kaspar Schwenckfeld von Ossig sein, dachte Agathe. Er war alt, so, wie sie es erwartet hatte. Mitte vierzig mochte er sein, und tatsächlich mischte sich in sein dunkles Haar, das ihm etwas wirr in die Stirn fiel, bereits der ein oder andere Silberfaden.

Bislang hatte sich der Ehrengast zurückgehalten, nun aber ergriff er das Wort. »Um die Welt zu verändern, ist keine äußere Revolution notwendig, sondern eine innere!«, sagte er mit warmer, zu Herzen gehender Stimme. »Diese innere Revolution muss in Euch stattfinden, in Euren Herzen. Indem Ihr auf das innere Wort hört, das in jedem Menschen verborgen liegt, in jedem Einzelnen von Euch!«

In seinen dunkelbraunen Augen brannte ein Feuer, das von einer Leidenschaftlichkeit kündete, die manch junger Bursche vermissen ließ. Eindringlich versuchte er, die Zuhörer zu überzeugen: »Indem Ihr Euch Jesus Christus zum Vorbild nehmt und auf dieses innere Wort hört, werdet Ihr Erlösung erlangen, nicht durch das Zelebrieren von Messen! Auf dem Weg zum Heil sind äußerliche Dinge wie Sakramente oder Bildnisse unsinnig.«

»Ihr lehnt die Sakramente samt und sonders ab?«, fragte eine der umstehenden Damen schrill.

»Als einzig erlösend – ja!«

»Und wie steht es mit der Taufe Erwachsener?«, fragte ein hagerer Mann in schwarzem Wams listig.

»Wenn der Mensch schon Sakramente braucht, um seinem Glauben Halt zu geben, dann kann ich der Taufe Erwachsener noch eher zustimmen als der Kindstaufe«, entgegnete Schwenckfeld ruhig.

Ein erstauntes Raunen ging durch die Zuhörer, und Agathes Augen wurden weit vor Bestürzung. Nur die Wiedertäufer feierten die Erwachsenentaufe, das wusste sie, denn Katharina hatte sich wortreich darüber geäußert, als man vor Jahresfrist das Reich der Wiedertäufer in Münster in Westfalen zerschlagen hatte.

Die Wiedertäufer trachteten danach, Gemeinden nach dem Vorbild der Jerusalemer Urgemeinde zu gründen, zu denen nur Auserwählte gehören sollten, die bereit waren, ein neues Leben in strenger Nachfolge des Herrn zu führen. Dieses neue Leben bekundeten sie mit einer Glaubenstaufe, die Kindstaufe lehnten sie dagegen ab. Ihren Namen verdankten sie dem Umstand, dass die Taufe Erwachsener meist dazu führte, dass bereits Getaufte ein zweites Mal getauft wurden.

Da die Wiedertäufer nicht nur eine religiöse, sondern darüber hinaus auch die soziale Veränderung der Gesellschaft anstrebten, wurden sie von den Obrigkeiten scharf verfolgt, und es war nicht ungefährlich, als einer der ihren angesehen zu werden.

In Münster war man mit unglaublicher Härte gegen die Andersgläubigen vorgegangen, und die entsetzlichen Greueltaten, von denen damals berichtet wurde, trieben Agathe bis heute Schauder über die Haut. »So seid Ihr ein Wiedertäufer?«, entfuhr es ihr, und sie presste entsetzt die Hand vor den Mund.

Schwenckfeld wandte sich ihr zu, richtete seinen wachen Blick auf sie und legte die Rechte an sein Ohr. »Ich habe Euch nicht verstanden. Gott gefiel es, mich mit Schwerhörigkeit zu schlagen. Was habt Ihr gesagt?«, fragte er.

Seine plötzliche Aufmerksamkeit war Agathe unangenehm, und sie wand verlegen die Finger ineinander. Doch der Prediger schien eine Antwort zu erwarten.

In dem Moment räusperte Bürgermeister Besserer sich, im Begriff, das Wort zu erheben, und höflich verstummten die Gespräche im Saal. In die Stille hinein wiederholte Agathe laut und für alle Gäste vernehmlich: »Ich fragte, ob Ihr ein Wiedertäufer seid!«

Der Bürgermeister hüstelte, und die Geladenen wandten neugierig die Köpfe auf der Suche nach dem jungen Mädchen, das es wagte, im Kreis Erwachsener seine Stimme zu erheben. Augustin entfuhr ein Laut der Verblüffung, und Agathe spürte, wie ihr die Röte ins Gesicht stieg. Sie hätte im Boden versinken mögen.

Gespanntes Schweigen lastete auf dem Saal. Dann endlich hatte sich der Bürgermeister gefasst und hob an, seine Gäste zu begrüßen, und wie die Höflichkeit es verlangte, wandten diese sich nach und nach von Agathe ab und ihm zu, um seinen freundlichen Worten die gebotene Aufmerksamkeit zu schenken.

Als Besserer mit seiner Begrüßungsrede zum Ende gekommen war, verbeugte Augustin sich höflich vor dem Ehrengast. »Hans Augustin Streicher«, stellte er sich ihm mit lauter Stimme vor. »Ihr müsst meiner kleinen Schwester verzeihen. Sie ist ein junges, unwissendes Ding und plappert nur nach, was sie aufgeschnappt hat«, sagte er entschuldigend. »Ich hoffe, Ihr tragt es ihr nicht nach.«

Schwenckfeld winkte ab. Ein spöttisches Lächeln umspielte seine Lippen, und es erschien Agathe, als zwinkere ihr der Prediger zu.

»Lasst es gut sein«, sagte er freundlich zu Augustin. »Ich trage es Eurer Schwester sicher nicht nach. Obwohl ich glaube, dass sie erwachsener und verständiger ist, als Ihr vielleicht ahnt.«

Augustin verkniff sich ein genervtes Schnauben. »Es ist sehr großzügig, dass Ihr meiner Schwester verzeiht. Vielleicht erweist Ihr uns in den nächsten Tagen die Ehre eines Besuches? Es würde mich freuen, mehr über Eure Lehre des inneren Wortes zu erfahren.«

»Dieser Bitte komme ich nur zu gern nach«, erwiderte der Prediger erfreut.

Sebastian Franck gesellte sich zu ihnen. »Welche Überraschung ...«, hob er an, doch Agathe schüttelte warnend den Kopf. Für heute war sie unangenehm genug aufgefallen. Es fehlte gerade noch, dass Franck Augustin verriet, in welch besonderem Verhältnis sie zu den frommen Schwestern in der Klause bei der Eich stand. Verstohlen legte sie einen Finger auf die Lippen.

Der Seifensieder verstand. »Das ist Eure Schwester, nehme ich an? Jungfer Streicher, es ist mir ein Vergnügen«, sagte er, Erheiterung in der Stimme.

Julius Ehinger war der kurze Blickwechsel zwischen Franck und Agathe nicht entgangen. »Ihr erlaubt, dass ich Euch meinen Freund entführe?«, mischte er sich in das Gespräch. »Er war jahrelang fort zum Studium und schuldet mir darüber einen ausführlichen Bericht.« Ungefragt fasste er Agathe beim Arm, um sie beiseitezuführen. Augustin kam nicht umhin, ihnen zu folgen.

»Hast du schon gehört, dass Besserer einen Juden als Leibarzt eingestellt hat?«, fragte Julius Augustin im Plauderton. »Fünfzig Gulden zahlt er ihm im Jahr. Dafür hat dieser sich verpflichtet, bei ihm zu erscheinen, sooft er ihn ruft.«

»Ja, der Oheim deutete so etwas an«, antwortete Augustin vage. Er hätte lieber das Gespräch mit dem Prediger fortgesetzt.

Doch Julius belegte ihn hartnäckig mit Beschlag. »Und was hältst du als angehender Arzt von der Sache? Das ist ganz schön mutig von ihm, findest du nicht?«, wollte er wissen.

»Warum mutig?«, fragte Agathe. »Sind Juden keine guten Ärzte?«

Augustin schnaubte verächtlich, und Julius erklärte ihr freundlich: »Doch, die besten! Und gerade dieser David Jud hat einen guten Ruf. Gleichwohl ist es Juden verboten, sich in der Stadt aufzuhalten, jedenfalls hat das der verstorbene Kaiser Maximilian verfügt.«

Schmunzelnd blickte Sebastian Franck den jungen Leuten nach. »Ein bemerkenswertes Mädchen!«, murmelte er. »Wer sie einmal zum Altar führt, muss über einen wachen Verstand und ein gerüttelt Maß an Humor verfügen.«

Der Sommer war rasch zu Ende gegangen. Kühle Nebelschwaden stiegen von der Donau auf, hüllten die Häuser in feuchte Watte und dämpften das Lärmen von Mensch und Vieh in den Gassen. Es würde nicht mehr lange dauern, bis Augustin an die Universität nach Heidelberg zurückkehrte.

Auf dem Heimweg vom Empfang des Bürgermeisters hatte er seine Schwester ob ihres ungebührlichen Verhaltens gründlich getadelt, doch wenige Tage darauf war die Angelegenheit vergessen gewesen. Nicht zuletzt, weil Augustin die Neugier schmeichelte, mit der Agathe ihm jede auch noch so unbedeutende Kleinigkeit über sein Studium zu entlocken suchte. Nach dem Morgenmahl hatte Agathe sich zu Augustin in die Stube gesellt.

»Glaub nicht, dass es so einfach ist«, erklärte dieser der Schwester, die bewundernd an seinen Lippen hing. »Das Studium ist eine anstrengende Sache. Die Lectio beginnt in der Früh zur Prim und geht bis zur Sext. Zwischen Sext und Non ...«

»Was ist eine Lectio?«, unterbrach Agathe ihn.

»Eine Vorlesung. Zwischen Sext und Non ...«

»Und wie geht so eine Vorlesung vonstatten?«, fragte Agathe nach. Sie wollte sich alles ganz genau vorstellen können.

»Nun, der Professor sitzt mit der Zuchtrute in der Hand auf dem Katheder und liest einen Text vor, und die Scholaren schreiben alles mit.«

»So schnell kannst du schreiben?« Agathe war beeindruckt.

»Ja«, bestätigte Augustin, »doch das ist keine große Kunst. Den Professoren ist es bei Strafe verboten, schneller zu sprechen, als ihre Scholaren mitschreiben können.«

Agathe nickte zufrieden, und Augustin fuhr in seinen Ausführungen fort: »Zwischen Sext und Non also ist Siesta. Da nehmen wir ein ausgiebiges Mahl zu uns und ruhen aus. Am Nachmittag wiederholen wir den Vorlesungsstoff und führen Streitgespräche zur Übung und Anwendung des gelernten Stoffes unter Anleitung eines älteren Studenten, dem Tutor. Dann gibt es die Vesper, und selbst danach wird in den Wohnräumen der Magister und Scholaren weiter gelernt, oft bis zur Komplet.«

»Wie schön das sein muss«, seufzte Agathe, »den ganzen Tag über nichts anderes zu tun, als lernen zu dürfen! Wie gern würde ich auch studieren!«

»Du? Was du immer für Einfälle hast! Mädchen können nicht studieren!« Missbilligend schüttelte Augustin den Kopf. »Du kannst ja nicht einmal Latein!«

In dem Moment klopfte es an die Tür, und die Hausmagd führte Kaspar Schwenckfeld von Ossig in die Stube.

»Welche Freude, dass Ihr Euer Versprechen wahr macht«, begrüßte Augustin ihn überschwenglich. Mit Rücksicht auf das schwache Gehör seines Gastes sprach er laut und vernehmlich.

»Die Freude ist ganz auf meiner Seite! Ich konnte der Versuchung einfach nicht widerstehen, mit einem jungen Gelehrten über meine Thesen zu disputieren.«

Derart geschmeichelt nötigte Augustin seinen Besucher in einen bequemen Sessel in der Nähe des Kamins und schickte die Magd, ihm mit heißem Würzwein aufzuwarten. »Wie ich höre, seid Ihr ein glühender Anhänger des Doktor Luther«, begann er aufgeräumt das Gespräch.

Schwenckfeld zögerte. »Doktor Luther ist ein ehrbarer und tiefgläubiger Mensch, und ich achte ihn sehr. Doch ich muss gestehen, dass ich seine Auffassung heute nicht mehr uneingeschränkt teile«, sagte er bedächtig.

Augustin hob erstaunt die Brauen. »Ohne Luther hätte es die Reformation nicht gegeben«, insistierte er.

»Das ist richtig, und ich will seine Verdienste auch in keiner Weise schmälern. Eine Reform der Kirche ist mehr als fällig. Der Klerus hat sich zu weit von den Gläubigen entfernt und pflegt einen verdorbenen Lebenswandel. Die einfachen Priester sind ungebildet, kaum des Lesens und Schreibens kundig, vom Lateinischen ganz zu schweigen.«

Augustin konnte dem nur beipflichten. »Hier in Ulm war es vor Jahren so weit gediehen, dass der Rat sich sogar gezwungen sah, den Priestern das Zechen zu verbieten!«, sagte er.

Schwenckfeld nickte. »Die Bischöfe kommen durch Ämterkauf oder aufgrund verwandtschaftlicher Beziehungen an ihre Bischofsstühle«, fuhr er fort. »Sie sorgen sich mehr um ihr eigenes Wohlergehen und darum, Macht und Geld anzuhäufen, als um die Gläubigen. Die dienen ihnen nur dazu, ihren aufwendigen Lebenswandel zu finanzieren. Dazu kommen sie auf die perfidesten Ideen, wie sie ihnen das Geld aus dem Beutel ziehen können.«

»Ihr meint den Handel mit Ablassbriefen?«

»Diesen, den Handel mit Reliquien und einiges mehr. Dabei wünschen sich die Gläubigen nichts sehnlicher als eine gute Seelsorge auf dem Weg zum Himmel. Sie suchen religiöse Bildung und Frömmigkeit, und mit Fug und Recht erwarten sie vom Klerus einen vorbildlichen Lebenswandel.«

»Sehr wahr! Sehr wahr! Nicht ohne Grund haben wir uns hier in Ulm in einer Abstimmung für die Reformation entschieden«, sagte Augustin voller Stolz, als sei das sein ureigenster Verdienst. Dabei war er selbst zur Zeit des Entscheids noch ein Schulbub gewesen.

»Ja, die Zeit ist reif und die Gelegenheit günstig. Wäre Kaiser Karl nicht voll und ganz damit beschäftigt, sich mit dem französischen König in den Haaren zu liegen, ginge er mit aller Härte gegen jeden vor, der es wagte, Kritik an der Kirche zu üben – auch gegen Doktor Luther, das sei Euch versichert! Nicht von ungefähr hat sich Adrian von Utrecht in höchsteigener Person um Karls religiöse Erziehung gekümmert, bevor er Papst wurde. Das trägt jetzt natürlich Früchte.«

Obschon ihm dies neu war, nickte Augustin, Wissen vortäuschend.

Schwenckfeld fuhr fort: »Um also auf Eure eingangs gestellte Frage zurückzukommen: Ich stimme Doktor Luther in vielem zu. Doch es sind nicht die Missstände in der Kirche, die ihn ursächlich zu seiner Kritik drängten. Seine Beweggründe waren rein theologischer Natur. Die Missstände waren für ihn nur die unausweichliche Folge eines falschen Glaubensverständnisses.«

Agathe hatte dem Gespräch der Männer aufmerksam gelauscht. »Stimmt es, was die Leute über Euch sagen?«, fragte sie nun.

»Agathe!«, rügte Augustin, doch Schwenckfeld wandte sich auf seinem Sessel ihr zu. Mit einem Lächeln, das die Haut um seine Augen in freundliche Fältchen legte, antwortete er: »Die Leute sagen eine Menge. Was genau meint Ihr?«

»Dass Ihr mitten im Winter auf ein Pferd gestiegen und nach Wittenberg geritten seid, um Luther predigen zu hören.«

»Ja, das stimmt. Doch was ist daran so ungewöhnlich?«

»Ich finde es schon ein wenig … äh … ungewöhnlich,

die Gefahren und Anstrengung auf sich zu nehmen, nur um eine Predigt zu hören.«

Schwenckfeld lachte. Dann jedoch wurde seine Miene ernst, und er blickte Agathe in die Augen. »Manchmal im Leben sind Dinge von solch großer Wichtigkeit, dass sie keinen Aufschub dulden, auch wenn es bedeutet, dass man dafür einiges riskiert.«

Agathe nickte. Das Gefühl kannte sie genau. So war es gewesen, als sie dem Messner von Sankt Michael hatte helfen wollen, auch, als Susanna an der Lustseuche erkrankt und sie zu Stammler gegangen war.

Beeindruckt erwiderte sie den Blick des Predigers. Dieser Mann schien etwas mit ihr gemein zu haben. »Ja«, sagte sie, »das verstehe ich gut.«

Schwenckfeld wandte sich wieder Augustin zu und nahm das Gespräch an der Stelle auf, an der Agathe es unterbrochen hatte.

»Inzwischen scheint mir jedoch, dass auch Luthers Glaubensverständnis nicht ohne Fehl ist. Wie steht es denn um die Moral in den Landen, in denen die Wittenberger Reformation gilt? Und auch in Eurer Stadt?«, fragte er, und in seine Augen trat ein eifriges Glitzern. »Was hat sich denn wirklich geändert? Sind die Menschen besser geworden? Moralischer?«

Vage schüttelte Augustin den Kopf, und Schwenckfeld fuhr fort: »Gibt es weniger Schlechtigkeit, weniger Verderbtheit?« Seine Stimme wurde mit jedem Satz lauter, doch das mochte weniger an seiner Schwerhörigkeit liegen als vielmehr daran, dass er sich in Fahrt redete. »Man hat die Hurenhäuser zugesperrt, aber gibt es deshalb weniger Hübschlerinnen?«

Unsicher glitt Augustins Blick ob dieser recht freizügigen Rede zu Agathe, deren Miene zeigte jedoch keinerlei Regung.

Schwenckfeld erwartete keine Antwort auf seine Frage. Kerzengerade richtete er sich in seinem Stuhl auf und deutete mit dem ausgestreckten Finger auf Augustins Brust. »Und jetzt frage ich Euch: Wenn die Gläubigen aus dem Gottesdienst kommen, sind sie dann durch das heilige Sakrament des Abendmahls geläutert? Sind sie bessere Menschen geworden?«, rief er, und es klang, als stünde er auf der Kanzel und predigte vor einem vollen Kirchenschiff und nicht in der Stube des Streicherschen Hauses. »Oder gehen sie danach genauso verderbt heim, wenn nicht gar ins Wirtshaus oder Schlimmeres?«

Einen Moment ließ der Prediger die Fragen im Raum schweben und strich sich mit der Hand eine Strähne aus dem Gesicht, die ihm vor Erregung in die Stirn gefallen war, dann gab er selbst die Antwort: »Mitnichten!«

Dem ließ sich nicht widersprechen, und so schüttelte Augustin abermals den Kopf.

Schwenckfeld beugte sich in seinem Sessel vor. »Was also bringen dann die Sakramente, wenn sie den Menschen nicht bessern?« Ruhig und gelassen trug er diese ungeheuerliche These vor, die in den Augen aller Gläubigen – katholischer wie reformierter – eine ungeheuerliche Ketzerei bedeutete.

Beeindruckt starrte Augustin den Prediger an. Dessen Worte, obschon die reine Blasphemie, erschienen logisch. »Ihr meint damit, das Abendmahl und die Taufe seien sinnlos?«, vergewisserte er sich.

»Zumindest lässt es mich zweifeln, ob Gott beim heiligen Abendmahl wirklich anwesend ist oder ob dieses nicht vielmehr ...«

In dem Moment öffnete sich die Stubentür, und Katharina trat ein. Höflich unterbrach Schwenckfeld seinen Satz und erhob sich aus dem Sessel.

Katharina indes ließ es an der gebotenen Höflichkeit fehlen. Als sie den Besucher erblickte, entfuhr ihr ein spitzer Laut. Schützend schlug sie die Hände vor das Gesicht und wandte sich um.

Blitzschnell durchmaß Schwenckfeld den Raum und erwischte Katharina gerade noch am Ärmel ihres Kleides, bevor sie mit wehenden Röcken durch die Tür verschwinden konnte. »Warum lauft Ihr vor mir davon?«, fragte er.

»Lasst mich. In Gottes Namen: Lasst mich los!«, forderte Katharina schrill.

»Wenn Ihr mir versprecht, nicht davonzulaufen«, entgegnete Schwenckfeld ruhig und schloss behutsam die Tür. Mit einem kleinen Lächeln ließ er ihren Ärmel los. »Also, warum lauft Ihr vor mir davon?«

»Ist das nicht offensichtlich?«, stieß Katharina mit ungekannter Heftigkeit hervor, doch sie unternahm keine weiteren Anstalten, zu fliehen.

»Nein, das ist ganz und gar nicht offensichtlich«, widersprach Schwenckfeld.

»Dann müsst Ihr mit Blindheit geschlagen sein«, erwiderte Katharina, den Kopf abgewandt, die Hände immer noch schützend vor ihr entstelltes Gesicht haltend.

»Anders als mein Gehörsinn funktionieren meine Augen einwandfrei. Wollt Ihr mich beleidigen?«, entgegnete der Prediger.

Katharina blinzelte zwischen ihren Fingern hindurch. »Beleidigen?«, fragte sie.

»Wenn Ihr meint, ich sei ein so oberflächlicher Mensch, dass ich nicht in der Lage bin, hinter einem versehrten Aussehen die Schönheit der Seele zu erblicken, so ist das in der Tat beleidigend.«

Katharina ließ die Hände sinken. Das gesunde Auge vor Erstaunen geweitet, starrte sie den Prediger an. »Das … das wollte ich nicht«, stammelte sie, und ihr Gesicht rötete sich vor Verlegenheit. »Ich …«

»Ihr tragt diese Narben nicht von Geburt an«, stellte

Schwenckfeld fest. Galant reichte er Katharina seinen Arm, und ohne Gegenwehr ließ diese sich von ihm zu der Bank neben dem Kamin geleiten.

»Was ist geschehen?«, fragte er mit sanfter Stimme. »Wollt Ihr mir davon erzählen?«

Katharina antwortete nicht. In ihr gesundes Auge trat ein abwesender Blick. Endlich, als Agathe schon dachte, Katharina hätte die Frage des Predigers überhört, begann die Schwester zu sprechen: »Es geschah an Fasnet. In diesem Jahr war es sehr kalt zu Hornung, deshalb hielten wir uns die meiste Zeit über in der Küche auf.«

Katharina machte eine lange Pause, sichtlich bemüht, die richtigen Worte zu finden. Ihre Stimme klang, als käme sie von weit her, so als wäre sie selbst zurückgekehrt in die dunstige Wärme dieses Raumes an jenem Fastnachtsmorgen, wo dampfige Fettschwaden über dem Topf mit siedendem Schmalz aufstiegen.

»Die Köchin hatte Fasnetsküchle bereitet. Jedenfalls den Teig dafür«, fuhr sie fort. »Vor Beginn der Fastenzeit wollte man es sich noch einmal gut schmecken lassen, und Butter, Eier und Schmalz mussten ohnehin bis dahin aufgebraucht werden. Die Teigküchle lagen schon ausgerollt und zu Vierecken geschnitten auf dem Tisch bereit. Ein Tuch war darübergebreitet, mit blauem Karomuster ...«

Katharinas Auge loderte, als spiegele sich darin das Feuer des Herdes. »Gegenüber auf dem Herd stand der große Topf. Das Schmalz darin hatte gerade angefangen zu kochen. Die Küchenmagd trat zum Tisch, nahm das Tuch von den Küchle und hob einige davon auf eine hölzerne Kelle ...«

Katharina unterbrach sich und zögerte, als würde das Unglück erst wirklich und wahrhaftig geschehen, wenn sie es aussprach. Dann jedoch schien ein Ruck durch ihren Körper zu gehen. Sie öffnete die Lippen, und beinahe hastig, so schnell, wie es geschehen sein mochte, stieß sie hervor: »Die Magd drehte sich um, die Kelle in der Hand. Sie machte einen Schritt zum Herd hin, um die Küchle in das Schmalz zu geben. Doch ihr Fuß fing sich an etwas. Die Magd strauchelte, ruderte wie wild mit den Armen in der Luft. Sie suchte nach Halt, und ihre Hand erwischte den Topf. Ich eilte zum Herd und versuchte, sie aufzufangen.

Dann sah ich, worüber sie gestrauchelt war: Agathe! Auf den Bodendielen, direkt vor dem Herd, krabbelte sie in ihrem weiten Kinderkittel. Mit dem Fuß stieß ich die Kleine beiseite, und das heiße Schmalz ...« Katharina verstummte, und eine Weile füllte Schweigen die Stube, mischte sich mit dem trüben Morgenlicht, das durch die Fenster fiel, zu etwas Unwirklichem.

Gebannt hatte Agathe den Worten ihrer Schwester gelauscht. Aus eigener Kraft hatte sie sich nicht an den Unfall erinnern können, die Bilder schienen aus ihrem Kopf verschwunden zu sein. Doch jetzt hatte Katharinas Schilderung sie wieder wachgerufen. Genau so hatte es sich zugetragen – bis auf eine unwichtige Kleinigkeit: Die kleine Schwester, die Katharina vor dem siedenden Fett gerettet hatte, war nicht Agathe gewesen, sondern Hella.

Augustin hatte Ulm verlassen, um nach Heidelberg an die Universität zurückzukehren, und Agathe schien es, als hätte er den Nebel mit sich genommen. Die tiefstehende Herbstsonne vermochte zwar nicht, die Mauern der benachbarten Höfe zu überklettern und den Krankensaal in der Klause bei der Eich zu erhellen, doch zumindest munterte sie die Gemüter der Schwestern und einiger der Siechen auf.

Den alten Mann, der seit wenigen Tagen auf einer Pritsche nahe der Tür des Saales lag und aus blicklosen Augen an die Decke starrte, vermochte sie jedoch nicht zu erfreuen, was nur zum Teil daran lag, dass sein Blick getrübt war und er die Sonne einfach nicht sehen konnte.

Nahezu unbewegt lag er da, die Wangen unter seinen dünnen, schlohweißen Bartsträhnen eingefallen, und murmelte unausgesetzt vor sich hin. Er aß nicht, und mit schwacher Hand wies er auch den Becher zurück, den Agathe ihm an den Mund hielt.

»So liegt er seit Tagen«, erklärte Notburga auf Agathes Frage hin. »Er war Schreiber, hatte seinen Platz am Münster. Verdiente sein Brot damit, dass er gegen Bezahlung Briefe für diejenigen schrieb, die des Lesens und Schreibens nicht mächtig sind. Aber nun ist er alt und hat sein Augenlicht verloren.« Bedauernd hob die Schwester die Schultern.

Der Mann schien Notburgas Worte nicht gehört zu haben.

»... utque novus serpens posita cum pelle senecta
 luxuriare solet, squamaque nitere recenti ...«, flüsterte er. Seine pergamentähnlichen Lippen bewegten sich kaum.

Agathe beugte sich vor und lauschte, konnte seinen Worten jedoch keinen Sinn entnehmen. Der Mann sprach Latein, mutmaßte sie, es klang aber nicht nach einem Gebet. Eher schien es Agathe, als rezitiere er Verse. Es mussten gewichtige Verse sein, denn der Alte setzte die Worte, als hätte er Respekt vor jedem einzelnen davon.

»... sic ubi mortales Tirynthius exuit artus,
 parte sui meliore viget, maiorque videricoepit et augusta fieri gravitate verendus.«

»Was zitiert Ihr?«, fragte Agathe laut.

Der Mann unterbrach seinen gemurmelten Redefluss und seufzte tief. Immer noch starrte er blicklos in die Luft, doch Agathes Worte schienen zu ihm durchgedrungen zu sein.

»Ovid, *Der Tod des Herakles*«, sagte er deutlicher und richtete zum ersten Mal das Wort an jemand anderen. Notburga zog bedeutsam die Augenbrauen hoch und entfernte sich leise.

»Und was bedeutet es?«, fragte Agathe.

Der Mann holte tief Luft. Sein magerer Brustkorb hob sich unter dem Laken. »Wie sich die Schlange verjüngt, wenn der Balg mit dem Alter entfallen ...«, begann er, wieder ins Rezitieren verfallend. »Üppigen Lebens erfreut und prangt mit erneuten Schuppen: So mit dem edleren Teil, des sterblichen Leibes entkleidet, lebt der Tirynthier fort in Fülle der Kraft und beginnet, größer zu werden und Scheu durch heilige Würde zu heischen.«

»Und weiter?«

»... quem pater omnipotens inter cava nubila raptum
quadriiugo curru radiantibus intulit astris. Übersetzt heißt das: Jetzt auf dem Viergespann trug ihn der allmächtige Vater mitten in hohlem Gewölk hinweg zu den strahlenden Sternen.«

»Erhabene Worte«, sagte Agathe.

»Das will ich meinen!«, stimmte der Alte zu. »Ihr solltet die *Metamorphosen* lesen.«

»Das würde ich nur zu gern.«

»Nun, wer hindert Euch?«

Agathe presste die Lippen aufeinander. »Mein Unwissen. Ich bin des Lateinischen nicht kundig.« Sie seufzte. »Bedauerlicherweise!«, fügte sie hinzu.

»Ihr sprecht gepflegt. Haben Eure Eltern Euch nicht auf die Lateinschule geschickt?«

»Nein«, entgegnete Agathe. »Ich ...«

»Agathe! Kommst du und hilfst mir hier?« Notburgas Stimme erklang von der anderen Seite des Saales zu ihnen herüber.

»Komme sofort!«, antwortete Agathe.

»Agathe? So seid Ihr eine Jungfer! Verzeiht mir meinen Irrtum. Ich hielt Euch für ...«

»Agathe!« Die Stimme der Schwester drängte.

»Entschuldigt mich«, bat Agathe hastig und eilte, Notburga zu helfen.

Später fand Agathe noch einen Moment, an das Lager des alten Mannes zu treten. Doch dieser reagierte nicht auf ihren Versuch, die Unterhaltung fortzusetzen. Er hatte sich vollständig in die entrückte Welt seiner Verse zurückgezogen.

Bei Agathes nächstem Besuch in der Klause schien der alte Schreiber noch weiter in sich zusammengefallen zu sein, noch weiter dem Leben entschwunden. Doch nach wie vor bewegten sich seine Lippen in leisem Vortrag.

Eine Weile beobachtete Agathe ihn aufmerksam, verfolgte das nunmehr schwache Heben und Senken seiner Brust und lauschte den fast unhörbaren Versen des Ovid. Obschon ihr der Sinn der Worte verborgen blieb, rührte allein ihr Klang etwas in ihr an.

Endlich fasste Agathe sich ein Herz und legte ihre Hand auf den Arm des Alten. »Ihr würdet mir eine große Freude bereiten, wenn Ihr mich an Euren Versen teilhaben ließet«, sagte sie.

Das Murmeln riss ab, der Alte räusperte sich. Dann, ohne eine Begrüßung, sagte er deutlich vernehmbar: »Daedalus interea Creten longumque perosus exilium tactusque loci natalis amore. Ihr kennt die Sage von Dädalus und Ikarus? Nein. Woher auch.«

Agathe ließ sich auf einer freien Pritsche neben der seinen nieder.

»Daidalos aber, indes langwierigen Bannes und Kretas
müde geworden und heim nach dem Land der Jugend sich sehnend ...« Vers für Vers übersetzend, rezitierte der alte Mann für Agathe die Worte, die Ovid vor anderthalb Jahrtausenden so trefflich gedichtet hatte.

Bevor er jedoch beim Ende der Sage angelangt war, wurde seine Stimme leiser, und er verstummte. Mit geöffnetem Mund glitt sein Kopf zur Seite, und er begann zu schnarchen. Leise erhob Agathe sich und überließ ihn seinen Träumen.

»Jungfer Agathe, seid Ihr das?«, begrüßte der Schreiber sie, als Agathe wenige Tage später an seine Bettstatt trat. Es kam ihr vor, als hätte der alte Mann sie erwartet, und Agathe fragte sich, woran er sie wohl erkannt haben mochte.

»Geht es Euch besser?«, erkundigte sie sich, obwohl sich sein Zustand offensichtlich verschlechtert hatte, so schmal, wie seine Wangen geworden waren.

»Ach woher! Aber solange ich hier liege und darauf warte, dass der Fährmann kommt, um mich zu holen, könnte ich Euch doch ein paar Verse vortragen. Das heißt, falls es Euch erfreuen würde.«

»Es würde mich sehr erfreuen«, stimmte Agathe zu. »Ich bin gespannt, zu hören, ob Daedalus es tatsächlich geschafft hat, mit seinen Flügeln von Kreta zu fliehen.«

»… ›Ikaros, Ikaros, komm!‹, so ruft der bekümmerte Vater, nicht mehr Vater anjetzt. ›Wo bist du? Wo soll ich dich suchen? Ikaros!‹, schallt sein Ruf. Da sieht er im Wasser die Federn, und er verwünscht die erfundene Kunst und bestattet den Leichnam, und vom bestatteten Leib ist der Name verliehen dem Eiland.«

Diesmal rezitierte der alte Gelehrte die Sage bis zu ihrem Ende. Schließlich bat er: »Wenn Ihr die Güte besitzen würdet, mir einen Becher zu reichen – vom lauten Sprechen ist mir die Kehle ganz trocken geworden.«

»Ihr seht heute gesünder aus«, begrüßte Agathe den Schreiber, als sie wenige Tage darauf in die Klause kam.

Das war nicht gelogen. Seine aschfarbenen Wangen

überhauchte ein rosiger Schimmer, und auch seine Stimme klang heute ein wenig kräftiger.

»Nun, heute Morgen konnte ich nicht widerstehen, einen Teller Brei zu essen«, gestand der Alte. »Ich habe mir gedacht, der Fährmann kann ruhig noch bis morgen warten. Es wäre doch schade, den Styx zu überqueren, bevor ich Euch nicht noch eine Mythe des Ovid zu Ohren gebracht hätte. Das heißt – falls es Euch eine Freude bereiten würde.« Ein vages Lächeln schlich über seine Lippen.

»Eine sehr große Freude«, bestätigte Agathe.

Jedes Mal, wenn Agathe in die Klause kam, nahm sie sich nun die Zeit, am Lager von Ambrosius Ruf, so hatte der Schreiber sich Agathe bei ihrem vierten Besuch vorgestellt, zu verweilen und seinen Versen zu lauschen. Sie hörte die Sage von König Midas und dessen unglücklichem Wunsch, alles, was er berühre, möge zu Gold werden, und fieberte, ob es Orpheus gelingen würde, Euridike aus der Unterwelt zu befreien.

Manchmal, wenn Agathe etwa einen Begriff oder ein Gleichnis nicht verstand, erklärte der Schreiber es ihr, und es schien, als genieße er ihren Wissensdurst.

Stets jedoch, wenn Agathe sich anschickte zu gehen und ihm versprach, ihn bald wieder zu besuchen, verabschiedete Ruf sich von ihr mit den Worten: »Wenn Ihr das nächste Mal herkommt, werde ich längst in den Hades hinabgestiegen sein.«

Doch das Gegenteil war der Fall. Statt schwächer zu werden, schien der alte Schreiber allmählich zu gesunden. Er aß und trank – mäßig zwar, doch genug, um am Leben zu bleiben, und seine Gesichtshaut wurde rosig. Immer öfter setzte er sich auf seiner Pritsche auf, anstatt blind in die Luft zu starren, und erwartete beinahe schon mit Ungeduld Agathes Besuche.

Notburga hatte diese Veränderung zum Guten sehr genau beobachtet. Ohne dass es dem Mädchen auffiel, befreite sie Agathe von ihren anderen Verpflichtungen, damit diese sich uneingeschränkt dem alten Mann widmen konnte.

Einmal, Ruf hatte gerade die Sage von Narziss, der sich in sein eigenes Spiegelbild verliebte, beendet, seufzte Agathe auf: »Wie schön wäre es, wenn ich die ursprünglichen Verse verstehen würde!« Dann kam ihr ein Gedanke. »Könnt Ihr mich nicht das Lateinische lehren?«

Ruf runzelte die Stirn. »Das Lateinische?«, fragte er. »Das geht nicht. Ich bin kein Lehrer.«

»Aber Ihr beherrscht es. Also könnt Ihr Euer Wissen auch weitergeben. Es wäre doch schade, wenn Ihr es ungeteilt mit in den Hades hinabnehmen würdet«, beharrte Agathe, auf seine fortwährenden Anspielungen auf seinen nahen Tod eingehend.

»Nein, das geht wirklich nicht. Ohnehin wäre es nicht viel, was Ihr von mir lernen könntet. Denn wie Ihr wisst, mache ich es nicht mehr lang.«

»Wenig ist mehr als nichts«, widersprach Agathe, »darauf lasse ich es ankommen.«

Ihre Replik entlockte dem alten Schreiber ein anerkennendes Lächeln, und er hob resignierend die Hände. »Wenn es Euch eine Freude bereitet«, stimmte er zu.

Am darauffolgenden Nachmittag – Agathe brannte darauf, mit ihren Lektionen zu beginnen, und hatte es nicht vermocht, einen Tag länger zu warten – brachte sie unter ihrem Umhang verborgen ihre alte Wachstafel, die sie als Kind in der Schule verwendet hatte, mit in das Seelhaus.

»Fangen wir also an. Zunächst musst du die Vokabeln lernen. Filius heißt Sohn, filia die Tochter«, nahm Ruf ihren Unterricht auf, sich mühsam an die Anfänge seiner eigenen lateinischen Studien erinnernd.

Die Zunge konzentriert zwischen die Vorderzähne geklemmt, ritzte Agathe mit dem Griffel die Vokabeln in das Wachs ihrer Tafel.

»Dominus ist der Herr, domina die Herrin. Servus der Diener, ancilla die Dienerin. Currere heißt laufen, gaudere sich freuen, laborare arbeiten …«

Zu Hause übertrug Agathe die neuen Wörter stets sorgsam mit Feder und Tinte auf Papier und lernte sie auswendig.

Sie machte rasch Fortschritte, und Ambrosius Ruf lobte ihren Eifer. Doch Agathe ging das alles zu langsam. Was konnte sie schon in der kurzen Zeit an ein oder zwei, mit Glück an drei Nachmittagen in der Woche erlernen! So würde es ewig dauern, bis sie des Lateinischen wirklich mächtig wäre, und Ruf behielte recht: Bis dahin hätte er längst den Styx überquert.

Überdies störte es Agathe, dass sie wegen ihrer Lektionen nicht mehr dazu kam, Notburga bei der Pflege der Kranken zu helfen. Die Schwester hatte sie deswegen nicht gerügt. Im Gegenteil: Sie hielt es für eine gute Fügung, von der sowohl Agathe als auch der alte Schreiber profitierten, denn Letzterer schien durch den Unterricht, den er dem Mädchen gab, zu gesunden, ja, regelrecht aufzublühen.

»Agathe! Wo weilt Ihr mit Euren Gedanken?«, rügte Ruf. »Dekliniert Arzt!«

»Medica, Medicae, Medicae …«, leierte Agathe herunter.

»Agathe! Medicus endet auf *us,* nicht auf *a!* Die weibliche Form gibt es nicht!«

»Entschuldigung. Medicus, Medici, Medico …«

Zur Enttäuschung des Schreibers beendete Agathe ihre Studien an diesem Nachmittag außergewöhnlich früh. Auch ihren obligaten Besuch bei Walburga ließ sie ausfallen und eilte auf direktem Weg heim.

Sie fand die Mutter in der Stube über ihrer Stickarbeit, Katharina lauschend, die ihr aus der Heiligen Schrift vorlas.

Agathe wäre es zwar lieber gewesen, mit ihrer Mutter allein über ihr Anliegen zu sprechen, doch sie mochte nicht länger damit warten. »Mutter, gewährt mir eine Bitte«, platzte sie heraus. »Ich würde gern das Lateinische lernen. Ich habe auch schon einen Lehrer gefunden. Ambrosius Ruf. Er war Schreiber am Münster, aber jetzt ist er alt und blind.«

Helene hob erstaunt den Kopf von ihrem Sticktuch. »Das Lateinische?«, wiederholte sie gedehnt. »Aber warum denn das?«

»Nun, Ihr sagt doch selbst immer, man könne nicht genug lernen.« Agathe wich einer direkten Antwort aus.

»Natürlich. Aber damit meinte ich Fertigkeiten, die ein junges Mädchen erlangen muss, um einen Ehemann zu finden. Wie das Führen eines Haushaltes. Das Lateinische gehört sicher nicht zu diesen Dingen.«

Von unerwarteter Seite wurde Agathe Hilfe zuteil. »Ich würde es auch gern erlernen«, sagte Katharina.

Agathes Kopf flog zu ihr herum. »Du? Warum willst du Latein lernen?«

Auf dem Gesicht der Schwester erschien eine feine Röte, und sie senkte verlegen den Kopf. »Es gibt viele religiöse Schriften, die auf Latein verfasst sind«, antwortete sie. »Die meisten Gelehrten schreiben auf Latein.«

Helenes Blick wechselte zwischen ihren Töchtern hin und her. Schließlich blieb er an Agathe haften. »Der Lehrer, von dem du sprichst, ist blind, sagst du? Wie kann er dann unterrichten?«, fragte sie in dem schwachen Versuch, sich den Wünschen der Mädchen zu widersetzen.

Agathe hob an, Rufs Fähigkeiten als Lehrer zu rühmen, besann sich jedoch im letzten Moment eines Besseren. Damit begäbe sie sich in gefährliches Fahrwasser. »Wir können doch ausprobieren, wie gut sein Unterricht ist«, schlug sie stattdessen vor. »Und wir täten sicher ein gutes Werk, wenn wir ihn einstellten. Er ist ein armer, alter Mann. Kost und Unterkunft würden ihm für den Anfang reichen.«

Es war immer ein guter Schachzug, an Helenes gutes Herz zu appellieren, und leisten konnte es sich die Familie ohne Schwierigkeiten. In der Streicherschen Haushaltsführung würde ein weiterer Esser – zumal ein so genügsamer – nicht einmal bemerkt werden.

»Bitte, Mutter, erlaube es!«, bat Katharina inständig. »Was haben wir schon dabei zu verlieren? Wenn sein Unterricht uns nichts nützt, können wir ihn jederzeit wieder fortschicken.«

Nachdenklich blickte Helene in das verunstaltete Gesicht ihrer Tochter. Sie konnte verstehen, dass Katharina sich etwas Abwechslung in der Eintönigkeit ihrer Tage wünschte. Nach ihrem Zusammentreffen mit dem Prediger Schwenckfeld hatte Katharina überraschend ihren Schleier abgelegt. Ihr Haar trug sie nunmehr streng nach hinten zu einem Knoten geschlungen und mit einer Netzhaube bedeckt, doch dazu, das Haus zu verlassen, konnte sie sich noch immer nicht durchringen.

In Katharinas Augen mochte ein blinder Lehrer geradezu ein Geschenk des Himmels sein, dachte Helene. Überdies kam es selten genug vor, dass ihre Älteste um etwas bat.

»Nun gut, versuchen wir es mit diesem Lehrer«, stimmte sie schließlich zu. »Wo finde ich den Herrn?«

»Darum kümmere ich mich«, sagte Agathe glücklich.

Anderntags eilte sie bereits früh am Morgen in die Klause bei der Eich. »Ihr würdet mir eine Freude bereiten, wenn Ihr mich und meine Schwester bei uns zu Hause unterrichten würdet!«, sprudelte sie hervor, kaum dass sie an die Pritsche des alten Schreibers getreten war.

»Ich muss Euch recht oft eine Freude bereiten, wie mir scheint«, antwortete der alte Mann mit einem Schmunzeln. »Dabei vergesst Ihr, dass ich alt und krank bin.«

»Ihr seid nicht so krank, als dass Ihr nicht unterrichten könntet, das habt Ihr in den vergangenen Wochen hinlänglich bewiesen«, erwiderte Agathe.

»Ihr hättet freie Kost und würdet Euch eine Kammer mit Jos, unserem Hausknecht, teilen. Er ist ein ganz netter Mensch.«

Ambrosius Ruf zögerte. Jedoch nicht lang. Das Mädchen hatte recht: Er war kräftig genug, um sie zu unterrichten. Und ihm selbst würde es die allergrößte Freude bereiten. »Wo ich auf den Tod warte, ist wohl einerlei«, brummte er. »Der Fährmann findet mich, wo immer ich bin. Aber ich muss Euch warnen. Ich bin ein strenger Lehrer. Glaubt nicht, dass Ihr künftig damit durchkommt, zwei oder drei Vokabeln am Tag zu lernen wie bisher. Wenn Euch das nicht schreckt, so wird es mir eine Ehre sein, Euch und Eure Schwester zu unterrichten.«

»Das ist wunderbar!« Agathe freute sich. »Ihr werdet sehen, es wird Euch bei uns gefallen! Eine kleine Bitte habe ich noch ...«, fuhr sie ein wenig verlegen fort.

»Noch eine? Meint Ihr nicht, dass es für heute der Bitten genug ist?«, zog der alte Mann sie auf.

»Schon«, gab Agathe verlegen zu. »Könntet Ihr trotzdem ... äh ... sagen, dass ich Euch am Münster angesprochen habe? Nur für den Fall, dass Euch jemand fragen sollte?«

»Ihr verlangt von mir zu lügen?« Ruf gab sich entrüstet.

»Nein, äh ... nicht direkt zu lügen. Wisst Ihr, es verhält sich so: Meine Mutter und meine Schwester wissen nicht, dass ich ab und an hierherkomme. Und ich glaube nicht, dass sie es gutheißen würden. Vielleicht könntet Ihr daher einfach vergessen, dass wir uns in diesem Seelhaus begegnet sind?«

Ruf konnte nicht umhin, zu lachen. »In meinem Alter vergisst man eine Menge.«

6. Kapitel

Die Zahl der Schäfchen, die ihren braven Weg an diesem lichtlosen Sonntagmorgen im Weinmond in das Münster gefunden hatten, um dem Wort Gottes – vielmehr dem, was Münsterprediger Martinus Frecht für das Wort Gottes hielt – zu lauschen, war überschaubar. Wobei die geringe Präsenz der Gemeindemitglieder wohl nur zu einem Teil dem nasskalten Wetter zu schulden war, vermutete Agathe und blickte sich in dem kahlen, all seines prachtvollen Schmuckes beraubten Gotteshaus um.

Insbesondere in den vorderen Bankreihen, wo gewöhnlich die vornehmen Familien der Stadt saßen, waren viele Plätze leer geblieben. Auch neben Bürgermeister Besserer waren einige Sitze frei. Und diejenigen, die erschienen waren, lauschten beileibe nicht alle andächtig den Worten des Münsterpredigers. Manche starrten vor sich hin, andere redeten leise mit ihrem Nebenmann oder kratzten sich. Dem einen oder anderen war sogar im Schlaf der Kopf auf die Brust gesunken.

Martinus Frecht langweilte die Gemeinde. Ohne Höhen und Tiefen tönte sein gleichförmiges Leiern von der Kanzel herab und war in den hinteren Reihen oft kaum zu vernehmen. Was kein großer Schaden war, dachte Agathe und unterdrückte verstohlen ein Gähnen. Die theologischen Spitzfindigkeiten, über die der Prädikant zu philosophieren pflegte, waren für die Zuhörer ohnehin kaum verständlich, zumal für die einfachen Leute nicht, die weder des Lesens noch des Schreibens mächtig waren. Dabei waren gerade sie besonders darauf angewiesen, dass ein Geistlicher ihnen Gottes Wort nicht nur verkündete, sondern auch erklärte.

Konrad Sam hatte das gut vermocht, doch Frecht, der ihm nach seinem Tod als Lektor der Schrift gefolgt war, reichte nicht im Entferntesten an dessen Beredsamkeit und Volkstümlichkeit heran. Frechts Predigten hatte man zu ertragen wie das schlechte Wetter, dachte Agathe und setzte sich auf der Bank bequemer zurecht. Man war dagegen machtlos.

Doch wie sich das unfreundlichste Nebelgrau irgendwann lichtet, so fand auch an diesem Sonntag die Predigt von Martinus Frecht letztlich ein Ende, und befreit verließen die Gläubigen die Kirche. Eine Weile später trat auch der Prediger, schwer gekränkt durch die Geringschätzung, die seine Gemeinde ihm und seinem Gottesdienst entgegenbrachte, auf den Münsterplatz hinaus.

Diese verdammten Wiedertäufer! Frecht zürnte bei sich. Dieser Schwenckfeld und sein Intimus, Seifensieder Franck. Diese irregeleiteten Schwärmer, aus denen der Leibhaftige sprach, um die Gläubigen vom rechten Weg in das Verderben bringende Dickicht des Irrglaubens zu locken! Sie waren schuld daran, dass die Gläubigen nicht in seinen Gottesdienst kamen!

Warum nur hatte Gott ihn nicht mit der Fähigkeit ausgestattet, die Menschen mit brennenden Worten zu begeistern? Ihn, der schließlich das rechte Wort verkündete? Warum hatte er diese kostbare Gabe stattdessen an ein paar selbsternannte Prediger verschwendet? Herr, wenn der Kampf gegen diese Sektierer meine Aufgabe ist, so festige mich in meinem Glauben und hilf mir, sie zu meistern, bat er im Stillen seinen Schöpfer.

Der Herrgott erfüllte ihm die Bitte sogleich. Auf dem Münsterplatz entdeckte Frecht Bernhard Besserer, der von einem anderen Ratsherrn in wichtiger Angelegenheit aufgehalten worden war. Seine Miene erhellte sich um eine Spur. »Auf ein Wort, Bürgermeister!«, rief er, noch einige Schritte entfernt, und eilte mit wehendem Mantel auf die gnädigen Herren zu.

Der Ratsherr empfahl sich hastig, und Besserer gelang es nur unter Mühen, seinen Unmut zu verbergen. Er fror und sehnte sich nach dem Mittagsmahl, das ihn daheim erwartete. Zudem bereitete ihm sein gichtischer Fuß Pein, so dass ihm der Heimweg ohnedies lang und schmerzhaft werden würde.

»Was kann ich für Euch tun?«, fragte Besserer, für einen Moment versucht, den Prediger zum Essen in sein Haus einzuladen, damit er selbst schneller heimkäme.

Frecht war ein gläubiger und arbeitsamer Mann, der sich redlich bemühte, die Ulmer Kirche nach lutherischem Vorbild aufzubauen, auch wenn er es dabei nach Besserers Empfinden oftmals an dem notwendigen Feingefühl mangeln ließ. Ein amüsanter Gesellschafter war er indes nicht. Sicherlich läge der Prediger ihm während des ganzen Mahles über mit Klagen über die Beschwerlichkeit seines Amtes in den Ohren und verdürbe ihm die Freude am sonntäglichen Braten, dachte der Bürgermeister. Daher verwarf er den Gedanken an eine Einladung so schnell, wie er ihm gekommen war.

Ohne den Stadtvater auch nur mit einem Mindestmaß an Höflichkeit zu begrüßen, hob Frecht sogleich an zu zetern: »Stellt Euch vor, dieser Schwenckfeld von Ossig erdreistet sich, die Wittenberger Konkordie zu verurteilen!«

Mit der Konkordie, dem Friedensschluss zwischen Luther und den Oberdeutschen, hatte man nach jahrelangen Verhandlungen im vergangenen Jahr endlich den Streit über die Frage nach der Bedeutung und der daraus folgenden, rechten Durchführung des Abendmahles beigelegt.

»Eine *menschliche Concordia wider alle Schrift und*

Göttliche Wahrheit nennt er sie!«, echauffierte sich der Prediger, selbst glühender Anhänger von Luthers Abendmahlverständnis.

Besserer seufzte und verlagerte sein Gewicht stärker auf seinen Stock, um seinen schmerzenden Fuß zu entlasten. Er wusste genau, dass dieser Frieden eher von politischer Bedeutung war denn von religiöser, da durch ihn der Anschluss der oberdeutschen Städte an das Luthertum möglich wurde. Eine wirkliche theologische Annäherung war zwischen den Kontrahenten nicht erzielt worden. Insofern hatte Schwenckfeld darin nicht unrecht. Obschon es von diesem höchst unklug war, mit derlei Kritik erneut den Zorn des Münsterpredigers zu erregen.

Bereits im Mai vergangenen Jahres war in Tübingen ein Schlichtungsgespräch zwischen Schwenckfeld einerseits und Frecht, Blarer und Bucer auf der anderen Seite vonnöten gewesen, in dem sich beide Parteien darauf verständigten, trotz der bestehenden Meinungsverschiedenheiten darauf zu verzichten, sich gegenseitig wegen ihrer religiösen und theologischen Auffassungen zu beschuldigen und zu beleidigen. Ohne diese Aussprache wäre es Schwenckfeld gar nicht möglich gewesen, nach Ulm zu kommen. So aber hatte Frecht nicht viel gegen seinen Aufenthalt einwenden können.

Besserer selbst neigte eher dem symbolischen Abendmahlverständnis Zwinglis zu. Seine erste Frau Barbara war vor sieben Jahren gestorben, ohne die Beichte abzulegen und die Sterbesakramente zu erhalten, weil sie von einem geweihten Begräbnis nichts gehalten hatte.

Doch das tat hier nichts zur Sache. Beschwichtigend hob der Bürgermeister die Hände. Er wollte Ruhe und Frieden in Ulm und wünschte nicht, dass dieser theologische Streit in seiner Stadt ausgetragen wurde. Diesen Wunsch indes hegte er anscheinend vergeblich.

»Dieser Schwenckfeld schart immer mehr Anhänger um sich und verführt sie mit seinen ketzerischen Ansichten«, keifte Frecht, dabei außer Acht lassend, dass eben dieser Schwenckfeld eine lange Zeit als Gast im Hause der Familie Besserer geweilt hatte.

Warnend hob der Bürgermeister eine Braue, doch Frecht bemerkte es nicht. Er hatte sich in Rage geredet, und seine Stimme erklomm eine unschöne Höhe: »Dieser Ketzer ist eine Gefahr für das Seelenheil der Gläubigen!«, geiferte er. »Er behauptet, die Sakramente entbehrten jeden Sinnes! Sagt, auf das Abendmahl könne man getrost verzichten, ohne ein schlechter Christ zu sein.«

Frecht entfuhr ein trockenes Schnauben. »Jetzt frage ich Euch: Wie soll man ohne Sakramente, ohne Abendmahl das Himmelreich erlangen? Er ist ein gefährlicher Schwärmer und Sektierer, der Unfrieden stiftet! Er hält sich nicht an die Vereinbarung von Tübingen!«

»Aber Ihr haltet Euch daran!«, warf Besserer ein.

Frecht entging die Spitze des Bürgermeisters. »Ja. Aber dieser ... dieser Prediger« – er spuckte das Wort förmlich aus – »sorgt mit seinen Reden dafür, dass die Menschen dem Gottesdienst fernbleiben!«

Daher weht also der Wind, erkannte Besserer. Der Münsterprediger – selbst gänzlich bar jeder Ausstrahlung – neidete Schwenckfeld seine rhetorischen Fähigkeiten und zürnte diesem dafür, dass man ihn schätzte und ihm mit Respekt begegnete – insbesondere in den Kreisen des städtischen Patriziats.

Aber was siehst du den Splitter im Auge deines Bruders, doch den Balken in deinem Auge nimmst du nicht wahr, zitierte er bei sich den Apostel Matthäus. Auf die Idee, dass es an seinen einschläfernden Predigten liegen könnte, dass ihm die Gläubigen nicht die Wertschätzung entgegenbrachten, die er zu verdienen glaubte, ja, dass er überhaupt eher für das Katheder geeignet schien denn für die Kanzel – darauf schien der Prediger nicht zu kommen. Dafür wäre auch ein gerüttelt Maß an Selbstprüfung vonnöten gewesen, über die Frecht nicht verfügte, dachte Besserer. Da war es einfacher, Schwenckfeld die Schuld zu geben.

»Ihr müsst etwas unternehmen!«, forderte Frecht hitzig. Kleine Speicheltropfen sprühten aus seinem Mund und landeten auf Besserers Mantel. »Werft ihn aus der Stadt!«

Angewidert wischte der Bürgermeister den Speichel von seinem Mantel und straffte sich innerlich. Er hatte diesem Sermon jetzt lange genug zugehört, und wenn es etwas gab, was er ganz und gar nicht leiden konnte, dann, dass ihm jemand vorschrieb, was er zu tun hatte. Nun war es genug.

Sein Fuß meldete sich mit einem bösen Stechen. Es war weit mehr als genug! Besserer war dieses Gezänkes so müde! Vielleicht wurde es allmählich Zeit, sich aus dem politischen Tagesgeschäft zurückzuziehen. Streng blickte er dem Prediger ins Auge. »Mir scheint, wir sollten schnellstmöglich eine erneute Aussprache herbeiführen«, sagte er.

»Keine Aussprache! Ein Verhör!«, forderte Frecht. »Er soll sich erklären. Und wenn er nicht bereit ist, seine abwegigen Thesen zu widerrufen ...«

»Eine Aussprache!«, schnitt Besserer ihm das Wort mit einer Bestimmtheit ab, die keinen Widerspruch duldete. Schwer auf seinen Stock gestützt, wandte er sich ab und ließ den verdutzten Prediger auf dem Münsterplatz stehen.

An einem bitterkalten Morgen, zwei Tage nach Allerheiligen, fand sich der schlesische Edelmann Kaspar Schwenckfeld von Ossig bereitwillig im Rathaus zu Ulm ein, beglückt über die Gelegenheit, seine Position vor den gestrengen Augen und Ohren der fünf Geheimen der Stadt darlegen zu dürfen. Der Gefahr, in der er schwebte, und der bösen Folgen, die es für ihn hätte, wenn es ihm nicht gelänge, die Bedenken der Stadtväter und der Geistlichkeit zu zerstreuen, schien er sich nicht bewusst.

Als hätte er aufgrund seiner Ansichten und der Vehemenz, mit der er diese kundzutun pflegte, nicht bereits seine schlesische Heimat verlassen müssen. Zwar hatte er bislang immer irgendwo neue Aufnahme gefunden – in Straßburg, bei Herzog Ulrich von Württemberg, in Esslingen, in Augsburg und zuletzt in Memmingen –, doch jeweils nur für kurze Zeit. Stets hatte es Gründe gegeben, weshalb man ihm alsbald schon nahegelegt hatte, sein Säckel zu packen und weiterzuziehen.

Dessen ungeachtet, begrüßte Schwenckfeld die Stadtväter und den Lektor der Schrift, der zu seiner moralischen Unterstützung sämtliche Prädikanten der Stadt mitgebracht hatte, auf das herzlichste.

Schmallippig erwiderte Frecht den Gruß, und kaum dass sich die hohen Herren auf ihren samtgepolsterten Stühlen niedergelassen hatten, ergriff er das Wort und schwang sich zum Ankläger auf.

»Ihr stellt die heiligen Sakramente in Frage!«, belferte er. »Insbesondere das Abendmahl!«

Schwenckfeld nickte. »Ja«, bestätigte er höflich, was einige der anwesenden Herren tiefer Luft holen ließ als gewohnt. »Denn ich sehe keine sichtbare Läuterung der Menschen, wenn sie das Brot gebrochen haben«, fügte er erläuternd hinzu.

Der Münsterprediger nickte listig. »Und genauso wenig seht Ihr einen Sinn in der Kindstaufe?«

»Auch nicht in der Kindstaufe«, bestätigte Schwenckfeld.

»Ha!«, rief Frecht triumphierend und stach mit ausgestrecktem Finger in die Luft. »Ihr seid ein Wiedertäufer!«

Besserer öffnete den Mund, um Frecht zur Mäßigung zu

ermahnen, doch er schluckte die Worte, die er auf der Zunge trug, hinunter. Es würde Schwenckfeld nicht zum Nutzen gereichen, wenn er als Bürgermeister seine Sympathie für ihn offen kundtäte.

Der Schlesier schenkte Frecht ein nachsichtiges Lächeln. »Eben noch klagt Ihr, ich ziehe den Nutzen der Sakramente generell in Frage. Helft mir, wenn ich irre, doch daraus folgt wohl schlüssig, dass ich auch die Taufe – die ja bekanntlich ein Sakrament ist – ablehne. Wie kann ich dann ein Täufer sein?« Schwenckfelds Miene wirkte offen und unschuldig, doch in seinen dunklen Augen funkelte es mutwillig.

Die hohen Herren konnten sich eines Schmunzelns nicht erwehren, und der Bürgermeister nickte anerkennend. Frecht jedoch kniff erbost die Lippen zusammen. Auf seinen fahlen Wangen bildeten sich runde Zornesflecken. Das Gespräch nahm ganz und gar nicht den Verlauf, den er sich vorgestellt hatte. Nur mit Mühe fand er zurück zu der Argumentation, die er sich vorher zurechtgelegt hatte. »Sagt, ist es nicht so, dass Ihr Gutgläubige um Euch schart und ihnen Euren gefährlichen Irrglauben predigt? Was seid Ihr also anderes als ein Sektierer?«

In Erwartung seiner nächsten Replik richteten sich die Blicke aller – der fünf Geheimen wie der Prädikanten – gespannt auf Schwenckfeld.

Dieser zeigte Gelassenheit. »Es ist nicht so, dass ich predige«, widersprach er. »Im Gegenteil! Ich stelle Fragen und spreche mit den Menschen über den Glauben – das ist ein Unterschied. Ohnehin bin ich der Auffassung, dass nichts zwischen Gott und die Menschen kommen darf, schon gar keine schlechten oder ungebildeten Priester, die Gottes Wort aus Unvermögen oder Eigennutz falsch vermitteln. Vielen von ihnen gebricht es an Kenntnissen in den theologischen Wissenschaften. Darin seid Ihr mit mir einer Meinung, würdet Ihr sonst nicht allwöchentlich am Donnerstag im Chor des Münsters eine Anzahl Geistliche in lateinischer Sprache unterrichten?«

Dem konnte Frecht nicht widersprechen, und er empfand ein Gefühl der Ohnmacht. Auf welch perfide Art dieser Wichtigtuer es vermochte, ihn zu loben und zugleich dumm dastehen zu lassen. Hundsgemein war das, und Frecht hasste ihn dafür. Hass war eine Todsünde, aber der Münsterprediger konnte nicht anders. Er verabscheute diesen Prediger aus ganzem Herzen. All seine Willenskraft musste er aufbringen, um nicht handgreiflich gegen ihn zu werden.

»Ihr predigt gegen das äußerliche Wort!«, giftete er.

»Nun, wir hatten zwar bereits festgestellt, dass ich nicht predige …« Schwenckfeld unterbrach sich und lächelte in die Runde. Anders als Frecht schien er diesen Disput zu genießen.

Über der Gruppe der Prädikanten stieg ein schnaubendes Husten auf, das verdächtig nach unterdrücktem Lachen klang. Frecht indes bebte vor Zorn. Wie konnte dieser dahergelaufene Wanderprediger es wagen, ihn so vorzuführen! Ihn vor seinen Prädikanten bloßzustellen! Sie waren ihm keine Hilfe gewesen – weit gefehlt, und Frecht bedauerte inzwischen aufrichtig sie mitgebracht zu haben.

»Das äußerliche Wort!«, presste er hervor.

»Das äußerliche Wort – die Heilige Schrift«, fuhr Schwenckfeld fort, »nährt den Kopf und macht den Glauben für den Geist verständlich. Wie sollte ich jemals seinen Wert oder seine Wahrheit anzweifeln?« Er unterstrich seine Worte mit lebhafter Geste. »Erleben aber – so meine Auffassung – muss man den Glauben zu Gott mit dem Herzen, tief in sich drin. Man muss das Wort Gottes in sich vernehmen, das innere Wort sozusagen.«

In dieser Weise ging es fort. Von der Bedeutung des äußerlichen Wortes ging es zu dem rechten Dienst der Kirche und zurück zu den Sakramenten, bis Frecht schließlich all seine Klagen vorgebracht hatte.

Geistreich parierte Schwenckfeld jeden Hieb des Predigers, mochte er fundiert oder noch so unsinnig oder verleumderisch sein. Offen und höflich stand er Rede und Antwort, so dass die Geheimen am Ende, bestrickt von der Eleganz seiner Worte und beseelt vom Wunsch nach Frieden in ihrer Stadt, zu der irrigen Auffassung kamen, dass es letztlich nur Kleinigkeiten seien, welche die beiden Kontrahenten entzweiten. Eindringlich ermahnten sie die Herren, sich künftig bei Meinungsverschiedenheiten bitte gütlich zu einigen.

Zähneknirschend nahm der Münsterprediger dieses Urteil hin. Ihm blieb nichts, als gute Miene zum bösen Spiel zu machen. Doch in ihm loderte der Groll. Groll auf Schwenckfeld, der anscheinend nur auf Erden war, um ihm Verdruss zu bereiten, Groll auf die dümmlichen Prädikanten, und nicht zuletzt schweren Groll auf die Stadtväter. Diese Einfaltspinsel, dachte er. Ließen sich von schön gedrechselten Reden blenden! Sahen sie denn nicht, welche Schlange sie da am Busen der Stadt nährten?

Er jedenfalls war nicht mit Blindheit geschlagen. Heute war er unterlegen, doch es würde ein nächstes Mal geben. Er würde den Kampf gegen das Böse nicht aufgeben und erst ruhen, wenn er die Stadt von derlei Natterngezücht befreit hätte!

Schwenckfeld indes war über das Urteil der hohen Herren sehr erfreut. Aufgeräumt reicht er dem Münsterprediger daraufhin die Hand. Frecht übersah sie geflissentlich. Grußlos verließ er das Rathaus.

Die Medizinische Fakultät der Universität Heidelberg – das hieß: die drei Herren Professoren und Lehrstuhlinhaber, von denen einer die Schriften des Hippokrates las, einer diejenigen Galens und der dritte die Lehren des Avicenna – war sich einig darin, dass Augustin Streicher an einem bösen Katarrh leide.

Sein Gehirn erzeuge ein Übermaß an Schleim. Anders als beim gesunden Menschen, bei dem der Schleim durch Bewegungen der Nase in den hinteren Teil des Halses wandere, liefe dieser bei Magister Streicher durch die Nase heraus. Einig war man sich auch darin, dass die Nase deshalb ihrer Aufgabe nicht nachkommen könne, das Gehirn zu durchlüften, weshalb jener unmöglich seinen Studien in gebührender Weise nachzugehen in der Lage wäre. All dies ließe sich unschwer aus den Lehren Galens ableiten.

Obschon des Weiteren Einigkeit bestand, dass es heiße Sachen sein müssten, die Streichers Kopf trocknen sollten – auch darin folgte man Galen –, so waren sich die Herren Professoren jedoch zutiefst uneins darüber, mit welchen Arzneien sie Streicher seines Katarrhs zu entledigen gedachten. Von dunklen Arztmänteln umweht, empfahlen sie Galgant, Koriander oder Anis, teils mit Zucker überzogen, teils ohne »Hut«, einzunehmen auf nüchternen Magen oder nach dem Mahle, zu schlucken oder zu zerkauen und auszuspeien – je nachdem, welchen der Herren man befragte.

Augustin versuchte es mit all diesen probaten Mitteln, doch keines davon brachte ihm Linderung von seinen Leiden. Als weder der Sud aus Ehrenpreis noch eine Abkochung von Sauerampfer Wirkung gezeigt und Augustin selbst die Dämpfe des indischen Weihrauchs vergebens inhaliert hatte, einigten sich die Herren schließlich darauf, Streicher solle heimreisen und sich von seiner Familie umsorgen lassen, dann würde er schon irgendwann gesunden.

Augustin hatte daraufhin – zu Wagen, anstatt wie gewohnt zu Pferd – die Heimreise angetreten und traf nach vier anstrengenden Tagen auf der sommerheißen, staubigen Straße mehr tot als lebendig zu Laurenzi in Ulm ein. Ermattet begab er sich sogleich zu Bett und verschlief den Rest des Tages und die darauffolgende Nacht.

Tags darauf schickte man Jos, Doktor Stammler zu holen.

»Ihr seht gesund aus, Jungfer Agathe«, begrüßte der Arzt Agathe mit einem verschwörerischen Schmunzeln, als diese ihn die Stiege hinauf ins Obergeschoss zu Augustins Kammer führte.

»Danke, mir geht es ausgezeichnet«, erwiderte sie mit einem breiten Lächeln.

Als der Knecht außer Hörweite war, erkundigte sich der studierte Mann mit gesenkter Stimme: »Wie geht es der … äh … Person, wegen der Ihr mich aufsuchtet?«

»Sie ist genesen – dank Euch!«, antwortete Agathe ebenfalls flüsternd.

»Genesen? Das freut mich zu hören. So hat die Salbe gewirkt.«

»Ja, das hat sie. Es hat eine Weile gedauert, und Su… die Kranke hat Narben zurückbehalten, aber sonst geht es ihr gut.« Agathe öffnete die Tür zu Augustins Kammer und ließ Doktor Stammler eintreten.

Während der Arzt Augustin den Puls fühlte und sich von seinem angehenden Fachgenossen die Diagnose seiner Lehrer nebst fehlgeschlagenen Behandlungsversuchen schildern ließ, nahm Agathe sich des Gepäcks ihres Bruders an, das noch ungeöffnet auf dem Boden lag, wo dieser es tags zuvor hatte fallen lassen.

Mit flinker Hand öffnete sie das Wäschebündel und legte Augustins Kleider, so sie nicht der Magd zum Waschen gegeben werden mussten, sorgsam in die Truhe neben der Tür. Dann fiel ihr Blick auf eine kleine Holzkiste. Sie war nur mit einem einfachen Riegel verschlossen, und Agathe klappte den Deckel auf.

Es waren Hefte darin, eng beschriebene Bögen, in der Mitte mit einem Faden zusammengefasst, außen von einem Einband aus festerem Karton geschützt. Das mussten Augustins Aufzeichnungen sein, mutmaßte Agathe, seine Mitschriften dessen, was die Professoren vorgelesen hatten.

Sie nahm eines der Hefte in die Hand und ließ sich damit auf die Bodendielen niedersinken. Neugierig schlug sie es auf. *Philosophiae et medicinae Claudii Galeni* stand dort in großen Lettern zu lesen, und Agathe dankte dem Himmel und Ambrosius Ruf dafür, dass sie die Worte mühelos übersetzen konnte: Die Philosophie und Medizin des Claudius Galenus.

Wachsam blickte sie auf Augustin und Doktor Stammler, doch keiner von beiden schien sie zu beachten. *Über die Lehre von den vier Säften* lautete die etwas kleiner geschriebene Zeile darunter. Begierig las Agathe weiter.

Augustin war derweil zum Ende seiner Schilderung gekommen, und Stammler nickte bedächtig. »Da habt Ihr in der Tat eine Menge ausprobiert. Eine Arznei will mir darüber hinaus noch einfallen: Nehmt jeden Morgen fünf Körner Kubebenpfeffer, kaut sie, aber schluckt sie nicht. Behaltet sie eine Weile im Mund, dann speit sie aus. Vielleicht vertreibt das den Schleim und trocknet Euch den Kopf.«

Augustin blickte zweifelnd. Was konnte Stammler schon wissen, das die gelehrten Herren Professoren in Heidelberg nicht wussten? Doch auf einen Versuch mehr oder weniger sollte es nicht ankommen, wenn er nur endlich von diesem quälenden Katarrh befreit würde!

»Kubebenpfeffer mit Zuckerüberzug oder ohne?«, fragte er nach.

Stammler tätschelte sich den Bauchansatz und grinste. »Ich bevorzuge ihn mit Zucker, der nimmt dem Pfeffer die

Schärfe. Aber für die Wirkung ist es gleich. Gönnt Euch darüber hinaus ein paar Tage Bettruhe«, empfahl er.

In dem Moment wurde Augustin des Tuns seiner Schwester gewahr. »Agathe! Was fällt dir ein?«, rief er aufgebracht. »Leg sofort meine Aufzeichnungen zurück!«

»Ich würde sie mir gern anschauen, wenn du erlaubst«, bat Agathe.

»Nein, das erlaube ich nicht! Was für ein Unsinn! Du verstehst davon ohnehin kein Wort, also leg sie fort!«

Widerwillig legte Agathe das Heft zurück in die Kiste, und Augustin nickte zufrieden. Den Trotz, mit dem seine Schwester ihr Kinn vorschob, als sie den Deckel der Kiste zuklappte, bemerkte er nicht.

Anders dagegen Doktor Stammler. Er hatte erlebt, wozu Agathe in der Lage war, wenn sie sich etwas in den Kopf gesetzt hatte. Wenn sie diese Aufzeichnungen lesen wollte, fände sie einen Weg, mochte es ihrem Bruder auch noch so widerstreben. Die Mundwinkel des erfahrenen Arztes zuckten vor Erheiterung, als er sich empfahl.

Der Kubebenpfeffer schien seine Wirkung zu tun: Langsam zwar, doch stetig, besserte sich Augustins Befinden, und schließlich konnte er seine Bettstatt verlassen. Sein Freund Julius Ehinger war der Erste, der ihn besuchte. »Alter Freund«, rief er. »Da studierst du bei den klügsten Ärzten weit und breit das Medizinieren, und wenn es dich selbst ereilt, dann wissen diese studierten Herren allesamt keinen besseren Rat, als dich heimzuschicken, damit sich deine liebreizende Schwester um dich kümmert!«

Agathe errötete wider Willen. »Doktor Stammler hat Augustin kuriert«, sagte sie.

»Demnach kann es mit der Weisheit der hochgelobten Herren Professoren nicht so weit her sein«, schloss Julius lachend.

Gekränkt strafte Augustin den Freund mit Schweigen. Was sollte er darauf auch erwidern?

»Wenn du hier in Ulm geblieben wärst, hätten wir gemeinsam eine vergnügliche Zeit haben können. Vielleicht wärst du dann auch nicht krank geworden«, fuhr Julius fort, die beleidigte Miene seines Freundes übersehend. »Überhaupt: Was nützt schon die ganze Gelehrsamkeit?«

»Um es mit Sokrates zu sagen: Es gibt nur ein einziges Gut für den Menschen: die Wissenschaft. Und nur ein einziges Übel: die Unwissenheit«, widersprach Agathe.

Verblüfft starrte Ehinger sie an.

»Agathe und Katharina lernen Latein«, erklärte Augustin, die Lippen spöttisch geschürzt. »Und ihr Lehrer beschränkt sich in seinen Lektionen leider nicht nur auf die Heilige Schrift.«

»Latein?«, wiederholte Julius und verzog übertrieben das Gesicht, als hätte sein Freund ihm erklärt, die Schwestern ernährten sich von schleimigem Getier.

Agathe konnte nicht umhin, zu lachen. »Ja«, antwortete sie mit einem Anflug von Stolz. In den zwei Jahren, die Ambrosius Ruf sie und Katharina nun schon unterrichtete, hatten die Mädchen große Fortschritte gemacht, und bislang hatte der alte Schreiber es noch immer vermocht, die Lektionen fesselnd zu gestalten, indem er ihnen nicht nur die spannenden Sagen der Mythologie zugrunde legte, sondern mitunter auch die griechischen Philosophen bemühte.

Ehinger schüttelte verständnislos den Kopf. »Was verschwendet Ihr die Zeit damit, Euer wohlgestaltetes Köpfchen mit solch unnützem Zeug vollzustopfen! Ihr solltet tanzen und vielleicht musizieren, wenn Euch danach ist. Aber Latein – das ist doch viel zu mühselig, zumal für eine Frau!«

Wie Augustin hatte auch Julius nach der Volksschule die

Lateinschule im ehemaligen Barfüßerkloster auf dem Münsterplatz besucht, aber zu weitergehenden Studien an einer Universität hatte er sich nicht bemüßigt gefühlt. Wozu auch? Von ihm als Spross einer alten Patrizierfamilie erwartete schließlich niemand, dass er sich seinen Lebensunterhalt verdiente.

»Dass du so etwas zulässt«, tadelte er seinen Freund launig. »Bildung macht Weiber hässlich und verdirbt ihren Charakter!«

Empört schnitt Agathe ihm eine durchaus hässliche Grimasse, die Julius mit einem gutmütigen Grinsen quittierte.

»Na, sag ich es nicht?«, neckte er sie augenzwinkernd. »Aber sei's drum. Wenn wir erst verheiratet sind, werdet Ihr für derlei Zerstreuung ohnehin keine Zeit mehr finden. Ihr werdet viel zu beschäftigt sein, auf unsere Kinder zu achten. Und wenn die Mädchen nur halb so hübsch werden wie ihre Mutter, habt Ihr damit eine Menge zu tun.«

Darauf wusste Agathe nichts zu antworten. Sie mochte Julius. Er war stets guter Dinge, immer zu einem Spaß aufgelegt und brachte sie zum Lachen, daher freute sie sich jedes Mal, ihn zu sehen. Andererseits verunsicherte es sie, wenn er ihr schmeichelte, und sie wünschte, er würde nicht so tun, als seien sie einander bereits seit Kindheitstagen versprochen. Agathe war sich wohl bewusst, dass sie irgendwann würde heiraten müssen, doch dieses »Irgendwann« lag für sie in ferner Zukunft.

Verlegen bat sie die Männer, sie zu entschuldigen, und flüchtete aus der Stube. Zwei Stufen auf einmal nehmend, lief sie die Stiege hinauf und durchmaß den oberen Flur. Als sie jedoch an Augustins Zimmertür vorbeieilte, kam ihr ein Gedanke, der sie mitten im Schritt innehalten ließ.

Mit einem raschen Blick über die Schulter vergewisserte sie sich, dass sie allein war, dann drückte sie leise die Tür zur Kammer ihres Bruders auf und huschte hinein.

Die Kiste, in der Augustin seine Aufzeichnungen verwahrte, stand in einer Ecke des Zimmers auf dem Boden. Hastig öffnete Agathe den Riegel und klappte den Deckel hoch. Der einzigartige, ein wenig modrige Geruch von Papier stieg ihr in die Nase. Agathe schloss die Augen und sog ihn tief ein. Da lag es vor ihr, das ganze Wissen der Medizin – jedenfalls so weit, wie Augustin in seinen Studien vorangekommen war. All jene Weisheiten, die den Menschen mit Gottes Hilfe zu Gesundheit und langem Leben verhelfen konnten.

Agathe griff nach dem Heft, das zuoberst in der Kiste lag, und schlug es auf. Es war jenes über die Lehren Galens, in dem sie bereits geblättert hatte. Die Neugier ließ sie nach einem zweiten greifen, und am liebsten hätte sie gleich alle Hefte genommen, doch sie besann sich eines Besseren. Das Fehlen eines einzigen Heftes würde weniger ins Auge fallen. Mit etwas Glück würde Augustin noch eine Weile in Ulm bleiben, so dass sie eines nach dem anderen lesen könnte.

Hastig ließ Agathe die Lehren Galens in ihrem Mieder verschwinden, schloss die Kiste und eilte in ihre Kammer, wo sie es sich mit ihrem kostbaren Diebesgut auf ihrer Bettstatt gemütlich machte.

Über die Lehre von den vier Säften, las sie. *Die vier Körpersäfte sind Blut, Schleim, gelbe und schwarze Galle. Das Blut wird aus der Nahrung gebildet, während die Nahrungsüberschüsse in Galle umgebildet werden, in der Leber selbst in gelbe Galle, in der Milz dagegen in schwarze Galle.*

Diese Säfte müssen sich im Körper im Gleichgewicht befinden. Verschiebt sich das Gleichgewicht zugunsten des einen oder zulasten eines anderen dieser Stoffe, so erkrankt der Mensch. Es ist Aufgabe des Arztes, dieses Ungleichgewicht durch Diätetik, Arzneimittel oder auch chirurgische Maßnahmen wieder aufzuheben.

Jeder dieser Säfte besitzt zwei für ihn charakteristische Qualitäten. Blut ist heiß und nass, Schleim kalt und nass, die gelbe Galle heiß und trocken und die schwarze kalt und trocken.

Die Säfte beherrschen auch das Temperament des Menschen: den Sanguiniker das Blut, den Phlegmatiker Schleim, der Melancholiker steht unter dem Einfluss der schwarzen und der Choleriker unterliegt der Wirkung gelber Galle ...

Der nächste Besucher, der seinen Schritt in das Streichersche Haus in der Sattlergasse lenkte, um dem Rekonvaleszenten seine Aufwartung zu machen, war Agathe mindestens genauso genehm wie Julius Ehinger. Und nicht nur ihr. Auch wenn es zunächst nicht den Anschein machte, denn wie bei Kaspar Schwenckfelds erstem Besuch flüchtete Katharina, kaum dass sie seiner ansichtig wurde.

»Ich bin gekommen, um Euren Bruder in seiner Krankheit ein wenig zu zerstreuen«, erklärte der Prediger den Grund seines Besuches, während Agathe ihn in die getäfelte Stube im Obergeschoss geleitete.

Augustin freute sich sichtlich, ihn zu sehen. »Wie ich höre, habt Ihr bereits viele Bewunderer in der Stadt«, begrüßte er Schwenckfeld aufgeräumt.

»Nicht mir, sondern der Wahrhaftigkeit des Glaubens, so, wie er sich mir offenbart, gilt die Bewunderung«, entgegnete der Prediger bescheiden. »Ich bin nur der Mittler dieser göttlichen Wahrheit. Gälte sie meiner Person, so machte ich mich in hohem Maße der Eitelkeit schuldig.«

»Ihr braucht Euer Licht gewiss nicht unter den Scheffel zu stellen«, widersprach Augustin.

»Der Meinung sind aber nicht alle in der Stadt«, entfuhr es Agathe vorwitzig. Doch sogleich schlug sie schuldbewusst die Hand auf den Mund und hoffte, in seiner Schwerhörigkeit hätte Schwenckfeld ihre unhöfliche Bemerkung nicht gehört. Sie war ihr einfach so herausgerutscht.

Aber der Prediger hatte Agathes Worte durchaus verstanden. Erstaunt zog er eine Braue hoch und senkte seinen Blick in den ihren. Es war ein Blick, der bis in ihr Inneres zu dringen schien und dort, in der Mitte ihres Leibes, ein ungekanntes, loderndes Gefühl entzündete.

»Agathe! Wie kannst du nur …«, rügte Augustin diese Frechheit.

»Entschuldigt. Ich … äh … ich habe es nicht böse gemeint«, beeilte Agathe sich, dem Gast zu erklären. »Katharina hat mir von dem Ärger berichtet, den die Prädikanten Euch im vergangenen Winter bereitet haben.« Das Blut schoss ihr ins Gesicht, und verwirrt senkte sie den Blick. Warum nur musste sie sich in Gegenwart dieses Mannes jedes Mal blamieren?

Den Prediger schien ihr Vorwitz nicht zu verstimmen. »In der Tat, das haben sie«, bestätigte er mit einem gutmütigen Lachen. »Allen voran unser geschätzter Lektor der Schrift – Martinus Frecht.«

Augustin, der in Heidelberg nur spärliche Informationen über die Geschehnisse in seiner Heimatstadt erhalten hatte, blickte seinen Gast fragend an, so dass dieser sich bemüßigt fühlte zu erklären: »Die Prädikanten reiben sich an einigen meiner Darlegungen, insbesondere stoßen sie sich an meiner Auffassung hinsichtlich des inneren Wortes. Sie behaupten …«

In dem Moment traten Helene und Katharina in die Stube, und Schwenckfeld verstummte mitten im Satz. Verwundert stellte Agathe fest, dass die Schwester, die gewöhnlich wenig Wert auf Putz und schöne Kleider legte, das schlichte, erdfarbene Kleid, das sie im Haus zu tragen pflegte, gegen ihr gutes aus leichtem hellblauen Wolltuch getauscht hatte.

Schwenckfeld erhob sich aus seinem Sessel und verbeugte sich galant vor Helene, dann vor Katharina. »Es freut mich, dass Ihr uns Gesellschaft leisten wollt«, sagte er mit einem warmen Lächeln. An Katharina gewandt, fügte er hinzu: »Die Farbe kleidet Euch.«

Errötend senkte Katharina das Haupt und setzte sich zu Agathe auf die Bank.

»Die Prädikanten«, erinnerte Augustin seinen Gast.

»Ah ja. Was die Prädikanten betrifft: Sie stoßen sich an meinen Lehren. Behaupten, meine Maxime vom inneren Wort stünde im Gegensatz zu ihrem Postulat des äußerlichen Wortes.«

»Sola scriptura«, warf Katharina ein.

»Allein die Schrift«, übersetzte Agathe unwillkürlich.

Schwenckfeld nickte den Mädchen anerkennend zu, was die Farbe auf ihren Gesichtern vertiefte. »Sola scriptura – allein die Schrift. Damit ist gemeint, dass die Bibel, vor allem das Neue Testament, die Grundlage des christlichen Glaubens ist, und nicht die Tradition, die nur durch Autorität der Bischöfe und des Papstes entstanden ist«, erklärte er.

»Seid Ihr etwa anderer Auffassung?« Katharina zeigte sich überrascht. »Ich hätte nicht gedacht, dass gerade Ihr den Traditionen der katholischen Kirche anhaftet.«

»Nein, das tue ich ganz und gar nicht. Nur ist es so, dass meine These vom inneren Wort nicht im Gegensatz zum äußerlichen Wort steht. Wenn die Herren Prädikanten sich die Mühe machten, meine Schriften mit der Aufmerksamkeit zu studieren, die sie verdienen, so würden sie das mit Leichtigkeit erkennen. Aber ich bin zuversichtlich, dass sie sich der Wahrheit letztlich nicht widersetzen können.«

»Das innere Wort – ich wüsste gern, was Ihr darunter versteht? Könnt Ihr es uns erklären?«, fragte Katharina, und sowohl Augustin als auch Helene nickten interessiert.

Agathe indes schien in ihre eigenen Gedanken versunken. Verstohlen beobachtete sie den Prediger, verfolgte jede Geste seiner schlanken Hände, mit der er seine Worte unterstrich. Dabei bemühte sie sich, dem intensiven Blick auszuweichen, mit dem er seine Zuhörer abwechselnd bedachte. Obschon sie diesen Blick nicht unangenehm fand. Nur sehr verwirrend.

»Zu gern erkläre ich es Euch«, willigte Schwenckfeld ein. »Ich bin der Auffassung, dass der Heilprozess, der Weg zum Seelenheil des Menschen, ein innerer Prozess zwischen Gott und dem Menschen ist. Allein durch seinen freien Dialog mit ihm findet der Mensch zu Gott. Diesen inneren Dialog bezeichne ich als das *innere Wort*.« Er hatte seine Stimme gehoben, so dass nun auch Agathe aufmerksam seinen Worten lauschte.

»Wenn Ihr Euch auf diesen inneren Dialog mit Gott einlasst, so werdet auch Ihr an seiner Gnade teilhaben. Gott spricht zu jedem von uns. Direkt und ohne Mittler. Deshalb bedarf es auch keiner sichtbaren Glaubensgemeinschaft und folglich auch keiner Amtskirche.«

»Keiner Kirche?«, hauchte Helene erschrocken.

»Keiner Kirche, keiner Gottesdienste und keiner Priester«, konstatierte Schwenckfeld. »Der Stand der Geistlichkeit ist überflüssig.«

»Das wird den Geistlichen nicht gefallen«, stellte Augustin fest. »Deshalb also wenden sich die Prädikanten gegen Euch.«

»Genauso verhält es sich«, bestätigte Schwenckfeld.

»Und wie, meint Ihr, sollte man ihn führen, den Dialog mit Gott? Wie ihn beginnen?«, fragte Katharina eifrig. Ihr unversehrtes Auge glänzte begeistert.

»Wie im Gebet«, antwortete der Prediger schlicht. »Sprecht mit Gott.«

»Was soll ich ihm denn sagen?«, wollte Agathe wissen.

»Alles, was Euch bewegt. Dankt für das, was Euch erfreut, und bittet ihn um Hilfe bei dem, was Euch bekümmert. Ladet all Eure Sorgen auf ihn.«

»Einfach so?«

»Einfach so«, bestätigte Schwenckfeld. »Bittet ihn um seine Gnade. Fühlt ihn, erfahrt ihn. Er wird sich Euch nicht verschließen. Er wird Euch antworten.«

»Ihr vermögt, Gottes Stimme zu hören?« Katharinas Stimme vibrierte vor Ehrfurcht.

»Es ist nicht immer seine Stimme, die zu mir spricht. Oft ist es nur ein Gefühl. Eine unbeschreibliche Freude und Dankbarkeit, die mich erfüllt. Ein reines Empfinden des Göttlichen.«

Eine Weile herrschte Schweigen in der Streicherschen Stube. Keiner der Anwesenden konnte sich der Wirkung von Schwenckfelds Worten entziehen. In so kurzer Zeit hatte sich so vieles, was den Glauben betraf, geändert: Priester heirateten, die Heiligenverehrung war verpönt, im Gottesdienst wurde den Gläubigen das Abendmahl in beiderlei Gestalt – Brot und Wein – ausgeteilt, nicht wie bisher nur die heilige Hostie, und die Beichte hatte man abgeschafft.

Die Änderungen galten jedoch nicht überall, sondern nur in den Städten und Gebieten, die sich der Wittenberger Konkordie angeschlossen hatten. Anderenorts lebten die Menschen ihren Glauben weiterhin nach römisch-katholischem Brauch wie seit Menschengedenken. Was war mit denen? Waren sie über Nacht alle zu Ungläubigen geworden?

Und wer sagte überhaupt, dass die neuen Regeln die richtigen waren? Die Prädikanten selbst wurden nicht müde, darüber zu streiten, welches der rechte Weg war, Gott zu dienen. Konnte da nicht genauso gut richtig sein, was Kaspar Schwenckfeld ihnen offenbarte?

Dieserart waren die Gedanken, die Agathe, ihrer Mutter und den Geschwistern durch die Köpfe gingen, die sie drehten und wendeten, bis Katharina schließlich stellvertretend für sie alle bat: »Ich würde gern mehr über Eure Lehren erfahren. Es wäre mir eine große Freude, wenn Ihr mich darin unterweisen würdet.«

»Wie ich höre, hattet ihr Besuch?«, fragte Walburga, die Puppenaugen mit der ihr eigenen Neugier prüfend zusammengekniffen, kaum dass Agathe sich mit ihrer Stickarbeit in der Rockenburgerschen Stube niedergelassen hatte. »Macht er dir den Hof?«

Die Basen hatten das gemeinsame Handarbeiten an den Nachmittagen beibehalten, auch wenn Agathe sich fürchterlich über Walburgas herablassende, menschenverachtende Äußerungen nach Susannas Erkrankung aufgeregt hatte und das Altartuch längst fertiggestellt und im Münster seiner Bestimmung übergeben worden war. Man hatte sich daran gewöhnt, dass die Mädchen tuschelnd und kichernd beieinandersaßen, keiner stellte Fragen, und so diente es Agathe weiterhin als Alibi, Notburga und den Schwestern in der Klause bei der Eich zu helfen.

Zweimal noch hatte Agathe versucht, der Base zu erklären, dass Dienstboten menschliche Wesen waren, für die man als Brotherr eine Verantwortung trug, doch sie war mit dieser Auffassung an Walburgas Dünkel abgeprallt wie Regentropfen an Entengefieder, so dass sie es schließlich aufgegeben hatte.

»Der Prediger? Gott bewahre – nein!« Abwehrend hob Agathe die Hand. »Wenn, dann hofiert er höchstens Katharina.«

»Wieso Prediger?«, fragte Walburga irritiert. »Ich meine Julius Ehinger!«

»Ach der!« Agathe winkte ab, doch sie konnte nicht verhindern, dass eine zarte Röte auf ihre Wangen trat. »Er ist ein Freund von Augustin.«

»Das weiß ich. Aber macht er dir den Hof?« Walburgas Frage klang wie ein Vorwurf.

»Kann schon sein«, antwortete Agathe gleichgültig.

»Kann schon sein!«, äffte Walburga sie nach. »Du musst doch wissen, ob er dir den Hof macht! Eine Frau spürt so etwas!«, sagte sie aufgebracht.

Agathe zuckt gelangweilt die Schultern.

»Nun tu nicht so dumm! Macht er dir Komplimente? Sagt er galante Sachen zu dir? Wie schön deine Augen seien oder derlei?«, forschte Walburga nach.

»Manchmal.« Agathe verzog das Gesicht.

»Und du? Was ist mit dir? Bist du in ihn verliebt? Fühlt es sich an, als krabbelten kleine Tiere in deinem Bauch, wenn er dich ansieht?«

»Nein«, entgegnete Agathe ehrlich. Ein Kribbeln im Bauch hatte sie in Julius' Nähe nie verspürt.

Agathe versuchte, sich Julius' hellblau blitzende Augen ins Gedächtnis zu rufen, doch gegen ihren Willen wurde deren Anblick vertrieben von einem dunklen, brennenden Blick, der sich tief in den ihren bohrte. Ein Blick, der ihr bis ins Mark drang – auch jetzt, wo er sie nur in ihrer Erinnerung traf. Agathe schauderte, und die Röte in ihrem Gesicht vertiefte sich.

»Du bist in ihn verliebt!«, konstatierte Walburga.

»Das bin ich nicht!«, widersprach Agathe heftig.

»Ist auch gleich.« Mit einer lässigen Bewegung ihrer molligen Hand wischte Walburga Agathes Protest beiseite. »Auf jeden Fall hast du einen guten Fang gemacht!«, stellte sie ein wenig säuerlich fest. »Dein Zukünftiger stammt aus einer wohlhabenden Patrizierfamilie. Als seine Gemahlin wirst du dich um dein Auskommen nicht sorgen müssen.

Zudem sieht er gut aus und ist kräftig und gesund. Hast du gesehen, wie muskulös er ist? Ein Mann, wie man ihn sich nur erträumen kann!«

Und hinter vorgehaltener Hand, die Lippen zu einem – wie Agathe fand – etwas anzüglichen Lächeln gekräuselt, fügte sie hinzu: »Er wird seinen ehelichen Pflichten sicher sehr gut nachkommen. Was willst du mehr von einem Mann?«

»Mein Gemahl sollte klug und gebildet sein«, widersprach Agathe ein wenig steif, »damit ich mit ihm reden kann und etwas von ihm lerne. So wie Doktor Stammler oder …«

»… dein Prediger?«, vollendete Walburga neugierig Agathes Satz.

Agathe krauste die Nase. »Er ist nicht *mein* Prediger. Und jawohl, du hast recht: Kaspar Schwenckfeld von Ossig ist klug und gebildet.«

»Ach, *der* Prediger!« Walburga machte eine wegwerfende Handbewegung. »Der ist ja steinalt. Wenn du so einen alten Kerl heiratest, bist du übers Jahr Witwe«, prophezeite sie.

»Ich will ihn ja gar nicht heiraten. Und überhaupt: So alt ist er noch gar nicht. Du solltest ihn sehen, wenn er redet. Dann merkt man sein Alter gar nicht, dann wirkt er wie ein junger Mann.«

»Na, wenn du meinst.« Walburga zog spöttisch den Mundwinkel hoch. »Aber mir ist ein junger Mann allemal lieber als einer, der nur jung wirkt.«

An diesem Nachmittag verabschiedete Agathe sich früher als gewohnt von ihrer Base. Augustins Gesundheitszustand hatte sich derart gebessert, dass er bald an die Universität würde zurückkehren können, und sie wollte jede Gelegenheit nutzen, so viele von seinen dünnen, blauen

Heften zu lesen wie eben möglich, bevor er sie mit sich nach Heidelberg nähme.

Zu ihrer Freude hatte Augustin Besuch, als Agathe heimkam. Durch die halb offene Tür der guten Stube im Obergeschoss drang fröhliches Gelächter, und Agathe erkannte die Stimme von Julius Ehinger. Doch jetzt war nicht der rechte Zeitpunkt, den Mann aus Walburgas Träumen zu begrüßen.

Flugs eilte Agathe an der Tür vorbei und die Stiege zum Dachgeschoss hinauf, wo die Mädchen und das Gesinde ihre Kammern hatten. Durch die niedrige Tür zum Zimmer ihrer Schwester sah sie Katharina stehen, stockstéif, in einem neuen, lindgrünen Kleid. Zu ihren Füßen auf den Dielen kniend war die Schneiderin zugange, den Saum des Kleides auf die passende Länge zu stecken.

»Agathe! Komm her und schau dir mein Kleid an! Ist es nicht wunderschön?«, sagte Katharina.

Doch Agathe hatte es eilig, in ihre eigene Kammer zu kommen. »Später! Muss nur noch etwas erledigen!«, rief sie und hastete vorbei.

Sorgfältig schloss sie ihre Kammertür hinter sich, bevor sie Federbett und Laken von der Bettstatt riss, um das blaue Heft hervorzuziehen, das sie darunter verwahrte. Sie schlug es auf und entnahm ihm den Zettel, auf dem sie die lateinischen Wörter notierte, die sie nicht kannte. Später würde sie Lehrer Ruf nach ihrer Bedeutung fragen. Alsdann stopfte sie sich das Heft unter das Mieder, richtete das Bett und eilte hinaus, wieder vorbei an Katharinas Kammer und die Treppe hinab.

Im Flur des Obergeschosses blickte sie sich um. Die Gelegenheit war günstig: Helene schien ausgegangen zu sein, Katharina wäre noch eine Weile mit der Schneiderin beschäftigt, und die Stimmen von Augustin und Julius, die nach wie vor angeregt miteinander plauderten, drangen aus der Stube. Lautlos drückte Agathe die Tür zu Augustins Kammer auf und huschte hinein.

Die Kiste mit den Aufzeichnungen stand immer noch an derselben Stelle, nach wie vor unverschlossen. Agathe klappte den Deckel auf, zog das Heft mit Galens Lehren aus ihrem Ausschnitt hervor und legte es zurück in die Kiste. Statt diesem wanderte nun das zweitoberste Heft von dem Stapel in ihr Mieder.

Sie wollte gerade den Deckel der Kiste schließen, als die Tür aufflog und Augustin hereintrat.

»Was machst du da?«, rief er aufgebracht. »Ich habe dir doch verboten, meine Sachen anzurühren!«

Hinter seiner Schulter erschien das Gesicht von Julius Ehinger im Türrahmen. »Was hat dein Schwesterlein denn jetzt wieder angestellt?«, fragte er mit einem spöttischen Grinsen, das Augustin die Zornesröte in das Gesicht trieb.

»Betrete diese Kammer nie wieder! Hörst du? Niemals!«, brüllte Augustin.

Ganz eindeutig cholerisch, dachte Agathe und richtete sich auf. »Dich beherrscht ein Übermaß an gelber Galle«, konstatierte sie ruhig. »Du solltest vielleicht kühlende Bäder nehmen, um deine Säfte wieder ins Gleichgewicht zu bringen.«

Fassungslos ob dieser Bemerkung und unfähig zu einer Erwiderung, schnappte Augustin nach Luft.

Julius dagegen brach in wieherndes Gelächter aus. »Da siehst du, wohin es führt, wenn Mädchen zu viel lernen«, bemerkte er.

Seine Worte versetzten Augustin noch mehr in Rage. »Verschwinde aus meinem Zimmer«, krächzte er, als er die Sprache endlich wiedergefunden hatte. »Und untersteh dich, je wieder mein Zimmer zu betreten!«

Agathe ließ sich das nicht zweimal sagen, zumindest

nicht den ersten Teil von Augustins Befehl. Das blaue Heft sicher an ihrem Busen verborgen, huschte sie ohne ein weiteres Wort aus der Kammer. Doch als Augustin im Weinmond zu Beginn des neuen Semesters nach Heidelberg zurückkehrte, war die Kiste mit seinen Aufzeichnungen ein klein wenig leichter, als sie es hätte sein sollen.

Augustin war nicht der Einzige, der in jenem Herbst auf Reisen ging. An einem windigen Morgen trat Jos mit bekümmerter Miene in die Stube, wo Agathe mit Mutter und Schwester das Morgenmahl einnahm. In der Nacht hatte der Fährmann Ambrosius Ruf schließlich doch geholt und über den Styx gerudert.

Agathe traten die Tränen in die Augen. Ein dicker Kloß setzte sich in ihrem Hals fest, und sie schob die Schale mit Hafergrütze beiseite. Sie hatte den alten Mann sehr liebgewonnen. Er würde ihr schmerzlich fehlen – nicht nur sein Unterricht. Traurig stieg sie in ihre Kammer hinauf und ließ sich auf ihre Bettstatt sinken.

Sie kramte eines von Augustins blauen Heften unter ihrem Laken hervor und schlug es auf. Tränenverschleierten Blickes starrte sie auf die Seite, doch der Sinn des Geschriebenen erschloss sich ihr nicht. Bereits in der ersten Zeile stolperte sie über ein Wort, dessen Bedeutung ihr nicht geläufig war. Unwillkürlich griff sie nach dem Zettel, um das Wort zu notieren, doch dann knüllte sie das Blatt zusammen und warf es auf den Boden. Es machte keinen Sinn mehr, jetzt, da sie Ruf nicht mehr um deren Übersetzung würde bitten können.

Der alte Schreiber hatte sich nicht überrascht gezeigt, als sie ihn zum ersten Mal nach der Bedeutung ihr unbekannter Wörter gefragt hatte, sondern diese bereitwillig für sie übersetzt.

»Wenn da nicht einer in den Sachen seines Bruders gestöbert hat«, vernahm Agathe im Geiste wieder seine erheiterte Stimme.

Auch ohne Augenlicht hatte Ambrosius Ruf mehr erkannt als die Sehenden in diesem Haus, dachte sie. Eine Träne lief ihr über das Gesicht und tropfte auf das Heft. Hastig wischte Agathe sie mit dem Ärmel fort, doch dort, wo sie die Tinte aufgeweicht hatte, blieb ein hässlicher Fleck.

Mit einem Aufschluchzen warf Agathe sich in die Kissen.

Sie fühlte sich alleingelassen. Mit Ruf hatte sie einen Freund verloren, einen Verbündeten. Zwar hatte sie nie offen mit ihm über ihre Geheimnisse gesprochen, doch das war auch nicht vonnöten gewesen. Er hatte sie geteilt und für sich behalten. Und er hatte ihr das Gefühl gegeben, dass er es nicht für unsinnig hielt, was sie tat.

Mit wem sollte sie fortan ihre Geheimnisse teilen? Notburga war zwar auch eine Eingeweihte, genau wie Susanna, doch das war etwas anderes. Sie waren Teil dieses Geheimnisses.

Die Worte Schwenckfelds kamen Agathe in den Sinn: »Sprecht mit Gott«, hatte er gesagt. »Sagt ihm alles, was Euch bewegt. Dankt für das, was Euch erfreut, und bittet ihn um Hilfe bei dem, was Euch bekümmert. Ladet all Eure Sorgen auf ihn.«

Vielleicht sollte sie es einfach versuchen, dachte Agathe. »Lieber Gott«, begann sie flüsternd, »lieber Gott, ich fühle mich so allein. Jetzt habe ich niemanden mehr, der mich versteht. Walburga nicht und Katharina auch nicht. Warum bin ich so anders als sie? Sie verstehen nicht, dass mich alles, was mit dem Heilen zu tun hat, fasziniert. Dass ich allen Menschen, die krank sind, helfen möchte. Warum bin ich nur nicht als Mann zur Welt gekommen? Ich hätte studieren und Arzt werden können. Niemand hätte sich daran gestört. Im Gegenteil: Mutter und Katharina wären stolz auf mich gewesen, so, wie sie es auf Augustin sind. Ich weiß, ich wäre ein guter Arzt geworden!

Aber jetzt, wo du auch noch Ambrosius Ruf zu dir geholt hast, habe ich nicht einmal mehr jemanden, der mir die lateinischen Wörter übersetzt ...«

Wieder bahnte sich ein Schluchzen den Weg ihre Kehle hinauf. Vielleicht sollte sie das alles einfach sein lassen. Nicht mehr in die Klause bei der Eich gehen und vor allem nicht mehr Augustins Aufzeichnungen lesen und stattdessen endlich so sein, wie andere Mädchen in ihrem Alter waren: sich für schöne Kleider und modische Frisuren interessieren, für Gesellschaften, junge Burschen und Stickerei.

Doch all das kam ihr so unendlich öde und nutzlos vor! Erstickt presste sie hervor: »Lieber Gott, ist es denn so falsch, was ich tue?«

7. Kapitel

Das Stickbündel nachlässig unter den Arm geklemmt, ließ Agathe den eisernen Klopfer gegen das Holz der Rockenburgerschen Tür schlagen. Ihren Zweifeln zum Trotz war sie darin fortgefahren, den Schwestern in der Klause bei der Eich bei der Pflege ihrer Siechen zu helfen, und abends hatte sie in ihrer Kammer voller Eifer Augustins Aufzeichnungen studiert – so gut sie es ohne die Übersetzungshilfe ihres Lehrers eben vermochte.

Agathe dachte bereits, man hätte ihr Klopfen nicht bemerkt, und streckte erneut die Hand nach dem Schlegel aus, als sich das Portal endlich öffnete und eine ältliche Magd in die spätsommerliche Sonne blinzelte. »Nanu! Jungfer Agathe! Was macht Ihr denn hier? Eure Tante ist doch mit Juliana und Walburga zu Besuch bei Euch in der Sattlergasse! Heute ist doch ...«

»O weh!«, entfuhr es Agathe, und sie schlug sich mit der flachen Hand auf die Stirn. Hastig wandte sie sich um, rief der Magd über die Schulter ein »Danke!« zu und eilte davon.

»... der Prediger bei Euch«, beendete die Magd ihren Satz murmelnd.

Es war zur festen Gewohnheit geworden, einmal im Monat in der Streicherschen Stube zusammenzukommen, um den Belehrungen des schlesischen Reformators zu lauschen. Zunächst waren es nur Helene, Agathe und Katharina gewesen, doch bald schon hatte sich der Kreis der Zuhörer erweitert. Erst um die Rockenburgers, Mutters Schwägerin mit Walburga und deren älterer Schwester Juliana, später waren weitere hinzugestoßen, so dass sich an diesem Nachmittag eine ansehnliche Zuhörerschaft im Hause Streicher eingefunden hatte. Und das – zum steten Ärgernis des Prädikanten Frecht – in aller Offenheit.

Die Aussprache zwischen ihm und Schwenckfeld vor bald drei Jahren hatte nicht den von Bürgermeister Besserer gewünschten Erfolg gezeitigt, der Frieden hielt nicht lange vor. Bereits im vergangenen Sommer hatte Schwenckfeld die theologische Welt mit seinen Äußerungen über die *Vergottung des Fleisches Christi,* wie er es nannte, also über die Frage, ob Christus göttlicher oder menschlicher Natur war, erbost und damit den energischen Widerstand der Theologen der Stadt herausgefordert. Der Streit hatte sich derart zugespitzt, dass sich der Rat der Stadt im Januar schließlich zu einem erneuten Eingreifen gezwungen sah: Abermals lud man den Schlesier zu einem Religionsgespräch. Doch diesmal gelang es den hohen Herren nicht, einen Vergleich herbeizuführen. Vielmehr gab man dem Ansinnen Frechts nach, die Frage den Gelehrten des Schmalkaldischen Bundes vorzulegen.

Allerdings schienen derlei Zwistigkeiten Kaspar Schwenckfeld nicht ernsthaft zu betrüben. Vielmehr beflügelten sie ihn, seine Auffassungen noch deutlicher zu formulieren, sie noch eindringlicher zu vertreten. Wild gestikulierend, sich ein ums andere Mal durch die ergrauenden Haare fahrend und sichtlich erfreut, einer wachsenden Zuhörerschaft seine Anschauungen über den rechten Glauben vermitteln zu dürfen, stand er auf den glänzend polierten Bodendielen der Streicherschen Stube und disputierte mit seinen absenten Kontrahenten.

»Nehmen wir doch einmal Doktor Luthers Postulat, *Allein durch die Gnade Gottes würde der glaubende Mensch errettet, nicht durch eigenes Tun.* Das ist eine feine Sache, denn es bedeutet, dass es völlig gleichgültig ist, was ich tue, solange ich den rechten Glauben habe. Wunderbar ... glaube ich also und tue, was mir gefällt, sittlich oder verderbt!«

Julius Ehinger konnte ein Grinsen nicht unterdrücken. »Doktor Luther ist ein praktisch denkender Mann«, raunte er Augustin zu, der neben ihm an der steinernen Brüstung des großen Kamins lehnte. Vor kurzem erst hatte dieser seine Studien in Heidelberg beendet und war als Doktor Medicinae heimgekehrt.

»Wohin führt Luthers Postulat also? Schaut Euch um und sagt es mir!«, rief Schwenckfeld seinen Zuhörern zu. Er machte eine bedeutungsvolle Pause, dann gab er selbst die Antwort: »In fleischliche Freiheit und Irrung!«

Der Prediger ließ die Worte einen Moment wirken, dann setzte er nach: »Im Neuen Testament, genauer gesagt im Brief des Jakobus, steht: ›*Meine Brüder, was nützt es, wenn einer sagt, er habe Glauben, aber es fehlen die Werke? Kann etwa der Glaube ihn retten? Wenn ein Bruder oder eine Schwester ohne Kleidung ist und ohne das tägliche Brot und einer von euch zu ihnen sagt: Geht in Frieden, wärmt und sättigt euch, ihr gebt ihnen aber nicht, was sie zum Leben brauchen – was nützt das? So ist auch der Glaube für sich allein tot, wenn er nicht Werke vorzuweisen hat.*‹

Hat Luther seine Bibel nicht richtig gelesen? Mitnichten! Diese Worte widerlegen eindeutig seine These. Deshalb nennt er den Jakobus-Brief eine ›tumbe Epistel‹. Ein äußeres Bekenntnis allein bewirkt gar nichts. Wir erlangen unmittelbare Erleuchtung durch den Heiligen Geist, doch dafür müssen wir unser inneres Leben erneuern, müssen ein sittliches, in Gott geheiligtes Leben führen!«

Murmelnd drückten die Zuhörer ihre Zustimmung aus, und Helene wartete einen Moment, ob der Prediger seinen Worten noch etwas hinzuzufügen hatte. Doch als dieser keine Anstalten machte, fortzufahren, sondern sich unter seine Bewunderer mischte, gab sie dem Gesinde Zeichen, ihren Gästen mit Getränken aufzuwarten. Nach der seelischen Erbauung sollten nun auch die Leiber Stärkung erfahren.

»Ist er nicht ein brillanter Redner?«, schwärmte Katharina, an ihre Basen gewandt, und fingerte aufgeregt an den Perlen an ihrem Haarnetz. Alle, die mit der Familie verkehrten, hatten sich längst an den Anblick ihrer vernarbten Gesichtshälfte gewöhnt. Niemand stieß sich daran, niemand schien es überhaupt noch zu bemerken.

Juliana stimmte ihr unumwunden zu. »Seine Predigten sind wirklich ein Ereignis.«

Mit an Verehrung grenzender Bewunderung verfolgten sie das Objekt ihrer Anbetung mit ihren Blicken, als Helene ihm einen Becher Wein zur Erfrischung reichte.

Walburga verzog das Gesicht ob dieser Schwärmerei der älteren Mädchen. Ihr waren Schwenckfelds religiöse Ausführungen herzlich gleich. Sie hatte Mutter und Schwester nur begleitet, weil sie hoffte, im Hause Streicher auch Augustins Freund Julius Ehinger anzutreffen.

Ihre Erwartung war nicht enttäuscht worden. Aus dem Augenwinkel beobachtete sie, wie Augustin herzhaft lachte, wohl über einen Scherz, den Julius gerade gemacht hatte. »Was ihr nur an diesem Schwenckfeld findet, ihr und Agathe«, bemerkte sie abfällig zu Juliana und Katharina.

»Wo steckt Agathe eigentlich?«, fragte Juliana. »Ich habe sie während der ganzen Predigt nicht gesehen.«

»Eigenartig. Dabei ist sie doch so versessen auf den Prediger«, stichelte Walburga, ohne den Blick von Julius abzuwenden. Eben beugte dieser sich verschwörerisch zu seinem Freund. Augustin nickte, dann erhob er seine Stimme.

»Verehrte Mutter, geehrte Gäste! Es ist mir eine besondere Freude, heute die Verlobung meiner Schwester Agathe mit meinem alten Freund, Julius Ehinger, verkünden zu dürfen.« Suchend blickte er sich um. »Agathe, wo bist du?«

Beifälliges Gemurmel erhob sich. Das war sicherlich ein vorteilhaftes Arrangement für beide Seiten, befanden die Gäste einmütig. Agathe heiratete damit unmittelbar in den kleinen Kreis des städtischen Patriziats ein, und der Bräutigam bekam eine Braut, die nicht nur aus gutem Hause stammte, sondern darüber hinaus so jung und hübsch war, wie man es sich nur wünschen konnte. Allseits hob man die Gläser zum Glückwunsch.

Einzig Walburgas Gesichtszüge verloren ihre puppenhafte Weichheit. Ihre Lippen pressten sich zu einem Strich zusammen, und in ihren Augen lichterte Zorn, als Augustin mit Julius zu den Mädchen trat.

»Katharina, hast du Agathe gesehen? Wo steckt das Kind?«, fragte er.

Es war Walburga, die antwortete: »Wahrscheinlich ist sie wieder in dieser verlausten Klause bei der Eich, in der sie sich so gern herumtreibt«, presste sie hervor.

Julius musterte sie stirnrunzelnd. »Wie kommt Ihr denn …«

»Da ist sie ja!«, unterbrach Katharina ihren zukünftigen Schwager und deutete auf Agathe, die, außer Atem und mit erhitzten Wangen, in diesem Moment die Stube betrat.

Mit großen Schritten ging Julius seiner Braut entgegen und fasste sie bei der Hand. »Das sieht Euch ähnlich! Verpasst Eure eigene Verlobung!«, tadelte er scherzhaft, doch sein Lächeln wirkte verkrampft.

Die Röte auf Agathes Wangen vertiefte sich. »Verlobung?«, wiederholte sie irritiert.

»Verlobung!«, bestätigte Julius. »Ich war so frei, bei Augustin um Eure Hand anzuhalten.«

Agathes Blick glitt zu ihrem Bruder. Dieser nickte bestätigend.

Verlobt, dachte Agathe verdattert. So plötzlich und ohne dass man sie gefragt hatte! Bevor sie es recht begriffen hatte, stürmten bereits die Gäste auf sie zu, gratulierten, wünschten dem jungen Paar Glück und Wohlleben. Agathe sah die Freude auf dem Gesicht der Mutter, die Zufriedenheit ihres Bruders, den Glanz in Katharinas Auge. Mit angestrengtem Lächeln nahm sie an Julius' Seite die Glückwünsche entgegen.

Steif verneigte sich auch Kaspar Schwenckfeld vor ihr. Entgegen seiner sonstigen Gewohnheit schaute er sie nicht direkt an, sondern heftete seinen Blick knapp oberhalb ihres Kopfes auf die Täfelung des Saals. »Meinen Glückwunsch, Jungfer Streicher«, sagte er knapp und wandte sich mit beinahe schon ungebührlicher Hast ab.

Andere Gratulanten drängten nach, und aus den Augenwinkeln sah Agathe ihn der Tür zustreben und den Raum verlassen. Auch das war man von ihm nicht gewohnt. Üblicherweise tat Schwenckfeld nichts lieber, als sich nach den Predigten unter seine Zuhörer zu mischen, und meist war er es, der als letzter Gast das Streichersche Haus verließ.

Man reichte weitere Erfrischungen und erhob erneut die Gläser auf das Wohl der Brautleute.

Den ganzen Abend über war Agathe kaum in der Lage, einen klaren Gedanken zu fassen. Die Verlobung hatte sie völlig überrumpelt. Erst spät, als sie allein auf der Bettstatt in ihrer Kammer lag, die nun nicht mehr lange ihre Kammer sein würde, konnte sie endlich damit beginnen, die Gedanken zu sortieren, die ihr wie nektartrunkene Bienen durch den Kopf taumelten.

Sie würde Julius heiraten! Das war, wie sie sich eingestehen musste, eigentlich keine Überraschung. Julius hatte aus seinen Absichten nie einen Hehl gemacht. Sie war es gewesen, die den Gedanken stets weit von sich geschoben hatte.

Müsste sie jetzt nicht außer sich sein vor Aufregung und Freude?, fragte Agathe sich. Müsste sie nicht den Drang haben, ausgelassen durch ihre Kammer zu tanzen? Angestrengt horchte sie in sich hinein, doch sie verspürte keines dieser Gefühle. Nichts, was sich auch nur annähernd so anfühlte, als flatterten Schmetterlinge in ihrem Bauch herum. Stattdessen saß dort nur ein kleines, vages Unbehagen.

Es war nicht, dass Agathe Julius nicht mochte. Im Gegenteil: Er war ihr gegenüber stets höflich und brachte sie zum Lachen, und sie wusste, dass sie es mit der Auswahl ihres Bräutigams weit schlechter hätte treffen können. Was Agathe an ihrer bevorstehenden Heirat störte, war nicht Julius. Es war vielmehr der Gedanke, Ehefrau zu werden.

Sie konnte sich nicht recht vorstellen, wie es war, verheiratet zu sein. Sie würde ihr Elternhaus verlassen und mit Julius zusammen einen eigenen Hausstand gründen, dem sie dann vorstehen müsste. Unwillig rümpfte Agathe die Nase. Gott sei es gedankt, sie würden wenigstens nicht im großen Ehingerhof an der Herdbrücke leben.

Julius würde erwarten, dass sie all jene Pflichten in seinem Haushalt übernahm, die einer Hausfrau oblagen: den Einkauf, die Wäsche, das Ausrichten von Festlichkeiten.

Ein großer Hausstand bedeutete eine Menge Arbeit. Zwar hätte sie eine Hauswirtschafterin, eine Köchin, Diener und Gesinde – sicherlich mehr als die Familie Streicher –, doch auch die mussten angeleitet und beaufsichtigt werden.

Abermals verzog Agathe das Gesicht. Von häuslichen Tätigkeiten verstand sie nichts und hatte sich auch noch nie dafür erwärmen können. Und zum Glück musste sie das bisher auch nicht. Da es mit Helene und Katharina im

Hause Streicher bereits zwei Frauen gab, die sich um den Haushalt kümmerten, hatte die Mutter es ihrer Jüngsten durchgehen lassen, dass sie sich davor drückte – sehr zum Ärgernis von Katharina, die darauf gedrungen hatte, dass Agathe just diese Aufgaben übernehmen sollte, damit sie sie erlernte.

Und dann war da natürlich auch noch die Sache mit dem Schlafgemach, die ihr ein nicht geringes Unbehagen verursachte. Von dem, was ihr künftiger Gemahl in dieser Hinsicht von ihr erwartete, hatte Agathe nur sehr ungenaue Vorstellungen. Alles, was sie darüber wusste, hatte sie sich aus zufälligen Beobachtungen und Walburgas hinter vorgehaltener Hand gewisperten Anzüglichkeiten zusammengereimt – alles in allem ein eher beängstigendes als erregendes Gemisch aus Vermutung und Nichtwissen.

Noch heute Nachmittag würde sie Walburga näher danach fragen, beschloss Agathe, auch wenn ihr die Peinlichkeit sicherlich die Röte in die Wangen triebe. Vielleicht könnte ihre Base ein wenig Licht in diese Angelegenheit bringen – falls es ihr heute besserging, dachte Agathe. Am Abend, kurz nachdem Augustin die Verlobung verkündet hatte, war Walburga nämlich ganz überraschend von einem heftigen Kopfschmerz heimgesucht worden, der sie zwang, die Feier alsbald zu verlassen.

Das brachte Agathe auf einen gänzlich anderen Gedanken: Vielleicht gehörten bald auch die nachmittäglichen Besuche bei ihrer Base, die einzig dazu dienten, von ihrer heimlichen Tätigkeit in der Klause abzulenken, der Vergangenheit an. Walburgas Geplapper verdross sie weit häufiger, als dass es sie unterhielt, und aus freiem Willen würde sie niemals mehr eine Sticknadel in die Hand nehmen. Als verheiratete Frau würde sie ihr Tun nicht länger vor Mutter, Schwester oder Bruder verheimlichen müssen.

Ihr künftiger Gemahl war ein so fröhlicher, ungezwungener Mann, der überdies ein großes Herz hatte. Wenn sie es geschickt anstellte, würde er ihr sicher gestatten, den Schwestern in der Klause ab und an zu helfen. Ja, mehr noch: Möglicherweise gelänge es ihr sogar, Julius so weit für das selbstlose Wirken der Schwestern zu begeistern, dass er ihnen finanzielle Unterstützung zukommen ließe.

Vielleicht wäre eine Heirat doch keine so schlechte Sache, dachte Agathe. Der Gedanke zauberte ein Lächeln auf ihre Züge und ließ sie endlich in einen tiefen, traumlosen Schlaf sinken.

Als Agathe am nächsten Morgen erwachte, war das Streichersche Haus bereits von einer freudigen Betriebsamkeit ergriffen. Gleich nach der Morgensuppe hatte Helene Jos befohlen, die schweren Truhen in die Stube zu schaffen, in denen ungezählte Dinge darauf harrten, Agathe am Tag ihrer Verehelichung in ihr neues Zuhause zu begleiten.

Wann immer ihr in den vergangenen Jahren etwas Passendes für Agathes Aussteuer untergekommen war, hatte sie es erworben, und nun zog sie all diese Schätze aus ihren dunklen Verstecken ans Licht. Jedes einzelne Teil nahm sie prüfend zur Hand, und wenn es ihre Billigung fand, verzeichnete Katharina es sorgfältig auf einer Liste.

Helene wirtschaftete angemessen – nicht sparsam, doch auch ohne Prunk. Bei Agathes Aussteuer indes hatte sie wahrlich nicht gegeizt. Auf dem großen Tisch stapelten sich Berge feinster Ulmer Leinwand: Bettwäsche, Geschirrtücher, Handtücher, Leib- und Nachtwäsche, kostbare Brabanter Spitze und englisches Tuch. Daneben Töpfe, Tiegel und Pfannen, die den berühmten Nürnberger Werkstätten entstammten, Zinnteller und -kannen aus Böhmen, stählerne Messer aus dem Siegerland und sogar eine eherne Brennschere, mit der die frischgebackene Ehefrau ihr Haar in die zurzeit so beliebten Locken legen könnte.

Ungläubig ließ Agathe ihren Blick über die ausgebreiteten Schätze schweifen, die ihre Mutter ihr zugedacht hatte. »Brauche ich das denn wirklich alles?«, fragte sie, verunsichert ob dieser Fülle.

»Oh, das wird noch lang nicht reichen«, tadelte Katharina. »Schließlich heiratest du nicht irgendwen! Bei den Ehingers kannst du nicht mit billigem Tand erscheinen.«

Falls es die Schwester schmerzte, dass es für sie keine solchen Truhen gab, so verlor sie darüber kein Wort. Nach ihrem Unglück war niemand in der Familie – sie selbst eingeschlossen – auf die Idee gekommen, dass sie sich je verehelichen könnte. Obschon Katharina sich gerade in letzter Zeit des Öfteren ausgemalt hatte, wie es wäre, zu heiraten und Ehefrau zu sein.

Angeregt ergingen sie und Helene sich in der Aufzählung all dessen, was sie noch für die Braut anzuschaffen gedachten, und so war der Nachmittag schon vorangeschritten, als es Agathe endlich gelang, der Aufregung zu entkommen.

An diesem Tag jedoch schlug sie nicht den direkten Weg zur Klause bei der Eich ein, sonst hätte sie vielleicht die magere Gestalt bemerkt, die, das Gesicht hinter einem ausgeblichenen Schleier verborgen, an die Hintertür des Hauses der Familie Ehinger klopfte.

An diesem Tag gestattete Agathe sich einen kurzen Abstecher zum neu erbauten Schuhhaus an der Ecke zur Kramgasse. An Markttagen boten hier in den Gewölben des Erdgeschosses die Schuster und Bäcker ihre Waren feil.

Agathes Blick glitt die Fassade hinauf zu den Fenstern des ersten Obergeschosses. Hinter ihnen befand sich der große Festsaal, der von den vornehmen Familien der Stadt für festliche Gelage und Hochzeiten genutzt wurde. Dort oben würden auch Julius und sie ihre Gäste empfangen, dachte Agathe, und jetzt endlich, angesichts dieser soliden steinernen Mauern, die Zeuge ihrer Verehelichung werden würden, wurde sie von einer geradezu überbordenden Vorfreude ergriffen.

Ein neues Leben lag vor ihr, und an Julius' Seite würde es sicher fröhlich werden, verheißungsvoll. Eines ohne Heimlichkeiten. Endlich würde sie tun können, wonach ihr der Sinn stand. Lesen und lernen, was sie wollte. Für den Haushalt würde sich sicher eine Lösung finden, und die Sache mit dem Schlafgemach – nun, die mochte vielleicht sogar ihre Reize haben.

Beschwingten Schrittes eilte Agathe durch die Gassen in Richtung Steinerne Brück. Vor dem Haus von Sebastian Franck versperrte wie vor Jahren ein Fuhrwerk die Gasse. Männer trugen Kisten und Truhen aus dem Haus und luden sie auf die Ladefläche.

Da hatte Meister Franck ja einen schönen Auftrag erhalten, dass er seine Bücher nun schon mit einem Fuhrwerk ausliefern musste, dachte Agathe und blieb stehen. Als die Tagelöhner jedoch eine in Teile zerlegte Bettstatt nebst Federbetten aus dem Haus schleppten, erkannte sie ihren Irrtum. Was hier verladen wurde, das war der gesamte Hausstand des Seifensieders.

»Ihr geht fort?«, sprach Agathe Franck an, der soeben aus der Tür trat.

»Ach, Jungfer Streicher! Ja, es sieht so aus, als sei meine Person hier in Ulm nicht länger geduldet«, sagte er und strich sich müde über das Gesicht. »Schweigen ist eine Kunst. Leider eine, die ich nicht beherrsche. Jedenfalls nicht so gut, wie unser Ulmischer Apostel sich das vorstellt.«

»Martinus Frecht?«

Franck nickte bestätigend. »Das Münsterpredigerlein

wird nicht ruhen, bis er jeden unbequemen Kopf aus der Stadt vertrieben hat«, prophezeite er düster. »Mich, Schwenckfeld ...«

Entsetzt starrte Agathe den Seifensieder an. Schwenckfeld fort! Vertrieben wie ein Verbrecher! Die Vorstellung war ihr unerträglich. Der Prediger war streitbar, ja, aber er tat doch niemandem etwas zuleide! Agathe wurde die Brust eng, und ihr war, als waberten graue Schwaden aus der Seifenküche und nähmen ihr die Luft zum Atmen.

»Was gedenkt Ihr nun zu tun?«, fragte sie betreten.

Franck war Agathes Bestürzung nicht entgangen. Um Heiterkeit bemüht, antwortete er: »Ich schnüre mein Säckel und gehe an einen Ort, an dem dieser Mangel an Kunstfertigkeit nicht so sehr ins Gewicht fällt. Und vielleicht tu ich das, was Ihr mir geraten habt«, fügte er mit einem Augenzwinkern hinzu.

»Was ich Euch geraten habe?«, fragte Agathe verwundert.

»Ja. Ich fasse meine gesammelten Sprichwörter in einem Buch zusammen und veröffentliche sie. Wenigstens wäre das ein Werk aus meiner Feder, das keinen Anstoß erregt.« Ein verschmitztes Lächeln huschte über Francks erschöpfte Züge. Doch sogleich wurde seine Miene wieder ernst. »Lebt wohl, kleine Agathe, und passt auf Euch auf!«

Noch bevor Agathe sein Lebewohl erwidern konnte, war der Seifensieder wieder in seinem Haus verschwunden.

Schleppenden Schrittes ging Agathe in die Klause. Dort kam sie wie gewohnt ihren Pflichten nach, doch mit ihren Gedanken war sie nicht bei der Sache. Das Gespräch mit dem Seifensieder hatte sich wie ein grauer Schleier über ihre Stimmung gelegt.

Abwesend griff sie nach dem schweren Eimer und trat durch das altersschwache Tor auf die Gasse vor dem Seelhaus hinaus. Mit der freien Hand griff sie an den Boden des Eimers und entleerte seinen stinkenden Inhalt mit Schwung in die Gosse.

»He! Pass doch auf, du bleede Schell!«, schimpfte ein Mann. Agathe hatte ihm den Inhalt sämtlicher Nachttöpfe der Klause auf die glänzend polierten Stiefel geschüttet.

»Entschuldigung!«, sagte sie und hob den Kopf, um ihr Versehen mit einem Lächeln zu mildern, doch die Freundlichkeit gefror jäh auf ihren Zügen. Agathe blickte geradewegs in das Gesicht ihres Verlobten.

Erschrocken schlug sie die Hand vor den Mund, der Eimer entglitt ihren Händen und fiel polternd zu Boden. Julius! Was für ein unglücklicher Zufall, dass er in diesem Moment hier entlanggehen musste, schoss es ihr durch den Kopf. So lange war es gutgegangen. Warum musste ausgerechnet er es sein, der ihr Geheimnis entdeckte?

Doch bereits im nächsten Moment entspannten sich ihre Züge. Sei's drum, dachte sie und schenkte Julius ein entschuldigendes Lächeln. Sie hatte es ihm ja ohnehin sagen wollen. Zwar hätte sie sich einen passenderen Moment dafür gewünscht, doch sie konnte es ihm genauso gut jetzt sagen.

Julius erwiderte ihr Lächeln nicht. Sein Blick glitt von ihr zu dem Eimer auf dem Boden, von dort zu dem geöffneten Hoftor, durch das in diesem Moment Susanna in die Klause schlüpfte, um sich schließlich stechend auf Agathes Gesicht zu heften.

»So stimmt es also«, presste er anstelle einer Begrüßung hervor. In seiner Stimme lag weniger Überraschung denn mühsam gezügelter Zorn.

»Ich hätte es Euch ohnehin gesagt. Nach unserer …«, hob Agathe an, unterbrach sich jedoch mitten im Satz. »Was stimmt also?«, fragte sie argwöhnisch, und ihre Stimme klang schärfer als beabsichtigt.

Verächtlich stieß Julius mit der Spitze seines Stiefels gegen den Eimer. »Dass Ihr wie eine dreckige Dienstmagd Nachtgeschirr von armen Siechen leert!«, zischte er.

»Wer hat Euch das verraten?« Agathes Stimme senkte sich zu einem heiseren Flüstern.

»Das tut nichts zur Sache! Wie könnt Ihr nur so etwas tun! Habt Ihr keine Ehre im Leib?«, brauste er auf. Seine blauen Augen loderten dunkel vor Wut. Noch nie hatte sie ihn so aufgebracht gesehen.

»Julius, so hört«, bat Agathe. »Diese Menschen sind arm und krank. Jemand muss ihnen doch helfen!«

»Jemand. Aber nicht Ihr!«, erwiderte er. »Ihr werdet meine Gemahlin. Und von der erwarte ich, dass sie ein ehrbares, gottgefälliges Leben führt und keinen Anlass für Gerede gibt. Man stelle sich das nur vor: Die Gemahlin eines Ehingers wäscht verlausten Siechen den Balg! Wenn Ihr schon nicht auf Euren Ruf achtet, so doch auf den meinen!«

Ungläubig starrte Agathe ihn an. Das konnte er nicht ernst meinen! Er wollte sie nur veralbern. Gleich würde sich sein Gesicht fröhlich verziehen, und er würde ausgelassen über den Scherz lachen, den er mit ihr getrieben hatte.

Doch Julius' Lächeln blieb aus, sein Gesicht unbewegt. Streng harrte er darauf, dass sie nachgab.

In Agathe zerstob alle Hoffnung. Julius war nicht der, für den sie ihn gehalten hatte, erkannte sie bitter. Er war kein Deut besser als alle anderen. Sie hatte sich nur etwas vorgemacht. Sie würde niemals die Freiheit besitzen, zu tun, was ihr beliebte. Auch – und erst recht – nicht als die Gemahlin von Julius Ehinger.

Unwillkürlich stemmte sie die Hände in die Hüften. Sie wusste, dass es falsch war, wusste, sie sollte sich bei Julius entschuldigen, ihn freundlich um Verständnis bitten, dann wäre vielleicht noch etwas zu retten. Doch sie konnte nicht anders. Trotzig schob sie das Kinn vor und funkelte ihn an. »Ehrbar? Gottgefällig? Was kann Gott gefälliger sein, als anderen Menschen zu helfen! Und diese Menschen bedürfen ...«

»Schluss damit!«, unterbrach Julius sie scharf. »Ihr werdet nie wieder Euren Fuß in diese Klause setzen, habt Ihr mich verstanden? Das ist mein letztes Wort in der Sache!«

Einen Moment lang stand Agathe reglos da. Dann bückte sie sich, hob den Eimer vom Boden auf und trat in den Hof der Klause. Mit einem Krachen fiel das Tor hinter ihr in seine Angeln.

Erschöpft lehnte Agathe sich von innen gegen das splittrige Holz. Die Wut ließ sie erzittern, und Tränen der Ohnmacht schossen ihr in die Augen. Notburga hatte den Streit der Verlobten vom Hof aus mit angehört. Tröstend schloss sie das Mädchen in die Arme, drückte es an ihren ausladenden Busen und wiegte es wie ein kleines Kind.

Nach einer Weile, als das Zittern nachgelassen hatte, schob sie Agathe ein Stück von sich und wischte ihr mit dem Zipfel ihrer Schürze die Tränen aus dem Gesicht. Fest blickte sie dem Mädchen in die Augen.

»Du musst tun, was dein Mann dir befiehlt«, sagte sie. »Glaub mir, es ist besser.«

Sanft löste sie Agathe den Eimer aus der Hand und stellte ihn mit einem misstönenden Scheppern an seinen Platz.

8. Kapitel

"Achte darauf, dass du für die Tafel deines Gemahls immer nur das Beste kaufst. An Geld wird es nicht mangeln, aber lass dich nicht übers Ohr hauen«, ermahnte Helene ihre Jüngste eindringlich. Es war der verzweifelte Versuch, Agathe in der kurzen Zeit, die noch bis zur Hochzeit blieb, wenigstens die wesentlichen Dinge beizubringen, derer es für die Führung eines Haushaltes bedurfte.

Missmutig ließ Agathe die gutgemeinten Worte über sich ergehen. Wie hatte sie nur so dumm sein können, zu glauben, dass Julius für ihre Arbeit in der Klause Verständnis aufbrächte? Vielleicht gelänge es ihr, ihn umzustimmen, wenn sie erst einmal verheiratet wären, hoffte sie, doch bislang hatte sie es nicht gewagt, sich seinem Verbot zu widersetzen. Auf jeden Fall hatte ihr der Streit mit ihrem Verlobten die Vorfreude auf ihre Vermählung gründlich verdorben.

»Hörst du mir überhaupt zu?«, fragte Helene.

»Ja, Mutter. Nur das Beste für meinen Gemahl.« Agathe konnte nicht verhindern, dass ihre Worte spöttisch klangen.

Helene hob tadelnd die Brauen, doch sie ignorierte den Trotz ihrer Tochter. »Fleisch musst du jeden Morgen frisch kaufen«, fuhr sie fort, unterbrach sich jedoch, als ihre Älteste in die Stube trat.

»Leute gibt es!«, brummte Katharina kopfschüttelnd. »Da stand eine Frau auf der Straße und starrte die ganze Zeit auf unser Haus! So eine verrückte Begine. Ich habe Jos befohlen, sie fortzujagen.«

Agathe blickte auf. »Wie sah sie aus?«

»Na, wie eine Begine eben aussieht: graues Kleid und

graue Haube. Aber sie wirkte ziemlich erbärmlich. Klapperdürr und blatternarbig.«

Das konnte nur Susanna gewesen sein, schloss Agathe. Im Seelhaus musste etwas Schlimmes geschehen sein, sonst hätte diese es niemals gewagt, hierherzukommen. Julius hin oder her – sie musste sofort in die Klause!

»Vielleicht sollte ich gleich damit anfangen?«, wandte sie sich an ihre Mutter.

»Womit anfangen?«, fragte Helene irritiert.

»Einkaufen!«

Die Mutter lächelte freudig. Es war das erste Mal, dass Agathe willig auf ihre Unterweisungen reagierte. »Ja, du könntest heute für unser Nachtmahl einkaufen«, stimmte sie zu, kramte aus der Börse an ihrem Gürtel ein paar Münzen hervor und ließ sie in Agathes ausgestreckte Hand gleiten. »Jos wird dich begleiten. Er kennt die Händler, bei denen wir gewöhnlich kaufen, und wird dir den Korb tragen.«

Agathe bemühte sich, ihren Unmut über Jos' Begleitung nicht zu zeigen. Auf dem kurzen Weg zum Markt überlegte sie fieberhaft, wie sie ihn loswerden könnte, ohne seinen Argwohn zu wecken, als ihr Blick auf die farbenprächtige Fassade eines Wirtshauses fiel. Vielleicht war das eine Möglichkeit, dachte sie. Eine riskante zwar, doch den Versuch war es wert.

»Du hast sicher nichts dagegen, dich ein wenig zu stärken, bevor wir einkaufen, nicht wahr?«, fragte sie und deutete auf das Gasthaus.

»Agathe!« Jos zeigte sich entrüstet. »Du willst doch nicht in ein Gasthaus gehen! Das ziemt sich wirklich nicht für ein junges Mädchen. Wenn die Frau Mutter davon erfährt!«

»Nicht ich, Jos. Du! Ich habe noch etwas zu erledigen.« Agathe lächelte bittend. »Weiberkram«, fügte sie augenzwinkernd hinzu und reichte dem Knecht ein paar Münzen.

»Weiberkram?«, wiederholte dieser ein wenig besänftigt.

»Weiberkram!«, bestätigte Agathe, so ruhig es ihr möglich war. In ihr brannte es vor Ungeduld. Bitte, Jos, sag ja, flehte sie stumm.

Schließlich verzog sich Jos' Gesicht zu einem breiten Grinsen, und er nickte. »Aber beeil dich«, sagte er und ließ das Geld in seinem Beutel verschwinden.

»Danke!«, stieß Agathe erleichtert hervor und hastete davon, hinter der Greth entlang in Richtung Steinerne Brück.

Als sie die Tür zum Krankensaal des Seelhauses öffnete, schlug ihr ein widerlicher Geruch entgegen. Agathe beschlich ein mulmiges Gefühl. Nur wenige Wochen waren vergangen, seit sie zuletzt hier gewesen war, doch wie hatte sich der Krankensaal verändert: Auf dem Boden unter den Pritschen klebten Schmutz und Auswurf, dazwischen trockneten Lachen von Blut und Urin, und die Fliegenfallen bedurften dringend eines Wechsels.

»Agathe! Dem Herrgott sei Dank!«, entfuhr es Susanna, die sich im hinteren Teil des Saals damit abmühte, mit einem Besen wenigstens den ärgsten Dreck zu beseitigen. Hastig lehnte sie den Besen an die Wand und führte Agathe in die Schlafkammer der Schwestern.

Dort erwartete Agathe ein unseliger Anblick. Teilnahmslos, nur mit einem dünnen Hemd bekleidet, lag Notburga auf ihrer Pritsche. Neben ihr auf dem Boden knieten Gertrudis und die greise Regula und beteten.

Notburga reagierte nicht auf Agathes Eintreten. Ihr kräftiger Körper war sichtlich abgemagert, das Gesicht hingegen wirkte aufgedunsen. Es war warm in der Kammer, doch das allein mochte nicht der Grund sein, warum das Linnen Notburga schweißfeucht am Leib klebte.

Schweiß lief ihr auch von der Stirn und versickerte in ihrem erstaunlich vollen Haar.

Es war das erste Mal, dass Agathe die Begine ohne Kleid und Haube sah. Sie hatte immer gedacht, Notburgas Haar wäre blond, doch das stimmte nicht. Es war von dunklem Braun, durchzogen mit grauen Strähnen. »Wie lange liegt sie schon so?«, fragte Agathe die Schwestern anstelle einer Begrüßung.

Schwerfällig erhoben diese sich, um ihr an Notburgas Pritsche Platz zu machen.

»Es begann kurz nach Eurem letzten Besuch«, erklärte Gertrudis bereitwillig. »Das Fieber kam jeden Tag. Zunächst für ein paar Stunden, dann verkroch es sich wieder, so dass Notburga aufstehen und arbeiten konnte. So ging es eine Weile, dann wurde es schlimmer. Jetzt geht das Fieber gar nicht mehr fort.«

Agathe nickte. Das erklärte die Unordnung im Krankensaal. Notburga war es, die das Seelhaus zusammenhielt. Ohne ihre unermüdlich ordnende Hand gelang hier nichts. Sie schaffte von früh bis spät, während Gertrudis die Arbeit wahrlich nicht erfunden hatte. Die alte Regula tat zwar, was sie konnte, doch das war zu ihrem eigenen Bedauern nicht mehr viel. Agathe wusste, dass es einzig Susanna zu verdanken war, dass wenigstens die Siechen versorgt wurden und nicht verhungerten.

»Warum habt Ihr nichts unternommen?«, fragte Agathe schroff. In ihrer Stimme schwang deutlicher Vorwurf mit.

»Haben wir doch!«, gab Schwester Gertrudis empört zurück. »Wir beten den ganzen Tag zu Sankt Petri, dem Fieberpatron. Außerdem haben wir ihr den Kot einer jungen Hündin gegeben, die zum ersten Mal mit einem Männlein gelaufen war, langsam im Schatten gedörrt, ungefähr einen Gulden schwer, vermengt mit etwas Honig und Wermutsalz.« Bedauernd hob sie die Schultern. »Aber es hat nicht gewirkt.«

»Hundekot!« Agathe schüttelte sich.

Beleidigt schürzte Gertrudis die Lippen. »Das Mittel ist probat bei Fieber – und billig. Woher sollten wir wohl teure Medizin nehmen?«

»Wir wissen ihr einfach nicht mehr zu helfen, Agathe«, sagte Schwester Regula entmutigt. »Wir haben auch schon versucht, ihr Fieber den Fischen anzuwünschen. Wir haben ihren Urin mit Mehl zu Teig geknetet – freilich mit grobem Mehl. Weizenmehl wäre wohl besser gewesen, aber Ihr wisst ja, was feines Mehl kostet.« Um Verzeihung heischend, blickte sie Agathe an. »Dann haben wir kleine runde Küchlein daraus gebacken und sie den Fischen gefüttert, damit sie Notburgas Fieber mit sich forttragen, die Blau hinab und in die Donau.«

Agathe nickte abwesend. In Gedanken rekapitulierte sie, was sie in Augustins Aufzeichnungen über die Fieberkrankheiten gelesen hatte. Es gab das hitzige Fieber und das kalte Fieber, je nachdem, ob der Kranke unter Schweiß litt oder vom Frost geschüttelt wurde. Davon hing es ab, womit die Behandlung zu erfolgen hatte: mit kühlenden oder wärmenden Arzneimitteln. Bei Notburga handelte es sich zweifelsfrei um das hitzige Fieber. Also wäre eine Behandlung mit kühlenden Tüchern und reichlich Flüssigkeitsaufnahme geraten, schloss Agathe.

Was sie sich hingegen nicht erklären konnte, war, warum Notburga das Fieber überhaupt bekommen hatte. Laut Avicenna lag die Ursache der Fieber in der Fäulnis der Körpersäfte. Es gab einiges, was die schädlichen Säfte im Menschen in Bewegung bringen konnte: ein Übermaß an Essen und Trinken, zu langes Schlafen, Langeweile und Faulheit. Doch all das konnte unmöglich auf Notburga zutreffen.

»Bringt mir Lappen, Tücher und kaltes Wasser«, befahl sie. »Und einen Becher!«

Keine der Schwestern stieß sich an ihrem Diktat. Im Gegenteil: Erleichtert, dass Agathe zu wissen schien, was zu tun sei, schleppte Susanna kaltes Wasser aus der Blau herbei, und auch Gertrudis brachte, ohne zu murren, Lappen, Trinkbecher und ein fadenscheiniges Laken.

Agathe hielt Notburga den Becher an die aufgesprungenen Lippen und flößte ihr etwas Wasser ein, bevor sie ihr mit Regulas Hilfe das dünne Hemd vom Leib streifte. Teilnahmslos ließ die Kranke es geschehen.

Agathe tauchte den Lappen in den Eimer und begann, Notburgas erhitzte Haut abzuwaschen. Als sie den Körper der großen Frau auf die Seite drehte, entfuhr dieser ein schmerzliches Stöhnen. Sachte legte Agathe sie zurück auf den Rücken und schaute, was diesen Schmerz verursacht haben mochte. An Notburgas Hüfte entdeckte sie eine faustgroße Schwellung. Gerötet spannte sich die Haut darüber und war an dieser Stelle noch heißer als der übrige Körper. Vorsichtig befühlte Agathe die Schwellung, und abermals stöhnte Notburga auf.

Unwillkürlich kamen Agathe die Zeichen in den Sinn, anhand derer man eine Entzündung diagnostizieren konnte: Dolor, das bedeutete Schmerz, Calor – Überwärmung, Rubor war eine Rötung und Tumor eine Schwellung. All diese Zeichen waren vorhanden, und Agathe erinnerte sich, dass Augustin an den Rand seiner das Fieber betreffende Notizen die Worte *Erasistratos* und *Kein Fieber ohne Entzündung* gekritzelt hatte.

Konnte es sein, dass diese Entzündung mit dem Fieber zusammenhing? Oder umgekehrt: dass die Entzündung für das Fieber verantwortlich war? War dies die Stelle, an der sich die faulen Körpersäfte gesammelt hatten?

Die Entzündung sah nicht sehr bedrohlich aus, fand

Agathe. Sie hatte schon vereiterte Wunden gesehen, die weit übler anzusehen waren. Doch wenn sie für das Fieber verantwortlich war? Am Fieber konnte man leicht sterben. Sie musste schleunigst dafür sorgen, dass die faulen Säfte Notburgas Körper verließen. »Bringt mir ein scharfes Messer!«, befahl Agathe, und eine kurze Weile später befand sie sich bereits wieder auf dem Weg zurück zum Gasthof, in dem sie Jos zurückgelassen hatte.

Viel Eiter war aus dem Schnitt geronnen, doch da sie befürchtete, dass noch mehr davon in Notburgas Leib lauerte, hatte Agathe die Schwestern angewiesen, ein Pflaster aus Gerstenmehl und zerriebenen Bohnen daraufzulegen, eine Medizin, die nicht teuer, aber einfach herzustellen war und die es vermochte, den Eiter aus der Wunde zu ziehen. Überdies sollten sie Notburgas Leib in kühlende Tücher hüllen und ihr so viel Wasser als möglich einflößen. Nun konnte man nur noch hoffen und beten, dass die Behandlung ihren Erfolg zeitigen würde.

Zu Agathes grenzenloser Erleichterung fand sie Jos inmitten anderer Burschen am Schanktisch des Wirtshauses stehen. »Es wird Zeit, dass wir unsere Einkäufe erledigen«, stieß sie atemlos hervor.

»Schon geschehen«, sagte der Knecht mit einem Grinsen, deutete auf den gefüllten Korb zu seinen Füßen und leerte den Becher. Ohne sich weiter nach ihrem Ausbleiben zu erkundigen, hievte er sich den Korb auf die Schulter und stapfte ihr voran aus der Schankstube.

9. Kapitel

Es war dämmerig im ehemaligen Refektorium des verlassenen Barfüßerklosters auf dem Münsterplatz, das nun die Lateinschule beherbergte. Gelehrte Männer, Ärzte, Juristen in dunklen Schauben standen in Grüppchen beisammen, verhalten plaudernd, gestikulierend. Nur ab und an durchbrach ein Anflug höhnischen Gelächters die gespannte Erwartung.

Nur wenige von ihnen waren gekommen, weil sie sich von den Ausführungen des Dozenten Nutzen für die eigene Bildung erhofften. Die meisten waren der Sensation halber erschienen, um sich erhaben zu fühlen, zu lästern, sich zu echauffieren.

Ein magerer Jüngling, dem das neue Arztgewand viel zu locker um die schmalen Schultern fiel, hielt sich abseits. Das Barett tief in die Stirn gezogen, musterte er verstohlen die Versammelten, vermied dabei sorgsam jeden Augenkontakt. An der gegenüberliegenden Seite des Raumes entdeckte er Doktor Stammler im Gespräch mit einem korpulenten Mann, und gleich daneben stand Doktor Streicher, der lebhaft auf Kaspar Schwenckfeld von Ossig einredete.

Der Jüngling hatte seinen Blick wohl einen Moment zu lang auf dem Gesicht des Predigers verweilen lassen, denn unvermittelt schaute dieser auf und sah ihm geradewegs in die Augen. Hastig senkte der Jüngling das Haupt. Er konnte allerdings erkennen, wie Schwenckfeld stutzte. Auf dem Gesicht des Predigers erschien ein amüsiertes Lächeln, und er lüpfte kurz sein Barett.

Augustins Blick folgte dem Gruß des Predigers, doch

sogleich begann dieser hastig auf ihn einzusprechen. Einen entsetzlichen Moment lang ruhte Augustins Blick unverwandt auf dem Jüngling, dann kehrte er zu seinem Gegenüber zurück, ohne dass er in dem jungen Mann seine Schwester erkannt hätte.

Heftig stieß Agathe die Luft aus und kehrte ihnen den Rücken. Das war gerade noch einmal gutgegangen. Wie konnte sie nur so leichtsinnig sein?

Direkt neben sich erblickte sie die hohe, schlanke Gestalt von Doktor Neiffer, jenem Arzt, der es damals nicht vermocht hatte, ihre Schwester Hella zu heilen. Neben ihm stand, die spitze Nase erwartungsvoll vorgereckt, Apotheker Blasius Goll.

Mit einem Mal verstummten die Gespräche im Saal, und aller Augen richteten sich auf die Tür des Refektoriums, durch die nun der Rektor der Schule trat. Ihm folgte ein kleiner, gedrungener Mann in den Vierzigern mit weichen, fast mädchenhaften Gesichtszügen und feinen Lippen. Kurz lüftete er sein Barett zum Gruß und entblößte ein kahles Haupt, um das sich von Ohr zu Ohr ein gelockter Haarkranz wand.

Das also war Theophrastus Bombastus von Hohenheim, oder – wie er sich selbst nannte – Paracelsus. Arzt, Alchemist, Astrologe, Mystiker, Laientheologe und Philosoph. Agathe musterte ihn ein wenig enttäuscht. Sie hatte sich diesen umstrittenen Mann, der es wie kaum ein zweiter vermochte, die Gemüter seiner Zuhörer zu erhitzen, anders vorgestellt. Größer, imposanter. Sie entsann sich genau des Gespräches zwischen Augustin und Schwenckfeld vor wenigen Tagen.

»Ich halte nichts von ihm«, hatte ihr Bruder geurteilt. »Er ist ein Scharlatan, das weiß man doch. Aber anhören werde ich mir seine offene Vorlesung. Und sei es auch nur als abschreckendes Beispiel.«

»Nun, er ist ein sehr freier Geist«, hatte Schwenckfeld nachsichtig entgegnet, doch deutlich den Respekt erkennen lassen, den er – selbst ein streitbarer Kopf – dem Arzt zollte. »Ist es denn so verachtenswert, neue Gedanken zu hegen?«

Augustin war auf die vermittelnden Worte des Predigers nicht eingegangen, sondern darin fortgefahren zu hetzen: »Allein schon die Anmaßung mit seinem Namen: Paracelsus – Vorrang vor Celsus!«

Schwenckfeld hatte seinen Kopf schief gelegt, ein feines Lächeln auf den Lippen. »Wenn man Böses will: ja. Dann habt Ihr recht. Vielleicht ist Paracelsus aber auch einfach nur eine Abwandlung des Namens *Hohenheim*. Para bedeutet im Griechischen *bei, von,* celsus im Lateinischen *hochragend*. Er war viel auf Reisen, vielleicht war der Name *Paracelsus* für die Menschen in anderen Landen leichter zu sprechen als *Theophrastus Bombastus von Hohenheim*.«

Augustin schwieg ob dieser Belehrung verstimmt, doch Schwenckfeld störte das wenig. »Paracelsus erlangte seinen Ruhm durch einen ganz außerordentlichen Heilerfolg in Straßburg«, berichtete er, und Agathe hing gefesselt an seinen Lippen. »Der Buchdrucker Johannes Froben aus Basel hatte eine Wunde, die nicht verheilen wollte. Seine Ärzte rieten zur Amputation. Paracelsus aber gelang die Heilung. Sie brachte ihm viel Anerkennung und wohl auch die Berufung zum Stadtarzt nach Basel. Leider machte er sich mit seinen neuartigen Vorstellungen und Behandlungsmethoden auch in Basel – wie zuvor schon in Freiburg – alsbald Feinde unter den eingesessenen Ärzten und Professoren, so dass er bereits nach elf Monaten auch Basel wieder verlassen musste.«

Mit großer Aufmerksamkeit lauschte Agathe Schwenckfelds Ausführungen, und schon bald stand für sie ohne

Zweifel fest: Diesen Arzt, der so unglaubliche Heilerfolge erzielte, musste sie mit eigenen Augen sehen!

Also hatte sie sich in einen der beiden neuen Arztmäntel Augustins gehüllt, seine zu langen Beinlinge in Stiefel gestopft und ihre blonden Zöpfe sicher unter einem großen Barett verborgen und war heimlich aus dem Haus geschlichen, um Paracelsus' offener Vorlesung zu lauschen.

Der Rektor der Lateinschule räusperte sich und hob an, seinen illustren Gast zu begrüßen und ihn mit blumigen Worten seiner Zuhörerschaft vorzustellen.

Paracelsus indes unterbrach ihn bereits nach wenigen Worten: »Die Leute wissen genau, wer ich bin. Sie wollen an meinem Wissen teilhaben, deshalb sind sie hier.«

Verlegen verschränkte der Rektor die Hände hinter dem Rücken und trat einen Schritt zurück.

Paracelsus musterte die Zuhörerschaft aus funkelnden Augen, die in seinen dicklichen Wangen zu versinken drohten. »Und das ist auch gut so!«, sagte er vernehmlich. »Denn von mir könnt Ihr in der Tat etwas lernen, meine Herren«, sprach er nun die Zuhörer direkt an und fuhr fort, ohne vom Deutschen ins Lateinische zu wechseln, der Sprache, in der Vorlesungen seit jeher gehalten wurden: »Denn meine Lehren sind nicht etwa von Hippokrates und Galen oder aus irgendwelchen anderen Lehrbüchern zusammengebettelt, sondern sie vermitteln das, was mich die höchste Lehrerin – Erfahrung – und eigene Arbeit gelehrt haben.«

»Wer seid Ihr, Euch über Galen und Hippokrates zu erheben!«, rief der korpulente Mann neben Doktor Stammler laut dazwischen.

»Ein Mann, der seinen Kopf gebraucht!«, parierte Paracelsus. »Mir dienen Erfahrung und eigene Erwägung als Beweishelfer statt Berufung auf Autoritäten.«

»Diese Autoritäten sind seit Hunderten von Jahren die Pfeiler unseres Wissens!«, erregte sich der Korpulente.

»Ihr sagt es!«, bestätigte Paracelsus. »Dieselben Lehren seit Hunderten von Jahren. Ihr habt nichts dazugelernt. Betet seit Generationen nur stumpf denselben Sermon herunter, statt Euren Kopf zu gebrauchen. Zu untersuchen. Zu beobachten. Zu forschen! Es ist verfehlt, sein Wissen ausschließlich vom Hörensagen und Lesen zu schöpfen!«

Murrend machten die Zuhörer ihrem Unmut über diese Anklagen Luft, doch Paracelsus ging darüber hinweg. Er hatte in seinen Vorlesungen weit schärfere Reaktionen erlebt, bisweilen war es sogar zu tumultartigen Handgemengen gekommen. »Galens Säfte-Lehre ist falsch. Alt. Überholt!«, sagte er mit einer Stimme, die es gewohnt war, Gegenreden zu übertönen.

Schlagartig verstummte das Rumoren. Manch einem der Zuhörer blieb ob der Ungeheuerlichkeit dieser Aussage schlicht der Mund offen stehen.

Agathe repetierte im Geiste den Grundsatz Galens Vier-Säfte-Lehre. Sie konnte daran nichts Falsches finden. Allerdings verstand sie beileibe nicht genug davon. Doch sie musste dem Doktor darin zustimmen, dass es nicht schadete, auch seine eigenen Sinne einzusetzen.

Hätte sie Notburgas Schmerzenslaut keine Beachtung geschenkt, hätte sie die Eiterbeule übersehen. Wäre sie nicht auf die Idee gekommen, zwischen der Beule und dem Fieber eine Verbindung herzustellen, wer weiß, ob Notburga noch unter den Lebenden weilte.

Nachdem Agathe den Eiter aus der Beule hatte abfließen lassen, war deren Fieber gesunken. Binnen weniger Tage war die Begine gesundet, und Julius hatte nicht erfahren, dass Agathe gegen sein Verbot gehandelt hatte. Auf Jos konnte man sich verlassen.

»Meiner Erkenntnis nach sind es andere Ursachen, welche die Menschen erkranken lassen, als die von Galen genannten«, fuhr Paracelsus fort. »Zum Ersten sind es die Einflüsse der Gestirne, zum Zweiten durch den Körper aufgenommenes Gift, des Weiteren ist es Vorherbestimmung und viertens abhängig von der Konstitution des Betreffenden. Hinzu kommt noch der Einfluss von Geistern, und nicht zuletzt der Einfluss Gottes. Für die zutreffende Diagnose müssen all jene Einflüsse berücksichtigt werden, auch in ihrem Zusammenspiel. Zum Beispiel kann ein Gift stärker wirken und großen Schaden anrichten, wenn der Patient eine schwache Konstitution hat.

Diese Ursachen bewirken ein Ungleichgewicht der drei, den Körper ausmachenden Grundsubstanzen: Schwefel, Salpeter und Salz. Durch Verabreichung von Mitteln mit den benötigten Eigenschaften wird das Gleichgewicht wiederhergestellt, zu dieser Erkenntnis haben mich meine jahrelangen Studien geführt.«

»Eure Studien habt Ihr wohl bei Teufelsbannern und Wettermachern betrieben!«, pöbelte Doktor Neiffer laut neben Agathe, was von der Zuhörerschaft mit johlendem Beifall bedacht wurde. Manche lachten, viele klatschten in die Hände und riefen lautstark ihre Zustimmung, erste Pfiffe gellten durch den Saal.

»Fast richtig!«, parierte Paracelsus. »Um Krankheiten zu besiegen, dürfen wir uns nicht nur auf die Bücherweisheit beschränken. Wir müssen lernen, wo wir nur können: voneinander, von Scherern und Badern, von Weibern und Schwarzkünstlern, von den Klöstern und den einfachen Leuten! Überall dort steckt viel mehr Wissen, als Ihr in Eurer Überheblichkeit glauben wollt!«, mahnte er eindringlich.

Mit dieser Beleidigung hatte Paracelsus seinen Zuhörern wirklich zu viel zugemutet. Empörter Widerspruch schäumte auf. Wütend fluteten Protestrufe die Aula und brachen sich, Wogen gleich, an den gekalkten Wänden des Refektoriums. Die Zuhörer stampften mit den Füßen auf den Boden, und minutenlang gellten ihre Pfiffe so laut, dass Agathe nicht umhinkonnte, sich die Ohren zuzuhalten.

Mitnichten teilte sie die Empörung der Zuhörer. Wenn sie daran dachte, wie viel Notburga, eine einfache Begine, die nie eine Schule – geschweige denn eine Universität – von innen gesehen hatte, über Heilkunde wusste und wie vielen Menschen sie dennoch mit ihrem Wissen und mit einfachen Heilmethoden hatte helfen können, musste sie Paracelsus einfach recht geben. Wenn man das heilerische Wissen des einfachen Volkes mit der gelehrten Medizin verknüpfen würde, so konnte das für die Patienten nur von Nutzen sein.

Doch natürlich wollten die studierten Herren Doktoren davon nichts wissen. Eifersüchtig achteten sie darauf, das alleinige Hoheitsrecht zur Behandlung von Krankheiten in den eigenen Reihen zu halten, und stellten kategorisch jedes andere Wissen in die Nähe von Hexerei – um nur ja nichts zuzulassen, was ihren heiligengleichen Stand auch nur im Entferntesten in Zweifel ziehen könnte. Ihr zorniger Protest bewies nur zu gut, wie recht Paracelsus daran tat, ihre überhebliche Art zu kritisieren.

Die Arme selbstbewusst vor der Brust verschränkt, wartete der berühmte Arzt ruhig ab, bis die Neugier auf seine weiteren Ausführungen die empörten Gemüter wieder zur Ruhe gebracht hatte.

»Um die ärztliche Kunst erfolgreich auszuüben, bedarf es mehr als göttlicher Gnade«, erklärte er. »Es bedarf der Kenntnis und Beherrschung vierer Teildisziplinen, als da sind die Philosophie, die Astronomie, die Alchemie ...«
Bei dem Wort *Alchemie* ertönten abermals Pfiffe und Zwischenrufe. »... aber auch die Redlichkeit!« Paracelsus holte

tief Luft. »Wie steht es damit, meine geschätzten Herren? Seid Ihr stets redlich Euren Patienten gegenüber? Bemüht Ihr Euch, alles in Eurer Macht Stehende für sie zu tun? Oder ist es nicht manches Mal bequemer, kurzerhand einen Aderlass zu befehlen, als sich langwierige Gedanken über die Krankheit des Patienten zu machen? Dass der Aderlass eine schwächliche Konstitution noch weiter schwächen könnte, muss man wohl in Kauf nehmen – Hauptsache, die giftigen Gallen entweichen, nicht wahr? Man macht ja alles richtig, denn so steht es schließlich bei Galen!« Er lachte höhnisch.

Agathe starrte den Arzt beeindruckt an. Dass er sich traute, seinen Berufsgenossen auch diese Dinge direkt ins Gesicht zu sagen, nachdem sie bereits seine vorausgegangenen Klagen mit Schmährufen bedacht hatten!

Dieser Mann war einfach großartig! Nicht nur, dass er versuchte, in der Medizin neue Wege zu beschreiten, und althergebrachte Lehren hinterfragte – nein, er besaß überdies einen starken und ehrenhaften Charakter. Alles – seinen Ruf und sein Ansehen, aber auch seinen persönlichen Wohlstand – stellte er hintan, wenn es darum ging, sein Wissen und das seiner Fachgenossen zum Wohl der Patienten zu mehren.

Doch zu Agathes großer Verwunderung schienen seine Ulmer Amtsbrüder ihre Begeisterung für diesen ungewöhnlichen Gelehrten nicht zu teilen. Waren sie denn alle mit Blindheit geschlagen? Nur hier und da sah sie einen der Zuhörer zustimmend nicken. Den meisten hingegen stand die Empörung in die honorigen Gesichter geschrieben.

Insbesondere Martinus Neiffer schien sich persönlich angegriffen zu fühlen.

»Ihr seid ein Scharlatan übelster Sorte«, geiferte er, die wohlgestalten Züge vor Wut verzerrt, und fuchtelte drohend mit dem Arm. »Da sind Euch durch Zufall, wenn nicht gar durch böse Magie, ein paar Heilerfolge gelungen, und schon treibt Euch purer Größenwahn!«

Im Geiste sah Agathe ihn wieder in all seiner Lässigkeit und Doktorwürde an Hellas Bett stehen, und ein Stich fuhr ihr durch die Brust. *Es war Gottes Wille,* vernahm sie Katharinas Worte, gesprochen vor vielen Jahren, und mit einem Mal war sie sich nicht mehr sicher, dass Doktor Neiffer wirklich alles in seiner Macht Stehende für Hella getan hatte.

Als hätte man einen Hofhund von der Kette gelassen, erwachte Zorn in ihr, und sie ließ alle Vorsicht fahren. »Ihr alle hättet Grund genug, Euch die Worte dieses Mannes zu Herzen zu nehmen und mehr an Eure Patienten zu denken, statt ihn so unflätig zu beschimpfen!«, fauchte sie aufgebracht.

»Was erlaubt Ihr Euch!«, schnaubte Neiffer und fuhr zu ihr herum. Zornesrot starrte er ihr ins Gesicht. »Was fä…«, hob er an, doch mitten im Wort klappte ihm die Kinnlade herab, und er verstummte. Einen Augenblick starrte er sie verblüfft an, dann stammelte er: »Ihr seid … ich kenne Euch … Ihr seid …«

Apotheker Goll bewies mehr Scharfsicht. »Das ist Jungfer Streicher, die Schwester von Doktor Streicher!«, konstatierte er überrascht. »Verkleidet mit Arztmantel und Barett.«

Die Umstehenden schnappten seine Worte auf.

»Ein Weibsbild!«, rief jemand laut.

Nach und nach wandte sich die Aufmerksamkeit der Anwesenden ihr zu. Ihre Sensationslust hatte ein neues Ziel gefunden. »Das ist Agathe, die Jüngste von Johann Streicher, Gott hab ihn selig!«, tuschelte es durch die Reihen.

Agathe nahm ihr Barett vom Kopf. Es wäre sinnlos, die Maskerade länger aufrechtzuerhalten. Langsam wie Schnecken in wärmender Sonne entrollten sich ihre langen Zöpfe und hingen blond leuchtend auf den schwarzen Stoff von Augustins Arztmantel herab.

Verärgert über sich selbst, krallte Agathe die Finger in die schwarze Wolle des Baretts. Wie hatte sie nur so dumm sein können, sich derartig gehen zu lassen, schalt sie sich. Sie wusste nicht, wohin sie blicken sollte. Aller Augen hatten sich auf sie gerichtet, starten sie unverhohlen an, neugierig, feindlich. Aus den Augenwinkeln bemerkte sie, dass Augustin sich durch die Zuhörer drängelte und auf sie zusteuerte.

Paracelsus indes, Unruhe und Lärm während seiner Vorträge gewohnt, schien die Aufregung um Agathe nicht zu bemerken. Unbeeindruckt fuhr er fort: »Oder nehmt die Franzosenkrankheit! Wägt Ihr stets sorglich ab, wie viel Quecksilbergabe gut und tauglich ist, die Krankheit bei einem Patienten zu besiegen? Zu wenig ist wirkungslos, zu viel todbringend – davon profitieren einzig die Apotheker. So ist es bei jeder Arznei: Ob etwas eine Medizin ist oder ein Gift, das hängt allein von der Dosis ab! Bedenkt Ihr also, dass es bei einer Hure aus dem Tross weniger des Quecksilbers bedarf als bei einem Landsknecht?«

Paracelsus wohlmeinende Ermahnungen blieben ungehört, denn in diesem Moment fand Doktor Neiffer seine Sprache wieder. »Da seht Ihr, wohin diese abstrusen Ideen führen!«, brüllte er den Vortragenden nieder. »Ein unverschämtes Weibsbild in einer medizinischen Vorlesung! Das kommt davon, wenn man Lesungen in deutscher Sprache hält! Und Ihr« – drohend baute er sich vor Agathe auf – »Ihr solltet Eure Zunge hüten, bevor ich mich vergesse!«, donnerte er und packte sie grob am Arm, just in dem Moment, als Augustin sie erreichte.

Schmerzhaft grub dieser seine Finger in Agathes anderen Arm und zerrte sie fort von Doktor Neiffer durch die

Reihen der gaffenden Zuhörer hindurch, die ihnen willig Platz machten, dem Ausgang zu.

Agathe hätte der Vorlesung gern bis zu ihrem Ende gelauscht, doch angesichts des Aufruhrs, den ihre Entdeckung verursacht hatte, schien es ihr geraten, das Refektorium zu verlassen, bevor Doktor Neiffer oder ein anderer Gelehrter handgreiflich wurde. Ohne Gegenwehr stolperte sie hinter Augustin her auf den Münsterplatz hinaus.

Tags darauf gab es in den Küchen und Stuben der Stadt nur ein einziges Gesprächsthema: das anstößige Aufführen der jüngsten Streicher-Tochter. Einer grauen Wolke gleich legte sich die Schande über das Haus in der Sattlergasse, kroch durch Fensterspalte und Türritzen und senkte sich wie eiserner Staub auf die Gemüter der Bewohner.

So früh am Morgen, wie die Schicklichkeit es gestattete, machte Julius Ehinger Augustin seine Aufwartung. Durch die geschlossene Tür der Stube hindurch konnte Agathe sein Brüllen hören.

»Du verdammter Bachl! Wie kannst du nur zulassen, dass deine Schwester sich so schimpflich benimmt!«

Augustin schluckte den Bachl. Er schmeckte bitter, doch zu viel stand auf dem Spiel, als dass er in diesem Moment seiner Eitelkeit nachgeben durfte.

»Das war nur eine einmalige Unbedachtheit von ihr«, versuchte er den Freund zu beschwichtigen. »So etwas wird nicht wieder vorkommen.«

»Einmalige Unbedachtheit? Dass ich nicht lache! Du hast wohl keine Ahnung, was dein Schwesterlein so alles treibt, nicht wahr?«, fragte Julius und beugte sich zu Augustin vor.

»Doch, natürlich habe ich das!«, fuhr dieser nun doch verärgert auf.

»Nein, das hast du nicht«, entgegnete Julius scharf. »Du weißt nicht, dass sie sich davonschleicht und heimlich Sieche pflegt!«

»Sieche?«, wiederholte Augustin ungläubig. »Du meinst kranke Leute?«

»Jawohl, Sieche. Arme, elende, verlauste Sieche. In der Klause bei der Eich, um genau zu sein.«

»Bist du sicher?«

»Ich habe sie dort mit eigenen Augen gesehen. Sie hätte beinahe einen Nachteimer über mich geleert!«

»Nein, davon hatte ich wirklich keine Ahnung«, stammelte Augustin entsetzt. Kraftlos ließ er sich auf die Bank neben dem Kamin sinken.

»Augustin, eine Frau mit solchem Benehmen ist untragbar für mich. Für meinen Namen. Für das Geschlecht der Ehinger.«

Julius' Zorn war gewichen. »So leid es mir auch um unserer Freundschaft willen tut: Ich werde deine Schwester nicht heiraten«, sagte er und legte dem Freund mitfühlend die Hand auf die Schulter.

»Julius, überleg es dir doch noch einmal«, bat Augustin beinahe flehentlich. »Ich werde auf sie achtgeben, das verspreche ich dir. Ich werde sie im Haus einsperren.«

»Nein, nein und dreimal nein!«, wehrte Julius ab. »Wenn dir Kosten für die Hochzeit entstanden sind, so wende dich an meinen Haushofmeister. Er wird deine Auslagen selbstverständlich ersetzen.«

Das Ohr an die Tür gepresst, hatte Agathe vom Flur aus den Wortwechsel belauscht. Sie konnte gerade noch beiseitespringen, bevor die Stubentür von innen geöffnet wurde. Ohne Gruß ging Julius an ihr vorbei und verließ das Streichersche Haus.

Augustin jedoch verlor beim Anblick seiner Schwester jede Beherrschung.

»Du bleede Schell!«, brüllte er und schlug ihr mit dem Handrücken ins Gesicht. »Du hast mich vor Julius zum Deppen gemacht! Zum Gespött der ganzen Stadt!«

Die Wucht des Schlages ließ Agathe taumeln. Sie schrie vor Schmerz und presste die Hand auf ihre Wange.

»Reicht es nicht, dass mir deine Schwester Katharina zeitlebens auf der Tasche liegen wird?«, fuhr Augustin fort zu wüten. Sein nächster Schlag schleuderte Agathe gegen die Wand. »Jetzt habe ich auch dich noch am Hals!«

Schützend hielt Agathe die Hände vor das Gesicht. »Augustin! Hör auf! Bitte hör auf«, flehte sie und krümmte sich zusammen, doch ihr Bruder war wie von Sinnen. Haltlos schlug er auf sie ein.

»Augustin! Hör auf!« Schreiend fiel Katharina ihrem Bruder in den Arm. Sein Gebrüll hatte sie und Helene in den Flur eilen lassen. »Was, in aller Welt, ist in dich gefahren?«

Mit einer heftigen Bewegung schüttelte Augustin Katharinas Hand ab, doch er hörte auf zu prügeln. Katharina stürzte zu Agathe und schloss die Wimmernde in ihre Arme.

»Diese verdammte Zuddel hier hat es geschafft, dass Julius Ehinger die Verlobung löst«, fluchte Augustin und rieb sich die Augen, als wäre er aus einem bösen Traum erwacht, nur um festzustellen, dass der Alp noch nicht zu Ende war.

»Oh, Herr steh uns bei!«, entfuhr es Helene. »Der junge Ehinger war doch so eine vorteilhafte Partie! Jetzt wird sie ihr Lebtag keinen Mann mehr finden!« Entsetzt schlug sie die Hand auf den Mund.

Jäh ließ Katharina Agathe los. Die gesunde Hälfte ihres Gesichts verzog sich empört. »Da siehst du, wohin du es mit deiner erbärmlichen Selbstsucht gebracht hast«, rief sie aufgebracht. »Jetzt hast du deine Zukunft genauso zerstört, wie du meine zerstört hast! Das ist Gottes gerechte Strafe! Du hast es nicht anders verdient!«

Als hätte man ihr erneut ins Gesicht geschlagen, starrte Agathe die Schwester an. Katharinas Vorwurf war ungerecht und schlichtweg falsch. Niemand hatte Schuld an dem Unfall. Sie hatte den Topf mit heißem Fett nicht vom Herd gerissen. Ja, sie war es nicht einmal gewesen, die an jenem schicksalhaften Fastnachtstag auf dem Küchenboden gespielt hatte, sondern Hella.

Hatte Katharina diesen Groll auf sie insgeheim schon immer gehegt, fragte Agathe sich und schauderte bei dem Gedanken. Sie öffnete den Mund zu einer Entgegnung, wollte es richtigstellen, doch dazu fehlte ihr die Kraft. Über ihre Lippen drang nur ein Ächzen.

Augustin hatte seine Fassung zurückerlangt. »Vielleicht finden wir einen anderen Ehemann für dich, wenn sich die Nachrede gelegt hat. In Augsburg oder anderswo in der Ferne, wo man von deinen Taten nichts vernommen hat. Natürlich wird es kein Ehinger sein«, sagte er kalt und rieb die Knöchel seiner Hand. »Bis dahin benimmst du dich ohne Fehl, hast du mich verstanden?«

Agathe nickte. Geistesabwesend wischte sie sich einen Tropfen Blut von der Lippe. Wie durch Nebelschleier sah sie das traurige Gesicht der Mutter und hörte, wie diese Jos den Auftrag gab, die Kisten mit der Aussteuer in den Keller zu schaffen.

Die Luft im Haus wurde Agathe zu knapp. Schwer stieg sie die Treppe zum Erdgeschoss hinunter, griff ihren Mantel und verließ das Haus. Eine Weile streifte sie ziellos durch die Gassen. Sie fühlte sich einsam wie eine Fremde in ihrer eigenen Stadt. Ihre ganze Welt schien in Scherben gefallen, und das binnen weniger Tage. Wie hatte das geschehen können?

Agathe getraute sich nicht, hinunter zur Blau und in die

Klause bei der Eich zu gehen, aber als sie am Hause der Rockenburgers vorbeikam, gab sie einem plötzlichen Impuls nach und klopfte an die Tür.

Die Hausmagd bedachte sie mit einem mitleidigen Blick. »Eure Base kann Euch heute nicht empfangen.«

»Oh, ist sie krank? Das tut mir leid«, sagte Agathe. »Soll ich morgen wiederkommen?«

»Ich glaube, das ist keine gute Idee«, antwortete die Magd ausweichend.

»Ist es so schlimm?«, fragte Agathe bestürzt.

Die Frau gab sich einen Ruck. »Nun, Jungfer Streicher, besser, Ihr wisst, woran Ihr seid: Walburga ist nicht krank. Wörtlich sagte sie: Wenn es Agathe ist, so will ich sie hier nicht mehr sehen. Am Ende färbt ihr schlechter Ruf noch auf uns ab. Es ist schlimm genug, dass wir mit ihr verwandt sind.«

Agathe dankte der Magd mit einem bitteren Lächeln für ihre Offenheit. Diese Ohrfeige hatte sie verdient. Es war das Entgelt dafür, dass sie Walburga nur aus eigennützigen Motiven heraus besucht hatte. Jetzt ließ Walburga sie aus Eigennutz fallen. So betrachtet, war es nur gerecht.

Selbstsucht hatte auch Katharina ihr vorgeworfen. Stimmte das? War sie selbstsüchtig? Sie wollte doch nur anderen Menschen helfen! Armen und Kranken. War das etwa selbstsüchtig?

Eine winzige Stimme in ihrem Innern meldete sich zu Wort: Tat sie all das wirklich nur aus Nächstenliebe? Oder trieb sie in Wahrheit nicht auch ein gutes Stück die Neugier, die Suche nach Wissen? Kleinlaut musste Agathe sich eingestehen, dass sie in der Tat keine Rücksicht auf ihre Familie genommen hatte. Und auf Julius. Ihre missliche Lage hatte sie ganz allein sich selbst zuzuschreiben.

Zwar würde sie Julius nun nicht mehr heiraten müssen,

doch ohne Walburga als Alibi konnte sie jetzt auch nicht mehr ins Seelhaus gehen. Sie würde leben wie eine Gefangene, bis man einen Ehemann für sie gefunden hätte. Und was für ein Ehemann das werden würde, wollte sie sich gar nicht erst ausmalen. Seelenwund schlich Agathe zurück in ihr Gefängnis.

Weniger schwungvoll als beabsichtigt setzte Kaspar Schwenckfeld von Ossig seinen Namenszug unter das Schreiben. Es würde ihm schwerfallen, zu gehen, denn er liebte Ulm. Und die Ulmer. Jedenfalls einige von ihnen. Andere dagegen schätzte er weniger, was leider auf Gegenseitigkeit beruhte.

Nach dem Religionsgespräch vom Januar war der Widerstand der Prädikanten gegen ihn immer stärker geworden. Nun drohten gar sämtliche Prediger der Stadt damit, von ihren Ämtern zurückzutreten. Schwenckfeld konnte es dem Rat nicht verübeln, dass er sich um des inneren Friedens willen entschlossen hatte, ihm den Abschied aus Ulm nahezulegen. Selbst Bernhard Besserer vermochte nichts mehr dagegen zu tun.

Ungeduldig pustete Schwenckfeld auf die Tinte des Briefes, in welchem er sich mit blumigen Worten beim Rat für dessen jahrelange Gastfreundschaft bedankte. Nun blieb ihm nur noch, sein Hab und Gut zu packen und Abschied zu nehmen.

Der Prediger traf Agathe im Dämmerlicht des Flures auf den Stufen der Stiege sitzend. Zwar hatte er erwartet, sie in trüber Stimmung vorzufinden, denn der Klatsch war auch bis an seine tauben Ohren gedrungen, doch sie hier wie ein Häufchen Elend sitzen zu sehen, das schnitt ihm in die Brust.

»So hat Ehinger letztlich doch nicht genug Humor bewiesen«, murmelte er eingedenk der Worte Sebastian

Francks an jenem Tag, als er Agathe zum ersten Mal begegnet war.

»Was beliebtet Ihr zu sagen?« Agathe hob den Kopf und blickte aus blau unterlaufenen Augen zu ihm auf. Schwenckfeld erschrak bei ihrem Anblick. Augustins Schläge hatten ihre rechte Wange rot anschwellen lassen, und in ihrer Unterlippe klaffte ein verkrusteter Riss.

»Agathe!« Mit einem Schritt war Kaspar bei ihr, legte seinen Arm um ihre Schultern und half ihr auf die Füße. »Was ist dir geschehen?« Sachte fuhr er mit dem Finger über ihre geschundene Wange und zog ihre aufgesprungene Lippe nach.

Agathe ließ es geschehen. Ihre Haut, gefühllos nach den Schlägen, kribbelte unter seiner Berührung. Behutsam umfasste Kaspar ihr Gesicht mit beiden Händen. In seinem Blick lag eine Zärtlichkeit, die Agathe verwirrte.

Dann plötzlich, als wäre tief in Kaspar der Faden gerissen, der seinen Gleichmut hielt, zog er Agathe an sich und presste seine Lippen auf die ihren.

Von der Heftigkeit seines Kusses platzte der Schorf auf ihrer Lippe auf. Kurz spürte Agathe das Brennen und schmeckte Blut. Doch der Schmerz währte nur einen Wimpernschlag lang, ging unter in dem Strudel der Empfindungen, die sie übermannten. Sie war noch nie geküsst worden – nicht von einem Mann, nicht auf die Lippen und vor allem nicht mit solch einer Leidenschaft. Doch genau so musste es sich anfühlen, das wusste Agathe sicher. So sollte es sein. Es war alles so einfach: Sie liebte Kaspar. Den Prediger. Den Mann. Das war ihr mit einem Schlag klar. Warum hatte sie das nicht schon längst begriffen?

Und Kaspar liebte sie! Flüssiges Glück durchströmte Agathes Adern, pochte ungestüm in ihrer Brust und stieg ihr als Röte in die Wangen. Alles ist gut, jubelte jede Faser ihres Leibes. Alles ist gut!

Plötzlich war es vorbei. Abrupt löste Kaspar seine Lippen von den ihren. Beinah grob fasste er sie an den Schultern und hielt sie auf Armeslänge von sich. »O Herrgott, hilf«, flüsterte er heiser.

Verwirrt blickte Agathe ihn an. Die Zärtlichkeit in seinem Blick war gewichen. Mit Bestürzen las sie nun gequälte Verzweiflung darin, eine Not, die Agathe nicht verstand.

Kaspar fiel es sichtlich schwer, zu sprechen. »Ich bin gekommen, um Lebewohl zu sagen«, brachte er schließlich heiser hervor. »Ich muss die Stadt verlassen!«

Kalt und grau griff die Wirklichkeit mit ihren schmutzigen Fingern nach Agathe. »Nein!«, presste sie tonlos hervor. Dieser Absturz aus schwindelnder Höhe war mehr, als sie ertragen konnte.

»Mir bleibt keine Wahl.«

»Dann gehe ich mit dir!«, rief Agathe viel zu laut, als ahne sie bereits seine Gegenwehr.

Kaspar schüttelte den Kopf. »Kleine Agathe, du weißt nicht, was du da sagst.« Zärtlich strich er ihr eine Haarsträhne aus dem Gesicht, die sich aus ihrem Zopf gestohlen hatte. »Mein Leben wird immer unstet sein. Vielleicht gefahrvoll.«

Er brauchte es nicht deutlicher zu sagen. Agathe wusste, Kaspars Glaube und Überzeugung, gepaart mit der Unbeugsamkeit seines Willens, mit dem er das Reformierte zu reformieren suchte, machten ihn zu einem Heimatlosen, einem Vertriebenen. Stets wäre er angewiesen auf die Gnade wohlgesinnter Gönner.

Und wie schnell diese Gnade schwinden konnte, hatten die jüngsten Geschehnisse gezeigt. Kaspar hatte dabei noch Glück gehabt. Er wäre nicht der Erste, der wegen seiner Überzeugung sein Leben ließe. Anderenortes hätte man ihn für seine Ansichten vielleicht mit Ruten ausgestrichen oder ihn der Ketzerei beschuldigt und auf den Scheiterhaufen gebracht.

»Eine solche Bürde kann und will ich nicht auf dich laden!« Kaspar seufzte. »Vergib mir, es ist meine Bestimmung. Für sie lebe ich, und wenn es auch hieße, dafür das größte Opfer zu bringen. Anders kann und will ich nicht sein, bitte versteh!«

Ja, so weh es auch tat: Agathe verstand. Nie würde Kaspar seinem Glauben abschwören, nie seine Ansichten verleugnen, auch nicht um ihretwillen. Die Leidenschaft für seinen Glauben war stärker als alles andere. Tränen der Hoffnungslosigkeit stiegen ihr in die Augen, und die Kehle wurde ihr eng.

Kaspar beugte sich zu ihr, und seine Lippen berührten ihre Stirn. »Anders willst du mich auch nicht haben«, flüsterte er. »Denn darin sind wir uns gleich. Auch in dir brennt eine Leidenschaft, von der du niemals lassen wirst.«

Kaspar kannte sie so gut. Vielleicht besser, als sie sich selbst kannte.

Das Geräusch fester Schritte ließ sie auseinanderfahren. Augustin trat in den Flur. »Von Ossig – welche Überraschung! Was führt Euch zu uns?«, fragte er, als er Kaspar erkannte.

Schwenckfeld räusperte sich, bevor er antwortete. »Ich bin gekommen, um Abschied zu nehmen.«

Agathe wandte sich ab. Die Einsamkeit, von der sie früher am Tag noch geglaubt hatte, sie könnte nicht schlimmer sein, war nichts gewesen gegen das Gefühl der Verlassenheit, das sie nun umschloss wie ein Kokon.

Kaspar stand noch vor ihr, leibhaftig und in Fleisch und Blut, und dennoch vermisste sie ihn schon jetzt. Würde ihn immer vermissen, dessen war sie gewiss.

Agathe richtete sich auf und straffte die Schultern. Auch

sie würde ihrer Bestimmung folgen, so, wie Kaspar es tat – ohne zurückzublicken. Entschlossen nahm sie ihren Mantel vom Haken und warf ihn sich über die Schultern.

»Agathe! Wohin willst du?«, fragte Augustin scharf.

»In die Klause bei der Eich!«, antwortete sie ruhig und verließ das Haus.

Zweiter Teil

1540–1542

10. Kapitel

Das war der heißeste Sommer, dessen sich auch die Ältesten entsinnen konnten. Gähnend schöpfte Agathe sich das lauwarme Wasser ins Gesicht. Es war der achtundzwanzigste Tag im Heumonat, die Sonne war gerade erst aufgegangen, doch bereits zu dieser frühen Morgenstunde war die Luft in ihrer Kammer warm und klebrig.

Schon zu Hornung war es warm geworden, und das ganze Frühjahr über hatte der Herrgott nicht einen einzigen Tropfen Regen zur Erde gesandt. Auf den Feldern verdorrte das Gras, und das Vieh schrie vor Hunger.

In den Kirchen riefen die Prediger von ihren Kanzeln herab das Volk auf, um Regen zu beten, und früh am vergangenen Abend – in der Gluthitze des Tages hatte niemand sein Haus verlassen wollen – hatten sich auch die Anhänger Kaspar Schwenckfelds in der Stube des Streicherschen Hauses versammelt, um gemeinsam den Herrn um Gnade zu bitten.

Gleichwohl das Haupt ihrer Gemeinde seit seinem Auszug aus Ulm wie von der Erde verschluckt schien und niemand seinen Aufenthalt kannte, kamen seine Getreuen nach wie vor zusammen, um – so, wie Kaspar es sie gelehrt hatte – in stiller Einkehr Zwiesprache mit Gott zu halten, entsprechend der Überzeugung, dass der wahre Glaube dem Menschen ohne Sakramente und Predigten direkt durch den Geist gegeben werde.

Und derer waren es nicht weniger geworden, wenn man einmal davon absah, dass Julius Ehinger den Treffen der

Gemeinde fernblieb. Das war jedoch weniger seiner Glaubensausrichtung geschuldet als dem unglücklichen Umstand seiner misslungenen Verlobung mit Agathe und der Tatsache, dass er bald darauf Walburga Rockenburger geehelicht hatte.

Agathe hatte diese Heirat mit wenig Interesse zur Kenntnis genommen. Pflichtschuldig hatte sie der Base ihre Glückwünsche überbracht, doch den Hochzeitsfeierlichkeiten war sie, Unpässlichkeit vorschützend, ferngeblieben, was wiederum niemanden, der die Umstände kannte – und das mochten wohl die meisten der Gäste gewesen sein –, verwundert hatte.

Agathe seufzte beim Gedanken an den vergangenen Abend und trocknete sich das Gesicht an einem leinenen Tuch. Sie vermisste Kaspar – jeden Tag und jede Stunde, und am schlimmsten war es, wenn wie gestern die Gemeinde im Hause Streicher zusammenkam.

Agathe streifte ihr Kleid über den Kopf und glättete die Falten des Rockes. Dann kniete sie neben ihrer Bettstatt nieder, um zu beten. Sie hatte es sich zur Gewohnheit werden lassen, mit Gott Zwiesprache zu halten, und obzwar ihr dabei bislang die von Kaspar versprochene Erfahrung einer Erleuchtung nicht zuteilgeworden war, so verschaffte es ihr doch stets Erleichterung, ihren Kummer mit Gott zu teilen.

Nie hätte sie über die Dinge, die sie bewegten, mit einem Geistlichen sprechen können. Zumal man die Beichte vor Jahren abgeschafft hatte. Doch selbst wenn es sie gäbe, was hätte sie einem Geistlichen anvertrauen sollen? Dass sie sich vor Sehnsucht nach einem Mann verzehrte, der nicht ihr Gemahl war? Der überdies aufgrund seiner ketzerischen Ansichten der Stadt verwiesen worden war und von dem seit bald einem Jahr keiner wusste, wo er steckte, ja, ob er überhaupt noch am Leben war?

Hätte sie darüber Klage führen sollen, dass man über sie klatschte, weil sie ihre Zeit in der Klause mit der Pflege von armen Siechen verbrachte? Oder ihm von dem Glücksgefühl berichten, das sie empfand, wenn sie einem Kranken zur Besserung hatte verhelfen können, was wahrlich nicht oft der Fall war?

Wie jeden Morgen bat Agathe Gott darum, dass er ihr Kaspar zurückbrächte. Doch heute vermochte ihr das Gebet wenig Hoffnung zu geben. Auf diesem Ohr schien der Herr so schwerhörig zu sein wie der Ersehnte. Am Abend zuvor war bekannt geworden, dass der Schmalkaldische Bund unter dem Vorsitz Melanchthons Schwenckfelds Christologie verurteilt hatte. Es stand nicht zu erwarten, dass Kaspar je nach Ulm würde zurückkehren dürfen.

Mutlos erhob sich Agathe von den Knien und stieg in die Küche hinab, wo die Magd gerade damit begonnen hatte, das Morgenmahl zu bereiten.

Als ihr Bruder in die Küche trat, hatte sie längst ihr Frühstück beendet. Augustin sah übernächtigt aus, war schlecht rasiert und hatte dunkle Schatten unter den Augen. Während Agathe die Frische der frühen Morgenstunden genoss, ehe die Hitze alles Denken und Tun zur Qual werden ließ, war er zu dieser Stunde stets unansprechbar. Schwerfällig ließ er sich auf die Bank sinken.

»Eine Zumutung ist das, mich zu so früher Stunde zu bestellen wie einen Knecht! Kann denn der Alte selbst nicht auch ein wenig länger in den Federn bleiben?«, schimpfte er missmutig vor sich hin.

Mit *dem Alten* war Doktor Stammler gemeint, dem Augustin sich für ein Jahr angeschlossen hatte, um auch die praktische Seite des Arztberufes zu erlernen.

»Jetzt ist es doch viel angenehmer, zu arbeiten, als später in der Hitze«, entgegnete Agathe munter.

Augustin schnaubte verächtlich und stützte den Kopf in

die Handflächen. »Wenn es denn eine Arbeit wäre, die eines studierten Arztes würdig ist!«

»Ist es das nicht? Ich dachte, Doktor Stammler hält große Stücke auf dein Wissen und konsultiert dich bei jedem Kranken?«, fragte Agathe.

»Ja, später, wenn wir die Kranken visitieren. Aber in der Frühe bringen die Mägde den Morgenurin ihrer Herrschaft. Stammler beschaut ihn und lässt mich seine Betrachtungen niederschreiben – eine Arbeit, die jeder Bachl verrichten kann, der so eben des Schreibens und Lesens mächtig ist. Der Alte wird wohl langsam ein wenig trottelig.«

Die Magd stellte eine gefüllte Schale mit Morgengrütze vor Augustin hin. Lustlos griff dieser nach dem Löffel und begann zu essen.

»Aber das ist doch sehr interessant!«, befand Agathe.

Augustin machte eine wegwerfende Handbewegung und schob sich den nächsten Löffel voll in den Mund.

In Agathes Augen trat ein aufgeregtes Funkeln. »Soll ich für dich gehen?«, platzte sie heraus.

»Du?« Verwundert maß Augustin sie unter schweren Lidern hervor.

»Ich kann lesen und schreiben. Und Latein«, erklärte Agathe hastig. »Wenn du dich nicht recht fühlst, solltest du dich wieder hinlegen«, sagte sie, Mitgefühl vortäuschend. »Du hast selbst gesagt, das könne jeder Bachl.«

Augustin rang mit sich. Agathes Angebot klang verlockend, und nichts täte er lieber, als sich noch einmal für eine Stunde aufs Ohr zu legen. Doch was würde Stammler davon halten?

»Ich werde alles so gewissenhaft aufschreiben, dass Stammler keinen Grund zur Klage hat«, versicherte Agathe, bemüht, ihre Anspannung zu verbergen.

Schließlich siegte Augustins Trägheit. »Ich fühle mich in

der Tat nicht wohl genug«, erklärte er erhaben. »Richte Doktor Stammler aus, dass ich rechtzeitig für die Visitationen bei ihm bin.«

Augustin hatte seinen Satz noch nicht ganz beendet, als Agathe bereits aufsprang und davoneilte.

»Nanu, Agathe!«, begrüßte Doktor Stammler sie verwundert, als sie kurz darauf in sein Studierzimmer trat. Besorgt strich er sich über die Stirn. »Ist Eurem Bruder etwas zugestoßen?«

»Nein, nein«, beeilte Agathe sich, ihn zu beruhigen. »Er ist nur ein wenig unpässlich.«

Der Doktor schmunzelte nachsichtig. »Ja, so ist das mit den jungen Burschen. Man mag es sich kaum vorstellen, doch ich war auch einmal jung.«

»Augustin schickt mich, Euch an seiner statt bei der Harnbeschau zu helfen.« Agathe knickste. »Wenn es Euch recht ist.«

»Ihr?« Der Arzt musterte sie überrascht.

»Ich kann lesen, schreiben und beherrsche das Lateinische«, versicherte Agathe zum zweiten Mal an diesem Morgen, diesmal jedoch mit deutlicherem Eifer. Vor Stammler brauchte sie ihren Wissensdurst nicht zu verbergen.

»Hm.« Stammler nickte. »Qua via inspicitur urina?«, fragte er – wie untersucht man den Harn?

»Cum matula«, antwortete Agathe ohne Zögern – mit einem Harnglas.

Stammler grinste anerkennend. »Stellt Euch dorthin!«, befahl er und nötigte Agathe hinter das Schreibpult neben seinem Arbeitstisch. »Hier habt Ihr Papier und Feder. Nehmt für jeden Patienten ein neues Blatt. Schreibt darauf, was ich Euch diktiere. Und hütet Euch, die Blätter zu verwechseln!«

Wie geheißen griff Agathe nach der Feder, und schon

trat die erste Magd herein, mit beiden Händen vorsichtig einen abgedeckten Korb balancierend.

»Ah, die Magd vom Lauinger. Wie fühlt sich der gute Heinrich an diesem Morgen?«, empfing Stammler sie.

Heinrich Lauinger notierte Agathe oben auf dem Blatt.

»Er klagt über Völle und starke Winde«, sagte die Magd, stellte den Korb auf dem Boden ab, entnahm ihm ein Nachtgeschirr und reichte es dem Arzt, als böte sie ihm den Burgunderschatz von Karl dem Kühnen dar.

Behutsam nahm Stammler es entgegen und entfernte das Tuch, das den Urin vor Sonneneinstrahlung geschützt hatte. Ohne einen Tropfen zu verschütten, füllte er Lauingers Urin in eine Matula, die auf der Anrichte bereitstand. Der birnenförmige Behälter aus hellem, durchsichtigem Glas hatte eine trichterförmige Öffnung, und da sein Boden gewölbt war, ruhte er in einem Holzgestell, das ihn vor dem Umkippen bewahrte.

Der Arzt trat an das Fenster, und Agathe beobachtete gespannt, wie er die Matula gegen das Morgenlicht hielt. Der Urin darin war weiß und klar wie Wasser.

»Albus«, sagte Stammler und wies auf Agathes Blatt.

Sorgsam notierte diese das Wort unter Lauingers Namen.

Mit geübten Händen schwenkte der Arzt das Glas, roch kurz an der Öffnung, dann schüttete er Lauingers Ausscheidung zurück in das Nachtgeschirr. »Er hat am Abend mit seinen Freunden in der Krone übermäßig gegessen und getrunken, das hat seine Säfte aus dem Gleichgewicht gebracht«, konstatierte er und nahm nun selbst Papier und Feder zur Hand.

»Richte deinem Herrn aus, er möge sich heute mit trockenem Brot und verdünntem Wein begnügen, dann sei er morgen wieder gesund und springlebendig«, beschied er der Magd, kritzelte einige Wörter auf ein Blatt und reichte es ihr. »Lauf damit zum Apotheker und lass diese Medizin für deinen Herrn herstellen. Er soll sie nach dem Essen gut zerkaut einnehmen.«

Die Magd dankte höflich, verstaute das Nachtgeschirr in ihrem Korb und ging.

»Das alles habt Ihr an seinem Urin ablesen können?«, fragte Agathe bewundernd.

Stammler bedachte sie mit einem Augenzwinkern. »Ich könnte jetzt sagen, dass ich das tue, und Ihr wäret sehr beeindruckt. Lauinger ist kerngesund. Sein klarer Urin verrät mir, dass er in der Tat zu viel gegessen und getrunken hat. Wo und mit wem er das allerdings getan hat, das lässt sich daran freilich nicht ablesen. Tatsächlich verhält es sich so, dass Lauinger schon lange mein Patient ist. Wenn ich mich nicht täusche, ist heute Donnerstag. Mittwochs pflegt er mit seinen Freunden ausgiebig zu tafeln und zu zechen, was meist dazu führt, dass er am nächsten Morgen leidend ist.«

»Und wozu dient das Rezept?«

»Bitterwurz«, antwortete Stammler grinsend. »Es beruhigt den Magen, schmeckt jedoch ziemlich bitter. Das soll ihn ein wenig lehren, sich zu mäßigen.«

Die nächste Magd trat herein, Stammler griff nach einer sauberen Matula, und Agathe nahm ein neues Blatt zur Hand, wie Stammler es ihr aufgetragen hatte.

»Paulus Lammer«, diktierte der Arzt.

Das Prozedere wiederholte sich: Die Magd reichte das Nachtgeschirr, Stammler füllte ein wenig Urin in das Harnglas, dann hielt er es gegen das Licht. Seine Stirn furchte sich bedenklich. Agathe beugte sich vor, um besser sehen zu können. Der Urin des Kranken hatte eine leicht grünliche Färbung.

Stammler stellte die Matula in ihr Gestell und griff nach einem abgegriffenen Lederfutteral, dessen Inneres mit schwarzem Samt ausgeschlagen war. Vorsichtig holte er eine gläserne Scheibe hervor, dann eine zweite. Kurz hielt er beide gegen das Licht, dann entschied er sich für eine der beiden und legte die andere zurück.

Mit der freien Hand griff er wieder nach der Matula und hielt nun beides – Glasscheibe und Harnglas – gegen das Licht.

Agathe kam hinter ihrem Pult hervor und trat neben ihn. Die Glasscheibe hatte dieselbe Farbe wie der Urin, stellte sie fest. Stammler legte die erste Scheibe ab und griff wieder nach der zweiten, die sich farblich nur um weniges von der vorherigen unterschied. Mit halb zusammengekniffenen Augen verglich er nun deren Farbe mit dem Urin.

Schließlich nickte er und wandte sich zu Agathe um. »Viridis«, diktierte er. »Grün wie Schellkraut.«

Agathe eilte zu ihrem Platz und notierte es, während Stammler die Glasscheiben zurück in ihr Futteral schob.

»Sag deinem Herrn, ich schaue später nach ihm«, sagte er, an die Magd gewandt.

Diese dankte und ging.

Agathe vermochte ihre Neugier nicht zu zügeln. »Welche Krankheit konntet Ihr erkennen?«, fragte sie eifrig.

Der Arzt wiegte bedächtig den Kopf. »Das hängt davon ab. Viridis kann zweierlei bedeuten: Meist ist es nur eine Erkältung, manchmal jedoch bedeutet es den Tod.«

So ging es weiter. Der Arzt bestimmte die Farbe des Urins, Agathe notierte sie, und wenn die Magd das Studierzimmer verlassen hatte, erläuterte Stammler ihr seinen Befund.

»Glaucus, hornfarben.«

»Hornfarben?«, wiederholte Agathe überrascht.

»Ja, wie helles Horn. Von einem Rindvieh oder einer Ziege. Es deutet auf eine Ungeschicklichkeit der Milz hin. Oder auf viertägiges Fieber.«

»Karopus, kamelfarben. Die Frau des Goldschlägers leidet an einer Kolik.«

»Pallidus, bleich wie eine Brühe von halb gekochtem Fleisch. Bedeutet, der Mann leidet an einem Gebrechen des Magens und böser Verdauung.«

»Rubus, rot wie orientalischer Safran, scharfes Fieber.«

Agathe versuchte, sich die Merkmale des Urins und die dazugehörenden Diagnosen zu merken.

»Karopus.«

»Wieder eine Kolik?«

»Nein, schaut her.«

Agathe trat neben Stammler. Der hielt die Matula gegen das Licht. »Die Farbe ist zweifelsfrei Karopus. Doch es kommt nicht nur auf die Farbe an. Der Harn ist ganz dick, als ob Leim darin wäre. Und wenn ich das Glas neige« – der Arzt tat wie gesagt – »hängt er am Glas, seht Ihr?«

Agathe nickte.

»Der Leib des Kranken ist vergiftet, durchdrungen von einer pestilenzischen Feuchtigkeit. Er mag nicht essen und hat großen Durst«, erklärte Stammler. »Man soll ihn zur Ader lassen.«

»Und von welcher Konsistenz war der Urin der Goldschlägerschen?«

»Dick war er auch, doch es fanden sich kleine Scheiblein darin.«

Agathe begab sich wieder an ihren Platz. »Darf ich?«, fragte sie und hielt ein Blatt Papier in die Höhe.

»Nur zu!« Stammler lächelte, und Agathe beeilte sich, das Erfahrene zu notieren.

Um die Stunde der Terz trat Augustin in Stammlers Studierzimmer. Die letzte Magd war gerade gegangen. Der Urin, den sie gebracht hatte, war wieder kamelfarben gewesen. Es war jedoch nur wenig Urin, und am Boden der Matula hatte sich Sand abgesetzt, weswegen Stammler

Bauchweh und die Ruhr diagnostiziert hatte. Hastig verbarg Agathe ihre eigenen Aufzeichnungen im weiten Ärmel ihres Kleides.

»Ah, Streicher! Seid Ihr von Eurer Unpässlichkeit genesen?«, fragte Stammler. In seinen Augen funkelte es mutwillig, und Agathe kam der Bitterwurz in den Sinn.

»Mir ist immer noch nicht wohl. Doch was unternimmt man nicht alles im Dienste der Kranken?«, antwortete Augustin mit Leidensmiene.

»Ihr hättet Euch die Qual nicht antun müssen. Eure Schwester ist mir eine ausgezeichnete Hilfe. Ihr dürft sie mir gern wieder schicken, wenn Eure zarte Gesundheit es verlangt.«

»Das freut mich zu hören«, sagte Augustin hölzern.

»Auf denn!« Stammler klatschte in die Hände. »Schauen wir, ob der Lammer dem Tode nah ist oder nur grünen Schleim versprüht.«

Als Agathe sich auf den Heimweg machte, begann der Himmel zu grummeln, und noch ehe sie das Streichersche Haus erreicht hatte, fielen die ersten münzgroßen Tropfen in den Staub der Straße. Der Herrgott hatte endlich ein Einsehen.

Doch etwas war falschgelaufen: Vielleicht waren es ja sogar der Gebete zu viele gewesen, oder man hatte den Herrn sonstig erzürnt, denn nun regnete es neun Tage ohne Unterlass. Und wenn die Donau vordem so seicht gewesen war, dass man bei der Herperbrücke bis zur Stadtmauer hinüberwaten konnte, so musste man nun von Schinders Brücke zur Kirche von Sankt Thonis mit dem Boot fahren.

Drei Tage lang hatte Agathe zu Hause gesessen, dann hatte sie es nicht mehr ausgehalten und war mit geschürztem Rocksaum durch den Morast der aufgeweichten Straßen zur Klause gelaufen.

Es war ein schwieriges Jahr für die Menschen im Seelhaus. Zwar hatte die Hitze alles vor der Zeit reifen lassen – bereits zu Sankt Peter und Paul hatte man neues Korn verkauft –, doch es war hutzelig und dürr. Rüben und Kraut gab es nur wenig, und wenn, dann waren die Krautköpfe klein wie Kimmicher und kosteten einen halben Batzen das Stück. Für eine mittlere Rübe verlangten die Bauern ganze fünf Schilling, und ein Becher Milch kostete einen Kreuzer.

Einzig der Wein schien zu gedeihen. Agathe hatte schon Mitte des Heumonats reife Trauben auf dem Markt gesehen. Wenn es so weiterginge, würden die Ulmer bald mehr Wein trinken als Milch, dachte sie und stellte den schweren Korb in der Küche des Seelhauses ab, bevor sie in den Krankensaal trat.

Der Speiseplan im Seelhaus war nie üppig gewesen, doch in diesem Jahr müssten sich Schwestern wie Sieche ausschließlich mit dünner Gerstensuppe begnügen, wenn Agathe diese nicht ab und an mit Lebensmitteln aus dem Streicherschen Haushalt aufbessern würde.

Anders als früher, als sie jeden Laib Brot heimlich unter ihrem Mantel verborgen in die Klause geschmuggelt hatte, tat sie dies nunmehr offen, und solange sie es damit nicht übertrieb, verlor niemand – weder Mutter noch Geschwister – darüber ein Wort. Genauso wenig wie über die Tatsache, dass Agathe überhaupt in die Klause ging, um bei der Pflege der Siechen zu helfen.

Allen Ermahnungen seitens Katharina, sich endlich sittsam und standesgemäß zu verhalten, hatte sie getrotzt, und auf Augustins wiederholte Drohung, sie zu verheiraten, mit ruhiger Bestimmtheit entgegnet, sie würde jede Hochzeit, die er arrangierte, zu verhindern wissen. Das hätte sie ein Mal getan und würde es wieder tun. Wenn er erpicht auf einen weiteren Skandal wäre, so solle er es nur versuchen. So war der Familie letztlich nichts anderes übriggeblieben, als Agathes Lebenswandel zu dulden, und mit der Zeit hatten sich alle daran gewöhnt.

Der Boden im Krankensaal war feucht und glitschig, und ein modriger Geruch stieg von ihm auf.

»Verdammte Biester!«, fauchte Susanna und holte mit dem Schürhaken aus.

Auf der Suche nach einem trockenen Plätzchen hatten sich die Ratten in die Häuser geflüchtet. Der Schürhaken sauste herab, und es quietschte zum Gotterbarmen. Susanna hatte einen besonders fetten Nager erschlagen. Agathe trug die Ratte am Schwanz hinaus und warf sie in die Fluten der Blau zu ihren ersoffenen Brüdern, die der Regen aus Löchern und Kellern geschwemmt hatte.

Am Morgen hatten Knechte auf einem Brett eine sieche Magd in die Klause gebracht. Sie hätte die ganze Nacht vor Schmerz geschrien, hatten die Männer berichtet. Ohrenbetäubend sei es gewesen, und ihre Herrschaft wolle sie nicht länger im Haus haben.

Netta, so der Name der Kranken, war nicht bei Sinnen. Sie warf sich auf der schmalen Pritsche hin und her, stöhnte und brabbelte Unverständliches. Agathe betrachtete sie eingehend. Jung war sie nicht mehr, doch für eine Magd recht wohlgenährt, beinahe drall. Ihr Gesicht war vom Fieber gerötet.

Sachte legte Agathe ihr die Hand auf die erhitzte Stirn. Es war ein schweres Fieber. Agathe schlug das Laken zurück, mit dem man Netta zugedeckt hatte, schob ihr Hemd hoch und betrachtete forschend Leib und Gliedmaßen.

Die einzige Auffälligkeit fand sich an Nettas rechtem Fuß. An der Stelle, wo der große Zeh am Fuß saß, war das Gelenk gerötet und prall geschwollen wie eine gut gestopfte Wurst. Agathe streckte die Hand aus und berührte tastend die Stelle. Sie war erhitzt, und obzwar die Berührung ganz sachte gewesen war, schrie die Magd vor Schmerz auf.

Agathe ließ den Fuß los. Dies war keine eitrige Beule, so viel verstand sie. Es war das Gelenk, der Knochen selbst, der den Schmerz verursachte und vielleicht auch das Fieber begründete. Doch Agathe konnte sich nicht erklären, woher der Schmerz rühren mochte. Nirgendwo fand sich die Spur einer Verletzung.

»Habt Ihr ein durchsichtiges Glas?«, fragte sie Notburga, als diese mit einem vollen Fäkalieneimer an ihr vorüberschritt.

Notburga runzelte die Stirn und schüttelte den Kopf. »Sind einfache Holzbecher für unsere Gäste jetzt nicht mehr fein genug?«, bemerkte sie spöttisch.

»Ich weiß, Ihr habt viel zu tun«, sagte Agathe mit einschmeichelnder Stimme. Im Laufe der Jahre hatte sie gelernt, wie sie es anstellen musste, von Notburga etwas zu erbitten. »Aber wäre es vielleicht möglich, dass Ihr mir morgen früh den ersten Urin der Kranken aufhebt?«

Notburga zog die Brauen bis zum Rand ihrer Haube hoch und setzte den Eimer auf dem Boden ab.

»Wozu denn das? Willst du dich etwa an einer Harnbeschau versuchen, Fräulein Medica?«, fragte sie spöttisch.

»Ebendas. Ich will herausfinden, was sie hat«, gab Agathe ruhig zur Antwort.

Notburga schnaubte durch die Nase. »Sie ist vor lauter Schmerz verrückt geworden, das ist alles«, beschied sie Agathe, nahm den Eimer wieder auf und marschierte davon.

Dennoch erfüllte sie Agathes Wunsch und drückte dieser, als sie am nächsten Morgen in die Klaus kam, eine alte Schüssel in die Hand, in die sie Netta hatte urinieren lassen.

Vorsichtig wickelte Agathe das kostbare Trinkglas, das sie aus Helenes Schrank entliehen hatte, aus dem Tuch, in das sie es zum Schutz eingeschlagen hatte. Sie füllte ein wenig Urin der Kranken hinein, dann trat sie mit dem Glas an eines der engen Fenster.

Notburga folgte ihr. Gespannt beobachtete sie, wie Agathe mit halb zusammengekniffenen Augen das Glas gegen das Licht hielt und den Urin eingehend betrachtete. Wie sie ihn leicht im Kreis schwenkte und abwartete, bis er zur Ruhe gekommen war. Und ihn dann wieder betrachtete.

Als Agathe das Glas zum dritten Mal gegen das Licht hob, hielt Notburga es nicht länger aus. »Was hat sie nun für ein Gebrechen?«, fragte sie.

Agathe furchte die Stirn. Ihrer Ansicht nach wies der Urin eine bläuliche Färbung auf. Doch mit Gewissheit vermochte sie das nicht zu sagen, denn das Glas hatte in leerem Zustand bereits am Rand grünlich geschimmert. Zudem hatte es einen dicken Boden und dazu noch ein Muster auf der Außenseite. Und überdies wusste Agathe nicht, ob die Schüssel wirklich sauber gewesen war, bevor Netta ihre Notdurft hineingemacht hatte.

Sie konnte sich nicht daran erinnern, dass bei Stammlers Harnbeschauen von blauem Urin die Rede gewesen wäre. Gelb, Grün, Rot und Schwarz – diese Farben konnte Urin wohl haben. Aber Blau? Zur Sicherheit nahm Agathe sich vor, zu Hause in ihren Aufzeichnungen nachzuschlagen. Es wäre praktisch, einen Notizzettel bei sich zu haben, auf dem kurzgefasst die wesentlichen Harnfarben und die dazugehörenden Diagnosen aufgelistet wären, dachte sie.

»Und?«, hakte Notburga nach und klopfte ungeduldig mit dem Fuß auf den Boden.

»Ich weiß es nicht«, murmelte Agathe nachdenklich.

»Natürlich nicht«, brummte Notburga kopfschüttelnd. »Davon, dass man Brunz herumschwenkt, ist man noch lange kein Arzt.«

Wie Agathe vermutet hatte, fand sich in ihren Unterlagen kein Hinweis auf blaufarbenen Urin, und während sie des Morgens noch überlegte, ob sie einfach zu Doktor Stammler gehen und ihn danach fragen sollte, kam ihr das Glück in Gestalt ihres verkaterten Bruders zu Hilfe. Der zeigte sich hocherfreut über die Aussicht, zurück in seine Bettfedern kriechen zu dürfen, und so stand Agathe wenig später mit Papier und Feder hinter Stammlers Schreibpult.

»Der Harn ist bleich-gelb und trüb. Seht her: Es ist Schleim darin, der hängt am Glas ...«, erläuterte Stammler.

Wie zuvor machte Agathe die entsprechenden Vermerke und notierte, was sie gelernt hatte, auf einem gesonderten Blatt. Doch heute war sie nicht ganz bei der Sache. Wie konnte sie ihn nach dem blaufarbenen Urin der Magd fragen, ohne einzugestehen, eigenständig Urin beschaut zu haben, noch dazu mit solch dilettantischen Mitteln?

Stammler war ein aufmerksamer Mann. Nachdem er den vierten oder fünften Urin bestimmt hatte, trat er plötzlich hinter Agathe und las, was sie auf dem Blatt notiert hatte. »Sieht aus, als würde der alte Leopold bald von einem Kind entbunden, na, der wird sich aber wundern!«, bemerkte er schmunzelnd, und Agathe schoss die Röte ins Gesicht.

»Kind, Ihr seid nicht bei der Sache. Das kenne ich gar nicht von Euch. Wo weilt Ihr in Euren Gedanken?«

So ertappt, konnte Agathe nicht anders, als geradeheraus zu fragen: »Gibt es eigentlich auch blauen Urin?«

»Natürlich. Kyanos, blau. Manchmal ist er sogar dunkel wie schwarzer Wein.« Auf Stammlers Gesicht zeigte sich das amüsierte Lächeln, mit dem er Agathe bisweilen bedachte. »Doch ich gehe nicht davon aus, dass Ihr von Eurem eigenen Urin sprecht, nicht wahr?«

Kurz erwog Agathe, ihm zu widersprechen, doch sie verwarf den Gedanken. »Nein«, gestand sie verlegen und legte die Feder beiseite.

»Das hätte mich auch sehr gewundert. Denn sonst säßet Ihr kaum hier.« Stammlers Lächeln wurde breiter.

»Warum nicht?«, fragte Agathe erleichtert. Das war gar nicht so schwierig gewesen. Jetzt würde der Arzt ihr die entsprechende Diagnose nennen.

Doch der ließ sie zappeln: »Weil Ihr krank wärt.«

»Wie krank?«

»Sehr krank.«

»Und was hätte ich für eine Krankheit?«

»Podagra. Doch da Ihr heute Morgen, ohne zu humpeln und ganz ohne Krückstock, hier angekommen seid, halte ich es für wenig wahrscheinlich, dass Ihr daran leidet.«

»Podagra?« Agathe wiederholte das Wort.

Endlich hatte Stammler ein Einsehen. »Gicht. Die Steigbügelkrankheit. Man nennt sie so, weil sie meist das Grundgelenk des großen Zehs befällt und dem Kranken erhebliche Schmerzen bereitet, wenn er mit dem Fuß in einen Steigbügel tritt«, erklärte er.

»Wisst Ihr …« Agathe verstummte.

»… eine Medizin gegen die Gicht?«, vollendete Stammler ihren Satz.

Agathe nickte.

»Nun, meinen Patienten würde ich Perubalsam verschreiben. Aber der ist recht kostspielig, und wie ich Euch kenne, zählt Euer Kranker sicher nicht zu den Wohlhabenden?«

Agathe nickte abermals. Katharina hatte im vergangenen Winter an einem hartnäckigen Husten gelitten, den Augustin mit der dunkelbraunen, zähen Flüssigkeit kuriert hatte. Agathe konnte sich noch gut an den starken Geruch nach Vanille entsinnen.

»So erklärt mir eines«, bat sie. »Perubalsam ist doch ein erhitzendes Mittel.«

»Das ist richtig.«

»Aber der Fuß der Kranken ist bereits heiß, und Fieber hat sie auch. Wie kann da ein erhitzendes Mittel angeraten sein? Müsste man nicht vielmehr ein Kühlendes wählen?«

»Hm«, brummte Stammler und strich sich mit der Hand über die Stirn. »Das ist in der Tat eine berechtigte Frage. Vielleicht versucht Ihr es stattdessen mit einer Salbe aus Wermut, Hirschtalg und Hirschmark.« Der Arzt wandte ihr brüsk den Rücken zu und begann, auf seiner Anrichte zu kramen.

Agathe biss sich auf die Zunge. Nun hatte sie mit ihren vorlauten Worten den einzigen Menschen verärgert, der ihrem medizinischen Wissensdrang nicht feindselig begegnete, sondern ihn auf eine freundliche, beinahe väterliche Art unterstützte. Sie schämte sich zutiefst. Stammler würde nicht länger dulden, dass sie ihm bei seiner Arbeit half. Betrübt zwängte Agathe sich hinter dem Pult hervor und ging leise zur Tür.

Überrascht wandte Stammler sich zu ihr um, ein schweres Buch in den Händen.

»Wohin wollt Ihr?«, fragte er, die Brauen hochgezogen, und legte das Buch auf dem Tisch ab.

Große Wundartzney, las Agathe. *Von Theophrastus Bombastus von Hohenheim.*

»Paracelsus!«, rief sie überrascht.

»Ihr kennt ihn, wenn ich mich recht entsinne.« Das verschmitzte Lächeln war auf Stammlers Gesicht zurückgekehrt.

Agathe zuckte hilflos mit den Schultern und erwiderte sein Lächeln. Bald ein Jahr war seit jenem Tag vergangen, an dem sie sich heimlich in Paracelsus' Vorlesung geschlichen hatte, und mittlerweile konnte auch sie über den Zwischenfall lachen.

»Lest es«, sagte Stammler und schob ihr das Buch hin. »Ich bin sicher, es wird Euch interessieren.«

Agathes Augen weiteten sich. »Ich darf ... das ist ... danke! Tausend Dank«, brachte sie stotternd hervor.

»Schon gut.« Stammler winkte ab. »Geht pfleglich mit dem Buch um und lasst Euch nicht unbedingt damit erwischen. Können wir jetzt weitermachen?«

Strahlend eilte Agathe an ihren Platz.

Der Arzt hielt an diesem Tag noch eine weitere Überraschung für sie bereit: Als sie den letzten Urin des Morgens beschaut hatten, stellte er wie beiläufig eine Matula neben die *Wundartzney* auf den Tisch. Das Glas hatte etliche Kratzer und war auf einer Seite trübe, doch dafür besaß es einen flachen Boden, so dass es auch ohne Gestell stand.

»Die brauche ich nicht mehr«, sagte er schmunzelnd. »Vielleicht könnt Ihr sie für mich fortwerfen, wenn Ihr hinausgeht?«

Natürlich tat Agathe nichts dergleichen. Stattdessen untersuchte sie am Morgen darauf mit Hilfe der Matula ihren eigenen Urin. Er war – wen wunderte es – citringelb und bescheinigte Agathe eine löbliche Gesundheit.

In weit schlechterer Verfassung fand sie dagegen die gichtige Magd im Seelhaus vor. Nettas Fieber war etwas gesunken, und Notburgas kühlende Umschläge aus Gierschblättern hatten ihrem schmerzenden Fuß ein wenig Linderung verschafft. Am Tage schien der Schmerz weitgehend erträglich, doch die ganze Nacht über hatte sie so erbärmlich geschrien, dass weder die Beginen noch die anderen Siechen ein Auge hatten zumachen können.

Entsprechend grantig reagierte Notburga, als Agathe ihr Stammlers Diagnose nannte. »Du erwartest aber jetzt nicht, dass ich bei dem Wetter rausgehe und für sie einen Ameisenhaufen suche!«, knurrte sie.

Agathe meinte, sich verhört zu haben. »Ameisen?«, fragte sie nach.

»Ameisensud. Hilft gegen Gicht.«

Ameisensud war – wie Perubalsam – auch ein hitziges Mittel, überlegte Agathe verwundert. War es bei der Gicht etwa doch angezeigt, mit wärmenden Arzneien zu behandeln? Traf Galens Säftelehre auf diese Krankheit nicht zu? Andererseits schienen die kühlenden Gierschblätter Netta geholfen zu haben. Was war denn nun richtig – Hitze oder Kälte? Oder war das nicht so allgemein zu sagen?

»Ameisen, sagtet Ihr?«, fragte sie interessiert.

Notburga winkte ab. »Die Mühe kannst du dir sparen. Die Viecher sind alle im Regen ersoffen. Um die Magd wird sich wohl der Herrgott kümmern müssen.«

Und genau das schien er zu tun. Denn auch ohne eine weitere Behandlung begann sich Nettas Gesundheitszustand allmählich zu bessern. Das Fieber verschwand, die Schwellung am Fuß ging zurück, und die Magd fand in der Nacht endlich Schlaf. Dessen ungeachtet wurde sie des Tags immer unerträglicher.

An allem hatte sie etwas auszusetzen. Die Pritsche war ihr zu schmal und zu hart, die Zudecke zu dünn und die Luft zu warm. Vor allem aber schimpfte sie über die spärliche Kost im Seelhaus.

»Was für ein gottserbärmlicher Fraß!«, mokierte sie sich, wenn Susanna ihr die Schale mit Gerstenbrei reichte. »Gibt es in dieser verlausten Bude nicht einmal etwas Anständiges zu essen? Bei meiner Herrschaft musste ich arbeiten wie ein Pferd, doch da gab es wenigstens was Ordentliches zu beißen, nicht so einen Schweinefraß wie hier bei euch Betschwestern!«

Susanna hatte Nettas Giften einfach überhört. Bei Notburga indes hatte die Magd sich diesen anmaßenden Ton nur einmal erlaubt.

»Dann hau gefälligst ab, wenn du kannst, du undankbare Kröte. Du solltest froh sein, überhaupt ein Dach über dem Kopf zu haben«, hatte diese Netta in ihrer resoluten

Art beschieden und deren Suppenschale einfach wieder fortgetragen. »Der Herrgott weiß schon sehr genau, wen er straft!«

Die nette Netta – wie Agathe sie bei sich nannte – war an diesem Abend hungrig geblieben.

Ob der Herrgott auch ein Herz für seine unangenehmen Schäfchen hatte oder ob er nur die gutmütigen Beginen von Nettas andauernden Nörgeleien befreien wollte – tags darauf war Nettas Fuß so weit gesundet, dass diese aufstehen und zur Erleichterung aller die Klause bei der Eich verlassen konnte.

»Jetzt werde ich erst einmal anständig essen. Ein paar fette Würste und dazu einen ordentlichen Krug Bier!«, schmähte sie anstelle eines Dankes zum Abschied. »Gehabt Euch wohl mit Eurem Gerstenbrei.«

Als Agathe am Nachmittag ins Seelhaus kam, war die nette Netta bereits fort. Agathe bedauerte das. Nicht weil sie ihr persönlich hätte Lebewohl sagen wollen, sondern weil sie gern noch einmal den Urin der Magd untersucht hätte, um zu sehen, ob die Blaufärbung verschwunden war.

Agathe hatte Paracelsus' *Wundartzney* in Windeseile verschlungen, und als sie Stammler das Buch zurückgab, hätte sie ihn mit Fragen überschütten mögen. Immer häufiger assistierte sie ihm nun bei seinen Harnbeschauen, und immer umfangreicher wurden ihre Notizen. Irgendwann weihte sie Notburga ein, zeigte ihr das Harnglas und bat sie, am Urin der Siechen ihre Fertigkeiten üben zu dürfen.

Eingedenk Agathes Fehlschlag bei Netta, sah Notburga darin wenig Sinn, doch gutmütig, wie sie war, erfüllte sie ihr diesen Wunsch und hob ab und an den Morgenurin eines Kranken für sie auf.

Mit der Zeit schulte sich Agathes Blick für die Farben

des Urins, die sich oft nur um weniges unterschieden, für dessen Konsistenz und eventuelle Sedimente, die sich am Boden des Glases ablagerten.

Eines jedoch störte Agathe dabei empfindlich: Wenn sie im Seelhaus Farbe und Konsistenz des Urins bestimmt hatte, konnte sie nicht sofort eine Diagnose stellen, sondern musste sich gedulden, bis sie diese zu Hause in ihren Unterlagen umständlich nachgeschlagen hatte. Manches wusste sie inzwischen zwar aus dem Gedächtnis zu sagen, doch beileibe nicht alles.

Abermals kam ihr in den Sinn, wie hilfreich eine Übersicht der Urinfarben wäre, so knapp gefasst, dass sie diese mit in die Klause nehmen könnte. An einem sonnigen Herbstmorgen breitete sie daher in ihrer Kammer Papier, Tinte und Federn vor sich aus und begann, ihre Aufzeichnungen zu sortieren.

Zunächst listete sie alle ihr bekannten Harnfarben – sie kam auf neunzehn verschiedene – in absteigender Intensität auf, beginnend mit klarem Weiß über Milchfarbe, die gesunden Gelb- und Goldtöne, Safran, verschiedene Braunfärbungen, Rottönungen unterschiedlicher Stärke, Schellkrautgrün und bleifarben bis schließlich zu tödlichem Schwarz.

Alsdann machte Agathe sich an die zeitraubende Aufgabe, in ihren Notizen zu jeder dieser Farben deren diagnostische Bedeutung zu suchen und sorgfältig zu übertragen. Sie versäumte es auch nicht, zu vermerken, falls Unterschiede in der Konsistenz, etwa Schleim oder Sedimente im Urin, auf andere Erkrankungen hinwiesen.

Hatte sie eine Notiz übertragen, strich sie diese durch, so lichtete sich der Papierstapel mit der Zeit, und irgendwann war es geschafft.

Diesen sehr detaillierten Ausführungen voran stellte sie einen Abschnitt mit allgemeinen Anweisungen, die es bei der Harnbeschau zu beachten galt, etwa, dass der zu untersuchende Harn der erste des Tages sein sollte, dass er warm gehalten, nicht in einem bleiernen Gefäß bewahrt werden und am besten unter freiem Himmel besehen werden sollte, in einem reinen, hellen Harnglas.

Als Agathe auch damit fertig war, betrachtete sie das Traktat mit einigem Stolz. Es war ausführlich und in seiner Übersichtlichkeit bestens geeignet, Diagnosen nachzuschlagen, doch gerade wegen seiner Ausführlichkeit war es recht umfassend geraten. Zu groß, als dass man es ständig mit sich umhertragen wollte, entschied Agathe. Also griff sie erneut zur Feder.

Diesmal begnügte Agathe sich damit, die Diagnose zu jeder Harnfarbe nur mit wenigen Stichworten zu skizzieren. Kurz bevor sie zum Ende kam – sie hatte gerade hinter *Liuidus, bleifarben oder mausfarben* die Worte *bedeutet ein böses Zeichen* gesetzt –, verspürte sie plötzlich starken Durst. Sie sprang auf und eilte die Stiegen hinab, um sich in der Küche einen Becher verdünnten Wein zu holen.

Im Erdgeschoss traf sie auf eine sichtlich aufgewühlte Katharina. Die Schwester hatte hektische Flecken im Gesicht und lief ziellos durch den Flur. Auf den ersten Blick konnte Agathe nicht erkennen, was Katharina derart in Aufregung versetzt hatte. Weder brannte es, noch war ein Balken von der Decke herabgestürzt.

Dann entdeckte sie die Briefbögen, die Katharina an ihre Brust gepresst hielt. Sie fasste die Schwester beim Arm, und diese blieb gerade so lange ruhig stehen, dass Agathe ihr die Blätter aus den Fingern lösen konnte.

Sorgsam strich sie die Bögen glatt. Im Dämmerlicht des Flurs brauchten ihre Augen einen Moment, bis sie die Zeichen entziffern konnte, doch als sie die Handschrift erkannte, entfuhr ihr ein spitzer Laut.

Kaspar! Dieser Brief war von ihm. Binnen eines Augenblicks verwandelte Agathes Herz sich in ein Schlagwerk. Der Puls rauschte ihr in den Ohren, und ihr wurde die Luft knapp. Kaspar lebte! Er lebte, und er hatte sie nicht vergessen!

Aufgeregt drehte Agathe die Blätter um, auf der Suche nach dem Beginn des Briefes. Er war an Katharina gerichtet. Agathes Blick hastete über das Papier, versuchte fieberhaft, den Sinn seiner Worte zu erfassen.

Von seinem Streit mit Frecht über die Kreatürlichkeit Christi war die Rede, davon, dass der Schmalkaldische Bund Kaspars Ansichten ebenso verurteilt hatte wie die von Sebastian Franck, und zum Schluss die eindringliche Ermahnung an die Gemeinde, fest zu den neuen Lehren ihres Glaubens zu stehen. Sie, Agathe, erwähnte Kaspar mit keinem Wort. Nicht einmal einen Gruß richtete er aus.

Enttäuscht ließ Agathe den Brief sinken. Die Freude, die sie beim Anblick seiner Handschrift erfasst hatte, war so schnell zerstoben, wie sie gekommen war. Übrig blieb das freudlose Gefühl der Verlassenheit, das nach Kaspars Abschied ihr steter Begleiter geworden war. Wortlos reichte sie der Schwester das Schreiben zurück, stieg die Treppe hinauf und begab sich wieder an ihre Arbeit.

Katharina indes presste die Bögen erneut an ihren Busen, als seien sie ihr das Kostbarste der Welt. Und vielleicht waren sie das auch. Nie hätte sie es zugegeben, doch sie empfand für den charismatischen Prediger weit mehr als die Bewunderung und Hochachtung, die man einem geistlichen Führer und Lehrmeister entgegenbrachte.

Er war der einzige Mann, der sich nicht voller Abscheu von ihrem zerstörten Antlitz abgewandt hatte, dachte sie voller Wärme. Anders als alle anderen Männer, die sie bestenfalls übersehen hatten, war er über Äußerlichkeiten er-

haben. Sie konnte sich glücklich schätzen, einem Mann von solch ausgeprägter Moral begegnet zu sein.
Verstohlen hauchte Katharina einen Kuss auf das Papier. Kaspar lebte, dachte sie so glücklich wie zuvor Agathe, und er hatte sie nicht vergessen!

11. Kapitel

Das Jahr, für das Augustin sich Doktor Stammler angeschlossen hatte, um an den Erfahrungen des erprobten Arztes teilzuhaben, war schnell vergangen – zu schnell, wenn man Agathe fragte. Sie hätte Stammler gern länger bei der Harnbeschau geholfen, denn dabei gab es für sie noch so vieles zu lernen.

Stattdessen half sie nun ihrem Bruder im Erdgeschoss des Streicherschen Hauses in der Sattlergasse, sein Studierzimmer einzurichten.

Tischler hatten Regale gefertigt, einen großen Arbeitstisch und ein Schreibpult. Als alles bereit war, Augustins Bücher ordentlich in den Regalen aufgereiht standen, Harngläser und Farbscheiben für die Harnbeschau zurechtgestellt, der Arbeitstisch in der Mitte des Raumes plaziert und schließlich Papier und Federn darauf bereitgelegt waren, nahm Augustin gewichtig in seinem lederbezogenen Sessel Platz und harrte der Kranken, die seiner bedurften.

Agathe drückte sich derweil im Flur herum und lauschte gespannt auf das metallische Schlagen des Türklopfers. Schließlich wurde ihr Warten belohnt. Eilfertig sprang sie auf und führte die Besucherin in Augustins Studierzimmer. Es war die Magd von Schuhmachermeister Berthold Brugger, die Agathes Bruder innig bat, sie zu ihrem Herrn zu begleiten. Er habe gar schreckliches Bauchgrimmen und wünsche, sofort einen Arzt zu sehen.

Augustin warf sich seinen dunklen Arztmantel über Hemd und Wams und folgte ihr hinaus. Wehmütig blickte

Agathe ihm nach. Zu gern hätte sie ihn bei der Visite begleitet, doch sie wusste, diese Bitte brauchte sie gar nicht erst an ihn heranzutragen.

Am darauffolgenden Morgen hatte sie mehr Glück. Bruggers Magd brachte den Urin ihres Herrn zur weiteren Beschau. Agathe führte sie in Augustins Studierzimmer, nahm ihr den Korb aus der Hand, in dem sie das Nachtgeschirr getragen hatte, stellte Nachtgeschirr und eine Matula auf dem Tisch bereit und begab sich dann ganz selbstverständlich hinter das Schreibpult. Wie sie es bei Doktor Stammler getan hatte, legte sie einen Bogen Papier zurecht und nahm die Feder zur Hand.

Augustin blickte überrascht auf, doch schnell wich sein Erstaunen, und ein selbstgefälliges Lächeln breitete sich über sein Gesicht. Es wäre recht bequem für ihn, wenn Agathe die lästige Schreibarbeit erledigte, erkannte er, und überdies unterstrich es seine Wichtigkeit. Jovial nickte er sein Einverständnis. Agathe hätte jubeln mögen vor Freude.

Augustin bereute diesen Entschluss nicht. Im Gegenteil: Im Stillen beglückwünschte er sich beinahe täglich zu seiner großartigen Idee, sich von Agathe helfen zu lassen. Denn diese machte sich so nützlich, wie Augustin es sich nur wünschen konnte. Sie räumte sein Studierzimmer auf, wischte Staub, ohne dabei etwas zu zerschlagen, reinigte die Harngläser, hielt die Harnkarten der Patienten, auf denen die Ergebnisse seiner Beschauen vermerkt waren, in Ordnung und ließ sich auch sonst mit allen lästigen Hilfsarbeiten betrauen.

Dass bei Agathes außerordentlicher Reinlichkeit seine kostbaren medizinischen Bücher nicht immer in derselben Reihenfolge im Regal standen, störte Augustin wenig. Seit er seine Studien abgeschlossen hatte, dienten sie ihm ohnehin mehr der Zierde. Lesen tat er nicht oft darin, und so merkte er auch nicht, wenn eines zuweilen nicht an seinem Platz stand.

Agathe war stets bemüht, die Gunst ihres Bruders nicht zu verlieren, ihn vor allem nicht mit vorlauten Bemerkungen zu erzürnen, so schwer ihr das manches Mal auch fiel. Wenn er, nachdem er Farbe und Konsistenz eines Urins bestimmt hatte, erst umständlich in seinen Aufzeichnungen kramen musste, um die entsprechende Diagnose zu stellen, hielt sie sich zurück, auch wenn sie – was durchaus vorkam – die Diagnose längst hätte nennen können.

Lernen konnte Agathe von Augustin beileibe nicht so viel wie von Doktor Stammler, doch das stand bei einem Arzt, der eben erst den Fittichen seiner Alma Mater entschlüpft war, auch nicht zu erwarten. Zumal es auch noch nicht viele Patienten waren, die ihren Bruder um medizinischen Beistand ersuchten. Doch sicher würden es mit der Zeit mehr werden. Das Beste an diesem Arrangement war in Agathes Augen, dass sie nun uneingeschränkten Zugang zu Augustins Büchern hatte.

Öfter, als man Augustin zu Hause aufsuchte, rief man ihn an das Bett eines Kranken. Bisweilen des Nachts oder in den frühen Morgenstunden, wenn die Herren Doktoren Stammler, Strölin, Neiffer, Reichhardt oder Salzmann einen allzu festen Schlaf hatten – das Schicksal eines jeden jungen Arztes, der sich seinen Ruf erst noch erdienen musste.

Bislang hatte Agathe Augustin bei den Visitationen nicht begleiten dürfen, doch das würde sie zu ändern wissen. Sie musste nur noch den rechten Zeitpunkt abwarten.

Der kam an einem Morgen wenige Wochen nach dem Osterfest, als es zu früher Stunde an der Tür des Streicherschen Hauses klopfte. Wie schon an den vorausgegangenen Tagen saß Agathe – bereits vollständig angekleidet – lauernd auf der Treppe zum Obergeschoss. Mit gespitzten

Ohren lauschte sie, wie die Hausmagd Augustin aus dem Schlaf riss. Er möge zu Matthäus Hufnagel kommen, dem Tischlermeister, dessen Werkstatt am Ochsenbergle Augustins Arbeitstisch entstammte.

Als Agathe die Hausmagd in Richtung Küche verschwunden wusste, nutzte sie die Zeit, während der Augustin sich ankleidete, auf Strümpfen die Treppe hinabzuschleichen. Im Studierzimmer nahm sie die Matula aus dem schmucken hölzernen Kasten, den ihr Bruder mitzunehmen pflegte, wenn er zu einem Kranken gerufen wurde, und verbarg sie im weiten Ärmel ihres Kleides.

Zurück auf dem Treppenabsatz, hörte sie die Haustür hinter Augustin ins Schloss fallen. Gute zehn Minuten ließ sie verstreichen, dann folgte sie ihrem Bruder gemessenen Schrittes zum Ochsenbergle.

»Was willst du denn hier«, blaffte Augustin, als man Agathe zu ihm in die Stube des Kranken führte. Zu seinen Füßen stand der geöffnete Arztkasten.

Bleich und stöhnend, beide Hände fest auf den geblähten Bauch gepresst, lag der Tischlermeister auf seiner Bettstatt, die mit ihrem reich geschnitzten Dekor aus verschlungenen Blättern und Blüten jedem fürstlichen Schlafgemach zur Zierde gereicht hätte. Sein Weib stand mit verweinten Augen bei ihm.

Agathe ließ sich von Augustins rüdem Ton nicht einschüchtern. Er war morgens immer misslicher Stimmung, vor allem um diese besonders frühe Stunde. »Ich bringe dir das Uringlas«, antwortete sie höflich, deutete sogar einen Knicks an und reichte ihm die Matula. »Ich dachte mir, dass du es wohl brauchst. Verzeih mir. Ich hatte es zum Reinigen aus dem Kasten genommen.«

»Du hast gut daran getan, es mir sofort zu bringen. Und das nächste Mal, wenn du es reinigst, legst du es sofort zurück!«, antwortete ihr Bruder streng.

»Tretet zur Seite«, verscheuchte er alsdann die Hufnagelsche von der Bettstatt und reichte dem Kranken die Matula. »Wenn ich Euch nun um Euren Urin bitten dürfte?« Zögerlich löste der Tischlermeister eine Hand von seinem Bauch und ergriff das Harnglas. Sein Blick glitt geniert zu Agathe. Die wandte sich diskret ab, bis das von schwerem Ächzen und Stöhnen begleitete Pullern verstummt war. Erst als Augustin die Matula gegen das trübe Morgenlicht hielt, das durch ein winziges Fenster in die Schlafstube sickerte, trat sie neugierig hinter ihn. Es war wenig Urin, und der war auch noch von schwärzlicher Farbe.

Augustin betrachtete ihn eine Weile. »Ein schwieriger Fall«, bemerkte er schließlich und reichte der Frau des Tischlermeisters das Harnglas. Mit starrer Miene öffnete diese das Fenster und leerte den Inhalt der Matula hinaus. Tränen liefen ihr die Wangen hinab.

Geräuschvoll verstaute Augustin die Matula in seinem Kasten, dann räusperte er sich vernehmlich. »Wie gesagt, ein schwieriger Fall«, wiederholte er. »Ich sehe keine Hoffnung auf Genesung.«

Hufnagel entfuhr ein tiefes Ächzen, seine Frau stieß einen hohen Schrei aus und verfiel in lautes Weinen.

Schwarzfarbener Urin ließ in der Tat wenig zu hoffen, in dem Punkt war Agathe mit ihrem Bruder einer Meinung. Es gab jedoch eine Ausnahme. Aber die schien Augustin nicht in Betracht zu ziehen. Obschon solch heftige Leibschmerzen sehr wohl dafür sprechen konnten.

Hatte Augustin womöglich einfach nicht daran gedacht? Agathe durchfuhr es siedend. Man durfte es doch nicht unversucht lassen! Was stand zu verlieren, wenn man den Tischlermeister entsprechend behandelte?

Aber wie es aussah, beabsichtigte Augustin nicht, eine Behandlung vorzunehmen. Er schloss seinen Kasten, ohne

Papier und Feder zu zücken, um ein Rezept für den Kranken zu schreiben.

Fieberhaft überlegte Agathe, was sie tun konnte. Es war ganz und gar unmöglich, Augustin vor seinem Patienten auf sein Versäumnis hinzuweisen. Er würde in Wut geraten, sie beschimpfen und fortschicken. Keinesfalls würde er auf ihre Worte hören. Damit wäre Matthäus Hufnagel sicher nicht gedient. Verzweifelt rang Agathe die Hände.

Die Bewegung ließ das Papier in ihrem Ärmel rascheln. Bevor sie Augustin gefolgt war, hatte sie ihr Traktat über die Bestimmung des Harns zu der Matula in den Ärmel ihres Kleides gesteckt.

Von Augustin und der Hufnagelschen unbemerkt, zog sie es hervor und blätterte zur entsprechenden Seite. »Vielleicht möchtest du wie stets in schwierigen Fällen zur Sicherheit deine Aufzeichnungen konsultieren?«, sagte sie zuvorkommend und reichte ihrem Bruder das Blatt. Dabei wies sie mit dem Daumen genau auf die entsprechende Stelle.

Überrascht starrte Augustin Agathe an. Dann richtete er seinen Blick auf das Blatt. *Niger, schwarz. Zusammen mit Fieber ist es tödlich. Wenn es aber verursacht wird durch die Austreibung vergifteter Materie, die durch die Gänge des Harns getrieben wird, so bedeutet es Gesundheit,* las er.

»Was ist das?«, fragte er, die Stimme zu einem scharfen Flüstern gesenkt.

»Ein Traktat über die Harnbeschau«, antwortete Agathe flüsternd.

»Woher hast du das?«

Agathe blickte zu Boden und schwieg.

Augustin blätterte die Seiten zurück. *Iudicium Urinarum,* stand dort in ordentlichen Lettern als Kopf der ersten Seite, und in der Zeile darunter nur der Name *Streicher.*

Agathe hatte sich nicht getraut, ihren Vornamen voranzusetzen.

Eine Weile schien Augustin zu überlegen, dann nickte er, als sei er zu einer Entscheidung gekommen.

»Sagt, habt Ihr in den vergangenen Tagen etwas Ungutes gegessen?«, begehrte er von Hufnagel zu wissen.

Dieser schüttelte den Kopf, aber seine Frau rief schrill: »Ja, das hat er! Die gebratenen Äschen aus der Blau! Die stanken zum Himmel. Ich hätt sie nicht essen mögen, aber dieser Sturkopf war nicht davon abzubringen. Er hatte eine solche Gier darauf.«

»Hm«, meinte Augustin gewichtig, »aber erbrochen habt Ihr nicht?«

Wieder schüttelte Hufnagel den Kopf.

»Nun, wenn ich es so recht betrachte, dann mag vielleicht doch noch Hoffnung sein«, eröffnete Augustin ihm. Abermals deckte er seinen Kasten auf, nahm Papier und Feder heraus und schrieb ein Rezept.

Agathe konnte das Wort Brechwurz erkennen. In dem Moment verspürte sie einen stechenden Schmerz in den Händen. Vor lauter Anspannung hatte sie sich, ohne es zu merken, selbst die Fingernägel in die Handflächen gegraben. Um ein Haar wäre das vermeintlich schlechte Zeichen für den Tischlermeister wirklich eines geworden! Aber so bestand tatsächlich Hoffnung.

»Sauft Wasser, so viel Ihr eben vermögt«, empfahl Augustin. »Außerdem soll man Euch zur Ader lassen. Am besten, Ihr holt sogleich den Bader.« Er reichte der Hufnagelschen das Rezept, die es ihm schier aus der Hand riss, und verstaute die Schreibutensilien wieder in seinem Kasten. Agathes Harntraktat legte er obenauf, bevor er ihn sorgfältig verschloss.

Nachdem Augustin sein Honorar erhalten hatte, verabschiedete er sich mit dem Versprechen, am folgenden Tag erneut nach dem Patienten zu sehen. Auf dem Heimweg kam er zu Agathes Erstaunen mit keinem Wort auf das Geschehen zu sprechen.

Noch mehr erstaunte es sie freilich, dass er sie, als er sich am folgenden Tag auf den Weg zum Ochsenbergle machte, fragte, ob sie ihn begleiten wolle. Das Harntraktat erwähnte er noch immer nicht. Nicht an diesem Tag und auch nicht an den folgenden Tagen. Doch er gab es ihr auch nicht zurück, und Agathe traute sich nicht, ihn danach zu fragen.

Während der Tischlermeister langsam von seiner Vergiftung genas, wurde die nette Netta erneut von einem Gichtanfall heimgesucht, der sie abermals in die fürsorgende Obhut der Beginen in der Klause bei der Eich brachte. Es stand schlimmer um sie als beim ersten Mal. Das Fieber brannte heftiger und weit länger in ihrem Körper, ihre Schmerzen schienen unerträglich, und Netta war misslauniger denn je.

Die Beginen wussten kein Mittel, mit dem sie Netta hätten behandeln können. Doch wie bei deren erstem Aufenthalt beim Hirschbad verzog sich die Krankheit nach einigen Tagen von selbst aus ihrem Körper, und Netta kehrte zu ihrer Herrschaft zurück. Agathe konnte sich darauf keinen Reim machen.

Wenn bislang nur ab und an ein Kranker Augustin um medizinischen Beistand ersucht hatte, so änderte sich dieses gegen Ende des Sommers in augenfälliger Weise. Täglich wurden es mehr Patienten, die nach ihm verlangten, was vielleicht daran liegen mochte, dass die Hufnagelsche nicht darin erlahmte, jedem zu erzählen, auf welch meisterhafte Weise der junge Doktor Streicher ihren Mann von seiner gar hoffnungslosen Krankheit kuriert hatte. Denn beinahe wäre es aus gewesen mit dem Tischlermeister.

Eines Morgens erreichte Agathes Bruder sogar der Ruf Bernhard Besserers an sein Krankenbett. Der ehemalige Bürgermeister wurde von den besten Ärzten behandelt, und so wunderte es Agathe schon ein wenig, dass er den noch recht unerfahrenen Augustin zu sich bestellte. Vielleicht geschah es aus alter familiärer Verbundenheit, vielleicht aus der Verzweiflung heraus, die den hoffnungslos Erkrankten nach jedem Strohhalm greifen lässt, der ihn aus seiner Not befreien mag.

Agathe, die ihren Bruder nun regelmäßig bei seinen Visitationen begleitete, erschrak darüber, wie sehr sich der Zustand des alten Herrn verschlechtert hatte, seit sie ihn zuletzt gesehen hatte. Schwach, abgezehrt und mit eingefallenen Wangen lagerte er auf seiner Bettstatt. Seine Augen glänzten fiebrig.

Besserer litt seit langem schon am Zipperlein. Die Diagnose stand fest, daran gab es nichts zu rütteln. Doch wenn sich der alte Mann von dem jungen Doktor neue Behandlungsmethoden erhofft hatte, so wurde er enttäuscht. Augustin fiel auch nichts anderes ein als seinen erfahrenen Amtsgenossen zuvor. Als probates Mittel galt der Aderlass, und den empfahl auch Augustin dem Bürgermeister an. Hernach solle er zur Auffrischung des Blutes eine gute Menge roten Weines zu sich nehmen.

Agathe fiel es sichtlich schwer, ihre Meinung zurückzuhalten und sich darauf zu beschränken, dem Bruder die benötigten Utensilien aus der Arztkiste zu reichen. Sie notierte den Befund ganz so, wie sie es auch daheim im Studierzimmer hielt, und erst als Besserers Sohn Georg die Haustür hinter ihnen geschlossen hatte und die Geschwister auf dem Heimweg unter sich waren, machte sie ihrem Unmut Luft: »Glaubst du wirklich, dass es hilfreich ist, ihn zur Ader zu lassen?«, fragte sie. »Der arme Mann ist doch schon so schwach! Hast du keine Sorge, dass mit dem

Aderlass auch noch die letzten Lebenssäfte aus ihm herausfließen?«

Augustin schüttelte energisch den Kopf. »Die Gicht ist die Folge von überflüssigen Säften, welche Glieder angreifen und dort Schmerzen und Schwellungen hervorrufen«, dozierte er. »Und diese Säfte müssen aus dem Körper abfließen. Wie soll das bitte schön geschehen außer durch Schwitzen, Schröpfen oder Erbrechen?«

Agathes Traktat über den Harn hatte etwas zwischen ihnen verändert. Seit Augustin es gelesen hatte, brachte er Agathes Anmerkungen durchaus eine gewisse – wenn auch herablassende – Aufmerksamkeit entgegen, allerdings nur unter vier Augen. Nie und nimmer hätte er eingestanden, dass er tatsächlich Wert auf ihre Ansichten legte.

»Weißt du etwas Besseres?«, fragte er geringschätzig.

Agathe musste daran denken, was sie aus den Schriften des Paracelsus gelernt hatte: dass es sinnvoll ist, selbst zu beobachten, sich eigene Gedanken zu machen und althergebrachte Behandlungsmethoden zu hinterfragen. Netta war auch ohne Aderlass gesund geworden. Anscheinend waren bei ihr die Säfte von allein aus dem Körper abgeflossen – oder es waren keine neuen hineingeraten.

»Wenn man nur wüsste, was die überflüssigen Säfte im Körper verursacht«, überlegte sie laut. »Vielleicht ließ es sich dann verhindern, dass sie überhaupt in den Körper gelangten?«

»Was erzählst du da für einen Unsinn!«, rügte Augustin. »Die Gicht treibt man mit Aderlass aus dem Leib. So steht es geschrieben, und so ist es. Für wen hältst du dich, dass du dir daran Zweifel erlaubst!«

Agathe hob gerade an, ihm von Netta zu berichten, als Doktor Stammler ihren Weg kreuzte.

»Hörtet Ihr schon die traurige Nachricht?«, fragte er anstelle einer Begrüßung.

Die Geschwister schüttelten verneinend die Köpfe.

»Paracelsus ist tot. Theophrastus Bombastus von Hohenheim. Er hat zuletzt in Salzburg gelebt«, berichtete der Arzt.

»Tja, da hat ihm seine Quacksalberei am Ende auch nicht geholfen!«, bemerkte Augustin beißend.

Agathe indes schloss betroffen die Augen. Im Geiste sprach sie ein kurzes Gebet für den streitbaren Lehrer und Arzt.

Stammler überging Augustins Gehässigkeit. »Meinen Glückwunsch, Streicher. Ich wusste gar nicht, dass Ihr Euch derart für die Uroskopie begeistert, dass Ihr gar ein Traktat über die Bestimmung des Harns verfasst habt – was im Übrigen von ganz ausgezeichneter Kompetenz zeugt.«

Agathe entfuhr ein Laut der Verblüffung, und der Mund blieb ihr offen stehen. Augustin hatte ein Traktat über den Harn geschrieben? Das konnte gar nicht sein. Ein solches Schriftstück zu verfassen machte eine Menge Arbeit, wie sie aus eigener Erfahrung wusste. Agathe hätte mitbekommen, wenn Augustin daran gearbeitet hätte, und sicherlich hätte er sich damit vor ihr gebrüstet.

Das konnte nur eines bedeuten: Augustin hatte ihr Traktat unter seinem Namen veröffentlicht! Deshalb hatte er es ihr nicht zurückgegeben. Wut stieg in Agathe auf. Wie konnte Augustin sich erdreisten, ihre Arbeit als die seine auszugeben und sich dafür loben zu lassen?

Wie zum Eingeständnis seiner Schuld hielt ihr Bruder den Kopf gesenkt, bemüht, ihrem Blick auszuweichen. Die Situation war ihm sichtlich unangenehm.

Kollegial schlug Stammler Augustin auf die Schulter. »Allein der Aufbau ist eine wirkliche Neuerung. Wohlgeordnet, klar und übersichtlich. So recht für den praktischen Gebrauch bestimmt«, lobte er. »Eure Schrift wird vielen Ärzten gute Dienste leisten.«

Stammlers Lob besänftigte Agathes Wut ein wenig. Sie wusste, sie hätte das Traktat nie unter ihrem Namen veröffentlichen können. Sie war eine Frau. Sie war kein Arzt und hatte nicht studiert. Sie hatte auch gar nicht beabsichtigt, es zu veröffentlichen. Doch es empörte sie, mit welcher Dreistigkeit ihr Bruder ihre Schrift für die seine ausgab. Ein grimmiges Lächeln trat auf ihre Miene. »Ja, mein Bruder hat viele Talente, von denen man nichts ahnt!«, sagte sie zuckersüß.

»Ähem, ja«, stotterte Augustin und warf ihr einen unsicheren Blick zu.

»In der Tat!«, stimmte Stammler zu. »Wenn er so weitermacht, wird er unter den Gelehrten noch von sich reden machen.«

»Nicht nur unter den Gelehrten!«, bestätigte Agathe, einen Hauch von Drohung in der Stimme, und bedachte Augustin mit einem sibyllinischen Lächeln. Sie genoss diese kleine Gemeinheit.

Augustin traten kleine Schweißperlen auf Stirn und Nase. »Aber nicht doch«, wehrte er verlegen ab. Das Gespräch wurde ihm zusehends peinlicher. »Es war mir ein Vergnügen«, versuchte er, es zu beenden, »aber ich muss dringlich …«

»Seid nicht so bescheiden. Ehre, wem Ehre gebührt«, unterbrach Stammler ihn. »Es wundert mich nicht, dass Ihr schon eine ansehnliche Zahl Patienten habt.« Der Arzt lächelte verschmitzt. »Dann kann ich mich endlich guten Gewissens zur Ruhe setzen. Bei Euch ist die Gesundheit der Bürger dieser Stadt in guten Händen.«

»Dem kann ich nur zustimmen. Die Stadt ist stolz auf solche Söhne«, mischte sich eine sonore Stimme ins Gespräch. Bürgermeister Weyprecht Ehinger war bei ihnen stehen geblieben. »Der Rat war hocherfreut, dass Ihr ihm Euer Werk gewidmet habt, und natürlich wird er sich erkenntlich zeigen«, fuhr er jovial fort. »Eines noch, eine kleine Formalität nur: Wenn Ihr Euch bei Gelegenheit auf dem Rathaus einstellen und Euren Eid auf die Ordnung der Ärzte ablegen könntet?«

»Macht Euch keine große Hoffnung, dass unser junger Freund seine Fähigkeiten allzu lang in den Dienst unserer Stadt stellt«, warnte Stammler den Bürgermeister lachend. »Wenn er in seinem Fleiß so fortfährt, erreicht ihn schon bald der Ruf einer Universität, um sein Wissen an eine neue Generation von Ärzten weiterzugeben.« Anerkennend stieß er den jungen Arzt an. »Nicht wahr, Streicher?«

»Vielleicht später einmal«, antwortete dieser ausweichend. »Bislang beabsichtige ich nicht, meine Heimatstadt so bald schon wieder zu verlassen.«

Endlich gelang es Augustin, sich zu verabschieden, und als Doktor Stammler und der Bürgermeister außer Hörweite waren, holte Agathe Luft, um ihrem Bruder gehörig die Leviten zu lesen.

»Was ...«, hob sie an, doch im letzten Moment hielt sie inne. Stammlers abschließende Worte waren ihr in den Sinn gekommen. »Du solltest wirklich in Erwägung ziehen, zu lehren«, sagte sie stattdessen und gab ihrer Stimme einen betont schmeichlerischen Ton. »Ja, für einen so berühmten Arzt wie dich ist es geradezu eine Pflicht, sein Wissen zu teilen.«

»Mit wem?«, fragte Augustin. Seine Miene wechselte von Verblüffung über Misstrauen zu Erleichterung. Er hatte befürchtet, Agathe würde ihn wegen des Traktates wütend angehen. Damit, dass sie in Stammlers Lob einfiel, hatte er nicht gerechnet.

»Mit mir!«, antwortete Agathe.

»Mit dir? Was soll das heißen – *mit dir*?«

»Du kannst mich unterrichten«, erklärte Agathe lapidar. Sie hatte nichts zu verlieren, aber eine Menge zu gewinnen.

»Einen besseren Lehrer kann ich doch wohl kaum bekommen.«

»Ausgeschlossen!«, fuhr Augustin auf. »Das kann ich nicht!«

»Aber du kannst mein Traktat für deines ausgeben? Dich mit meiner Arbeit brüsten? Dich dafür hoch loben lassen und auch noch das Geld einstreichen, das dir der Rat dafür sicherlich verehren wird?«

»Agathe, bitte!«

Ungerührt fuhr Agathe fort: »Dann kannst du sicher auch deinen Amtsgenossen und dem Herrn Bürgermeister erklären, dass ich es war, die das Traktat geschrieben hat, und du es einfach unter deinem Namen hast drucken lassen.«

»Niemand würde dir glauben, dass es von dir ist«, insistierte Augustin. »Wer hätte je davon gehört, dass ein Weibsbild eine medizinische Schrift verfasst hat!«

»Darauf würde ich es an deiner Stelle nicht ankommen lassen«, erwiderte Agathe ruhig und blickte ihm in die Augen. Einer sirrenden Klinge gleich schwang ihre Drohung in der Luft.

Augustin hatte mehr zu verlieren als sie, wenn die Sache ruchbar würde. Über sie würde man schlimmstenfalls lachen und klatschen und ihre Worte als die Spinnereien einer unzufriedenen Jungfer abtun – eine Erfahrung, die Agathe bereits gemacht hatte und die sie nicht weiter schreckte. Augustin hingegen wäre gänzlich der Lächerlichkeit preisgegeben, und sein Ruf als Arzt würde schweren Schaden erleiden. Niemand, der es sich leisten konnte, würde sich fortan von ihm behandeln lassen – in Ulm nicht und auch nicht in den umliegenden Städten. Er würde weit reisen müssen, um an einen Ort zu gelangen, an den ihm der Spott nicht folgte.

Einen Augenblick lang hielt Augustin Agathes Blick

stand, dann senkte er den Kopf und presste die Zähne aufeinander. Er wusste, wann er verloren hatte.

»Also abgemacht. Du bringst mir bei, was du auf der Universität gelernt hast, und beantwortest meine Fragen. Zwei Stunden lang jeden Tag nach Mittag«, bestimmte Agathe kühl, dabei jubelte sie innerlich vor Freude.

»Eine Stunde.« Augustin versuchte zu handeln.

»Anderthalb.«

Widerwillig gab Augustin seine Zustimmung.

12. Kapitel

Seit Tagen schon waberte kalter Nebel aus dem Ried und verwandelte die Stadt in die Küche eines Wollsieders. Bei diesem Wetter wirkte sogar der Krankensaal der Klause warm und anheimelnd, dachte Agathe und schüttelte die Feuchtigkeit aus dem wollenen Umschlagtuch, das sie sich für den Weg über den Kopf gezogen hatte.

»Deine Freundin ist schon wieder hier!«, knurrte Notburga anstelle einer Begrüßung. »Hat es wohl vorgezogen, sich hier auf die faule Haut zu legen, anstatt bei der Kälte Böden zu schrubben.« Den letzten Satz sagte sie laut in Richtung der netten Netta, die in fiebrigem Dämmerzustand auf ihrer Pritsche lag. »Wenn wir ihr hier gebratene Tauben servierten, würde sie glatt bei uns einziehen.«

Agathe sparte sich die Antwort, trat zu Nettas Lager und hob die Decke an, um deren Fuß zu beschauen. Rot geschwollen und hitzig war er wie jedes Mal, wenn man sie in die Klause gebracht hatte. Und nicht nur der Fuß, sondern auch Fingerknöchel und Handgelenke.

Zum wiederholten Mal fragte sie sich, warum die Magd stets auch ohne ärztliches Zutun und ohne zur Ader gelassen zu werden gesundete. Nettas Zustand erschien ihr noch schlimmer als bei ihren vorausgegangenen Aufenthalten, doch Agathe war sicher, dass sie auch diesmal wieder auf eigenen Füßen die Klause würde verlassen können. Laut fragte sie: »Was ist hier in der Klause anders als im Haushalt ihrer Herrin?«

»Das kann ich dir sagen«, antwortete Notburga barsch. »Hier gibt es keine gebratenen Tauben. So wie die sich über das Essen hier beklagt, wette ich mit dir, dass sie sich heimlich an den Vorratskammern ihrer Herrschaft schadlos hält.« Mürrisch stapfte die Begine davon und überließ Agathe ihren Gedanken.

Notburga mochte Netta nicht leiden – was man ihr bei Nettas Benehmen nicht verdenken konnte – und hatte lediglich ihrem Ärger Luft gemacht, doch möglicherweise lag in der boshaften Bemerkung der Begine mehr Wahrheit, als sie selbst ahnte. Vielleicht war es tatsächlich das Essen, das die üblen Säfte in Nettas Körper quellen ließ?

»Zeit für ein Festmahl!«, rief Agathe munter, als sie wenige Tage darauf in die Klause trat. Mit einem leisen Ächzen wuchtete sie den gut gefüllten Weidenkorb durch die Tür und stellte ihn in der Küche auf dem Boden ab. Es war bereits später Vormittag, denn auf ihrem Weg ins Seelhaus hatte sie einen Umweg über den Markt gemacht.

Mit vor Erstaunen großen Augen beobachteten Notburga und Susanna, wie Agathe einen großen Laib frisch gebackenen Brotes zutage förderte, grobe Würste, gepökeltes Fleisch, eingelegte Heringe und verschiedene andere Speisen, allesamt deftig und fett.

Als Agathe zu guter Letzt auch noch einen Krug frisch gebrauten Bieres auf die Anrichte stellte, stemmte Notburga die Hände in die Hüften. »Sind wir wieder katholisch, oder hast du dich an fremdem Eigentum vergriffen?«, fragte sie argwöhnisch und wies auf die kulinarische Pracht.

»Nichts dergleichen«, entgegnete Agathe leichthin und füllte einen Teller großzügig mit Köstlichkeiten. »Seht es als Spende meines Bruders Augustin an. Er möchte Euch und den Siechen lediglich eine Freude bereiten.«

Die skeptische Miene, mit dem Notburga Agathe in den Krankensaal folgte, offenbarte, dass sie Agathe dies nicht ohne weiteres abnahm.

»Hier habe ich etwas, das dir wieder auf die Beine helfen wird, Netta«, sagte Agathe, als sie mit dem Teller in der Hand an die Pritsche der Magd trat.

Wie Agathe richtig vermutet hatte, hatte sich deren Zustand binnen weniger Tage gebessert. Die Schwellungen an Fuß, Knöcheln und Handgelenken waren zurückgegangen, das Fieber aus ihrem Leib gewichen, und sie selbst legte wie gewohnt eine üble Laune an den Tag.

»Willst du mich zum Besten halten?«, fragte Netta schroff.

»Keineswegs«, entgegnete Agathe und reichte ihr den gefüllten Teller.

Wie ein ausgehungerter Straßenköter machte Netta sich über die Köstlichkeiten her und blickte nicht eher auf, als bis sie den Teller auf den letzten Krumen geleert hatte. Ohne abzusetzen, trank sie den Becher voll Bier aus, den Agathe neben ihrer Pritsche auf dem Boden abgestellt hatte, dann lehnte sie sich mit einem zufriedenen Rülpsen zurück. »Na, endlich habt ihr verknöcherten Hühner kapiert, wie man Gäste bewirtet«, brummte sie und rieb sich wohlig den Bauch.

Von den anderen Siechen waren indes nur wenige in der Lage, von den Speisen, die Agathe mitgebracht hatte, auch nur zu kosten. Den meisten fehlten die Zähne, oder sie waren zu schwach, um zu essen, wenn sie nicht bereits gänzlich ohne Bewusstsein waren.

So blieb – zur großen Freude der Schwestern – der überwiegende Teil für sie übrig. Nur einen gut gefüllten Teller sollten sie für Netta zurückbehalten und ihn der Magd zum Abendmahl servieren.

Früh am nächsten Morgen beeilte Agathe sich, wieder in die Klause zu kommen. Wie sie vermutet hatte, war über Nacht die Gicht in Nettas Knochen zurückgekehrt. Zwar ging es ihr nicht so schlecht wie an dem Tag, als man sie ins

Seelhaus gebracht hatte, aber sie hatte starke Schmerzen, und der Fuß war wieder prall geschwollen, stellte Agathe fest.

Ein wenig schämte sie sich dafür, dass sie Netta neue Schmerzen bereitet hatte. Doch nun war sie sicher: Das feiste Essen und das Bier bescherten der Magd die Gichtanfälle. Es wurde Zeit, der netten Netta auf den Zahn zu fühlen.

»So, Netta!« Agathe riss sie aus ihrem Dämmerzustand. »Ich glaube, ich weiß jetzt, woher deine Gicht rührt!«

»Du frisst mehr, als gut für dich ist!«, sagte Notburga, die neben Agathe getreten war, ungerührt. Sie hatte deren kleinen Versuch durchschaut und die gleichen Schlüsse daraus gezogen.

»Ich glaube, es liegt vor allem am Fleisch und am Fisch. Vielleicht auch am Bier. Auf jeden Fall solltest du dich künftig beim Essen bescheiden«, riet Agathe.

»Das ist dummes Zeug!«, knurrte Netta.

»Denk einmal nach, Netta«, versuchte Agathe, die Magd zu überzeugen. »Wenn du Grütze isst und Wasser trinkst, geht es dir viel besser. Das haben wir gesehen. Du willst dir doch selbst keinen Schaden zufügen, nicht wahr?«

»Saudummes Zeug!«, beharrte Netta uneinsichtig.

Notburga riss der Geduldsfaden. »Das ist kein dummes Zeug!«, schimpfte sie grob. »Es hat mich ohnehin gewundert, dass man als Magd so wählerisch mit dem Essen sein kann. Ich glaube kaum, dass deine Herrin ihr Gesinde so verwöhnt. Deine Gicht ist der Lohn des Herrn für deine Maßlosigkeit. Und wohl auch für deine Diebereien.«

Wütend funkelte Netta die Begine an. »Was fällt dir ein, mich eine Diebin zu nennen, du frömmlerisches Aas. Ich werde dich wegen böser Nachrede bei den Bütteln anzeigen«, drohte sie.

»Tu, was du nicht lassen kannst«, beschied Notburga ihr.

»Mir ist es gleich. Entweder du mäßigst dich künftig, oder ich unterhalte mich ein wenig mit deiner Herrin. Hierher brauchen sie dich jedenfalls nicht mehr zu schleppen, wenn dich wieder das Zipperlein beißt.«

Das unwirtliche Wetter hielt an. Regen und Nebel wechselten sich ab, bescherten den Händlern schlechte Verkäufe und ließen die Bierzapfen verwaisen. Nur wen ein schweres Bedrängnis quälte, der setzte einen Fuß auf die ungepflasterten Gassen, in denen knietief der Morast stand. Daher blickte Agathe überrascht von ihren Büchern auf, als die Hausmagd ihr eines Morgens erklärte, an der Tür sei jemand, der sie zu sprechen wünsche. Dabei rümpfte das junge Ding die Nase, um nur ja keinen Zweifel daran zu lassen, dass sie den Besucher für nicht wert halte, gemeldet zu werden.

»Du musst dich irren. Sicher ist es für Augustin. Zu mir will niemand«, erklärte Agathe.

»Doch, doch!«, beharrte die Magd. »Sie sagte ausdrücklich, sie wolle zu Jungfer Agathe.«

Verwundert stieg Agathe die Treppe hinab. Im Flur drückte sich ein mageres Mädchen mit dem Rücken an die Tür, als getraue sie sich nicht, einen Schritt weiter in das herrschaftliche Haus hineinzutun. Ihr fadenscheiniges Kittelkleid aus billigem Berchant war fleckig und an den Saumkanten abgestoßen. In der Tat entsprach ihr Äußeres nicht dem der üblichen Besucher, die man im Hause Streicher empfing. Auch Augustins Patienten ließen ihr Gesinde nicht so zerlumpt herumlaufen.

Schüchtern knickste das Mädchen. »Jungfer Streicher, könntet Ihr ... wärt Ihr wohl so gütig ...«, stotterte sie. Dann schluckte sie, fasste Mut und machte einen neuen Anfang: »Unsere Mutter ist schrecklich krank. Seit Tagen schon. Könntet Ihr kommen und sie gesund machen?«

»Ich?«, fragte Agathe verwundert. »Wie kommst du darauf, dass ich sie heilen könnte?«

»Die Base meiner Mutter hat es gesagt. Sie hat gesagt, Ihr hättet sie auch gesund gemacht.«

»Die Base deiner Mutter?«, wiederholte Agathe verständnislos.

»Ja. Tante Netta. Sie hat gesagt, dass Ihr armen Leuten helft. Vater ist Fischer«, sprudelte das Mädchen hervor, als sei das Erklärung genug.

Und in der Tat erklärte es eine Menge. Agathe wusste, dass kein studierter Arzt – auch nicht ihr Bruder – seinen Fuß in die schmutzigen Gassen an der Mündung der Blau setzen würde, um die Frau eines Fischers zu behandeln, selbst wenn sich die Familie die Behandlung hätte leisten können.

Dabei hatten sie alle mit ihrem Eid vor den Stadtvätern versprochen, jedem Ruf eines Kranken zu folgen, sei er reich oder arm, und sich mit angemessener Entlohnung zu begnügen.

Wieder einmal entflammte in Agathe Wut auf diese borniertes Herren. Dennoch zögerte sie. Sie konnte doch nicht einfach so zu einer Kranken gehen und versuchen, sie zu heilen als sei sie selbst ein Arzt.

»Bitte!«, flehte das Kind. »Mutter hat doch solche Pein. Sie sieht aus wie eine aufgepustete Schweinsblase, ich habe Angst, dass sie platzt! Und ich habe noch vier Schwestern und zwei kleine Brüder. Wenn der liebe Gott Mutter zu sich holt, weiß ich nicht, was ich tun soll!«

Agathes Mitgefühl überwog ihre Bedenken. Wenn sie der Fischerfrau nicht helfen würde, so täte es keiner.

»Warte einen Moment!«, sagte sie zu dem Mädchen und eilte, die Matula zu holen, die Doktor Stammler ihr überlassen hatte. Zum Schutz gegen den Regen warf sie sich einen Mantel um die Schultern und folgte dem Kind in das

Viertel nahe der Blau, wo sich in engen Gassen Gerber- und Färberwerkstätten drängten und die Luft mit widerwärtigem Gestank erfüllten.

Fischer Stäbl und seine Familie bewohnten zwei Zimmer in einem ärmlichen Haus aus brüchigem Fachwerk, das sich unter einen windschiefen Spitzgiebel duckte. Weit kragte es in die Gasse vor, um fünf Fischerfamilien Unterschlupf zu gewähren.

Hinter dem Mädchen betrat Agathe den niedrigen Raum, der der Familie Küche und Wohnraum zugleich war. Ein Tisch stand darin, wenige Hocker und ein grober Kasten mit Regalbrettern. Der Rest der Habe hing in Körben von der Decke und an Nägeln, die direkt in die hölzernen Wände getrieben waren.

Auf dem Boden spielte eine Handvoll Kinder mit weißen Flusskieseln, und am Herd hob eine Frau in mittleren Jahren gerade den Deckel von einem Kessel. Dampf stieg auf und füllte den Raum mit dem durchdringenden Geruch von Fisch, der nicht mehr frisch genug war, um ihn zu verkaufen.

Die Frau wandte sich um und wischte sich die Hände an ihrer fleckigen Schürze ab.

»Ich wohne nebenan«, erklärte sie ihre Anwesenheit in der Stäblschen Küche. »Jemand muss sich doch um die Würmchen kümmern, wo es Barbara so schlechtgeht.«

Das kleine Mädchen zog Agathe weiter in den Schlafraum der Familie, und obschon diese aus der Klause Übles gewöhnt war, prallte sie jäh zurück. Im Zimmer war es finster, und es stank wie in einem überlaufenden Latrinenhaus.

»Öffne das Fenster!«, befahl Agathe dem Mädchen.

Sogleich kam das Kind ihrem Befehl nach und schlug mit einem Krachen den Klappladen zurück. Kalter Wind und Regen fegten herein, und Agathe schöpfte tief Luft, bevor sie an das Lager der Kranken trat.

Kraftlos und in Schweiß gebadet lag Barbara Stäbl auf einem mit groben Leinen bezogenen Strohsack. Agathe kniete neben der Fischerfrau nieder und schlug ihre grobwollene Decke zurück. Ihr Leib war unnatürlich aufgetrieben.

Vorsichtig betastete Agathe den Bauch der Kranken. Barbara wimmerte, und ihr entfuhr knatternd ein Wind. Agathe nahm das Harnglas aus dem weichen Stoffbeutel und reichte es ihr. Schwerfällig wälzte Barbara sich auf die Seite und richtete sich auf, um Agathes Bitte nach ihrem Urin gleich an Ort und Stelle nachzukommen.

Agathe erhob sich und hielt die Matula gegen das Licht. Es war zwar nicht der erste Harn des Tages, doch die Färbung war deutlich zu erkennen: Karopus, kamelfarben. Die Fischerfrau litt an einer bösen Kolik. Es war eine falsche Kälte in ihrem Leib, so dass dieser die verzehrte Nahrung nicht zerteilen konnte.

Man sollte einen Bader rufen, damit er Barbara ein Klistier verabreichte, um ihren Leib zu purgieren, dachte Agathe. Doch dieser wollte bezahlt werden mit Geld, das der Familie an anderer Stelle bitter fehlen würde.

Dabei konnte es doch nicht so schwer sein, ein Klistier zu verabreichen. In einem von Augustins Büchern hatte Agathe eine Beschreibung des Vorgehens nebst genauer Zeichnung eingehend studiert.

Aus dem Beutel am Gürtel ihres hellblauen Wollkleides nahm sie ein paar Kreuzer und reichte sie dem Mädchen. »Lauf zu Meister Heubler in die Mohren-Apotheke. Du weißt, wo das ist?«

Das Mädchen nickte. »Bei der Barfüßerkirche.«

»Bring mir Rautenblätter. Eine Handvoll sollte reichen. Und ein wenig gemahlenen Kreuzkümmel. Dill habt ihr in der Küche?«

Das Mädchen nickte abermals.

»Gut, dann lauf!«, sagte Agathe und schickte sich ebenfalls an, das Haus zu verlassen. »Ich bin gleich zurück.«

Es war kein weiter Weg bis zur Metz, wo Jacob Merk wohnte, und zu Agathes Erleichterung traf sie den Wundarzt zu Hause an. »Könnt Ihr mir ein Klistier leihen?«, fragte sie unumwunden. »Die Frau von Fischer Stäbl hat eine Kolik und kann sich Eure Dienste nicht leisten.«

Merk zeigte sich ob dieser Bitte nicht verwundert. Er kannte Agathe seit langem und hatte nie vergessen, wie beherzt sie ihm damals bei der Amputation von Messner Grubers Zehen assistiert hatte, als sein Gehilfe angesichts der abgezwackten Gliedmaßen das Bewusstsein verloren hatte.

Er kramte in einer Truhe, die an der rückwärtigen Wand des Raumes stand, und hatte alsbald gefunden, was er suchte. Triumphierend hielt er das Klistier in die Höhe: ein schlaffer, fleckiger Beutel – die Blase eines Schweins, wie Agathe richtig vermutete –, an dessen Ende ein knöchernes Ansatzrohr befestigt war. »Hier, das dürft Ihr behalten«, sagte Merk und reichte es ihr. »Ich schenke es Euch. Ihr wisst damit umzugehen?«

Agathe nickte. Herzlich dankte sie dem Wundarzt.

»Seid auf der Hut«, rief dieser ihr noch einen guten Rat hinterher.

In der Stäblschen Küche war der Fischdunst noch durchdringender geworden, und in Agathe stieg beißende Übelkeit auf, als sie die Nachbarin vom Herd verdrängte, um aus den Rautenblättern einen Sud anzusetzen. Es dauerte eine Weile, bis der Sud gezogen hatte, und sie bemühte sich, flach zu atmen, um nicht würgen zu müssen.

Schließlich war der Rautensud so weit abgekühlt, dass Agathe ihn in das Klistier füllen konnte. Sie trug es in die Schlafkammer, kniete neben Barbara, die sich nach wie vor unter Schmerzen krümmte, auf dem Boden nieder und zog ihr das Hemd über die Hüften hinauf. Vorsichtig, um ihr keinen unnötigen Schmerz zu bereiten, schob sie ihr das beinerne Auslaufstück in den After, so wie sie es in dem Lehrbuch gesehen hatte. Barbara entfuhr erneut ein kräftiger Wind.

Beherzt nahm Agathe die Schweinsblase in beide Hände und drückte den Sud in Barbaras Darm. Die Kranke stöhnte leise. Als das Klistier vollständig geleert war, entfernte Agathe das Auslaufstück, erhob sich auf ihre Füße und ging zurück in die Küche, wo die Nachbarin auf ihr Bitten hin in einem Tiegel ein wenig Wasser erwärmt hatte. Gewissenhaft maß sie eine kleine Menge Kreuzkümmel – probates Mittel gegen Blähungen – ab, gab ihn in einen hölzernen Trinkbecher und fügte großzügig von dem geriebenen Dill hinzu. Letzterer würde den Schmerz in Barbaras Darm und Bauch lindern. Alsdann goss sie das lauwarme Wasser hinzu und rührte den Trank sorgfältig um.

Gerade hatte sie sich wieder neben Barbaras Lager niedergekniet, um der Kranken den Becher zu reichen, als das Klistier seine Wirkung entfaltete. Barbara bäumte sich auf, und einer Eruption gleich entlud sich der stinkend-braune Inhalt ihres geschundenen Darms auf den Strohsack und über Agathes Kleid.

Agathe stellte den Becher beiseite und sprang auf die Füße. Das also hatte der Wundarzt gemeint, als er ihr riet, auf der Hut zu sein.

»Oh, mein Gott!«, wimmerte Barbara, als sie die Bescherung sah. »Das kostbare Kleid! Wie soll ich das je begleichen?«

In der Tat hatte Agathes Kleid aus blauer Wolle mehr gekostet, als der Fischer in einem Monat heimbrachte. Erst jetzt wurde ihr bewusst, wie seltsam sich ihr Auftreten in dieser Wohnung ausnehmen musste. »Mach dir darum keine Gedanken«, sagte sie beruhigend.

Mit Hilfe der Nachbarin reinigte sie die Kranke, bettete sie auf das Schlaflager ihres Mannes und konnte ihr endlich den Heiltrank verabreichen. Der Fischer allerdings würde am Abend nicht umhinkommen, neues Stroh zu besorgen, wenn er heimkam.

Als Agathe in der Küche auch ihren eigenen Rock notdürftig ausgewaschen hatte, trat sie noch einmal an das Lager der Kranken. »Ich bin sicher, es wird dir bald bessergehen«, versprach sie. »Morgen komme ich wieder und schaue nach dir.«

Barbara nickte matt. »Was verlangt Ihr für Eure Hilfe?«, fragte sie schwach.

Kurz ließ Agathe ihren Blick durch den ärmlichen Raum schweifen. Sie wollte bereits abwinken und erklären, dass sie dafür kein Entgelt nehme, als sie sich eines Besseren besann. Die Stäbls waren Fischer. Arme Leute zwar, doch keine Bettler. Agathe würde ihnen ihre Würde lassen. »Zwei Schillinge«, antwortete sie daher. Das war so wenig, dass die Familie es würde aufbringen können, doch immerhin so viel, dass es sie nicht beschämte.

»Danke!«, flüsterte Barbara.

Als Agathe sie am darauffolgenden Tag besuchte, hatten Rautenblätter, Dill und Kreuzkümmel ihre Wirkung getan. Barbaras Leib war abgeschwollen, und obzwar sie noch schwach auf den Beinen war, konnte sie doch für eine Weile aufstehen, sich um ihre Kinder kümmern und den Haushalt versehen. Augustin hätte es auch nicht besser vermocht, dachte Agathe erfreut und konnte sich eines Anfluges von Stolz nicht erwehren.

Einige Tage hatte das trübe Wetter noch angehalten, dann war es über Nacht kalt geworden. Der Frost hatte den trostlosen Nebel vertrieben und die Gassen mit einer dünnen Eisschicht überzogen. Eine überraschend strahlende

Wintersonne zauberte ein Lächeln in die Gesichter der Menschen, die Agathe auf ihrem Weg in die Klause begegneten.

Jedoch mochte es nicht an der Sonne liegen, dass das Lächeln des einen oder anderen, der Agathe erkannte, ein wenig breiter ausfiel als gewohnt. Am Holzmark stieß einer der Holzknechte seinen Gefährten mit dem Ellbogen in die Seite und deutete unverhohlen mit dem Finger auf sie, und als Agathe bei der alten Mehlwaage in die Hirschgasse einbog, tuschelte ein junges Ding einer drallen Frau ins Ohr, woraufhin beide Weiber in schrilles Lachen verfielen.

Allenthalben vernahm Agathe ein Kichern und Wispern und konnte sich des Gefühls nicht erwehren, dass sie es war, über die man sprach. Zu auffällig drehten sich die Menschen nach ihr um. Im Seelhaus angekommen, vergaß sie das Getuschel zwar sofort, doch auf dem Heimweg von der Klause war es wieder da. Agathe konnte sich keinen Reim darauf machen, bis sie das Haus betrat, und Katharina wie eine Furie über sie herfiel.

»Wie kannst du nur so etwas tun!«, keifte ihre Schwester. »Treibst dich salbadernd in den übelsten Vierteln herum! Du, eine Tochter aus bestem Hause! Die ganze Stadt zerreißt sich das Maul, und alle ehrbaren Familien zeigen mit dem Finger auf uns.«

Betroffen starrte Agathe sie an. Sie hatte nicht daran gedacht, dass jemand von ihrem Besuch bei Barbara erfahren könnte. Ja, dass sich überhaupt jemand dafür interessieren würde. Doch selbst, wenn sie daran gedacht hätte – Agathe wäre trotzdem gegangen.

»Du bist wirklich eine Schande für die Familie! Ziehst unseren guten Ruf in den Dreck, wo du nur kannst!«, fuhr Katharina fort zu zetern. »Anscheinend hat der Herrgott dich einzig als Strafe für unsere Familie erschaffen! Wobei ich nicht weiß, für welche Sünden. Der einzige Sünder hier weit und breit bist du! Es wäre besser gewesen, der heilige Georg hätte dich erschlagen anstatt Hella!«

»Katharina, mäßige dich!«, rügte Helene, die das Geschrei ihrer Ältesten in den Flur gerufen hatte. Traurig blickte sie Agathe an und schüttelte den Kopf. »Warum nur, Agathe?«, fragte sie leise.

Sogar im dürftigen Licht des Flurs konnte Agathe die Furchen erkennen, die das Leben in Helenes Gesicht gegraben hatte, und zum ersten Mal wurde ihr bewusst, dass die Mutter eine alte Frau geworden war. Sie wollte ihr erklären, dass sie nicht anders gekonnt hatte, als Barbara Stäbl zu helfen. Dass niemand außer ihr der armen Frau beigestanden hätte. Doch die Hilflosigkeit, mit der Helene sie anblickte, schnürte ihr die Kehle zu.

»Verzeiht mir, Mutter!«, murmelte sie und schlich mutlos in ihre Kammer.

»Warum nur muss ich immer Anlass zu Verdruss geben?«, fragte sie den lieben Gott. »Warum hast du mich mit dieser Leidenschaft für das Medizinieren gesegnet, wenn ich sie nicht nutzen darf? Oder ist es kein Segen, sondern ein Fluch? Bin ich ein Fluch für meine Familie, wie Katharina gesagt hat? Ich tue es doch nicht mit Arg. Ich will den Menschen doch nur helfen. Aber stattdessen verursache ich nichts als Kummer. Ist das dein Zeichen, mir zu sagen, ich soll davon lassen? Aber wieso lässt du es dann zu, dass mein Tun bisweilen Menschen heilt?«

Agathes Gedanken begannen, sich im Kreis zu drehen. Immer wieder kehrten sie zu ihrem Ausgangspunkt zurück und gipfelten stets in der Frage, ob ihr Medizinieren nun gottgefällig war oder nicht.

Während Katharina auf verletzende Weise ihrem Ärger Luft machte und Agathe hadernd mit dem Herrgott Zwiesprache hielt, verschanzte ihr Bruder Augustin sich in seinem Studierzimmer und wartete auf Patienten. Doch

Schande ist wie Pech. Sie klebt an allen, die sie berühren, und niemand mag sich daran die Finger beschmutzen. Deshalb riefen, sehr zu Augustins Verdruss, in den darauffolgenden Tagen nur wenige Patienten den Doktor Streicher zu Hilfe, obgleich man seinen Namen allseits im Munde führte.

Wieder einmal lastete auf dem Haus in der Sattlergasse eine trübe Stille, durch die sich das Gesinde nur auf Zehenspitzen zu bewegen getraute.

In dieser Stille ertönte eines Morgens überlaut das Pochen des Türklopfers, ebenso das Poltern der hölzernen Treppen, als die Hausmagd die Stiege zu Agathes Kammer erklomm. Barbara Stäbl litt erneut an einer Kolik.

War das Gottes Weg, sein Einverständnis zu ihrem Medizinieren zu geben, fragte Agathe sich, oder war es eine neuerliche Versuchung, der sie widerstehen musste? Sei's drum, entschied Agathe. Mit dem Herrn würde sie sich später auseinandersetzen. Jetzt galt es zunächst einmal, sich um die Fischerfrau zu kümmern.

Sie fand Barbara im gleichen Zustand vor wie vor wenigen Wochen, und wie damals verabreichte Agathe ihr ein Klistier und verordnete Dillwasser und Kreuzkümmel. In weiser Voraussicht hatte sie diesmal eine große Schürze mitgenommen und brachte sich rechtzeitig in Sicherheit.

Barbaras Zustand hatte sich auch diesmal rasch gebessert, stellte Agathe am darauffolgenden Tag fest, doch sie war mit ihrem Heilerfolg nicht wirklich zufrieden. Sollte das jetzt in schöner Regelmäßigkeit so weitergehen?, fragte sie sich. Würde Barbara binnen kurzem wieder an der Kolik leiden, ein Klistier bekommen, gesunden, und wenige Wochen darauf begann die Kolik von neuem, auf dass man ihr wieder einen Einlauf bereitete?

Wem wäre damit gedient? Der Einzige, der daran einen Nutzen hätte, wäre der Arzt, der sie behandelte, wenn

Barbara sich die Behandlung eines Arztes würde leisten können.

Irgendwie erinnerte die Sache Agathe an die Gicht der netten Netta. Wie würde Paracelsus darüber denken, fragte Agathe sich. Der verstorbene Arzt hatte eine besondere Art, anders an die Sache heranzugehen.

Anders herum. Umdrehen. Eine Kolik wird verursacht durch eine falsche Kälte im Leib, so dass dieser die verzehrte Nahrung nicht zerteilen konnte, repetierte Agathe in Gedanken.

Anders herum, umdrehen, befahl sie sich. Bekam Barbaras Leib demzufolge Nahrung, die er nicht zu zerteilen vermochte? Dann müsste es helfen, wenn man ihm diese gar nicht erst gab.

»Was isst du?«, fragte sie die Kranke.

»Was isst wohl die Frau eines Fischers?«, erwiderte Barbara und verzog angewidert das Gesicht. »Fischsuppe. Fisch, Fisch und noch einmal Fisch. Ich kann ihn schon lang nicht mehr sehen!«, brach es heftig aus ihr heraus.

»Vielleicht solltest du keinen Fisch mehr essen«, empfahl Agathe. »Beschränke dich eine Weile auf Grütze. Möglicherweise bleibst du dann von der Kolik verschont.«

In dem Moment kamen die Fischer vom Fluss herauf, und müde und stinkend, wie er war, eilte Sebastian Stäbl sogleich an das Lager seiner Frau. Er war klein gewachsen für einen Mann, dabei gedrungen von Statur, mit starken Armen und Beinen.

»Es geht dir besser!«, stellte er erfreut fest.

»Ich soll keinen Fisch mehr essen!«, erklärte ihm seine Frau. In ihren Augen glomm Hoffnung.

»Eine Fischerfrau, die keinen Fisch isst?«, polterte Sebastian Stäbl. »Die den Fang ihres eigenen Mannes verschmäht? Was sollen denn da die Leut sagen? Dass der Fisch vom Stäbl nichts taugt? Das lasse ich nicht zu!«

Agathe baute sich vor ihm auf. Er war nur um eine Daumenbreite größer als sie. Fest blickte sie ihm in die Augen. »Wenn du ein gesundes Weib haben willst, das bei Kräften ist, um seine Arbeit zu tun, dann wirst du es wohl zulassen müssen!«, erklärte sie ihm kühl.

Der Fischer grunzte und warf mürrisch die Tür hinter Agathe zu, als diese die Stäblsche Wohnung verließ. Doch einige Wochen darauf schickte er ihr einen Korb mit frischen Äschen.

Jedes noch so pikante Gerücht, jeder böse Klatsch ebbt eines Tages ab und wird verdrängt von neuen Gerüchten und Geschichten, und so ließen die Klatschmäuler endlich auch von Augustin und Agathe ab, als der Garnsieder Jerg Lauthe seinen Sohn erstach. Lauthe war ein zorniger, unfriedlicher Mann, den man ins Spital hatte bringen und dort sogar hatte anketten müssen. Als sein Sohn auf Wanderschaft gehen wollte, besuchte er seinen Vater mit einem Krug Wein, um sich gebührlich von ihm zu verabschieden.

Lauthe wollte von seinem Sohn wissen, wann er denn wieder freikäme. Ehrlich, wie er war, antwortete der Sohn darauf, er glaube nicht, dass man den Vater freilassen würde, doch er versicherte ihm, dass die Familie ihn auch im Spital keinen Mangel leiden ließe.

Der Garnsieder geriet daraufhin derart in Rage, dass er ein Messer zog und es seinem Sohn in den Hals stieß. Dieser verstarb noch an Ort und Stelle, und am selben Abend noch führte man Lauthe auf den Garnmarkt, wo man ihn an der Bahre seines toten Sohnes niederknien ließ und ihm den Kopf abschlug.

Nach und nach fanden nun auch Augustins Patienten wieder den Weg in das Haus in der Sattlergasse. Doch als es eines kalten Morgens, wenige Tage vor dem Christfest, an die Tür klopfte, war es ausnahmsweise keiner, der ärztlicher Hilfe bedurfte. Im Gegenteil: Als Agathe öffnete, stand vor ihr ein Mann in schäbigem, dunklem Umhang, den ausladenden Hut so tief ins Gesicht gezogen, dass Agathe seine Züge nicht erkennen konnte. Auf der Schwelle des Hauses hatte er einen bunt bemalten Medizinkasten abgestellt, dem er einen winzigen Holztiegel entnahm.

Offensichtlich war er einer jener wandernden Kurpfuscher, die für ihre bestenfalls wirkungslosen, oftmals sogar gefährlichen Wundermittel ihren Kunden das Geld aus dem Beutel zogen. Auf diese Scharlatane war Agathe gar nicht gut zu sprechen. Entsprechend harsch fuhr sie ihn an: »Sieh zu, dass du weiterkommst. Wir brauchen deine Wundermittel hier nicht!«

Der Medizinverkäufer zeigte sich von ihrem rüden Ton nicht beeindruckt. Mit schlanken, feingliedrigen Händen schwenkte er den Tiegel vor ihrem Gesicht hin und her. »Ein vortrefflicher Liebeszauber, werte Jungfer«, pries er das Mittel an. »Es wirkt unfehlbar, schon beim bloßen Ansehen!«

Bei seinen Worten durchfuhr es Agathe wie ein Schlag. Die Stimme! Nein, das konnte nicht sein. Das war völlig unmöglich. Ihre Sinne narrten sie.

Der Wanderheiler hob den Kopf und blickte Agathe direkt in die Augen.

»Kaspar!« Sie stieß einen erstickten Schrei aus und musste alle Kraft aufbringen, sich nicht geradewegs in seine Arme zu stürzen.

»Das Mittel ist wirklich probat, werte Jungfer. Hilft gegen Hühneraugen, Pusteln, Blähungen und den Stein. Nicht dass ich damit sagen will, dass Ihr darunter leiden könntet, aber vielleicht jemand in Eurem Haushalt …«, schwadronierte Kaspar laut, als hätte er sein Lebtag nichts anderes getan, als Wundermittel zu verhökern.

»Was machst du hier? Du bist von Sinnen, in die Stadt zu kommen! Wenn man dich hier findet!«, zischte Agathe. Eilig trat sie zurück in den Flur und hielt die Tür für ihn auf. Kaspar hievte den Medizinkasten auf seine Schulter und folgte Agathe ins Haus. Mit einem dumpfen Scheppern fiel die Tür hinter ihm ins Schloss.

»Ich hätte nicht gedacht, dass meine Verkleidung dich so entzücken würde!«, versuchte Kaspar sich an einem Scherz.

Doch Agathe war nicht nach Lachen zumute. Sie hätte überhaupt nicht sagen können, wonach ihr zumute war. Sie hätte lachen mögen, laut schreien und weinen zugleich. In ihr war nur ein Gedanke: Er ist zurück! Kaspar ist wieder da!

Im selben Moment trat Katharina hinzu. »Herr von Ossig! Willkommen!«, begrüßte sie den überraschenden Gast überschwenglich. Auf ihrem Gesicht bildeten sich hektische rote Flecken. »Herrje, Agathe! Warum führst du Herrn von Ossig denn nicht herein? Was für ein Benehmen!«, tadelte sie. »Freust du dich denn gar nicht?«

Aufgeregt rief sie Mutter und Augustin herbei, und alsbald drängte sich die ganze Familie um den lang vermissten Prediger. In der Stube nötigte man Kaspar in einen kommoden Sessel, kredenzte ihm einen Becher besten Weines und bestürmte ihn mit Fragen.

»Wie schön, dass Ihr wieder bei uns seid!«, sagte Katharina. »Aber begebt Ihr Euch damit nicht in große Gefahr?«, fügte sie besorgt hinzu.

»Natürlich ist es ein Wagnis«, gab Schwenckfeld zu. »Aber ich kann meine Gemeinde doch nicht ohne Hirten lassen. Zumal diese Gemeinde mutig genug ist, sich offen zu Ansichten zu bekennen, die derzeit im Reich nicht gern gehört werden. Ist es da nicht geradezu eine Pflicht, für diese Schäfchen die Gefahr zu wagen?«

Katharina nickte errötend. »Und wie steht es um Euren Disput mit den Anhängern Luthers?«, begehrte sie zu wissen. »Habt Ihr ihnen Euren Standpunkt deutlich machen können? Erkennen sie endlich die Wahrheit darin?«

»Leider nicht!«, antwortete Schwenckfeld mit einem Seufzen. »Aber ich arbeite derzeit an einem Werk, in dem ich meine Argumente noch einmal ausführlich erläutere. Das wird sie sicherlich von der Richtigkeit meiner Auffassung überzeugen.«

Augustin indes bewegten praktischere Fragen. »Wo habt Ihr Euch in den vergangenen zwei Jahren versteckt?«, fragte er gespannt.

»Mal hier, mal dort«, antwortete Schwenckfeld ausweichend und hob bedauernd die Schultern. »Ich kann Euch leider nicht verraten, wer so barmherzig war, mir Zuflucht zu gewähren, denn ich gab mein Wort darauf, dass niemand es erfährt«, erklärte er. Dann entspannten sich seine Züge zu einem fröhlichen Lächeln, und er machte eine wegwerfende Handbewegung. »Doch all das gehört jetzt der Vergangenheit an. Freiherr Georg Ludwig von Freyberg, der meinen Lehren sehr zugeneigt ist, gewährt mir großzügig seine Gastfreundschaft. Ich wohne jetzt bei ihm auf Schloss Justingen auf der Alb.«

Während die Geschwister den Prediger mit Fragen bestürmten, hielt Agathe sich zurück. Kaum getraute sie sich, den Blick zu heben, aus Sorge, ein jeder könne darin ihre Gefühle lesen. Unter gesenkten Augenlidern hervor musterte sie Kaspar eingehend.

Er hatte sich kaum verändert. Sein Haar trug er jetzt länger, stellte sie fest. An den Schläfen war es silbern geworden, doch das tat seinem Aussehen keinen Schaden. Gesund und kräftig sah er aus. Die Vertreibung aus Ulm und die Unwägbarkeiten der Wanderschaft schienen in seinem Gesicht keine Spuren hinterlassen zu haben und hatten auch die Begeisterung in seinen Augen nicht zum Erlöschen gebracht.

Kaspars Streit mit den Lutheranern interessierte Agathe nur insofern, als dieser schuld daran war, dass der Prediger Ulm hatte verlassen müssen. Doch bei dessen letzten Worten horchte sie auf. Schloss Justingen! Das war gerade einmal eine Tagesreise entfernt. Vielleicht käme Kaspar jetzt öfter nach Ulm? Agathes Herz machte einen Satz. Sie würde ihn ab und an sehen können!

Noch für diesen Nachmittag lud man die Gemeindemitglieder in die Stube des Streicherschen Hauses, und es war keiner darunter, der die glückliche Gelegenheit versäumte, Schwenckfeld zu begrüßen.

Die Gäste blieben bis weit in den Abend. Sie umschwärmten den lange entbehrten Prediger, suchten das Gespräch mit ihm, und einem jeden lieh er sein Ohr. Für jeden fand er freundliche Worte – nur für Agathe nicht.

Es war beinahe schon augenfällig, mit welcher Beharrlichkeit Kaspar ihr ausgewichen war, dachte sie trübe, als sie spät in der Nacht auf ihrer Bettstatt lag und keinen Schlaf fand. Kein einziges Wort hatte er seit der Begrüßung mit ihr gewechselt.

Das silberne Licht des fast gerundeten Mondes fiel in kalten Streifen durch die Spalten der Klappläden vor dem Fenster und machte ihr das Einschlafen nicht leichter. Morgen früh würde Kaspar seinen bunten Medizinkasten schultern und sich wieder auf den Weg nach Justingen machen, und sie wusste nicht, wann sie ihn das nächste Mal sah – wenn es ein nächstes Mal überhaupt gab.

Ihre Gefühle für Kaspar hatten sich nicht geändert. Doch wie stand es mit ihm? Empfand er für sie das Gleiche wie sie für ihn? Seinem heutigen Verhalten nach zu urteilen, konnte das kaum der Fall sein. Hatte er nicht auch seinen Brief ausschließlich an Katharina gerichtet und ihr nicht einmal seinen Gruß ausrichten lassen?

Vielleicht hatte er jenen Kuss von damals nicht vergessen, doch offensichtlich besaß er für ihn nicht die gleiche Bedeutung wie für sie. Möglicherweise bereute er ihn inzwischen sogar?

Fest biss Agathe sich auf die Lippe, um den Schmerz zu vertreiben, den diese Gedanken in ihr aufrührten. Wenn es auch noch so weh tat – was hatte es für einen Sinn, sein Herz an einen Menschen zu hängen, der ihre Liebe nicht erwiderte?

Mit einem Ruck setzte Agathe sich auf. Sie musste darüber Gewissheit haben. Heute noch. Bevor es Kaspar morgen früh im Beisein ihrer Familie wieder gelänge, ihr auszuweichen. Entschlossen schob sie das Federbett beiseite, sprang aus dem Bett und wickelte sich in ein dickes Wolltuch, als wolle sie zum Abort hinausgehen.

Agathe schlich die Stiege hinab und huschte leise über den Flur im Obergeschoss. Kurz hielt sie den Atem an und lauschte. Außer dem gelegentlichen Schnarchen von Augustin war alles still.

Die Schlafkammer, in welcher man im Streicherschen Haus die Gäste unterbrachte, lag der ihres Bruders genau gegenüber. Vorsichtig presste sie das Ohr an die Tür zur Gästekammer, doch drinnen war kein Geräusch zu hören. Agathe konnte nicht ausmachen, ob Kaspar schlief oder wachte.

Behutsam drückte sie die Klinke hinab, schob die Tür ein Stück weit auf und spähte hinein. Kaspar hatte vor dem Zubettgehen vergessen, die Klappläden zu schließen. Im Silberlicht des Mondes zeichnete sich die Silhouette seines Körpers unter dem bauschigen Federbett deutlich gegen die dunkle Wand ab. Kaspars Kopf dagegen lag im Dunkel.

Wachsam blickte Agathe sich um, dann schlüpfte sie in

die Kammer hinein und drückte die Tür hinter sich ins Schloss. Für einen Moment lehnte sie sich von innen gegen die Tür und wartete ab, bis ihr Pulsschlag sich beruhigte.

Kaspar schien tatsächlich zu schlafen, denn auf dem Bett regte sich nichts. Wie sollte sie ihn wecken, ohne dass er aufschreckte? Vorsichtig machte sie einen Schritt auf ihn zu. Plötzlich blitzte im Dunkel das Weiße seiner Augen auf, und Agathe fuhr zusammen. Kaspar hatte sich am Kopfende des Bettes aufgerichtet, die Arme hinter dem Kopf verschränkt, und beobachtete sie.

Mit einem Mal kam Agathe sich lächerlich vor, und sie wusste nicht, was sie sagen sollte. Es war unmöglich, ihn direkt zu fragen, ob er sie noch liebte! Wie hatte sie nur auf diese Idee kommen können?

Das Mondlicht fiel auf den bunten Medizinkasten, den Kaspar achtlos in einer Kammerecke abgestellt hatte. Agathe deutete darauf. »Was hast du in den Gläsern?«, fragte sie, um Zeit zu gewinnen.

»Dreck«, antwortete Kaspar. Die Dunkelheit verbarg sein amüsiertes Lächeln.

»Dreck?«, wiederholte Agathe.

»Dreck ist auch nicht schlimmer als das, was andere Wunderheiler verkaufen«, rechtfertigte Kaspar sich.

»Und was hättest du getan, wenn jemand etwas von deinen Wundermitteln hätte kaufen wollen?«

»Ich hätte es ihm gegeben und ihm geraten, damit seine Fußsohlen einzureiben«, antwortete er mit gespieltem Ernst.

Agathe lachte. Der Mondstrahl übergoss ihre schlanke Gestalt mit weißem Licht und glänzte auf ihrem winterblassen Gesicht. Ihr dichtes Haar, das sie mit einer Schleife zu einem dicken Zopf gebunden hatte, schimmerte im Mondlicht wie flüssiges Silber.

»Du bist wunderschön!«, flüsterte Kaspar heiser. Dann

jedoch wurde seine Stimme hart. »Zu schön, um nur im Hemd in die Kammer eines Mannes zu kommen. Zumal um diese Nachtzeit. Geh zurück in dein Bett!«, befahl er schroff.

Agathe schluckte. Tränen der Enttäuschung traten ihr in die Augen. Hastig senkte sie den Kopf, damit Kaspar ihre Bestürzung nicht sah. Sie hatte also mit ihrer Befürchtung recht gehabt. Er liebte sie nicht.

Wie festgewachsen stand Agathe da, unfähig, sich zu bewegen, und versuchte, die Tränen zurückzuhalten. Er sollte sie nicht weinen sehen. Endlich gelang es ihr, sich zu bewegen. Tränenblind machte sie einen Schritt auf die Tür zu. Dann noch einen. Ihre Hand tastete nach der Türklinke.

»Agathe!« Mit einer einzigen Bewegung warf Kaspar das Federbett beiseite, sprang auf die Beine und riss sie in seine Arme. Ungestüm presste er seine Lippen auf ihren Mund, dass es Agathe den Atem nahm.

Das Auf und Ab ihrer Gefühle raubte Agathe alle Kraft. Haltsuchend schmiegte sie sich in Kaspars Arm und erwiderte seinen Kuss.

»Geh!«, murmelte er in ihr Haar. »Geh, solange du noch kannst. Es ist besser, glaub mir!« Doch seine Arme hielten sie fest.

Tief atmete Agathe den Duft seiner Haut ein. Sie wollte nicht gehen. Wollte nicht von ihm lassen. Fest schlang sie ihre Arme um seine Schultern und presste sich an ihn. Durch den dünnen Stoff seines Hemdes hindurch spürte sie seinen sehnigen Körper.

»Herr im Himmel, Agathe! Ich bin auch nur ein Mann!«, stieß Kaspar hervor. »Warum konntest du es nicht dabei belassen?« Mit beiden Händen umfasste er ihre Hüften und zog sie an sich. Hart spürte sie seine Manneskraft gegen ihren Leib drängen.

Mit einer heftigen Bewegung streifte Kaspar das Tuch

von ihren Schultern, hob sie hoch und trug sie zu seiner Bettstatt. Ungeduldig nestelte er an der Schnürung ihres Hemdes, doch die Bänder widersetzten sich seinen Bemühungen. Kurzerhand riss Kaspar sie entzwei und schob das feine Leinen über Agathes Schultern hinab.

Ihre bloße Haut schimmerte weiß im Mondlicht, und unter dem kühlen Luftzug, der durch die Ritzen am Fenster zog, richteten sich die Knospen ihrer Brüste auf. Kaspar entfuhr ein Stöhnen. Beinahe grob umschloss seine Rechte ihre Brust, während er mit der freien Hand den Saum ihres Hemdes bis über die Hüften hinaufschob.

Kaspar wusste, er sollte sich mäßigen. Er wusste, er war im Begriff, eine unverzeihliche Sünde zu begehen. Doch die Leidenschaft in ihm hieß alle Moral schweigen. Hart presste er seine Lippen auf Agathes Mund, und mit einem tiefen Seufzer nahm er ihren Leib in Besitz.

Ein scharfer Stich fuhr Agathe durch die Lenden, und ihr entschlüpfte ein Schmerzenslaut. Doch der Schmerz währte nur einen Moment. Als Kaspar sachte begann, sich in ihr zu bewegen, wurde er fortgespült von einem Gefühl ganz anderer Art. Einem erregenden Gefühl, wie Agathe es nie zuvor gespürt hatte. Einem Gefühl, das sie ganz und gar erfüllte und sie forttrug, höher und immer höher hinauf.

Viel zu rasch, noch ehe Agathe den Gipfel erklommen hatte, war es vorbei. In Kaspar erwachte das Gewissen. Entsetzt über das eigene Tun ließ er von ihr ab und schlug die Hände vors Gesicht.

»Herr, was habe ich getan!«, klagte er. »Vergib mir, ich war nicht bei Sinnen!«

Wie gestochen sprang er aus dem Bett und zog Agathe auf die Füße. Hastig streifte er ihr das zerrissene Nachthemd über den Kopf, hob ihr Wolltuch vom Boden auf und legte es ihr um die Schultern.

»Verzeih mir, kleine Agathe, wenn du kannst«, flüsterte er, öffnete die Kammertür und schob sie hinaus.

So schnell war es gegangen, dass Agathe gar nicht wusste, wie ihr geschah. Im einen Moment schwebte sie noch in warmen, lustvollen Höhen, im nächsten bereits fand sie sich verdattert, barfuß und im Hemd auf dem Flur wieder. Reichlich ernüchtert schlich sie in ihre Kammer zurück.

Am nächsten Morgen blieb Kaspar dem Morgenmahl der Familie Streicher fern. Eilig schickte man die Hausmagd, ihn zu holen, doch diese kam unverrichteter Dinge zurück. Die Gästekammer sei leer, berichtete sie schulterzuckend. Herr von Ossig sei fort und sein Bündel auch. Einzig den bunten Medizinkasten habe er zurückgelassen.

13. Kapitel

Bereits früh am Morgen schlug eine kleine, vor Schmutz starrende Kinderhand an die hintere Tür des Streicherhauses. Die Hand gehörte zu einem achtjährigen Jungen, dessen Kittel und Hose nicht weniger schmutzig waren. Er war für sein Alter recht groß gewachsen und kräftig von Statur.

»Ich soll Euch zu einem Kranken bringen!«, sagte er mit erstaunlichem Selbstbewusstsein zu Agathe.

Amüsiert beugte diese sich zu dem Jungen hinab. »Und wer ist dieser Kranke?«, fragte sie freundlich.

»Das hat er nicht gesagt.«

Agathe verkniff sich ein Lachen. »Wohin sollst du mich denn bringen?«, hakte sie nach.

»Na, auf den Michelsberg!«

Agathe krauste die Stirn. Der Michelsberg mit seinen weinbewachsenen Flanken lag westlich der Stadt. Früher wurde sein Gipfel von einer Kirche gekrönt, die dem heiligen Michael geweiht war, doch vor drei Jahren hatte man das Gotteshaus abgerissen. Einzig den Turm und das Messnerhäuschen hatte man stehen lassen, und soweit Agathe wusste, gab es nur einen Menschen, der dort wohnte: Schneider Gruber, der ehemalige Messner von Sankt Michael, dem vor Jahren das Fass von Sebastian Franck auf den Fuß gefallen war, als dieser sich noch als Seifensieder betätigt hatte.

Ein Schatten huschte über Agathes Züge, als sie an Sebastian Franck dachte. Erst wenige Wochen waren vergangen, seit sie von dessen Ableben in Basel erfahren hatten.

»Wie schlimm steht es denn um Messner Gruber?«, fragte sie den Jungen besorgt.

Dieser zuckte nur mit den Schultern. »Können wir jetzt gehen?«

Es war bereits Brachmond, und sicher würde es ein warmer Tag werden, doch so früh am Morgen war die Luft noch recht kühl, daher warf Agathe sich ihren leichten schwarzen Wollmantel, ähnlich denen, welche die Herren Ärzte trugen, über ihr Kleid aus dunklem, unempfindlichem Barchent. Beides – Mantel und Kleid – hatte sie nähen lassen, nachdem sich der Inhalt von Barbara Stäbls Darm als Folge ihrer ersten Klistierbehandlung über eines ihrer hellen Wollkleider ergossen hatte.

Mit einem kleinen Seufzer schulterte Agathe ihren hölzernen Medizinkasten, der in der Nähe der hinteren Tür bereitstand. Es war jene bunt bemalte Kiste, welche Kaspar bei seinem übereilten Aufbruch zurückgelassen hatte. Der Seriosität halber hatte sie die schrillen Malereien mit dunkler Farbe übermalt. Die Gläser mit Dreck hatte sie ausgeleert und gründlich gereinigt, bevor sie sie mit erschwinglichen Salben und Latwergen neu befüllte. Die meisten davon hatte sie selbst anhand von Kräuterbüchern und eines gut erhaltenen Rezeptariums, das sie von einem fahrenden Buchhändler gekauft hatte, in der Küche des Streicherschen Hauses angefertigt.

Eingeschlagen in ein wollenes Futteral, verwahrte Agathe außerdem die Matula, die sie von Doktor Stammler bekommen hatte, und das Klistier von Wundarzt Merk in dem Medizinkasten, der für sie beinahe so etwas wie ein Talisman geworden war.

Mit schiefem Blick beobachtete der Junge, wie Agathe ihn auf der Schulter balancierte. »Was gebt Ihr mir, wenn ich ihn für Euch trage?«, fragte er geschäftstüchtig.

Agathe musterte ihn abwägend. Der Kasten war nicht

allzu schwer. Kräftig genug, ihn zu tragen, war der Junge allemal, doch man musste ihn mit Sorgfalt behandeln, damit die Gläser darin nicht zerbarsten. Agathe gab ihn nicht gern aus der Hand. Andererseits zog sich der Weg hinauf zum Messnerhaus, und der Junge konnte sicher jeden Kreuzer gut gebrauchen.

»Wie heißt du?«, fragte sie.

»Mathias.«

»Nun, Mathias. Ich gebe dir einen Kreuzer – für Hin- und Rückweg«, bot sie an. »Aber du musst sorgfältig mit dem Kasten umgehen, es ist Glas darin. Wenn ich sehe, dass du unachtsam damit bist, bekommst du gar nichts für deine Arbeit, auch wenn es ein Schritt vor dem Ziel ist!«

»Abgemacht!«, willigte der Junge ein und streckte die Arme aus, um den Kasten in Empfang zu nehmen.

Ausladenden Schrittes querten Agathe und Mathias den Markt. Am Fischkasten – so nannten die Ulmer respektlos den zwölfeckigen Marktbrunnen, weil die Fischer darin ihren lebenden Fang den Kunden feilboten – bogen sie ab in Richtung der westlichen Stadtmauer.

»Mathias!«, rief einer der Fischer, ein großer, kräftiger Kerl. »Was treibst du dich in der Stadt herum? Komm her und hilf mir gefälligst!«

Dieser hielt es wohl für lukrativer, seinen Auftrag auszuführen, als beim Verkauf der Fische zu helfen, denn er tat, als hätte er den Ruf seines Vaters nicht gehört, und beschleunigte seinen Schritt. Der Fischer fluchte missvergnügt, doch er verzichtete darauf, hinter seinem Sohn herzulaufen, da das hieße, seinen kostbaren Fang im Brunnen unbeaufsichtigt schwimmen zu lassen.

Agathe musste sich beeilen, um mit Mathias Schritt zu halten. Sie strebten die kleine Herdbrucker Gasse entlang und traten schließlich, ohne von den Stadtwachen näher beachtet zu werden, durch das Frauentor.

Der Weg führte sie stetig bergan, zwischen knotigen Weinstöcken hindurch, auf deren saftig-grünen Blättern die letzten Tautropfen glitzerten. Die Sonne stieg höher, und sie hatten bereits das größte Stück ihres Weges zurückgelegt, als Mathias unter dem Gewicht des Kastens zu keuchen begann.

»Soll ich den Kasten eine Weile tragen? Du bekommst deinen Lohn trotzdem«, bot Agathe an, ihn von seiner Last zu befreien.

Verbissen schüttelte der Junge den Kopf. »Geschäft ist Geschäft«, erwiderte er schnaufend.

Dann endlich, nach einer guten Dreiviertelstunde, hatten sie ihr Ziel erreicht, und Mathias setzte, laut aufseufzend zwar, doch mit äußerster Behutsamkeit, den Medizinkasten auf der Schwelle des Messnerhäuschens ab.

Baufällig und windschief wie ein abgerutschtes Schwalbennest, klammerte es sich an den Fuß des Kirchturms. Die verwitterten Klappläden vor den Fensteröffnungen waren geschlossen, die Tür indes stand offen. Dennoch klopfte Agathe gegen das Holz, bevor sie eintrat.

Messner Gruber hockte an einem niedrigen Tisch direkt bei der Tür, Nadel und Faden in der Rechten, auf dem Schoß ein Stück derben Leinens, aus dem erkennbar ein Kleidungsstück werden sollte. Er war schmächtig und blass wie ehedem, und sein schütterer Bart hing dünn herab wie der eines alten Ziegenbockes, doch auf den ersten Blick konnte Agathe an ihm kein Anzeichen einer Krankheit erkennen.

»Gott zum Gruße!«, sagte sie, und freundlich erwiderte der Messner Agathes Gruß. Offensichtlich erfreute er sich bester Gesundheit.

Als Agathes Augen sich nach der Helligkeit des Sommermorgens an das Düster im Haus gewöhnt hatten, sah sie im hinteren Teil des niedrigen Raumes einen Mann auf der Bank neben dem Ofen hocken. Das war wohl der Kranke, den es zu behandeln galt, schloss sie. Der Mann erhob sich und trat auf sie zu, und erst als er direkt vor ihr stand, erkannte sie Kaspar Schwenckfeld.

Während sie noch vor Überraschung sprachlos war, erhob sich Messner Gruber, legte Nadel und Faden beiseite und streckte seine Glieder. Verschmitzt zwinkerte er Agathe zu und humpelte aus dem Haus, wo er den verdutzten Mathias am Schlafittchen packte und mit sich fortzog.

»Guten Morgen, Agathe!«, sagte Kaspar mit belegter Stimme. »Verzeih, dass ich dich den weiten Weg hierhergelockt habe. Ich …«

»Was ist mit dir?«, fiel Agathe ihm besorgt ins Wort und konnte nicht verhindern, dass ihre Stimme ein wenig schrill klang. »Bist du krank?«

»Ich? Nein. Gott sei es gedankt, ich bin putzmunter«, entgegnete Kaspar und fuhr sich mit der Hand durch die dunklen Locken. »Ich bin sogar ganz ausgezeichneter Dinge, denn ich werde bald nach Ulm zurückkehren können«, sagte er euphorisch.

»Wie wundervoll!« Agathes besorgte Miene wich einem strahlenden Lächeln. »So ist der Streit mit den Prädikanten beigelegt?«

»Noch nicht ganz.« Kaspar machte eine wegwerfende Geste. »Aber so gut wie. Ich habe mein neues Werk an die Stadtväter gesandt mit der Bitte, meine Lehren zu prüfen. Wenn sie das gelesen haben, werden sie gar nicht umhinkommen, mich mit offenen Armen wieder aufzunehmen!« Seine dunklen Augen blitzten voller Zuversicht, und überschwenglich ergriff er ihre Hand.

»Deshalb, liebe, kleine Agathe, bin ich hier. Ich will Augustin um deine Hand bitten, denn endlich kann ich dir ein sicheres und trauliches Leben bieten, ganz, wie du es verdienst!«

Agathes Herz machte einen Hüpfer. Sie würde Kaspars Frau! Für immer könnte sie nun in seiner Nähe sein.

Plötzlich ernst geworden, ließ Kaspar ihre Hand los. »Vorab jedoch muss ich wissen, ob du mir meine schändliche Verfehlung verzeihst«, sagte er mit belegter Stimme. »Das ist der Grund, warum ich dich hierherauf gelockt habe.« Reumütig wie ein Delinquent, der das Urteil seiner Richter erwartet, blickte er zu Boden.

»Da ist nichts zu vergeben«, rief Agathe glücklich. Sie wusste, sie selbst war auch nicht ganz unschuldig an dem, was vor einem halben Jahr in der Streicherschen Gästekammer geschehen war. Sie hatte es nicht bereut, dass sie sich Kaspar hingegeben hatte. Wohl aber hatte die Ungewissheit sie gequält, ob er je wieder den Weg in das Streichersche Haus finden oder ob er die Versuchung auf immer fliehen würde.

»So komm mit mir nach Justingen!«, bat Kaspar und zog sie in seine Arme. »Ludwig von Freyberg wird von dir entzückt sein!«

Agathe lehnte sich an seine Brust, schloss die Augen und gab sich dem Glücksgefühl hin. Sie würde Kaspar heiraten! Die Stadtväter würden endlich Kaspars Lehren verstehen, und er würde nach Ulm zurückkehren. Ein Bild entstand vor Agathes innerem Auge: Kaspar und sie gemeinsam in ihrem Studierzimmer zwischen Regalen, vollgestopft mit Büchern und Folianten über Religion und Medizin ... Und bis dahin würden sie gemeinsam auf Schloss Justingen leben!

Wie es wohl war, auf einem Schloss zu leben? In mancherlei Hinsicht sicher sehr kommod, dachte Agathe. Sie stellte sich einen Saal mit glänzend polierten, eichenen Bodendielen, ausladenden Kaminen und üppigen Samtdrapierungen vor, darin vornehm gewandete Menschen. Doch in einem Schloss lebte ja nicht nur die herrschaftliche Familie und ihre Gäste, sondern auch ein ganzer Tross von Gesinde, Handwerkern und Bauern.

»In Justingen gibt es sicher auch Kranke, um die ich mich sorgen kann.« Agathe hatte die Worte laut ausgesprochen, und Kaspar hob den Kopf.

»Das wird wohl kaum möglich sein«, sagte er sanft. »Freiherr Ludwig ist ein fortschrittlich denkender Mann, aber trotzdem glaube ich nicht, dass er an seinem Hof gestattet, dass die Frau eines Adligen mediziniert.« Zärtlich legte er ihr den Finger unter das Kinn. »Du kannst dich doch fortan um mein Wohlergehen sorgen, damit hast du sicher genug zu tun.«

Agathe nickte tapfer. Bemüht, ihre Enttäuschung nicht zu zeigen, wechselte sie das Thema: »Kommst du in die Stadt, um die Gemeinde zu sehen?«

»Das war meine Absicht. Ich versuche es kurz nach Mittag. Um die Zeit haben die Stadtwachen vollgefressene Bäuche und sind nicht ganz so wachsam. Ich möchte nicht länger als nötig bleiben, daher wäre es das Beste, die Brüder und Schwestern für heute noch zu laden.«

»Dann sollte ich mich wohl sputen, zu Hause Bescheid zu geben«, sage Agathe und löste sich aus Kaspars Armen.

Gänzlich ungetrübtes Glück gab es wohl nie, dachte sie wenig später, als sie mit Mathias den Windungen des Weges zwischen den Weinreben hindurch in Richtung Stadt folgte. Das ließ der liebe Gott anscheinend nicht zu, damit die Menschen ihre Demut nicht vollends verloren.

Sie liebte Kaspar, und sie würde für ihr Leben gern seine Frau werden. Also würde sie für eine Weile das Medizinieren lassen müssen. Es würde ihr schwer werden, doch für die armen Familien im Fischerviertel, die sich keinen Arzt leisten konnten und denen sie daher bisweilen half, mochte es weit schwerer werden. Agathe hatte an ihnen zwar keine

Wunder gewirkt, doch es gab mehr als einen, dessen Leiden sie hatte lindern können.

Auch die Lehrstunden mit Augustin würden ihr fehlen. In dem knappen Jahr, in dem er sie nun unterrichtete, hatte sie viel gelernt. Und wenn ihr Bruder auch stets bemüht war, sie seine Überlegenheit spüren zu lassen, so hatte Agathe den leisen Verdacht, dass auch er ihre Gespräche genoss, obschon er dies nie und nimmer zugeben würde.

Es wäre ja nicht für lang, tröstete Agathe sich selbst. Kaspar war zuversichtlich, dass der Streit bald beigelegt wäre und er nach Ulm zurückkehren dürfe. Jedoch: Wie lange ging der Hader nun schon? Mit den Jahren war er nicht mäßiger, sondern verbissener geführt worden, und wenn Agathe den Eifer sah, mit dem der Münsterprediger Martinus Frecht Kaspar, Sebastian Franck und jeden anderen verfolgte, der auch nur den Anschein erweckte, den lutherischen Lehren kritisch gegenüberzustehen, dann konnte sie das nicht recht glauben.

Und was wäre dann? Würde sie für den Rest ihrer Tage auf Schloss Justingen oder am Hof eines anderen Bewunderers von Kaspar genau das Leben führen müssen, dem sie hier in Ulm entkommen war? Ein inhaltsloses Leben zwischen Hoftratsch und Stickrahmen?

So geschwungen der Weg sich wand, so mäanderten auch Agathes Gedanken zwischen der Freude, Kaspars Frau zu werden, und dem Bedauern, dass sie dafür von der Medizin würde lassen müssen. Bergab hätten sie weit schneller vorankommen müssen, doch je länger sich der Weg zog, desto langsamer wurden ihre Schritte, und so dauerte es eine geraume Weile, bis sie schließlich das Streichersche Haus erreicht hatten.

Vorsichtig, wie Agathe ihm aufgetragen hatte, setzte Mathias den Medizinkasten an seinem angestammten Platz ab, erhielt seinen Lohn und verschwand auf der Suche nach einem geeigneten Fleckchen für seine wohlverdiente Pause.

Im Streicherschen Haus dagegen entbrannte eifrige Betriebsamkeit. Helene scheuchte die Mägde mit Besen und Staubwedel umher, Katharina besprach mit der Köchin, was in Küche und Keller vorrätig war, das man den Gästen auf die Schnelle würde reichen können, und Jos ging daran, in der Stube die große Tafel aufzuschlagen. Einzig Augustin in seinem Studierzimmer ließ man, seiner Stellung entsprechend, unbehelligt.

Agathe machte sich auf den Weg, die Mitglieder der kleinen Gemeinde für den Nachmittag einzuladen, denn damit konnte man selbstredend die Dienstboten nicht betrauen.

Seit man Schwenckfeld der Stadt verwiesen hatte, sahen sich seine Anhänger gezwungen, ihre Zusammenkünfte heimlich unter dem Deckmantel privater Feierlichkeiten oder Familienfeste abzuhalten, wollten sie sich nicht der Verfolgung des Münsterpredigers aussetzen.

Als Agathe von ihrem Botengang zurückkam, fand sie Mathias gegenüber dem Haus an die Mauer der Greth gelehnt. Gespannt beobachtete er, wie vollgeladene Fuhrwerke mit Gütern aus allen Landesteilen in den Innenhof des gewaltigen Gebäudekomplexes rollten. Hier schlug das merkantile Herz der Stadt, denn alle Waren, die nach Ulm gebracht wurden, mussten in der Greth ausgeladen, gewogen und verzollt werden, bevor sie weitertransportiert oder den Ulmer Bürgern zum Kauf angeboten wurden. Trotzdem ließ Mathias das Streicherhaus nie ganz aus den Augen. Man konnte ja nicht wissen, ob aus der einmal angezapften Geldquelle noch mehr herauszuholen war.

Kluges Bürschchen, dachte Agathe und wusste auch sofort, wobei ihr Mathias' Hilfe zupass käme: Am Vorabend hatte ihr Gerber Ihle, ein Nachbar von Fischer Stäbl, als

Dank dafür, dass sie seine Frau von einem Bandwurm erlöst hatte, ein großes Bündel Treibholz gebracht, das nun im Hof hinter dem Haus lagerte.

Für einen weiteren Kreuzer schulterte der Knabe das Bündel und trottete hinter Agathe her, die sich einen Korb mit Eiern über den Arm gehängt hatte, der aus ähnlicher Quelle stammte, zur Klause bei der Eich.

Die Beginen freuten sich über die Gaben, insbesondere das Feuerholz konnten sie dringlich gebrauchen. Nachdem Agathe die Eier in die Küche gebracht hatte, band sie sich wie gewohnt ihre Schürze um und machte sich an die Arbeit. So kam es, dass sie, während sich im Streicherschen Haus die Gemeinde versammelte, damit beschäftigt war, einer zahnlosen alten Wäscherin geduldig dünnen Gerstenschleim einzuflößen.

Katharina hatte sich gewundert, dass Agathe der Andacht fernblieb. Sie hatte stets geglaubt, Agathe sei Herrn von Ossig in Freundschaft zugetan, wenn sie schon nicht nach den Erbauungen seiner Predigten dürstete. Allerdings hatte sie längst aufgegeben, sich über das Verhalten ihrer Schwester zu wundern.

Sie selbst würde niemals eine Predigt von Schwenckfeld verpassen, so viel war sicher. Und das beileibe nicht nur wegen deren religiöser Erbaulichkeit. Seit langem schon empfand sie für Kaspar die Liebe einer Frau für ihren Gemahl.

Katharina war sicher, dass auch Kaspar ihr in Zärtlichkeit zugetan war. Hätte er ihr sonst Komplimente gemacht? Katharina erinnerte sich an jedes einzelne, von ihrer ersten Begegnung, als er die Schönheit ihrer Seele rühmte, bis zum heutigen Tag. In Justingen bekomme er wahrlich viel Anmut zu Gesicht, hatte er eben noch bei seinem Eintreffen versichert, doch selten gepaart mit Klugheit und Bildung, wie er sie in diesem Hause finde.

Katharina verstand vollkommen, dass Kaspar sich ihr in seiner prekären Lage nicht hatte erklären können, allein schon aus Verantwortung ihr gegenüber. Doch wenn der Streit mit den Prädikanten nun bald beigelegt wäre, stünde einer Heirat nichts mehr im Wege.

Wie erfüllend es wäre, Kaspar bei seinen Studien zu helfen, dachte sie in glücklicher Erwartung. Seine Texte abzuschreiben und die Erste zu sein, mit der er über seine Geistesschöpfungen disputierte.

Während Katharina sich in der Stube des Streicherschen Hauses der verführerischen Vorstellung hingab, Kaspars Gemahlin zu sein, versuchte Agathe in der Klause bei der Eich, genau diese Vorstellung durch harte Arbeit zu vertreiben.

Nachdem sie Susanna geholfen hatte, die Siechen zu verbinden, zu füttern und zu waschen, nahm sie schließlich Laken und Decken von den freien Pritschen, trug sie in den Hof und schüttelte gründlich das Ungeziefer heraus. Diejenigen, welche dringend einer Wäsche bedurften, warf sie auf einen Haufen, die anderen legte sie ordentlich zusammen und stapelte sie an der Wand im Krankensaal auf.

Als Agathe schließlich auch noch die Pritschen beiseiteräumte und nach dem Besen griff, um den Boden zu fegen, den Susanna bereits am Vormittag gereinigt hatte, wurde es Notburga zu bunt.

»Was machst du da?«, fragte sie barsch.

»Fegen!«

»Soso, fegen!« Notburga hob die Brauen. »Findest du nicht, dass es dafür ein wenig spät am Tag ist?«

»Nein, wieso? Sauberkeit kann nie schaden.«

Notburga stemmte die Hände in die Hüften und blickte sie streng an. »In letzter Zeit sehen wir dich hier recht selten, und stets bist du in Eile. Doch heute lungerst du hier herum, als hättest du kein Zuhause. Was immer es ist, vor dem du dich hier verkriechst – je eher du dich dem stellst, desto eher hast du es hinter dir!«

Notburga besaß immer noch die Fähigkeit, auf den Grund ihrer Seele zu blicken, dachte Agathe beschämt. Und die Begine hatte recht. Was sie hier tat, war nichts anderes, als sich zu verstecken. Entschlossen lehnte sie den Besen an die Wand des Krankensaales und verließ die Klause.

Als Agathe heimkam, hatten sich die Gemeindemitglieder bereits zerstreut, und es gelang ihr, ungesehen in ihre Kammer zu huschen. Gründlich wusch sie sich Schmutz und Staub vom Leib und wartete, bis die Geräusche im Haus verrieten, dass man sich zur Ruhe begab. Eine Weile harrte Agathe noch aus, um sicherzugehen, dass die Familie in tiefem Schlummer lag, dann schlich sie wie in jener Vollmondnacht vor einem halben Jahr in Kaspars Kammer.

Der Prediger saß auf seinem Bett zurückgelehnt und las im Schein eines Talglichtes. Vielleicht hatte er auf Agathe gewartet, denn er hatte sich noch nicht für die Nacht entkleidet. Lediglich seines Wamses hatte er sich entledigt, Hemd und Beinkleider hatte er anbehalten.

Bei ihrem Eintreten hob er den Kopf von seinen Papieren. »Wo warst du?«, fragte er. Seine Stimme klang besorgt, doch Agathe vernahm den Hauch eines Vorwurfs darin. »Man könnte fast meinen, du wolltest nicht meine Frau werden.«

Schuldbewusst blickte Agathe zu Boden. Sie liebte Kaspar und würde ihn mit Freuden heiraten. Doch sie wollte nicht mit ihm nach Justingen gehen. Wie sollte sie ihm das nur erklären?

»Kaspar ...«, hob sie an und trat an seine Bettstatt.

»Scht, Liebes.« Sachte ergriff er ihre Hand und zog sie zu sich herab. Seine Lippen fanden die ihren, liebkosten ihren Mund, ihre Augen, ihre Wangen. »So lange habe ich darauf gewartet«, murmelte er in ihr Haar. »So unendlich lange.«

Sanft drängte er Agathe auf die Bettstatt nieder und hob auch ihre Beine darauf, so dass sie wie auf einem Altar zu liegen kam. Gleichfalls wie vor einem Altar kniete er neben dem Bett nieder, und ehrfürchtig, einer sakralen Handlung gleich, öffnete er die Schnürung ihres Kleides und entblößte ihren Leib.

Unfähig, sich zu rühren, ließ Agathe es geschehen. Sie wusste, wohin es führen würde. Schon seit langem hatte ihr Leib sich nach dem seinen gesehnt, ihre Haut nach der Berührung seiner Hände, ihr Mund nach dem Kuss seiner Lippen.

Einer sanften Liebkosung gleich strich die laue Luft der warmen Sommernacht durch das geöffnete Fenster herein und jagte einen Schauder über ihre Haut.

Kaspar betrachtete sie voller Bewundern und Begehren wie ein kostbares Kleinod.

»Du bist vollkommen. So vollkommen, wie es nur Gott erschaffen kann«, flüsterte er rauh, streckte die Hand aus und zeichnete andächtig mit dem Finger die Wölbung ihrer Brust nach.

Er beugte sich zu ihr hinab, und zärtlich schlossen sich seine Lippen um die Knospe einer ihrer Brüste. Eine glühende Woge fuhr Agathe hinab in ihren Schoß und überschwemmte ihn mit flüssigem Feuer. Scharf sog sie die Luft ein.

Kaspars Lippen lösten sich von ihren Brüsten, liebkosten sanft ihren Leib, küssten den kleinen Hügel ihres Bauches, um dann tiefer zu wandern, der Rundungen ihrer Hüften folgend, zu ihrem Knie. Heiß spürte sie seine Lippen auf ihrer Haut.

In quälender Langsamkeit glitten seine Lippen auf der Innenseite ihres Schenkels wieder hinauf. Agathe hielt die

Luft an. Ihr ganzer Leib war zum Zerreißen gespannt. Dann schließlich spürte sie seine Lippen auf der zarten Haut ihrer Scham, und ihr entfuhr ein lautes Stöhnen.

Jetzt, da sie bald seine Frau wäre, schien Kaspars Gewissen ihn nicht mehr daran zu hindern, seiner Leidenschaft nachzugeben. Ja, mehr noch, war dies doch die Gelegenheit, seine Hast und Unbeherrschtheit in ihrer ersten Nacht wiedergutzumachen. Voller Zärtlichkeit suchte er, sie zu verwöhnen, ihr Lust zu bereiten, die sie niemals für möglich gehalten hatte. Zumal nicht bei einem Mann, der sein Leben dem Glauben gewidmet hatte.

Endlich, als Agathe schon fürchtete, vor Wonne zu vergehen, nahm er sie behutsam in seine Arme, und als er schließlich in sie eindrang, empfand sie keinen Schmerz, nur das Gefühl unvorstellbarer Lust, das sie einhüllte und davontrug.

Nicht lange nachdem man im Streicherschen Haus die Lichter für die Nacht gelöscht hatte, verspürte Katharina ein unbequemes Bedürfnis. Nur mit ihrem Nachthemd bekleidet und barfuß, damit sie niemanden in seiner Nachtruhe störte, schlich sie die Stiege vom Dachgeschoss hinab.

Gerade wollte sie ihren Fuß auf die Treppe zum Erdgeschoss setzen, als sie ein leises Stöhnen vernahm. Katharina hielt inne und lauschte. Wieder hörte sie das Stöhnen. Es schien aus der Gästekammer zu kommen.

Voller Sorge, Kaspar könnte plötzlich erkrankt sein, eilte sie zu seiner Kammer und presste ihr Ohr an die Tür. Das Stöhnen erklang ein drittes Mal, lauter nun. Katharina stieß die Tür auf.

Der Anblick traf sie wie ein Fausthieb: Herr von Ossig, kehrseitig entblößt in sittenloser Umarmung mit ihrer vermaledeiten Schwester, hemmungslos der Wollust hingegeben.

»Agathe!«, stieß sie hervor, zitternd vor Zorn, die unversehrte Gesichtshälfte vor Wut und Abscheu verzogen. »Du Ausgeburt des Bösen! Wie kannst du nur! Einen so frommen und sittenstrengen Mann wie Herrn von Ossig zu verführen! Einen Prediger, der sein Leben dem rechten Glauben verschrieben hat.«

Der Schein der Kerze in ihrer Hand lichterte über ihr Antlitz und erhellte eine grausige Fratze, die geradewegs einem Bildnis des Jüngsten Gerichts entsprungen sein mochte. Agathe und Kaspar fuhren auf, sprachlos vor Schreck.

»Und es ist dir auch völlig gleich, wenn du damit schon wieder mein Leben zerstörst, nur um deines eigenen Vergnügens willen!«, fuhr Katharina fort. Ihre Stimme brach. »Du billige Zuddel!«

So jählings Katharina in ihrer Kammer erschienen war, so rasch wandte sie sich ab und verschwand im Dunkel des Flures. Agathe und Kaspar saßen wie erstarrt da. Zu abrupt war der Absturz aus den Höhen der Lust gekommen.

Kaspar fasste sich als Erster. Sanft küsste er Agathe auf die Stirn.

»Mach dir nichts daraus, mein Herz«, sagte er tröstend. »Morgen früh geben wir unsere Verlobung bekannt, und damit erledigt sich die Angelegenheit.«

Agathe schlug die Hände vors Gesicht. »Nichts erledigt sich«, murmelte sie undeutlich zwischen den Fingern hervor. Nun war es so weit. Sie konnte es nicht länger aufschieben. Tief schöpfte sie Luft, um Mut zu fassen. »Bitte vergib mir, Kaspar, aber ich kann nicht deine Frau werden«, sagte sie.

»Was?« Kaspar legte die Hand ans Ohr. Seine Taubheit musste ihn genarrt haben. »Kannst du das noch einmal sagen?«

Agathe blickte ihn an. Deutlich wiederholte sie: »Ich kann dich nicht heiraten.«

Die Enttäuschung zeichnete sich auf Kaspars Gesicht ab. Mit einem Mal sah er so alt aus, wie er an Jahren war. »Aber warum denn nicht? Liebst du mich nicht mehr?«, fragte er bestürzt.

»Ich liebe dich. Aber ich kann nicht mit dir auf Justingen leben. Ich kann nicht auf einem Schloss herumsitzen und sticken, während anderenorts kranke Menschen meine Hilfe brauchen.« Um Verständnis bittend, blickte sie Kaspar in die Augen. »So, wie es deine Bestimmung ist, dich um das Seelenheil der Menschen zu sorgen, so ist es die meine, mich um die Gesundheit der Armen zu kümmern. Sie haben niemanden außer mir. Ich brächte es nicht übers Herz, sie zu verlassen, auch um unserer Liebe willen nicht.«

Traurig erwiderte Kaspar ihren Blick und nickte. Er verstand. Er verstand sie nur zu gut. Zärtlich hauchte er einen letzten Kuss auf ihre Wange.

Dritter Teil

1547–1548

14. Kapitel

Mit beiden Händen hielt Agathe den prachtvollen Aal, den ihr Harnischmacher Bode geschickt hatte, in die Höhe. Der wohlhabende Handwerker war ein Verwandter Notburgas und der Aal sein großzügiges Dankeschön dafür, dass sie ihn vom Zipperlein befreit hatte.

Der Harnischmacher war überhaupt ein dankbarer Patient: Auf das Genaueste hatte er befolgt, was Agathe ihm angeraten hatte, und war seither frei von Beschwerden – zu seiner, aber auch zu Agathes Freude, denn es zeigte ihr, dass ihre Annahmen hinsichtlich der Ursachen der Gicht richtig waren.

Den Aal dürfe er nach ihrem Gebot ohnehin nicht verspeisen, hatte er ausrichten lassen, daher möge sie ihn gefällig als Geschenk annehmen.

In der Donau gab es keine Aale. Das kostbare Tier war lebend vom Rhein hergebracht worden, und ein wenig nagte das schlechte Gewissen an Agathe, dass sie es für medizinische Zwecke verwenden würde. Es gab genügend hungrige Mäuler in der Stadt, für die der Aal ein Festmahl abgäbe, zumal in diesen schweren Zeiten.

Wie von Kaspar befürchtet, hatte die Geduld des katholischen Kaisers mit den Protestanten irgendwann ein Ende gehabt. Im vergangenen Jahr war es dann tatsächlich zum Krieg zwischen den Mitgliedern des Schmalkaldischen Bundes und dem Kaiser gekommen, dem Krieg, den Martin Luther immer befürchtet, den er selbst aber nicht mehr erlebt hatte, denn bereits im vorausgegangenen Februar hatte der Herr seinen mutigen Streiter zu sich gerufen.

Den ganzen Sommer über lieferte man sich kleinere Schlachten und Scharmützel entlang der Donau – Gott sei es gedankt fernab von Ulm. Zu einer großen, alles entscheidenden Schlacht kam es jedoch nicht. Im November zogen der Kurfürst von Sachsen und der Landgraf von Hessen plötzlich mit ihren Leuten ab. Derartig geschwächt und entmutigt, zerstreuten sich die verbliebenen Truppen des Bundes – sehr zur Freude des Kaisers, der daraufhin Ulm zur Aufgabe aufforderte.

Hatte es im vergangenen Weinmond in der Stadt noch geheißen, man wolle Gut und Blut für das Evangelium wagen, so sah man sich angesichts der drohenden Übermacht der kaiserlichen Truppen nun doch gezwungen, klein beizugeben und das zerrüttete Verhältnis zum Reichsoberhaupt wieder einzurenken. Jetzt hätte man des diplomatischen Geschickes eines Bernhard Besserers bedurft, doch auch dieser war vor vier Jahren vom Herrn zu seiner letzten Verhandlung bestellt worden.

Der Kaiser verlangte eine immense Geldbuße von seinen abtrünnigen Untertanen, welche die durch die Kriegsführung ohnehin stark belastete Stadtkasse vollends leerten. Der Handel war zum Erliegen gekommen und der größte Teil der umliegenden, zur Stadt gehörenden Dörfer verwüstet.

Zu allem Überfluss war Ende Hartung auch noch der Kaiser selbst mit großem Gefolge in die Stadt eingeritten. Seit siebenunddreißig Tagen schon – inzwischen schrieb man den vierten Lenzig – logierte er im Ehingerhof an der Herdbrücke, auch das eine zusätzliche Last für den Stadtsäckel.

Im Hause Streicher waren die wirtschaftlichen Auswirkungen des Krieges glücklicherweise nicht sehr deutlich zu spüren, denn von unerwarteter Seite war der Familie ein finanzieller Segen zuteilgeworden: Bartholomäus Streicher, einziger Sohn von Onkel Hieronymus, Vaters Bruder, war unverheiratet und kinderlos gestorben und hatte der Familie sein Vermögen hinterlassen.

Vetter Bartholomäus war Kaufmann gewesen wie sein Vater und sein Onkel, ein kleinwüchsiger, in sich gekehrter Mann, der – kauzig bis zur Unhöflichkeit – nur selten unter Menschen gegangen war. Auch die Familie in der Sattlergasse hatte er so gut wie nie besucht. Stattdessen hatte er sein Leben damit zugebracht, Geld zu verdienen, was zur Folge hatte, dass er ein beträchtliches Vermögen angehäuft hatte, darunter eine ganze Handvoll Mietshäuser, das nunmehr seiner Tante und deren Kindern zufiel.

Das Wasser im Kessel auf dem Herd begann zu sieden, und vorsichtig, damit sie sich nicht verbrühte, ließ Agathe den Fisch im Ganzen, mit Haut, Gräten und Innereien, in den ungesalzenen Sud gleiten. Sofort erfüllte ein traniger Geruch die Küche.

Aalfett, so hatte Agathe in Erfahrung gebracht, war ein probates Mittel gegen Ohrenleiden. Vielleicht brächte es auch Kaspars Gehör zurück. Agathe seufzte und griff nach einem hölzernen Rührlöffel.

Der Rat hatte seine Schrift den Prädikanten vorgelegt und sie zu einer Stellungnahme aufgefordert, doch die war, ganz wie Agathe befürchtet hatte, negativ ausgefallen.

Durch die wachsende katholische Bedrohung von außen hatten Frecht und die Prädikanten in den vergangenen Jahren in der Stadt an Macht gewonnen. Aus kleinlicher Sorge um die eigene Stellung verfolgten und drangsalierten sie alle, die nicht zweifelsfrei dem protestantischen Glauben anhingen. Die Offenheit und Toleranz in religiösen Angelegenheiten, derer sich die Stadt einst rühmen konnte, ja, die sie überhaupt zu einer führenden Kraft der Reformationsbewegung hatte werden lassen, war verloren.

Schwenckfeld hatte nicht in allen Ehren nach Ulm zurückkehren dürfen, wie er sich das erhofft hatte. Und sie hatten auch nicht geheiratet. Der Krieg hatte das Reisen zu einer unsicheren und gefährlichen Sache gemacht, und so war es schon eine geraume Weile her, seit Kaspar das letzte Mal von Justingen aus seine Gemeinde in Ulm besucht hatte.

Er hielt sich immer nur für wenige Stunden in der Stadt, das heißt im Hause Streicher, auf und nahm stets Nachtquartier im Messnerhäuschen auf dem Michelsberg, wohin Agathe sich dann früh am Morgen in aller Heimlichkeit schlich.

Es waren nur wenige Stunden der Gemeinsamkeit, die sie teilten, die Agathe jedoch mit jeder Faser ihres Leibes und ihrer Seele genoss – es war alles, was ihnen vergönnt war.

Auf des Messners kargem Lager liebten sie sich wie Ertrinkende, nie wissend, ob ihnen ein nächstes Mal beschert würde. Einander haltend, als gelte es, der Ewigkeit entgegenzutreten, verweilten sie, redeten und genossen die Gegenwart des anderen, bis die Sonne hoch am Himmel stand und sich ein jeder wieder auf seinen eigenen Weg machte, die Welt von ihren Krankheiten zu heilen – er von den geistlichen, sie von den weltlichen.

Agathe tauchte den Holzlöffel in den Topf und wendete den Fisch. Gelbliche Fettaugen stiegen auf und setzten sich an der Oberfläche des Sudes ab. Nun, da der Krieg zu Ende war, würde wohl auch das Reisen wieder sicher werden, dachte Agathe freudig, so dass es nicht mehr lang dauern könnte, bis Kaspar käme.

Wenig später – Agathe schöpfte gerade das Fett des Aals ab, das sich in einer dicken gelben Schicht auf der Brühe abgesetzt hatte, und füllte es in einen kleinen Tiegel – trat Katharina in die Küche. Die Nase angewidert gerümpft, fauchte sie die Köchin an: »Sag meiner Schwester, dieser Gestank ist eine Zumutung. Sie möge mit ihren Schweinereien dorthin gehen, wohin sie gehören, nämlich in die Hexenküche eines Alchemisten oder von mir aus in einen Schweinestall, aber nicht in die Küche eines anständigen Hauses!«

Die Angesprochene nickte und fuhr ungerührt darin fort, ihren Brotteig zu kneten.

»Ach, und falls es sie interessieren sollte: Freiherr Ludwig von Freyberg ist mit seiner Familie und dem ganzen Hof in Justingen vor den Kaiserlichen geflohen«, fügte Katharina betont gleichgültig hinzu und rauschte aus der Küche. Sie hatte Agathe nicht verziehen, was in jener Nacht in der Gästekammer geschehen war, und seither kein einziges Wort mehr an sie gerichtet.

Agathe hatte versucht, mit ihr zu sprechen. Hatte ihr gestanden, dass Kaspar sie hatte heiraten wollen und dass sie selbst seinen Antrag abgelehnt hatte. Doch dadurch wurde alles nur noch schlimmer. Katharina hatte kein Wort davon hören wollen. Für sie blieb es dabei, dass Agathe den moralisch unanfechtbaren Prediger aus niederen Gründen verführt hatte.

Auch Helene hatte versucht, zwischen ihren Töchtern zu vermitteln, vergeblich. Sie ahnte nicht einmal den Grund für das Zerwürfnis der Schwestern, denn natürlich hatte Agathe diesen der Mutter verschwiegen, und auch Katharina behielt ihn für sich – nicht, um die Schwester zu schützen, sondern den Ruf von Kaspar Schwenckfeld.

So lange schon strafte die Schwester sie bereits mit Missachtung, dass Agathe gar nicht mehr richtig hinhörte, wenn diese ihr etwas ausrichten ließ. Daher drang die Neuigkeit nur langsam bis in ihren Kopf vor, und schließlich verstand Agathe sie in ihrer ganzen Schrecklichkeit: Kaspar war fort!

Erschüttert ließ sie die Kelle in den Sud sinken und stellte den Tiegel auf die Anrichte. Wohin würde Kaspar nun gehen, fragte sie sich bang. Mechanisch verschloss sie das Gefäß mit einem Korken und griff erneut nach der Kelle. Wohin konnte er noch gehen, jetzt, da der Kaiser im Begriff stand, das ganze Land wieder unter seiner Herrschaft zu vereinen? Wer würde ihm Unterschlupf bieten, wo doch der Bund der Schmalkalden in Auflösung begriffen war? Würde sie ihn je wiedersehen?

Unwillkürlich stieg Ärger in Agathe auf. Dass Kaspar sich aber auch gar nicht mit den Prädikanten hatte aussöhnen können! Er war genauso sturköpfig wie Frecht! Wütend warf sie die Kelle in den Topf, so dass der fettige Sud über den Herd spritzte. Am liebsten würde sie die ganze Brühe fortkippen! Wie es aussah, stand nicht zu erwarten, dass sie Kaspar die Salbe je würde geben können.

»Blöder Fisch!«, zürnte sie unsinnigerweise dem Aal, obwohl dieser keine Schuld an Kaspars misslicher Lage trug – anders als der Kaiser, kam es Agathe in den Sinn. Und der konnte daran etwas ändern!

Ein grimmiges Lächeln auf den Lippen, angelte sie die Kelle aus dem Sud. Es wäre jammerschade um den Aal, dachte sie. Die Salbe würde sie für ihre Patienten verwenden und auch Augustin etwas davon abtreten, falls er sie haben wollte. Entschlossen befüllte sie die restlichen Tiegel und verkorkte sie. Alsdann entledigte sie sich ihrer Schürze, strich die Falten ihres dunklen Kleides glatt und machte sich auf den Weg zum Ehingerhof.

Agathe hätte nicht einen Moment länger zögern dürfen, denn just an diesem Morgen schickte Kaiser Karl sich an, Ulm zu verlassen. Er hatte bereits seinen gichtigen Fuß auf das Trittbrett der Kutsche gesetzt, die ihn nach Norden tragen sollte, wo er endlich den Kurfürsten von Sachsen zu stellen gedachte, als ein berittener Bote in den Hof geprescht kam: Herzog Ulrich von Württemberg reite soeben in Ulm ein, um den Kaiser kniefällig um Verzeihung zu bitten.

Karl verschob seine Abreise und begab sich in den großen Festsaal des Hauses, dessen gewölbte Decke einem Himmel gleich mit prächtigen Fresken bemalt war, und harrte des Herzogs. Doch dessen Ankunft verzögerte sich, und als Hausherr Ulrich Ehinger eine dunkel gewandete Frau in den Saal führte, dachte er, sie gehöre zum Gefolge des Herzogs. Er war weiblichen Reizen durchaus nicht abgeneigt, und so winkte er sie freundlich näher. Agathe versank in einen tiefen Knicks.

»Jungfer Streicher, Euer Majestät. Eine entfernte Verwandte«, stellte Ehinger Agathe vor. »Sie bittet um eine Gunst.«

»So. Eine Jungfer«, murmelte der Kaiser. Neugierig geworden gab er ihr ein Zeichen, aufzustehen, und musterte sie eingehend. Mit hervorquellenden Augen und halb geöffnetem Mund bot er dabei nicht gerade einen Anblick großer Intelligenz.

Vor sich sah Karl eine zwar nicht mehr ganz junge, doch durchaus gefällig anzuschauende Frau, die allerdings in einen unkleidsamen, dunklen Mantel gehüllt war. Und damit war es der Unansehnlichkeiten nicht genug: Ihr Haar trug sie zur Gänze verborgen unter einer so schmucklosen Haube, wie Karl sie selten bei einer Bürgersfrau erblickt hatte, geschweige denn bei Hofe.

»Wieso sie tragen Mantel von Arzt?«, begehrte der Kaiser von Ehinger zu wissen. Da in Brüssel aufgewachsen, war Seine Majestät der deutschen Sprache nur begrenzt mächtig.

»Ein Kuriosum, Euer Majestät«, erklärte dieser zuvorkommend. »Sie mediziniert arme Sieche. Ihr Bruder ist Doktor der Medizin.«

»Sie heilen Frauenleiden«, stellte der Kaiser fest, und sein Interesse schwand.

Agathe hob den Kopf. »Nein, Euer Majestät«, entgegnete sie höflich.

»Nein?« Karls kräftiger Oberkörper zuckte. Überrascht starrte er sie an. Sie wagte es, ihm zu widersprechen!

»Nein«, bestätigte Agathe.

Für einen Moment herrschte Stille im Saal, und Agathe befürchtete schon, die Gunst der Aufmerksamkeit des Herrschers verloren zu haben.

»Was verstehen dann?«, sprach Karl Agathe direkt an.

»Verzeihung?«, fragte Agathe, die den Sinn seiner Frage nicht verstanden hatte.

»Welche Krankheit verstehen am besten?«

Unsicher blickte Agathe den Kaiser an. Das war eine Frage, die man ihr noch nie gestellt hatte. Wollte Seine Majestät sie verhöhnen? Doch das Gesicht des Herrschers zeigte jetzt Interesse. Agathe überlegte einen Moment. Sie hatte schon viele Leiden kuriert. Viele auch nicht heilen können. Harnischmacher Bode kam ihr in den Sinn und die nette Netta. Nachdem Notburga ihr angedroht hatte, sie bei ihrer Dienstherrin anzuschwärzen, hatte sie sich tatsächlich so weit an Agathes Empfehlung gehalten, dass man sie bislang nicht wieder in die Klause hatte bringen müssen.

»Die Gicht, Euer Majestät«, sagte Agathe ehrlich.

»So, die Gicht.« Erstaunt beugte Karl sich vor und stützte sein ausgeprägtes Kinn in die Hand. »Was Ihr meinen gute Arznei für Gicht?«

»Nun, im Allgemeinen gibt man Perubalsam und lässt zur Ader«, antwortete Agathe langsam und deutlich, damit der Kaiser ihren Ausführungen zu folgen vermochte. »Auch der Verzehr von Blättern des Ahorngrases mit etwas Salz soll helfen, ein Bad in dem Sud eines gekochten

Ameisenhaufens oder eine Salbe aus Wermut, Hirschtalg und Hirschmark.«

Der Kaiser nickte sinnend. Wohl vermochte auch er noch die ein oder andere Kur zu nennen, die nach Meinung der Ärzte das Zipperlein aus seinem Leib hätte vertreiben sollen, dies jedoch nicht zuwege gebracht hatte.

»Klingen, Ihr mit alle nicht zufrieden«, sagte er.

Agathe schüttelte den Kopf. »Nein, Euer Majestät. Mit alldem bin ich nicht zufrieden.«

»Und was empfehlen Ihr?«

»Ich glaube, die Gicht hat ihre Ursache im übermäßigen Verzehr von fettem Fleisch und Fisch und im Genuss von Bier und Wein. Deshalb rate ich, sich darin in Enthaltung zu üben, stattdessen viel Milch oder Molke zu trinken und zur Kühlung einen Umschlag aus Gierschblättern auf die Schwellungen zu legen.«

»Das sein unbequem!« Der Kaiser runzelte missbilligend die Brauen. Er frönte nur wenigen Leidenschaften, doch eine dieser wenigen war das Tafeln. Er war bereits vieler seiner Zähne verlustig gegangen, und die verbliebenen waren in denkbar schlechtem Zustand, daher kaute er die Speisen nur unzureichend. Dies wiederum sorgte dafür, dass er unter chronischen Verdauungsstörungen litt, ein Umstand, welchem auch seine ungesunde Gesichtsfarbe zuzuschreiben war, wie seine Ärzte nicht müde wurden zu betonen. Auch sie ermahnten ihn ständig zur Zurückhaltung.

»Es ist aber auch eine unbequeme Erkrankung, Euer Majestät«, gab Agathe zu bedenken.

»Da Ihr recht haben«, seufzte der Kaiser. »Aber besser beten an heiligen Gregor, Patron von Gichtkranken.«

»Aber Euer Majestät könnten es doch einmal mit Enthalt versuchen.«

»Enthalt!« Karl schnaubte. »Ihr mir nicht Rat geben!«

Agathe knickste und senkte respektvoll den Blick. Doch so leicht gab sie nicht auf. »Was hätten Euer Majestät bei einem Versuch zu ver...«

Mit einer unwilligen Handbewegung schnitt er ihr das Wort ab, und Agathe verstummte. Es stand ihr nicht zu, weiter auf den Herrscher einzureden.

An der Tür zum Saal entstand Unruhe, und Ulrich Ehinger trat an die Seite des Kaisers. »Herzog Ulrich ist eingetroffen, Euer Majestät. Er bittet in aller Höflichkeit darum, auf einem Stuhl vor Euer Majestät getragen zu werden, seines gichtigen Leibes wegen.«

Karl nickte, und ein grimmiges Lächeln huschte über seine Züge. »Herzog Ulrich auch haben Gicht. Wenn ich mit ihm fertig, dann er machen Kur in Euer Sinne, Jungfer«, brummte er in seinen Kinnbart. Laut jedoch sagte er: »Bitte gewähren.« Und an Agathe gewandt: »Und Ihr wünschen?«

»Es geht um Kaspar Schwenckfeld von Ossig, Euer Majestät. Ich möchte Euch untertänig um seine Duldung bitten. Seine Ansichten ...«

»Ich kennen Ansicht!«, unterbrach Karl sie harsch. »Niemals ich erlauben in meine Reich diese Ketzerglauben, nie, nie!« Seine Augen verengten sich zu Schlitzen, und er sah Agathe eindringlich an. »Ihr gefährliche Vorlieben, Jungfer! Nicht nur Ihr sprechen wie Arzt, wo nicht erlaubt für Weib, Ihr auch noch hängen an Irrglauben! Ihr vorsehen!«

»Aber, Euer Majestät ...«, versuchte Agathe einzuwenden, doch der Kaiser gab ihr mit einer Handbewegung zu verstehen, sie sei entlassen. Sogleich trat Ulrich Ehinger an ihre Seite, um sie notfalls mit Gewalt aus dem Gesichtskreis des Kaisers zu entfernen. Agathe blieb nichts anderes übrig, als tief zu knicksen und beiseitezutreten.

In dem Moment trugen vier Uniformierte einen müde

dreinblickenden, grauhaarigen Mann in den Sechzigern auf einem grün gepolsterten Sessel in den Saal und stellten ihn vor dem Kaiser ab. Unter sichtlichen Schmerzen machte der Herzog Anstalten, sich von dem Sessel zu erheben, und schließlich gelang es ihm, mit der Rechten schwer auf seinen Kanzler gestützt, sich vor seinem Reichsoberhaupt zu verbeugen.

»Euer Majestät, vergebt mir meine Verfehlungen«, bat er mit schwacher Stimme. »Ich gelobe, von nun an ein gehorsamer und treuer Vasall Eurer Majestät zu sein, und sage mich mit dem heutigen Tag an von meinen Bundesgenossen los.« Schwankend beugte er die steifen Glieder und schickte sich an, vor dem Kaiser auf die Knie zu fallen.

Karl, dem Ulrichs Gebrechlichkeit als böse Vorahnung der ihm selbst bevorstehenden Leiden erscheinen mochte, gebot ihm Einhalt. »Kniefall machen Kanzler für Euch.«

Hastig kam Kanzler Fetzler der kaiserlichen Aufforderung nach, und obwohl Karl, was die körperlichen Qualen seines abtrünnigen Untertans anging, Milde walten ließ, so war er doch im Maß der Strafe, die er dem Herzog für seinen Abfall von der römischen Kirche auferlegte, nicht zimperlich: dreihunderttausend Gulden Strafe und die Abtretung der Festungen Asperg, Schorndorf und Kirchheim.

Unverrichteter Dinge verließ Agathe den Saal des Ehingerhofes und kehrte gedrückter Stimmung ins Streichersche Haus zurück. Die Sorge um Kaspar lastete schwer auf ihr und wollte auch in den darauffolgenden Wochen nicht weichen. Doch diesmal konnte sie sich nicht – wie sie es bislang stets getan hatte – mit harter Arbeit im Seelhaus von ihrem Kummer ablenken, weil es derzeit für eine junge Frau zu gefährlich war, das Haus zu verlassen.

Bei seinem Abmarsch hatte der Kaiser eine Besatzung von neun Fähnlein spanischer Landsknechte in Ulm zurückgelassen. Die katholischen Soldaten lagerten müßig in der Stadt, und da sie die Einwohner samt und sonders als Ketzer betrachteten, verfuhren sie entsprechend schonungslos mit ihnen. Kaum eine Frau, die kühn oder arm genug war, den Schutz ihres Hauses zu verlassen, blieb von den Belästigungen verschont. In ihrem Müßiggang waren sie sogar auf die unterhaltsame Idee verfallen, ihre Rosse im Münster zu tummeln und ihre Büchsen darin abzuschießen – ein Frevel, den sie bei einer katholischen Kirche niemals gewagt hätten, aber das protestantische Gotteshaus galt ihnen als Tempel der Ungläubigen.

Wer es sich leisten konnte, ließ Frau und Töchter aus Angst vor Vergewaltigung und Ansteckung nicht mehr vor die Tür, denn zu allem Unglück hatten die Soldaten auch noch das Sterben eingeschleppt. Bereits kurz nach ihrem Einreiten hatte es begonnen, und inzwischen erlagen der Pestilenz täglich an die dreißig Menschen. Nacht für Nacht erklang nun das dünne Läuten der Glocke, Mahnung für alle, dem Karren, der die Toten in ihren Häusern abholte, aus dem Weg zu bleiben.

Man verbrannte wohlriechende Kräuter und Hölzer, versprühte Essig- oder Rosenwasser, sprach Gebete und suchte sich zu schützen, wo es keinen Schutz gab.

Die Herren Ärzte waren nicht verpflichtet, Pestkranke zu behandeln, und viele taten dies auch nicht. Doch sie alle waren im Besitz von Pestmasken, jenen schwarzen, hölzernen Masken mit weit vorspringenden, vogelgleichen Schnäbeln, die das ganze Gesicht verbargen, um sich zu schützen, sollte sich ein Patient dennoch als mit der Seuche infiziert erweisen.

Am späten Vormittag klopfte es an die hintere Tür des Streicherschen Hauses. Schon daran, wo geklopft wurde, konnte man erkennen, wessen Dienste der Besucher begehrte. Die armen Leute, die auf Agathes Hilfe hofften, weil sie sich keinen Arzt leisten konnten, getrauten sich meist nicht, den polierten Klopfer am Hausportal zu benutzen.

Agathe und Katharina erreichten die Tür zur gleichen Zeit. Doch während Agathe den Knauf ergriff, um sie zu öffnen, lehnte ihre Schwester sich mit ihrem ganzen Gewicht gegen das Türblatt, um sie daran zu hindern.

»Du wirst die Tür nicht für dieses Ziefer öffnen!«, kreischte sie.

»Und ob ich das werde!«, gab Agathe zurück, doch erst nach einigem Gerangel gelang es ihr, Katharina beiseitezuschieben und die Tür zu öffnen.

Verwundert blickte ein kleiner Junge zu ihnen auf. Es war Paul, der jüngste Sohn von Fischer Stäbl. »Jungfer Agathe«, bat er. »Kommt schnell! Die Veronika hat ...«

»... die Pest!«, vollendete Katharina schrill seinen Satz und versuchte erneut, die Tür vor ihm zu schließen. Doch Agathe hinderte sie daran.

»Nein, nein! Es ist nicht die Pest.« Paul schüttelte vehement den Kopf. »Sicher nicht!«

»Agathe!«, schrie Katharina. »Du kannst nicht dorthin gehen!«

Doch Agathe würdigte sie keines Blickes. »Ich komme!«, rief sie dem Jungen zu. Katharinas Keifen ignorierend, eilte sie, Medizinkasten und Mantel zu holen.

Krachend warf Katharina die Tür zu und lehnte sich abermals dagegen, um Agathe den Weg zu versperren.

»Das kannst du nicht tun! Du steckst uns alle an!«, rief sie. »Wenn dir dein Leben schon nichts bedeutet, dann denk wenigstens an uns. An deine Familie. Du bist so selbstsüchtig! So gänzlich ohne Mitgefühl! Du solltest dich schämen!«

Agathe hatte diese Vorwürfe einmal zu oft gehört, und nun hatte sie genug. »*Du* solltest dich schämen, Katharina!«, gab sie hitzig zurück. »Für *deine* Selbstsucht. Du bist es, die nur an sich denkt! Daran, dass du vielleicht erkranken könntest. Dieses Mädchen jedoch *ist* krank und *braucht* Hilfe! Wenn hier jemand kein Mitgefühl hat, dann bist du es! Und jetzt gib die Tür frei!«

Beschämt trat Katharina beiseite, und Agathe stürmte zornig an ihr vorbei. Der Streit mit ihrer Schwester hatte sie aufgewühlt, doch es hatte ihr gutgetan, Katharina einmal deutlich die Meinung zu sagen. Immerhin hatte diese wieder mit ihr geredet.

Auf Umwegen und durch winzige Durchlässe führte Paul, der sich wie alle Kinder, die in den Gassen aufwuchsen, in der Stadt bestens auskannte, sie zum Ufer der Blau und schlug dabei einen großen Bogen um den Weinhof, wo immer eine Schar Soldaten herumlungerte.

»Jungfer Agathe ist da!«, rief er, kaum dass sie das Haus, in dem die Familie Stäbl lebte, betreten hatten, und führte Agathe an das Strohlager, auf dem Veronika ruhte.

»Gott sei es gedankt, Ihr seid da!« Barbara, die neben dem Lager ihrer Tochter kniete, seufzte. Kommentarlos schob sie Veronikas Hemd hoch bis zum Hals und entblößte deren schmächtigen Leib.

Agathe biss sich auf die Lippe. Veronikas Körper war von der Scham bis hinauf zum Hals und auch im Gesicht mit Knötchen übersät, die von dickem, gelblichem Schorf überzogen waren. Paul hatte recht: Es war nicht die Pest, die seine Schwester heimgesucht hatte. Doch um wie viel besser war die Lues?

Sie bedeutete jahrelanges Siechtum, wie Agathe inzwischen gelernt hatte – und wie sie es bei Susanna mit ansehen musste. Vor einiger Zeit war die Franzosenkrankheit in Susannas Leib zurückgekehrt, und das, obwohl die Magd, seit sie im Seelhaus lebte, ein gottgefälliges Leben geführt hatte. Wobei *zurückgekehrt* nicht ganz richtig war, wie Agathe nun wusste. Die Krankheit hatte in Susannas Körper nur geschlafen, um dann nach Jahren in aller Heimtücke wieder hervorzubrechen.

Angefangen hatte es mit Schmerzen in den Gliedmaßen, dann waren die ersten Geschwüre gekommen. Susanna hatte sie unter ihrer weiten Beginentracht vor ihren Mitschwestern verborgen. Einzig Agathe wusste darum, und so gern sie Susanna geholfen hätte – sie konnte es nicht. Eine abermalige Schmierkur mit Quecksilbersalbe hatte nicht gefruchtet. Wenn die Lues einmal so weit gediehen war, dann brachte nur noch der Tod Erlösung.

»Wie konnte das geschehen?«, fragte Agathe Barbara leise.

Gemeinhin kam die Lues vom sündigen Leben, das wusste ein jeder. Doch das passte so gar nicht zu dem Bild, das Agathe von Veronika hatte. Sie kannte das Mädchen seit jenem Tag, an dem es sie um Hilfe für seine Mutter gebeten hatte, und nie hatte sie den Eindruck gehabt, Veronika sei leichtlebig.

»Die Soldaten haben sie erwischt«, flüsterte Barbara erstickt. »Sieben waren es. Sie haben sie ins Münster gezerrt und vor dem Altar vergewaltigt. Einer nach dem andern.«

Agathe schauderte. Diese Soldaten sind keine Menschen, dachte sie.

Mit dem Zipfel ihrer Schürze wischte Barbara sich die Tränen ab, die ihr über das Gesicht liefen, und ihre Stimme wurde so leise, dass Agathe sie kaum verstehen konnte.

»Als sie fertig waren, haben sie sie einfach auf dem Kirchenboden liegen lassen. Der Münsterprediger hat sie gefunden. Mit Fußtritten hat er sie fortgejagt und geschimpft, sie solle ihre Hurereien woanders treiben!«

»Warum habt ihr mich nicht sofort gerufen?«, tadelte Agathe. »Vielleicht hätte ich ihr Linderung verschaffen können!«

Abwehrend schüttelte Barbara den Kopf und schluckte. »Wir mussten es doch geheim halten. Das ganze Viertel hätte es erfahren, wenn wir Euch gerufen hätten.«

Agathe nickte verstehend. Das Gerede hätte Veronika zur Hure gestempelt.

»Nach ein paar Tagen ging es ihr besser, und ich dachte, sie hätte es überstanden – bis jetzt«, schloss Barbara und hob resignierend die Hände.

Agathe öffnete ihren Kasten und holte den Tiegel hervor, in dem sie Reste der Quecksilbersalbe verwahrte, mit der sie Susanna behandelt hatte. Gerade wollte sie dem Mädchen das Hemd über den Kopf streifen, als sich polternd Schritte näherten.

Agathe bedeckte Veronikas Leib und wandte den Kopf. Im Türrahmen standen zwei Männer in fleckigen Kitteln, einer klein und gedrungen, der andere größer gewachsen, doch beide kräftig von Statur. Der Kleine trug einen Spieß in der Hand, der Große einen Stecken. In Letzterem erkannte Agathe Fischer Hüve, einen Nachbarn der Stäbls.

»Gib deine Tochter heraus, Stäblerin«, forderte er.

»Nein!« Barbaras Stimme gellte schrill.

»Die Hure hat die Seuche!«, belferte Hüve und trat näher, die Spitze des Steckens auf Veronikas Brust gerichtet. »Sie muss fort! Sie wird uns alle anstecken!«

»Sie ist keine Hure!«, kreischte Barbara und stieß den Stecken beiseite.

Mit einem Schrei warf sich Paul, der sich bislang in einer Ecke des Zimmer an die Wand gedrückt hatte, auf den Fischer. »Lass meine Schwester in Ruhe!«, brüllte er und hämmerte mit beiden Fäusten auf Hüve ein.

Der Untersetzte packte den sich heftig wehrenden Jungen und zog ihn beiseite. »Wir bringen sie ins Blatternhaus«, erklärte er.

Agathe erbleichte. Das Blatternhaus beim Griesbad war

zwar für jene gedacht, die an der Lues erkrankt waren, doch sie wurden dort kaum behandelt. Vielmehr hielt man die Kranken unter elendsten Bedingungen unter Verschluss, damit sie niemanden in der Stadt anstecken konnten.

Noch schlimmer jedoch war, dass man angesichts der Pestilenz, die in der Stadt wütete, dieser Tage auch Pestkranke ins Blatternhaus brachte. Das Grauen, das Veronika dort erwartete, mochte Agathe sich nicht ausmalen. Wenn man sie dorthin schleppte, gäbe es für sie wenig Hoffnung.

»Das dürft ihr nicht tun!«, fuhr sie die Männer an. »Das Blatternhaus ist ihr Tod!«

»Das hätte sie sich vorher überlegen sollen«, belferte Hüve. »Wir wollen nicht alle für ihre Sünden büßen!« Unbarmherzig stieß er Veronika die Spitze des Steckens in die Seite. »Steh auf!«

Agathe fiel ihm in den Arm, aber er schubste sie rüde beiseite. »Haltet Euch da raus, Jungfer! Zwingt mich nicht, Euch Gewalt anzutun!«, drohte er.

Agathe machte erneut einen Schritt auf ihn zu, doch dann las sie die Angst in seinen Augen. Angst um sein Leben und das seiner Familie. Eine Angst, die ihn zu allem bereit machte, die warmherzige Menschen, die sonst fest zueinanderstanden, in Tiere verwandelte, erkannte Agathe. Vergessen waren Mitgefühl und Hilfsbereitschaft, jene Tugenden, die das Zusammenleben dieser armen Menschen auf so engem Raum erst ermöglichten, es vom tierischen Dasein unterschieden.

Erschrocken wich sie vor den Fischern zurück. Doch konnte sie ihnen ihre Grausamkeit wirklich verübeln? Die Lues war überaus ansteckend. Wenn Veronika hierblieb, konnte es sein, dass bald die ganze Familie erkrankte, kurz darauf die anderen Bewohner des Hauses. Dass sich in der

Klause bei der Eich keine der Schwestern bei Susanna angesteckt hatte, kam einem Wunder gleich.

Agathe wusste, diese Männer waren fest entschlossen, das zu beenden, was sie begonnen hatten. Weder sie noch Barbara vermochten sie daran zu hindern.

»Nicht! Bitte nehmt mir nicht meine Tochter!«, flehte Barbara.

Hüve hob drohend seinen Stock, und Barbara verstummte wimmernd. Mühsam richtete Veronika sich auf, doch dem Fischer ging es nicht schnell genug. Erneut stieß er das Mädchen, diesmal in den Bauch. Veronika entfuhr ein Schmerzenslaut. Gequält hielt sie sich den Leib und kam schwankend auf die Beine.

»Ihr dürft sie nicht mitnehmen!«, schrie Paul und versuchte verzweifelt, sich aus dem Griff des Untersetzten loszumachen, doch jener hielt ihn wie mit Zwingen.

»Wartet! Um Christi Nächstenliebe: Seid nicht unnötig grausam!«, rief Agathe. »Lasst mich sie wenigstens ankleiden, damit sie nicht im Hemd gehen muss.«

Die Männer wechselten einen Blick, Hüve nickte. Mit erhobenem Stock trat er einen Schritt zurück, während Barbara sich beeilte, Veronikas Kleider zu holen.

Apathisch ließ das Mädchen das Ankleiden über sich ergehen. Ihre Augen blickten stumpf, alles Leben schien darin erloschen.

»Nun los!«, drängte Hüve, als Veronika angekleidet war, und fuchtelte mit dem Stecken. Doch er verzichtete darauf, das Mädchen erneut zu traktieren.

Wie eine Marionette setzte Veronika sich in Bewegung. Der Untersetzte ließ Paul los, der ihn kräftig gegen das Schienbein trat. Aufschluchzend rannte der Junge davon.

»Gott behüte dich, mein Kind«, flüsterte Barbara erstickt. Als die Männer mit Veronika die Wohnung verlassen hatten, brach sie weinend zusammen.

Agathe legte den Arm um ihre Schulter und zog sie schweigend an sich. Es gab keine Worte, die diesen Kummer zu lindern vermochten. Lange saßen die Frauen da, sprachlos in ihrem Entsetzen, bis es für Agathe Zeit wurde, zu gehen. Sachte löste sie sich von Barbara und verließ die Stäblsche Wohnung.

Welch großen Unterschied es machte, ob ein Patient reich oder arm war, dachte sie bedrückt. Nicht nur, dass die Reichen sich teure Kuren und Arzneimittel leisten konnten – vor allem waren sie nicht den Nachstellungen ihrer Mitmenschen ausgeliefert.

Mehr als einmal hatte man Augustin in aller Diskretion zu einem wohlhabenden Patienten gerufen, der an der Lues erkrankt war, und niemand wäre auf die Idee verfallen, diesen ins Blatternhaus zu schicken. Wobei jene Herren keineswegs für sich hatten geltend machen können, vergewaltigt worden zu sein. Vielmehr hatten sie sich die Krankheit im zügellosen Umgang mit käuflichen Frauen oder beim Besuch übel beleumdeter Badestuben zugezogen.

Veronika war doppelt zum Opfer geworden, dachte Agathe traurig. Und sie hatte nichts dagegen tun können. Sie fühlte sich so hilflos. Würde es vielleicht irgendwann in der Zukunft ein Mittel geben, diese schreckliche Krankheit zuverlässig zu heilen?, fragte sie sich.

Wiederholt hatte sie mit Augustin darüber gestritten, wie die Syphilis – so nannte man die Lues jetzt – zu behandeln sei. Ihr Bruder schrieb sie, sich streng an Galens Säftelehre orientierend, einem Überschuss an schwarzer Galle zu. Doch mit den Behandlungsmethoden des Galenus war der Lues nicht beizukommen, das hatte auch Augustin zugeben müssen. Hartnäckig widersetzte sie sich jedem Aderlass und allem Laxieren.

Eine Weile hatte die Kur mit Guajak-Holz als vielversprechend gegolten. Dabei schabte man Späne von dem dunklen Holz und brühte sie auf. Aus dem dabei entstehenden Schaum bereitete man dem Kranken Umschläge.

Die Holzkur war kostspielig, denn das schwere Holz des Guajak musste aus der Neuen Welt eingeführt werden, und einzig der Fugger, der ein Handelsmonopol darauf hatte, habe seinen Nutzen am Guajak-Holz, hatte Paracelsus vernichtend geurteilt. Er gab der Behandlung mit Quecksilber den Vorzug. Mit Schweineschmalz zu einer Salbe verrührt, war es derzeit das einzige Mittel, das eine gewisse Wirkung entfaltete.

Natürlich nahmen die Herren Ärzte die Schmierkuren nicht selbst vor, sondern überließen das Salben mit Quecksilber den Quacksalbern, hierauf spezialisierten, doch ansonsten ungebildeten Leuten, die oft nach der Maxime *viel hilft viel* verfuhren und entsprechend toxische Mengen verabreichten.

Die Dosis machte das Gift, hatte Agathe aus Paracelsus' Schriften gelernt, was bedeutete, jede Medizin sei giftig, wenn sie in ausreichend großer Menge verabreicht würde. Eingedenk dieser Mahnung, verwendete sie Quecksilber nur in ganz geringen Dosen. Wenn sie Veronika wenigstens noch hätte einreiben können, bevor man sie ins Blatternhaus gebracht hatte, dachte sie niedergeschlagen.

Grölen und Waffengeklirr rissen Agathe jäh aus ihrem Grübeln. Alarmiert blickte sie auf. Während sie in Gedanken versunken gewesen war, hatten ihre Schritte sie wie gewohnt über den Weinhof geführt.

Agathe umfasste den Medizinkasten mit beiden Armen und lief schneller. Gerade als sie in die Krongasse enteilen wollte, trat ihr einer der gefürchteten spanischen Landsknechte in den Weg. Dunkel war er, bärtig, mit vorspringender Nase und wulstigen Lippen, dabei kaum größer als Agathe selbst, aber stämmig von Statur. Seine Uniform war fleckig und in schlampiger Unordnung, das Wams offen über dem Hemd. Augenscheinlich hatte das komfortable Quartier in der wohlhabenden Stadt die Zucht im Regiment schwinden lassen.

Schaudernd wich Agathe vor ihm zurück, den Medizinkasten fest an die Brust gepresst. Doch weit kam sie nicht. Von hinten schlangen sich kräftige Arme um ihre Schultern, und der Dunst von Alkohol und Schweiß stach ihr in die Nase.

»Lass mich los!«, fauchte Agathe und versuchte, sich aus dem Griff des zweiten Soldaten zu winden.

Mit einem Schritt war der Stämmige bei ihr.

»Mirad, hemos capturado una mosquita muerta – Was haben wir denn da für eine graue Maus gefangen?«, sagte er und riss ihr die Haube vom Kopf. Schwer fiel Agathes Haar auf ihre Schultern herab.

»No tan muerta, esperad hasta que la hayamos desplumado – Doch gar nicht so grau, wenn man ihr erst mal das Fell über die Ohren gezogen hat«, bemerkte der Soldat erfreut. Mit beiden Händen umfasste er ihr Gesicht, drückte seine feuchten Lippen auf die ihren und versuchte, ihr seine Zunge in den Mund zu schieben. Agathe drehte angewidert den Kopf zur Seite.

Lachend ließ er von ihr ab. »Vamos a ver si esconde algo mas debajo – Mal sehen, was sich noch unter dem Fell verbirgt.« Mit beiden Händen griff er in den dunkelgrauen Stoff ihres Kleides und zerrte daran. Doch der stabile Ulmer Barchent ließ sich nicht ohne weiteres zerreißen.

»¡Mierda! – Verdammter Mist!«, knurrte er und verstärkte seine Bemühungen.

Mit grässlichem Reißen gaben die Nähte des Kleides nach, der Rock trennte sich vom Mieder und gab Agathes bestrumpfte Beine und ihre bloße Scham frei.

Der Mann hinter Agathe umfasste ihre Hüften, drückte

sich an sie, und durch den Stoff seiner Beinkleider hindurch spürte sie sein steifes Glied an ihrem Gesäß. Sie öffnete den Mund und schrie um Hilfe, doch sogleich presste der Soldat ihr eine Hand auf den Mund.

Agathes Schrei hatte die Kumpane der beiden aufmerksam werden lassen. Erfreut über die Abwechslung, kamen sie lachend und johlend näher. Sie griffen sich an die gepolsterten Schamkapseln und machten obszöne Bewegungen mit dem Unterleib.

»¡Fóllala!, ¡Fóllala! – Fick sie! Fick sie!«, forderten sie.

Von ihren anfeuernden Rufen beflügelt, fasste der Stämmige Agathe an die entblößte Scham und versuchte, seine Hand zwischen ihre Beine zu zwängen.

Agathe trat nach ihm, und genau damit hatte der Mann gerechnet. Geschickt wich er ihrem Tritt aus und stieß seine Finger grob in ihr weiches Fleisch.

Agathe stöhnte vor Schmerz. Mit einem Ruck riss sie den Medizinkasten hoch, und das harte Holz traf ihren Peiniger am Kinn.

Schmerzlich getroffen, zuckte dieser zurück. »¡Maldita puta! – Verdammte Hure!« fluchte er, holte aus und schlug Agathe mit der Außenseite der Hand ins Gesicht.

Agathes Kopf flog herum, und ihr entfuhr ein lauter Schmerzensschrei. Sogleich sprangen zwei andere Soldaten herbei, griffen nach ihren Schenkeln und spreizten ihr gewaltsam die Beine.

»¡Enseñanos sus tetas! – Zeig uns ihre Brüste!«, skandierten die Umstehenden.

Der Stämmige griff nach Agathes Mieder, um seinen Kameraden den Wunsch zu erfüllen und ihr auch dieses noch vom Leib zu reißen. Dabei war ihm jedoch der Medizinkasten im Weg. Mit beiden Händen packte er ihn und riss ihn Agathe aus den Armen.

»Nicht den Kasten! Bitte, nicht den Kasten!«, flehte sie,

aber der Mann scherte sich nicht um ihr Bitten. Achtlos schleuderte er den Kasten beiseite. Agathes kostbarster Besitz barst splitternd und klirrend auf dem Pflaster des Weinhofes.

Gierig legte der Soldat seine Hände auf Agathes Brüste und drückte sie schmerzhaft. Dann riss er mit einem Ruck das Oberteil ihres Kleid auseinander und entblößte ihren Busen. Beifallheischend breitete er die Arme aus, doch das Johlen seiner Gefährten blieb aus. Verwundert, dass seine Heldentat nicht gewürdigt wurde, wandte er sich zu seinen Kameraden um.

Aus deren Gesichtern war die trunkene Wollust gewichen und hatte blanker Angst Platz gemacht. Entsetzt starrten sie auf einen runden, schwarzhölzernen Gegenstand, der aus dem geborstenen Kasten gerollt war: Agathes Schnabelmaske, die sie vor Ansteckung mit der Pestilenz schützen sollte.

Als der Stämmige erkannte, was da auf dem Pflaster lag, erstarb auch sein Grinsen, und seine Augen wurden groß vor Schreck. Entsetzt spuckte er aus und wischte sich mit dem Ärmel seines Hemdes über den Mund. Sein Kamerad, der Agathes Schultern umschlungen hielt, und die beiden Männer, die ihre Beine gepackt hatten, ließen von ihr ab und wichen furchtsam zurück. Wenige Augenblicke später war Agathe allein auf dem weiten Platz.

Zitternd und verstört wickelte sie die Reste ihres Kleides notdürftig um ihren Körper. Jetzt erst kamen ihr die Tränen. So schnell war alles gegangen, dass sie noch gar nicht recht begriffen hatte, was geschehen war. Sie hatte Glück gehabt. Großes Glück. Die Pestmaske hatte sie wahrlich vor großem Übel beschützt.

15. Kapitel

Bald ein ganzes Jahr lang – bis Lichtmess 1548 – hielt das Sterben an, und schließlich waren es an die sechzig Menschen, die der Herrgott jeden Tag zu sich rief. Bürger und Ehalte, Zunftmeister, Lehrburschen und Ratsherren – der Tod fragte weder nach Stand noch Ansehen, wenn er seine Wahl traf. Auch Veronika hatte zu den Toten gehört, und – für ihre Mutter kein Trost – beinahe die gesamten Familien der beiden Fischer, die sie gewaltsam ins Blatternhaus geschleppt hatten. Fischer Hüve war nur sein jüngster Sohn Mathias geblieben.

Man hatte die Toten begraben und betrauert, doch Gott sei es gedankt: Auch das größte Grauen findet eines Tages sein Ende. Die Soldaten zogen ab, und bald schon wandte man sich wieder dem Alltagsleben zu.

Der Tag der heiligen Maria Magdalena versprach, ein schöner Sommersonntag zu werden, für eine Handvoll Menschen würde er dieses Versprechen allerdings nicht halten. Vor allem Susanna in der Klause bei der Eich hatte wenig Freude an diesem Tag. Ein schrecklicher Durst quälte sie, aber niemand hörte ihr Rufen. Schwerfällig wälzte sie sich auf ihrer Pritsche in dem kleinen Schlafraum hinter der Küche herum und versuchte, sich aufzurichten.

Seit die Syphilis in ihren Leib zurückgekehrt war, plagten sie die Schmerzen von Tag zu Tag schlimmer, und eines Morgens wollte sich ihr linkes Bein nicht mehr bewegen lassen. Susanna begann zu hinken, und mittlerweile vermochte sie sich kaum mehr auf ihren Beinen zu halten. Anstatt den Schwestern bei der Pflege der Kranken zu helfen, war sie es nun, die hilflos dalag und gepflegt werden musste.

Was Notburga ohne auch nur ein Wort des Tadels tat, und obschon ihr der Tag zu kurz war, um allen Aufgaben nachzukommen, fand sie für Susanna stets ein tröstendes Wort. Die ganze Last mit den Siechen oblag nun Notburga allein, denn die greise Regula – inzwischen hoch in den Achtzigern – war weitgehend damit beschäftigt, sich selbst am Leben zu erhalten, und von Gertrudis erfuhr sie nicht mehr Unterstützung als bisher.

Auch Agathe nahm sich ab und an die Zeit, sich zu Susanna zu setzen und ihr – wenn sie ihr schon nicht helfen konnte – wenigstens die schmerzvollen Stunden zu vertreiben. So kam es, dass diese ihr eines späten Nachmittags auch erzählte, wie es hatte geschehen können, dass sie sich mit dieser todbringenden Krankheit ansteckte.

Es war im Frühjahr nach dem kalten Winter des Jahres 1534 gewesen, als jedermann sich des Lebens und der aufblühenden Natur gefreut hatte. Mit ihrer Freundin Sibilla war Susanna durch die Gassen der Stadt spaziert, als ihnen ein paar junge Herren begegneten.

»Feine Herren waren es, gut gekleidet allesamt, keine Handwerksburschen«, betonte Susanna. »Sie waren fröhlich und galant und luden uns ein, sie in das Badehaus zu begleiten. Jung und unbedarft, wie wir waren, willigten wir ein.« Susanna seufzte. »Die Herren ließen mächtig auffahren. Wein und Speisen – Köstlichkeiten, wie man sie nur wünschen konnte. Sogar einen Spielmann ließen sie kommen. Wir tafelten, tranken und vergnügten uns – eine Weile zumindest. Dann jedoch spürte ich seine Hände unter meinem Badehemd.«

»Wessen Hände?«, fragte Agathe unwillkürlich, doch Susanna überging die Frage.

»Ich schob ihn weg, aber er lachte nur und machte weiter. Sibilla stieß mich in die Seite und zischte: ›Jetzt zier dich nicht! So geht das Spiel nun mal. Alles hat schließlich seinen Preis.‹ Doch für mich war der Spaß vorbei. Ich stieß seine Hände beiseite und wollte aus dem Zuber steigen. Da packte er mich und drückte meinen Kopf unter Wasser, bis ich keine Luft mehr bekam. Susanna schluckte und senkte beschämt den Blick. »Und dann taten sie es mit Sibilla und mit mir, allesamt reihum«, schloss sie tonlos.

So also war es gewesen, dachte Agathe schaudernd. Einer der jungen Herren musste Susanna mit der Krankheit angesteckt haben. Sie war nicht leichtlebig, hatte sich nicht herumgetrieben und mutwillig mit Männern eingelassen. Agathe hatte das von ihr ohnehin nie glauben mögen. Vielmehr hatte ein Moment des Leichtsinns gereicht, dazu die Unmoral und Ruchlosigkeit eines Mannes, und es war geschehen.

»Wer war es?«, fragte Agathe sanft. »Wer hat dich unter Wasser gedrückt?«

Susanna schwieg und schloss die Augen. Erst als Agathe glaubte, sie sei ermattet eingeschlafen, flüsterte sie kaum vernehmlich: »Julius Ehinger.«

Julius! Agathes Gesicht verlor alle Farbe. Sie hatte geahnt, dass Julius eine herzlose Seite hatte. Doch dass er zu solcher Grausamkeit fähig war, hatte sie sich nicht vorzustellen vermocht.

Aber wenn Susanna wusste, von welchem Schlag Julius war, wieso hatte sie sie nicht gewarnt, fragte Agathe sich enttäuscht. Sie hatte damals gewusst, dass sie im Begriff stand, ihn zu heiraten.

Es dauerte einen Moment, dann wurde Agathe schlagartig klar, dass Susanna genau das getan hatte. Agathe biss sich auf die Lippe. Sie hatte immer gedacht, es sei ihre Base Walburga gewesen, die Julius ihre Tätigkeit in der Klause verraten hatte, insbesondere, da diese kurz nach der gelösten Verlobung Julius geheiratet hatte. Nun jedoch wusste sie es besser. Susanna hatte versucht, ihre Hochzeit zu verhindern. Es war ihr Dank für Agathes Hilfe. Mit einem Mal fühlte Agathe sich ganz schwach, als wäre sie nur um Haaresbreite einem umstürzenden Fuhrwerk entkommen.

Die Familie Rockenburger, die ihre kranke Magd so übel im Stich gelassen hatte, hatte sich die Laus selbst in den Pelz geholt, indem sie Julius als Schwiegersohn für Walburga gewählt hatte. Der liebe Gott bewies manches Mal einen gar boshaften Sinn für Gerechtigkeit, dachte Agathe und verspürte einen Anflug von Mitleid mit ihrer Base.

Sie und Walburga waren nie wirklich Freundinnen gewesen, und seit diese sie damals hatte fallen lassen, hatten sie kaum mehr ein Wort miteinander gewechselt, sondern waren einander aus dem Weg gegangen, wenn sie sich auf einem Empfang oder auf einer Festivität begegneten.

Mit einem Stöhnen gelang es Susanna, sich aufzusetzen und ihre Füße auf den Boden zu stellen. Es war dunkel im Raum, und sie war allein. Einzig ein funzeliges Talglicht warf seinen schwachen Schein auf ihre säbelartig verkrümmten Beine. Mit der Hand tastete sie nach einem Halt und fand ihn an dem Kasten, auf dem das Talglicht stand. Schwankend kam sie auf die Füße und wollte gerade einen ersten, vorsichtigen Schritt in Richtung Küche machen, als etwas in ihrem Knie zu reißen schien. Ihr Bein gab nach und verrenkte sich. Stechend raste der Schmerz durch Susannas Schenkel. »Notburga! Hilf mir!«, schrie sie und stürzte zu Boden.

Im Fallen riss sie den Nachtkasten mit sich zu Boden. Das Talglicht schlug auf die Dielen, und die flache Keramikschale barst. Tropfen für Tropfen lief das geschmolzene Hammelfett auf die hölzernen Bodendielen. Susanna sah nicht, wie es sich zu einer Lache ausbreitete und schließlich auch der brennende Leinendocht einem winzigen, strahlenden Boot gleich aus der Scherbe floss.

»So hilf mir doch!«, rief sie verzweifelt, dann raubte der Schmerz ihr das Bewusstsein.

Ihr Rufen verhallte ungehört. Zum ersten Mal seit vielen Jahren hatte Notburga das Seelhaus allein der Obhut des Herrn überlassen, um im Münster dem Gottesdienst beizuwohnen.

Sie, und mit ihr ein nicht geringer Teil der Bürger Ulms, war gespannt darauf, was der Münsterprediger zu verkünden hätte. Daher waren die Bankreihen im Kirchenschiff bis auf den letzten Platz gefüllt.

Zum letzten Mal, dachte Martinus Frecht erbost, und heute konnte ihn auch die große Anzahl der Kirchenbesucher nicht fröhlicher stimmen. Denn bald schon würde man die Kirchenbänke allesamt forttragen. Die Zeit der langen, weitschweifenden Predigten wäre dann vorbei.

Der Kaiser hatte nämlich eingesehen, dass er den protestantischen Reichsständen, obwohl er sie besiegt hatte, entgegenkommen müsse, wolle er endlich Frieden im Reich haben. Daher hatte er ein Interim ersonnen, das im vergangenen Brachmond vom Augsburger Reichstag verabschiedet worden und dadurch Reichsgesetz geworden war.

Was der Kaiser als Entgegenkommen betrachtete, empfand Frecht als blanken Hohn. Im Wesentlichen gestattete es den Protestanten, das Abendmahl in beiderlei Gestalt zu nehmen, mit Kelch und Hostie, und erlaubte, dass die Ehen der Priester, die bis dato geschlossen worden waren, bestehen bleiben durften, wenn auch nur bis zum nächsten Konzil. Im Übrigen verlangte es die Wiederherstellung der alten Zeremonien, insbesondere der heiligen Messe in ihrer ursprünglichen Form.

Der Rat der Stadt hatte inständig darum gebeten, dass man in Ulm bei der bisherigen Lehre bleiben dürfe, und zugesichert, den Ulmer Katholiken freie Religionsausübung zu gewähren. Doch dieses Ansinnen war vom Kaiser abgelehnt worden, und sie hatten das Interim annehmen müssen.

Zutiefst erbost trat Frecht auf die Kanzel. Es war eine Zumutung, von ihm zu erwarten, diese gefährlichen Halbheiten auch noch feierlich zu verkünden. In ausschweifenden Worten setzte er seine Gemeinde davon in Kenntnis, was der Kaiser ihnen aufzuerlegen beabsichtigte, und machte dabei keinen Hehl daraus, was er davon hielt. Dann zelebrierte er das Abendmahl nach protestantischer Sitte, genau so, wie er es für richtig erachtete.

Was für ein Unsinn dieses Interim doch war, dachte auch Notburga, als sie unter dem Läuten der Glocken inmitten anderer Gläubiger das Münster verließ. Damit war sie ausnahmsweise einmal einer Meinung mit Frecht. Anders als der Münsterprediger jedoch hielt sie es für eine sträfliche Unterlassung des Kaisers, nicht in allen Punkten auf die Wiederherstellung der alten Gebräuche zu drängen. Was sollte dabei herauskommen, wenn Priester heiraten und ein jeder aus dem geweihten Kelch trinken durfte wie das Vieh aus einem Trog?

In das Läuten der Münsterglocken mischte sich ein hoher Ton, der lauter wurde, je näher Notburga dem Ufer der Blau kam: das blecherne Leuten der Feuerglocke. Unheilverkündend drang es an ihr Ohr. Notburga war außer Atem, als sie die Gasse erreichte, in der das Seelhaus stand. Stickiger Rauch lag in der Luft, Menschen liefen aufgeregt umher, Männer riefen Befehle, und Frauen wehklagten.

Das letzte Stück rannte Notburga. Aus dem Dach der Klause schlugen hohe Flammen in den saphierblauen Himmel, Rauch und Funken stiegen auf. Nachbarn – Männer wie Frauen – hatten eine Kette gebildet, reichten gefüllte Wassereimer von Hand zu Hand und nässten die

Wände und Dächer ihrer eigenen Häuser, um sie vor dem Übergreifen der Flammen zu schützen. Das Seelhaus selbst löschte keiner. Dafür war es bereits zu spät.

Notburga steuerte geradewegs auf das Hoftor zu, doch ein Nachbar bekam sie am Arm zu fassen und hielt sie zurück. »Bleibt fort! Das Dach brennt wie Zunder!«, warnte er. »Was wagt Ihr Euer Leben? Die darinnen sind doch eh bald tot!«

Auf die Siechen traf das zu, da musste Notburga ihm recht geben. Nicht aber auf die Schwestern, und vor allem nicht auf Susanna! Ganz gleich, wie krank die Magd war, Notburga konnte sie nicht den Flammen überlassen! Entschlossen löste sie sich aus dem Griff des Nachbarn.

Der gab so schnell nicht auf. »Bleibt hier! Lebend nützt Ihr den Kranken mehr als tot!«, mahnte er eindringlich, doch Notburga würdigte ihn keines Blickes mehr. Energisch stieß sie das Tor auf und trat in den Hof.

»Das ist Nächstenliebe!«, flüsterte seine Frau bewundernd. »Sie ist eine gläubige Frau, sie kann nicht anders.«

»Pah, Nächstenliebe! Störrisch wie ein alter Esel ist sie!« Der Nachbar schüttelte den Kopf und nahm den gefüllten Eimer, den seine Frau ihm reichte.

Notburga indes passierte, ohne innezuhalten, die Tür zum Krankensaal – wohl wissend, dass verzweifelte Menschen darin auf Rettung hofften.

»Herr, vergib mir!«, flüsterte sie, presste sich einen Zipfel ihres Schleiers vor das Gesicht, um es vor der Hitze zu schützen, und trat ins Wohnhaus der Schwestern. Vielleicht war es noch nicht zu spät!

In der Küche brannten bereits die ersten Bodendielen. Notburga leerte sich den Inhalt des Wasserscheffels über den Kopf, dann stieß sie die Tür zur Schlafkammer auf.

Flammen, durch den Luftzug angefacht, züngelten empor, dichter grauer Rauch quoll ihr entgegen, nahm ihr den Atem und brannte in ihren Augen. Blind tastend machte Notburga einen Schritt in den Raum hinein, dann einen weiteren, bis ihr Fuß gegen etwas Weiches stieß: Susanna.

Reglos lag die Magd auf dem Boden neben ihrer Pritsche. Der Saum ihres Hemdes hatte Feuer gefangen. Hastig rollte Notburga sie hin und her, um die Flammen zu ersticken. Alsdann packte sie Susanna unter den Achseln und schleppte sie durch die Küche hinaus ins Freie. Erst als sie Susanna sicher den Flammen entkommen wusste, ließ Notburga sie zu Boden gleiten. Die Magd hatte sich nicht geregt, kein Stöhnen oder Wimmern von sich gegeben, ihre Augen waren geschlossen.

Notburga sank neben ihr auf die Knie, drückte das Ohr auf ihre Brust und lauschte nach ihrem Herzschlag. Doch da war nichts. Nur Notburgas eigenes Herz schlug überlaut vor Sorge und Anstrengung, und das Blut rauschte ihr in den Ohren. Angsterfüllt hob sie eine Hühnerfeder vom Boden auf und hielt sie vor Susannas Mund. Der Flaum blieb unbewegt. Susanna war von ihr gegangen.

Tränen stiegen Notburga in die Augen, rannen ihr über die rußverschmierten Wangen hinab und zeichneten weiße Spuren auf ihr Gesicht. Resolut wischte die Begine sie fort. Für Trauer wäre später noch genügend Zeit. Jetzt musste sie sich um die Lebenden kümmern. Hastig kam sie auf die Beine und rannte zum Krankensaal.

Auch Agathe hatte das schrille Läuten der Feuerglocke vernommen. Dennoch war es bereits später Nachmittag, als sie erfuhr, welches Gebäude Opfer der Flammen geworden war. Sie erreichte die Klause bei der Eich im selben Moment wie Gertrudis, die bester Dinge von einem Besuch zurückkehrte.

Das Feuer hatte nicht auf die umliegenden Häuser übergegriffen, doch das Seelhaus war vollständig niedergebrannt. Noch immer stiegen aus den Trümmern einzelne Rauchfäden in den lauen Sommerhimmel auf.

Stumm vor Entsetzen starrten die beiden Frauen auf die verkohlten Reste des Hauses, das für so viele Menschen die letzte Zuflucht gewesen war. Bis auf ein wenige Fuß hohes Stück der Außenmauer war es mit allem, was sich darin befand, Opfer der Flammen geworden. Nur vereinzelt ragten rauchschwarze Holztrümmer aus dem Schutt, die das Feuer nicht gänzlich hatte verspeisen können.

Einzig das Hoftor schien den Brand nahezu unbeschadet überstanden zu haben. Windschief und morsch wie ehedem hing es in seinen Angeln, als wolle es die Außenwelt vor dem Unglück drinnen bewahren. Voller Angst vor dem, was sie erwarten mochte, stießen Agathe und Gertrudis es auf und betraten den Hof. Wie das Tor war auch er von den Flammen weitgehend verschont geblieben.

Sie fanden Notburga bereits nach wenigen Schritten. Reglos lag die Begine auf der Schwelle zum ehemaligen Krankensaal, beinahe zur Gänze bedeckt mit Überresten von Putz und Werg. Ein angesengter Balken lastete quer über ihrer Brust. Offensichtlich hatte sie gerade in dem Moment den Saal betreten wollen, als das Dach des Seelhauses einstürzte und alles Leben darin unter sich begrub.

Agathe entfuhr ein Schmerzenslaut, als hätte ein Balken sie selbst getroffen, gefolgt von einem zweiten Aufschrei, als sie Susannas leblosen Körper entdeckte. Er lag ein gutes Stück vom Haus entfernt, als wäre er vor den Flammen in Sicherheit gebracht worden.

Starr vor Schreck stand Agathe da, unfähig, etwas zu unternehmen, ja, auch nur einen Finger zu rühren. Doch was blieb auch noch zu tun? Vom Krankensaal selbst und den Siechen, die darin auf ihren Pritschen gelegen hatten – sieben an der Zahl waren es gewesen, wie Gertrudis Agathe schaudernd zuflüsterte –, war nur Asche geblieben.

Auch der Wohntrakt der Schwestern bot keinen hoffnungsvolleren Anblick, dachte Agathe mutlos, daher mochte auch die alte Regula unter den Opfern sein. Wie hatte der Herrgott nur zulassen können, dass das Feuer das Leben so vieler Menschen forderte? Menschen, die sie gekannt, die sie in ihr Herz geschlossen hatte.

Notburga, Susanna und Regula, die ihr mehr Schwestern waren, als Katharina es je sein würde – von einem Moment auf den anderen waren sie von ihr gegangen. Das Seelhaus, all das, wofür sie gearbeitet hatten, ein trostloser Haufen Trümmer.

Wie das Echo ihrer eigenen Trauer vernahm sie neben sich ein gequältes Stöhnen.

»Notburga!« Gertrudis und Agathe fuhren herum. Es war Notburga, die den gepeinigten Laut von sich gegeben hatte! Sie war nicht tot! Doch so still und unbewegt, wie die Begine unter den Schuttmassen gelegen hatte, wären sie beide nie auf den Gedanken gekommen, sie könne noch am Leben sein.

Eilends stürzten sie zu ihr, und zu Agathes Erstaunen packte Gertrudis als Erste den dicken Balken, der auf Notburgas Brust lastete. Gemeinsam gelang es ihnen, das Holz beiseitezuschieben und die Begine unter dem Schutt hervorzuziehen.

Notburga war ohne Bewusstsein. Aus ihrer Nase rann ein feiner Faden dunkelroten Blutes, und an ihrer Stirn, dort, wo der Balken sie getroffen hatte, schwoll eine große Beule. Ihr Gesicht und ihre Unterarme waren mit kleinen Brandwunden bedeckt, doch das dicke graue Tuch ihrer Schwesterntracht hatte ihr die schlimmsten Flammen vom Leib gehalten.

»Notburga!« Laut sprach Agathe die Begine an, um sie aus ihrer Ohnmacht zu wecken, aber vergebens. Notburga reagierte nicht.

Agathe rief lauter, fasste Notburga an der Schulter und schüttelte sie, doch es gelang ihr nicht, die Schwärze zu durchdringen, die Notburga umschlossen hielt.

Hastig sprang sie auf die Beine und eilte, die Nachbarn um Hilfe zu bitten. Diese mochten sich wohl schämen, dass sie den Schwestern im Seelhaus nicht zu Hilfe geeilt waren, denn in Windeseile waren drei kräftige Männer zur Stelle, die Notburga auf ein angekohltes Türblatt hievten und sie, auf Agathes Geheiß hin, in das Streichersche Haus in der Sattlergasse schleppten. Ohne zu klagen, trugen sie die schwere Frau die steilen Stiegen hinauf bis unter das Dach, wo sie Notburga vorsichtig auf Agathes eigener Bettstatt niederlegten.

Während Gertrudis Notburga entkleidete, lief Agathe in die Küche hinab. In dem großen steinernen Mörser zerstieß sie ein paar Wacholderbeeren, gab sie in einen Tiegel und schlug ein Ei darüber. Hastig verquirlte sie die Masse, gab zwei Löffel voll ungesalzenes Schweineschmalz dazu und stellte den Tiegel zum Erhitzen auf den Herd.

Ungeduldig rührte Agathe, bis das Schmalz geschmolzen war und endlich anfing zu sieden. Dann goss sie die Masse in eine flache Schale und stellte sie zum Abkühlen an das geöffnete Fenster. Alsdann hastete sie mit einem Stapel sauberer Tücher, einer Schüssel und einem Wasserkrug die Stiege wieder hinauf in ihre Kammer.

Gertrudis hatte Notburga entkleidet, doch die Begine war immer noch ohne Bewusstsein. Und immer noch lief ihr in einem feinen Rinnsal Blut aus der Nase.

Agathe schenkte Wasser in die Schüssel und reichte sie Gertrudis mitsamt den Tüchern, damit diese Notburga vorsichtig den Ruß von der verbrannten Haut wischen konnte. Alsdann lief sie die Stiegen wieder hinab und hinaus auf den Hof, wo hinter dem Holzstoß verschiedene wilde Kräuter wuchsen.

Zu ihrer Freude entdeckte sie darunter auch einige schaumigweiße Dolden der Schafgarbe. Hastig pflückte Agathe eine Handvoll Blüten ab und eilte damit zurück in die Küche, wo sie diese auf ein feuchtes Leinentuch gab, einen Löffel Dill darüberstreute und das Tuch gewissenhaft zusammenfaltete.

Inzwischen war auch die Salbe abgekühlt. Die Schale mit Brandsalbe in der einen, den kühlenden Umschlag gegen das Nasenbluten in der anderen Hand, kletterte Agathe abermals die Stiegen zu ihrer Kammer hinauf.

Dort kam sie gerade recht, um zu sehen, wie Gertrudis Notburga die Schüssel an den Mund hielt und versuchte, der Bewusstlosen das Wasser einzuflößen.

»Ich trinke daraus wie ein Reh und Rind, du sollst wegnehmen all diesen Brandgrind«, sprach die Begine mit erhabener Stimme eine Beschwörungsformel.

»Was soll der Unfug?«, fragte Agathe barsch und nahm ihr die Schüssel aus der Hand. »Es wäre hilfreicher gewesen, du hättest ihre Wunden ausgewaschen!«

»Das ist kein Unfug!«, erwiderte Gertrudis beleidigt und räumte widerwillig ihren Platz neben Notburga.

Agathe zwang sich zur Ruhe. Gertrudis wusste es einfach nicht besser. Mit einem Seufzen tauchte sie den Lappen ins Wasser und machte sich selbst daran, die verbrannten Stellen auf Notburgas Gesicht und Armen zu reinigen.

Agathe gab sich große Mühe, Notburga nicht noch mehr Schmerzen zuzufügen, doch die unangenehme Behandlung und das kühle Wasser brachten die Begine endlich zu Bewusstsein.

»Susanna«, flüsterte sie und versuchte, sich aufzurichten. Mit einem Schmerzenslaut ließ sie den Kopf jedoch sofort wieder auf das Kissen zurücksinken. »Ich konnte sie nicht retten.«

»Scht«, machte Agathe und legte ihr beruhigend die Hand auf die Schulter. »Ich weiß. Der Herr wird sich ihrer annehmen. Ruh dich jetzt aus, damit wenigstens du wieder gesund wirst.«

Mit einem tiefen Seufzer schloss Notburga die Augen, und unter ihren geschlossenen Augenlidern quoll eine Träne hervor.

Agathe tauchte den Lappen ein letztes Mal in die Schüssel, dann stellte sie diese beiseite und strich Notburgas verbrannte Hautpartien großzügig mit Wacholdersalbe ein. Zum Schluss legte sie ihr den Umschlag aus Schafgarbe und Dill auf Nase und Stirn, damit das Nasenbluten endlich zum Stillstand käme.

Am nächsten Tag war Notburga bei Bewusstsein. Das Nasenbluten hatte aufgehört, doch sie klagte über starke Kopfschmerzen. Agathe salbte ihr den Kopf mit Rosen- und Heidelbeeröl und bereitete ihr Tee aus Pfefferminzblättern. Geriebene Krenwurzel mochte sie ihr wegen der Verbrennungen nicht auf die Stirn reiben.

Gertrudis wich nicht von Notburgas Seite. Sie hatte die Nacht auf einem Strohsack auf dem Fußboden in Agathes Kammer verbracht, während Agathe selbst in der Gästekammer geschlafen hatte. Ständig brabbelte die Begine Unverständliches vor sich hin, verstummte jedoch, sobald Agathe in die Stube trat. Nach der Anfuhr vom Vortag getraute sie nicht mehr, ihre Zaubersprüche und Beschwörungsformeln laut aufzusagen.

Am darauffolgenden Morgen hatte sich auf den Brandwunden in Notburgas Gesicht und auf ihren Armen Schorf gebildet, ein Zeichen, dass die Heilung einsetzte. Nun würde es ihr bald bessergehen, hoffte Agathe. Doch bereits zu Mittag musste sie sich eines Besseren belehren lassen. Gerade hatte sie sich mit ihrer Mutter und den Geschwistern zum Essen um den Tisch niedergelassen, als Gertrudis atemlos in die Stube platzte: Notburga hatte erneut das Bewusstsein verloren.

Agathe sprang vom Tisch auf und eilte an Notburgas Lager. Laut sprach sie die Kranke an, schüttelte sie an den Schultern, doch Notburga reagierte nicht. In ihrer Hilflosigkeit griff sie schließlich nach dem Krug und spritzte Notburga kaltes Wasser ins Gesicht.

Endlich, langsam und flatternd, öffnete die Begine die Augen. »Susanna, du liederliches Stück! Ich habe doch gesagt, du sollst den Hof fegen!«, schimpfte sie undeutlich. Ihr Blick glitt wirr durch die Kammer und vermochte nicht, sich an Agathes Gesicht festzuhalten. Die Pupille ihres rechten Auges war deutlich größer als die des linken.

Agathe durchfuhr es kalt, und ihrem Mund entschlüpfte ein Laut des Entsetzens. Genauso hatten Hellas Augen geblickt, damals, als der tönerne Drachenkopf sie getroffen hatte. Tiefe Angst um die Freundin legte sich wie ein eiserner Ring um ihre Brust. Wenn sie nicht sofort etwas unternahm, würde sie Notburga verlieren, so, wie sie Hella verloren hatte!

Doch alles, was in ihrer Macht stand, hatte sie für Notburga getan. Nun war sie mit ihrem Wissen am Ende. Aber wen sollte sie um Rat bitten? Augustin? Agathe verwarf den Gedanken sofort. Nicht dass sie ihren Bruder für einen schlechten Arzt hielt, doch er hatte nur wenig mehr Erfahrung als sie selbst. Überdies betrachtete er alles, was mit dem Seelhaus zu tun hatte, mit großem Missfallen, und hätte Agathe ihn vorab um Erlaubnis gefragt, hätte er niemals zugelassen, dass sie die verletzte Notburga ins Streichersche Haus brachte. Agathe aber hatte Tatsachen geschaffen, so dass ihrem Bruder nichts anderes übriggeblieben war, als zähneknirschend seine Zustimmung zu geben.

Vielleicht wusste Doktor Stammler Rat, dachte Agathe. Entschlossen sprang sie von der Kante der Bettstatt auf.

»Jos!«, rief sie in den Flur hinaus. »Hol Doktor Stammler! Sag ihm, es gelte das Leben!«

Höchst verwundert, dass man ihn in den Haushalt eines Amtsbruders rief, kam Doktor Stammler Jos' Bitte nach. Doch sein Erstaunen schwand, als er, keuchend vor Anstrengung, die Stiegen zum Dachgeschoss erklommen hatte und der Hausknecht ihn in Agathes enge Kammer führte.

»Ich hätte mir gleich denken können, dass Ihr dahintersteckt, Jungfer Agathe«, brummte er, als er Agathe und eine dunkel gekleidete Begine am Bett einer Kranken vorfand. »Wen habt Ihr nun wieder unter Eure Fittiche genommen?«

Als er einen genaueren Blick auf die bewusstlose Notburga warf, wurde seine Miene ernst. In kurzen Worten erklärte Agathe ihm, was geschehen war und welche Behandlung sie der Verletzten bislang hatte angedeihen lassen. »Aber nun weiß ich nicht weiter«, schloss sie mit einem hilflosen Zucken ihrer schmalen Schultern.

Stammler nickte zustimmend. »Ihr habt in allem recht gehandelt«, sagte er anerkennend. »Doch wie es aussieht, war der Schlag auf den Kopf zu kräftig. Celsus empfiehlt in seiner Schrift *De Medicina* in so einem Fall als letzte Möglichkeit die Öffnung des Schädels, damit die unguten Säfte, die sich dort gebildet haben, abfließen können.«

Mit vor Entsetzen geweiteten Augen starrte Agathe ihn an.

»Ich weiß nicht, ob diese Maßnahme von Erfolg gekrönt sein wird«, fuhr der Arzt fort. »Viele meiner Amtsbrüder sind da skeptisch, und Ihr dürft keine allzu große Hoffnung hegen. Aber wir sollten nichts unversucht lassen, denn wenn wir nichts unternehmen, wird sie den morgigen Tag nicht erleben.«

Er wandte sich zu Jos um, der an der Kammertür weiterer Anweisungen harrte. »Schaff mir geschwind Wundarzt Merk hierher!«, wies er ihn an.

Agathe schauderte. »Ich dachte, man öffnet den Schädel, um den bösen Stein der Fallsucht zu entfernen!«, sagte sie unsicher.

Stammler schnaubte. »Böser Stein der Fallsucht!«, wiederholte er verächtlich. »Ich für meinen Teil habe noch nie einen gesehen und glaube nicht, dass es ihn gibt! Er ist eine höchst einträgliche Erfindung zwielichtiger Chirurgen, die behaupten, er trage die Schuld an den Anfällen. Ich habe nur wenige gesehen, die die Operation überlebt haben, und noch keinen, der durch sie von der Fallsucht geheilt wurde.«

»Warum lässt sich denn dann überhaupt jemand den Stein entfernen?«, fragte Agathe entsetzt.

Stammler seufzte. »Meist sind es nicht die Kranken selbst, die das entscheiden, sondern Angehörige, die sich vor den unheimlichen Zuckungen der Erkrankten fürchten. Die meisten Chirurgen sind ungebildet und gewissenlos. Sie schneiden, wann immer sie dafür bezahlt werden, und viele verstehen weniger davon als die Metzger.«

»Warum verbietet man ihnen dann nicht ihr gefährliches Tun?«, ereiferte Agathe sich.

»Irgendjemand muss die blutige Arbeit machen«, gab Stammler zu bedenken.

»Aber warum führen die studierten Ärzte die Operationen nicht selbst aus?« Oder sind sie sich zu fein dazu, setzte sie in Gedanken hinzu.

»Manchem ist es sicher sehr recht, sich nicht die Finger beschmutzen zu müssen«, antwortete Stammler mit dem Anflug eines Schmunzelns, als habe er Agathe die unausgesprochenen Worte vom Gesicht abgelesen. »Aber die Wahrheit ist: Wir dürfen es nicht. Ecclesia abhorret a sanguine.«

»Die Kirche schreckt vor dem Blut zurück!«, übersetzte Agathe und blickte den Arzt fragend an.

»Wir dürfen nicht schneiden«, erklärte dieser, »weil es dabei oft zu Todesfällen kommt. So hat die Kirche auf dem Konzil von Tours verfügt. Es ist moralisch nicht vertretbar, weil es gegen das fünfte Gebot verstößt: Du sollst nicht töten. Man darf nicht vergessen, dass die Medizin zur Theologie gehört.«

»Aber zuzulassen, dass ungebildete Chirurgen sich an Kranken vergehen, das ist moralisch vertretbar?«, sagte Agathe bitter.

Stammler blieb ihr die Antwort darauf schuldig.

Agathe zögerte. Sollten sie Notburga wirklich der Gefahr einer Schädelöffnung aussetzen? Die Worte des Arztes hatten ihr nicht gerade Vertrauen eingeflößt. »Und Wundarzt Merk?«, fragte sie leise.

»Der versteht sein Handwerk«, versuchte Stammler, sie zu beruhigen. »Ich selbst war zugegen, als er sein Meisterstück gemacht hat.«

Als wäre das sein Stichwort gewesen, betrat in dem Moment Wundarzt Hans Jacob Merk die Kammer. Jos hatte ihn im Kargenbad angetroffen, wo er gewöhnlich Visite hielt und seine Arzneien kochte.

Merk öffnete den Mund zum Gruß, doch als sein Blick auf Agathe fiel, die mit ernster Miene, die feinen Augenbrauen vor Sorge zusammengezogen, am Fußende des Bettes stand, versagte ihm seine Zunge den Dienst. Dem Wundarzt war, als hätte die Zeit einen Satz nach hinten gemacht und er wäre wieder der schlaksige junge Mann, der vor Verlegenheit nicht wusste, wohin mit seinen überlangen Gliedmaßen. Gerade gestern erst war es gewesen, dass er just in dieser Kammer am Krankenbett eines kleinen Mädchens gestanden hatte. Einen Tag nur, nachdem er sein Meisterstück – die Bereitung eines Pflasters aus Fichtenharz zur Wundheilung – gemacht und vor den kritischen Augen von Doktor Stammler und Doktor Strölin bewiesen hatte, dass er eines sachkundigen Schnittes fähig war.

Ein Steinschnitt war es gewesen, bei einem kleinen Jungen, dem Sohn von Sebastian Auer. Der arme Bursche krümmte sich vor Schmerz, und sein Schreien brachte seine Eltern zur Verzweiflung. Und nicht nur seine Eltern. Auch Merk ging das Weinen des Jungen durch Mark und Bein. Mit Mühe nur konnte er sich auf das konzentrieren, was er während seiner Lehrzeit gelernt hatte. Mit zittrigen Händen legte er Messer und Zange bereit, bei deren Anblick der Kleine gänzlich die Fassung verlor. Er fing haltlos an zu schreien und versuchte, sich aus den Armen seines Vaters zu winden. Doch der kannte kein Pardon. Die bloße Kehrseite des Jungen ihm zugewandt, herrschte er den jungen Wundarzt an: »Nun beeil dich, du Bachl! Ich kann ihn nicht ewig festhalten!«

Doktor Stammler hatte ihm aufmunternd zugenickt, und endlich fasste er sich ein Herz. Zögerlich führte er zwei Finger der linken Hand in den After des Patienten ein, wie er es gelernt hatte, was wahrlich keine angenehme Sache war, und versuchte den Stein durch die Darmwand hindurch in der Harnblase zu ertasten.

Endlich hatte er den Stein erwischt, und so groß, wie dieser war, war es kein Wunder, dass der Junge schreckliche Schmerzen litt! Von da an war alles ganz einfach gewesen. Er hatte den Stein nach unten gegen den Damm gedrückt und ihn dort festgehalten. Mit einem einzigen Schnitt hatte er Haut, Muskel und Blasenwand oberhalb des Steines durchtrennt und alsdann mit der gezähnten Fasszange den Stein gepackt und herausgezogen.

Merk erinnerte sich an den Tag, als sei es erst gestern gewesen, dabei waren seither so viele Jahre vergangen. Abwesend rieb er sich den Nasenrücken. Am darauffolgenden Tag hatte man ihn zu der kleinen Hella Streicher gerufen.

Unmerklich schüttelte er den Kopf, um sich von der Erinnerung zu befreien, und richtete seinen Blick aufmerksam auf Doktor Stammler, der ihm in knappen Worten erklärte, was er von ihm erwartete. Merk nickte verstehend.

Doktor Stammler empfahl sich, und der Wundarzt verscheuchte auch Gertrudis aus der Kammer. Ohne weitere Umstände stellte er seinen Kasten auf dem Boden ab und begann, darin zu kramen.

»Meister Merk«, sprach Agathe ihn an, »habt Ihr schon einmal den bösen Stein der Fallsucht geschnitten?«

Der Wundarzt kniff die Augen zusammen. »Dummes Geschwätz!«, brummte er, ohne innezuhalten. »Aber einen Schädel habe ich schon geöffnet, wenn Euch das beruhigt.«

Agathe nickte. Sie getraute sich nicht, zu fragen, ob der Patient die Operation überlebt hatte.

Schließlich entnahm Merk dem Kasten verschiedene Gerätschaften: Skalpell, Rasiermesser, Haken und einen Bohrer, bei dessen Anblick Agathe ganz elend zumute wurde. An einen hölzernen Griff war ein kurzer, hohler Zylinder aus Metall montiert, bei dem die untere Seite mit scharfen Zacken versehen war. In der Mitte des Zylinders ragte ein spitzer Dorn hervor, der den Bohrer an Ort und Stelle halten sollte.

Bedrückt wandte Agathe den Blick ab und half Merk, Notburga das Beißholz zwischen die Zähne zu schieben, das er als Letztes aus seinem Kasten genommen hatte. Als es an Ort und Stelle saß, rasierte der Wundarzt Notburga mit wenigen Griffen die dünn gewordenen Haare vom Kopf. Auf den Bodendielen kringelten sie sich zu einem traurigen grauen Häufchen.

Merk nahm das Skalpell zur Hand, und als er damit

oberhalb der Beule einen kreisförmigen Schnitt machte, erwies sich die tiefe Ohnmacht, in die Notburga gefallen war, als wahrer Segen. Die Begine schien keinen Schmerz zu verspüren. Agathe, die Notburgas Kopf umfasst hielt, bemerkte nicht das kleinste Zucken, auch nicht, als Merk die Kopfhaut an der aufgeschnittenen Stelle ablöste und das kronenförmige Ende des Bohrers auf dem Schädelknochen ansetzte.

Stattdessen war sie es, der der Schweiß auf die Stirn trat. Übelkeit stieg von ihrem Magen auf, und als der Wundarzt mit leichtem Druck begann, den Bohrer zu drehen, und dieser sich in den Knochen fraß, ertrug sie den Anblick nicht länger. Sie schloss die Augen, wandte den Kopf ab und atmete tief durch, damit sich ihr Magen beruhigte.

So spürte Agathe auch eher, als dass sie es sah, wie Merk den Bohrer beiseitelegte. Bang öffnete sie die Augen und sah, wie eine kleine, kreisrunde Knochenscheibe zu Boden fiel und über die Dielen rollte. In Notburgas Schädeldecke klaffte ein münzgroßes Loch, aus dem dickliches, dunkelrotes Blut troff. Agathe hielt es nicht länger aus. Hastig presste sie die Hand auf den Mund, um die Übelkeit zurückzudrängen, und eilte aus der Kammer und zu der Latrine im Hof.

Als sie wenig später an Notburgas Lager zurückkehrte, hatte Merk sein Chirurgenbesteck sauber abgewischt und in seinem Kasten verstaut. Gemeinsam betteten sie Notburga auf die Seite, damit die schädlichen Säfte aus dem offenen Loch in ihrem Kopf abfließen konnten.

Der Wundarzt empfahl sich, und Agathe sank erschöpft auf den dreibeinigen Hocker neben der Bettstatt. Sogleich schlüpfte auch Gertrudis in die Kammer und ließ sich schwerfällig auf den Knien nieder. Nun blieb ihnen nur noch, für Notburgas Genesung zu beten.

»Lieber Gott, hilf! Mach, dass Notburga wieder gesund

wird!«, betete Agathe, aber so recht konnte sie sich nicht auf das Gebet konzentrieren. Immer wieder schweiften ihre Gedanken ab und wanderten – genau wie bei Merk – zu jenem Tag vor vielen Jahren, der auch ihr wieder lebhaft vor Augen getreten war. Wie sehr sich die Szenen doch glichen! Nur dass es damals Hella gewesen war, ihre geliebte Schwester, um deren Leben sie gebangt und gebetet hatte.

Tränen verschleierten Agathes Blick, und die Bilder begannen sich zu vermischen. Das bleiche Gesicht auf dem Kissen gehörte nicht länger Notburga, sondern es war Hella, die dort reglos dalag. Das monotone Murmeln nicht enden wollender Ave-Marias, das ihre Gedanken begleitete, entsprang nicht Gertrudis' Mund, sondern sickerte von Katharinas Lippen. Hella! Warum nur hatte sie sterben müssen?

Die Minuten dehnten sich zu Stunden. Es gab nichts, was Agathe für Notburga hätte tun können. Das Warten machte sie schier verrückt. Wieder und wieder gerieten ihr die alten Bilder vor Augen, und als sie ein weiteres Mal Hans Jacob Merk an das Bett ihrer Schwester treten sah, schob sich eine andere Gestalt dazwischen. Eine Gestalt im dunklen Arztmantel: Doktor Neiffer. Er hatte Hella eine Arznei verordnet.

Was für eine Medizin das wohl gewesen sein mochte? Sie hatte Hella zwar nicht zu heilen vermocht, aber vielleicht konnte sie Notburga helfen?

»Danke, lieber Gott!«, rief Agathe laut aus und sprang auf die Füße. Doch schon ihr nächster Gedanke ließ sie entmutigt zurück auf den Hocker sinken. Doktor Neiffer war nicht Doktor Stammler. Sie konnte nicht ohne weiteres zu ihm gehen und ihn fragen, was er Hella verordnet hatte, wie sie es bei Stammler getan hätte. Zumal die Sache mit Hella vor so langer Zeit geschehen war, dass Doktor Neiffer sich vermutlich nicht mehr daran erinnerte.

Agathe sog die Lippe zwischen die Zähne und kaute nachdenklich darauf herum. Vielleicht gab es noch eine andere Möglichkeit, zu erfahren, welche Medizin Neiffer verschrieben hatte. Meister Heubler war ein überaus ordentlicher Mensch, der stets wusste, was er wo zu suchen hatte. Vielleicht verwahrte er in seiner Apotheke auch die Rezepte seiner Kunden?

Agathe wusste, es war nur eine geringe Hoffnung, doch sie durfte nichts unversucht lassen. Getrost überließ sie das Beten Gertrudis und machte sich auf den Weg in die Mohren-Apotheke.

Überraschenderweise zeigte Meister Heubler sich von Agathes Ansinnen sehr erfreut. »Seit ich diese Apotheke betreibe – und das ist nun bald ein Vierteljahrhundert –, verwahre ich alle Rezepte«, erklärte er nicht ohne Stolz. »Es ist selten genug, dass mich jemand danach fragt. Im Lauf der Jahre ist da so einiges zusammengekommen, daher wird es eine Weile dauern, aber selbstverständlich suche ich es gern für Euch heraus«, versprach er. »Das Unglück geschah an dem Tag, als der Pöbel das Münster stürmte, wenn ich mich recht entsinne?«

Agathe nickte, und Heubler entschwand aus der Offizin.

In der Tat verging eine geraume Weile, in der Agathe eingehend den geschuppten Leib des ausgestopften Reptils über dem Rezepturtisch betrachtete, das an zwei dünnen Seilen von der Decke herabhing. »Wozu dient eigentlich das Reptil?«, fragte sie, als der Apotheker zurückkehrte. Die Frage hatte sie ihm immer schon stellen wollen.

»Es dient keinem medizinischen Zweck, wenn Ihr das meint«, antwortete dieser. »Nur der Einstimmung meiner Kunden auf die medizinische Wirksamkeit meiner Arzneimittel.« Mit ausholender Geste legte er ein vergilbtes Blatt Papier auf den Rezepturtisch. »So, da hätten wir es!«, sagte er, strich es glatt und schob es ihr hin.

Agathe bemühte sich, die verblassten Buchstaben zu entziffern. *Pulver Contra Cafum* stand dort zu lesen, *in einer aus Zitronen- und Sauerampfer-Syrup und Bibernell-Wasser zugerichteten Mixtur einzunehmen.*

»Pulver Contra Cafum«, wiederholte sie leise, »wider das gestockte Blut.« Hellas Blut hatte also nicht stocken, sondern kräftig fließen sollen, erkannte Agathe. Noch sehr genau erinnerte sie sich an die Worte Neiffers, es sei zu viel altes und zu wenig frisches Blut in Hella. Neues Blut hatte also entstehen, und das alte hatte abfließen sollen, das hatte Neiffer anscheinend mit seiner Arznei beabsichtigt.

Aber wohin hätte das alte Blut abfließen sollen? Merk hatte die Wunde nach allen Regeln seiner Kunst verschlossen. Agathe selbst hatte ihm dabei geholfen.

Wäre es nicht eher angezeigt gewesen, die Wunde zu vergrößern oder wie bei Notburga den Schädel zu öffnen, damit das alte Blut mitsamt der unguten Säfte, die durch den Schlag entstanden waren, abfließen konnte, überlegte Agathe.

Wundarzt Merk konnte man keinen Vorwurf machen. Er hatte die Wunde versorgt, wie von ihm erwartet wurde. Aber Neiffer war ein studierter Mann. Wenn Doktor Stammler wusste, was in so einem Fall zu tun war, dann Doktor Neiffer doch wohl auch. Denn er war weder dumm noch unwissend, dafür wurde er von zu vielen wohlhabenden Patienten konsultiert. Sicherlich hatte auch er seinen Celsus gelesen.

Aber Neiffer hatte sich einfach nicht die Mühe gemacht, Hella eingehend zu untersuchen. Vielleicht aus Sorge um seinen mit Fuchspelz verbrämten Arztmantel, vielleicht aus reiner Nachlässigkeit hatte er es unterlassen, den Verband an Hellas Kopf auch nur anzuheben, um die Wunde in Augenschein zu nehmen. So wenig hatte Neiffer das Wohl seiner Patientin am Herzen gelegen, dachte Agathe bitter.

Ein dicker Kloß setzte sich in ihrer Kehle fest, und sie schluckte trocken. Wenn nur ... wenn nur Doktor Stammler damals zur Stelle gewesen wäre, der hätte nichts unversucht gelassen!

Das Blatt entglitt ihren Fingern und schwebte zu Boden. Vielleicht wäre Hella trotzdem gestorben. Aber durch Neiffers Nachlässigkeit war schließlich so viel frisches Blut in Hella gewesen, dass es die Schwester das Leben gekostet hatte!

Zorn wallte in Agathe auf. Zorn auf eine Ärzteschaft, die ihre Profession nicht als Berufung verstand, der schlicht das Gewissen fehlte, die moralische Verpflichtung, sich mit allem Vermögen für das Wohl der Kranken einzusetzen. Und Zorn auf Doktor Neiffer im Besonderen. Unwillkürlich ballte sie die Hände zu Fäusten, wandte sich ab und verließ ohne ein Wort des Dankes an Meister Heubler die Apotheke.

Dieser indes mochte ahnen, was in Agathe vorging, denn mit einem nachsichtigen Lächeln blickte er der jungen Frau hinterher, bis die Tür hinter ihr ins Schloss gefallen war. Dann bückte er sich und hob das Rezept auf.

Voll düsteren Grolls trat Agathe auf die Straße hinaus. Solch eine Nachlässigkeit durfte doch nicht ungestraft bleiben! Man sollte die Angelegenheit vor den Rat bringen, zürnte sie bei sich. Doch sie wusste selbst, dass dies nichts fruchtete. Es wäre ihr unmöglich, Neiffers Nachlässigkeit zu beweisen. Schließlich war sie kein Arzt, und noch dazu eine Frau. Niemand würde ihrer Klage Gehör schenken.

Und selbst wenn – nie würde der Rat einen ortsansässigen Arzt für seine Fehler zur Rechenschaft ziehen, allein schon deshalb nicht, weil studierte Ärzte knapp und die Stadtväter dankbar waren für jeden von ihnen, der sich in ihren Mauern niederließ. Tränen der Ohnmacht traten Agathe in die Augen.

»Heda, aus dem Weg!«
Der Warnruf schreckte Agathe aus ihren Gedanken. Schlamm spritzte aus einer Pfütze auf und besudelte ihr Kleid. Verwirrt blickte sie auf, und es gelang ihr gerade noch, beiseitezuspringen, bevor eine Gruppe Berittener haarscharf an ihr vorbeipreschte: die Vorhut Kaiser Karls, der mit großem Gefolge anreiste, um in eigener Person dafür zu sorgen, dass die für seinen Geschmack gar zu unabhängigen Ulmer Bürger seinen Anordnungen hinsichtlich des Interims Folge leisteten.

Notburga starb zu Maria Himmelfahrt. Früh am Morgen wurde sie von heftigen Krämpfen heimgesucht, die sie schüttelten, bis sie schließlich leblos in die Kissen zurücksank – genauso, wie es bei Hella gewesen war.

Agathe hatte geahnt, dass es so kommen würde, denn nach der Schädelöffnung hatte Notburga ihr Bewusstsein nicht wiedererlangt. Doch das milderte ihre Trauer um die Freundin nicht. Sie würde die resolute Frau, die ihr großes Herz stets hinter einer rauhen Schale verborgen gehalten hatte, schmerzlich vermissen.

Überdies nagte ein unbestimmtes Gefühl der Schuld an Agathe, weil sie die Begine nicht hatte retten können. Doch was hätte sie noch tun können? Was vermochte ein Arzt wirklich gegen die Tücken der Krankheit zu tun? Und wie viel weniger eine Frau, die ihr medizinisches Wissen überall zusammengelesen und -geklaubt hatte?

Lohnte es überhaupt der Mühen, oder lagen Leben und Sterben am Ende doch nur in Gottes Hand, fragte Agathe sich mutlos. Waren sie und letztlich auch all die studierten Herren nicht nur willenlose Werkzeuge des Herrn?

Noch einmal repetierte sie bei sich alles, was sie unternommen hatte, um Notburgas Leben zu retten. Doch sie war sich keines Versäumnisses bewusst. Das hatte ihr auch

Doktor Stammler bestätigt. In jedem ähnlichen Fall würde sie wieder genauso handeln, was ihr nur ein geringer Trost war.

Eine lange Weile saßen Agathe und Gertrudis stumm nebeneinander an Notburgas Lager, jede versunken in ihre Trauer, bis Gertrudis sich schließlich erhob.

»Was hast du jetzt vor?«, fragte Agathe mit belegter Stimme.

»Ins Münster gehen«, antwortete Gertrudis. »Der Bischof von Arras liest ein richtiges Hochamt, bei dem auch der Kaiser zugegen sein wird.«

Zu Agathes Erstaunen nestelte sie den dunklen Schleier, der sie für jeden sichtbar als Begine zeichnete, auf und nahm ihn ab.

»Das meine ich nicht«, entgegnete Agathe.

Mit dem Brand des Seelhauses hatte Gertrudis nicht nur wie sie ihre Gefährtinnen, sondern darüber hinaus auch noch ihr Zuhause verloren, ihre Sicherheit und ihr Auskommen, mochte es auch noch so armselig gewesen sein.

»Wo wirst du jetzt leben? Wenn du möchtest, kann ich Augustin fragen, ob du hier ...«

»Das ist großzügig von dir«, unterbrach Gertrudis sie und ließ den Schleier achtlos zu Boden gleiten. »Doch ich habe schon ... äh ... Pläne«, erklärte sie ausweichend, bückte sich und förderte aus ihrem zerdrückten Bündel ein taubenblaues Tuch hervor.

Agathe gab sich damit nicht zufrieden. »Was für Pläne?«, hakte sie nach.

»Zunächst einmal werde ich zu meiner Base ziehen, und dann ...« Gertrudis errötete. »Du erinnerst dich vielleicht an den Messner mit dem zerschmetterten Fuß?«

»Messner Gruber?«

Gertrudis nickte, und die Röte auf ihrem Gesicht vertiefte sich. »Der arme Mann lebt dort ganz allein auf dem

Berg und hat niemanden, der sich um ihn kümmert ...«
Verlegen brach sie ab und wickelte sich umständlich das Tuch um den Kopf.

Plötzlich begriff Agathe. So traurig der Brand des Seelhauses und der Tod der Gefährtinnen auch war – für Gertrudis bedeuteten sie die Freiheit. Mit keinem Wort hatte sie beklagt, ihre wenigen Besitztümer verloren zu haben. Vielmehr hatte sie Notburga gepflegt und umsorgt, wie es ihr nur möglich war. Doch jetzt war sie frei! Frei, zu gehen, wohin sie wollte.

Auf den Michelsberg zu Messner Gruber. Da also war sie gewesen, als man ihre Hilfe im Seelhaus gebraucht hätte! Andererseits hätte sie wahrscheinlich gern schon viel eher dem Leben im Seelhaus den Rücken gekehrt, und obwohl sie die Arbeit dort nicht mochte, hatte sie es nicht übers Herz gebracht, Notburga, Susanna und Regula mit der Pflege der Siechen allein zu lassen.

Agathe war zu niedergeschlagen, um sich für Gertrudis und Messner Gruber richtig freuen zu können, aber sie wünschte ihnen von Herzen das Beste.

»Behüte dich Gott!«, verabschiedete Gertrudis sich in ihr neues Leben und ließ Agathe in dumpfem Kummer zurück.

Auch für sie war mit dem Brand des Seelhauses ein Abschnitt ihres Lebens unwiederbringlich zu Ende gegangen. Niemand würde das Seelhaus wieder aufbauen, und all das, wofür Notburga, die Schwestern und sie gearbeitet hatten, war verloren.

Einen Moment noch verharrte Agathe an Notburgas Lager und bat den Herrn, sich der Seele seiner jüngst verstorbenen Tochter gnadenvoll anzunehmen, dann erhob auch sie sich, um alles Notwendige für deren Beisetzung in die Wege zu leiten.

Als dies jedoch am frühen Vormittag geschehen war,

wusste Agathe nichts mehr mit sich anzufangen. Früher wäre sie in dieser Gemütsverfassung ins Seelhaus gegangen, und obschon ihr diese Möglichkeit nun genommen war, verließ sie das Streichersche Haus und wanderte ziellos durch die Gassen.

Vor dem Münster hatte sich eine Menschenmenge versammelt, um den Kaiser zu begrüßen, der in diesem Moment mit großem militärischen Gefolge vom Ehingerhaus am Herdbruckertor kommend, in dem er wie gewohnt Quartier bezogen hatte, auf dem Platz einritt.

Agathe trat näher und schaute zu, wie er – schwarzsamten gekleidet mit Mantel und Hut – von seinem Ross stieg. Der Farbe seiner Haut und der schmerzverzerrten Miene nach, die er dabei zog, hatte sich sein gesundheitlicher Zustand nicht gebessert, seit Agathe ihn gesehen hatte. Schwerfällig schritt er hinter Marschall von Pappenheim, der ihm das Schwert trug, auf das Portal zu und betrat unter feierlichen Orgelklängen das mit Kerzen geschmückte Münster.

Sobald der letzte Mann seines mit Hellebarden bewehrten Gefolges im Gotteshaus verschwunden war, kam Bewegung in die Menge. Bestrebt, nur ja einen Platz zu ergattern, von dem aus man einen guten Blick auf den Herrscher hätte, dem man oben im Chor bei der Neithart-Kapelle einen besonderen Stand errichtet und mit Samt behängt hatte, drängten die Bürger nach.

Agathe wurde dabei unsanft gegen den Herrn neben ihr gestoßen. Sie wandte den Kopf, um sich bei ihm zu entschuldigen, doch die höflichen Worte blieben ihr im Hals stecken, denn sie blickte geradewegs in die verärgerten Züge von Doktor Neiffer.

»Könnt Ihr nicht aufpassen!«, schnauzte dieser.

Seine rüden Worte ließen in Agathe all den Zorn, den Kummer und die ohnmächtige Wut aufbranden, die sich in ihr gesammelt hatten. Die langen Nächte, in denen sie an Notburgas Bett gewacht hatte, hatten Agathe angespannt und dünnhäutig werden lassen, und so kochte diese Wut über. Als hätte sich ein Schleusentor geöffnet, ergoss sie sich über den Mann, der einen Gutteil Schuld an Agathes Kummer trug.

»Nicht aufpassen?«, schnappte sie schrill. »Ihr selbst tätet gut daran, aufzupassen! Und zwar, wenn Ihr Eure Patienten behandelt!«

Für einen Moment verschlug es Doktor Neiffer die Sprache, dann geiferte er zurück: »Wagt Ihr etwa zu behaupten, ich ließe es an Sorgfalt bei meinen Patienten mangeln?«

»Genau das wage ich! Bei meiner Schwester Hella habt Ihr es versäumt!«, stieß Agathe hervor.

Die Umstehenden hielten inne und wandten die Köpfe. Den Kaiser würde man auch später noch anschauen können. Dass sich aber ein Doktor der Medizin und eine Jungfer auf offener Straße anschrien, erlebte man nicht alle Tage.

Zu Neiffers Leidwesen war es nicht nur armseliges Pack, musste er mit einem raschen Blick in die Runde feststellen. Auch etliche wohlhabende Bürger, darunter der eine oder andere seiner Patienten, standen da und gafften.

Innerlich schäumend vor Zorn über Agathes Anklage, bemühte Neiffer sich daher um Haltung. Herablassend entgegnete er: »Was maßt Ihr Euch an, meine Kuren zu beanstanden, Jungfer Streicher! Ihr seid nur ein dummes Weib und versteht nichts, rein gar nicht davon. Ihr wäret besser beraten, den Mund zu halten.«

»Immerhin verstehe ich genug davon, um zu wissen, dass Eure Behandlung meine Schwester das Leben gekostet hat«, gab Agathe zurück. »Wenn Ihr Sorgfalt hättet walten lassen, hättet Ihr erkannt, dass man die Wunde nicht hätte verschließen dürfen. Ihr hättet Anweisung geben müssen, eine Schädelöffnung vorzunehmen! Doch in Eurer Überheblichkeit habt Ihr Euch die Wunde nicht einmal angeschaut!«

Die Zuhörer murmelten erstaunt. Was die Jungfer da vorbrachte, klang durchaus so, als verstünde sie sehr wohl, wovon sie sprach.

»Ihr!« Neiffer rang nach Worten. »Nehmt Euch in Acht! Euer Medicastern ist ketzerisches Tun! Die hohe Kunst des Medizinierens steht ausschließlich uns studierten Ärzten zu. Wo kämen wir hin, wenn jedes dahergelaufene Weibsbild sich erdreistete, unsere Kuren nachzuahmen!«, empörte er sich. »Doch wen nimmt es Wunder? Gehört Ihr nicht ohnehin zu der Sekte dieses Ketzers Schwenckfeld?«

Die abfällige Erwähnung Kaspars brachte Agathe noch mehr auf. Solch engstirnigen Menschen wie Doktor Neiffer, die nur an Lehren und Traditionen hafteten, war es zu danken, dass Kaspar niemals in Frieden würde leben können. Sie vermisste ihn und sorgte sich um sein Wohlergehen.

Vor einer Weile war ein Brief von ihm angekommen. Es schien, als hätte er Zuflucht in einem Kloster gefunden, doch in welchem, das konnte Agathe nur mutmaßen. Der Brief war ausschließlich religiösen Inhalts. Kaspar hatte ihn mit dem Namen *Eliander* unterschrieben und gebeten, ihn zu verbrennen, nachdem man ihn vor der Gemeinde gelesen hatte.

»Ihr solltet Euch ein Beispiel an der Ehrenhaftigkeit dieses Ketzers nehmen«, fauchte Agathe. »Vielleicht würdet Ihr dann auch ein besserer Arzt!«

Lachen und Kichern der Zuhörer belohnte ihren verbalen Triumph, auf den der Doktor der Medizin nichts Treffendes zu entgegnen wusste.

»Das wird Euch noch leidtun!«, schwor er finster, wandte sich ab und strebte dem Portal des Münsters zu. Das höhnische Gelächter der Umstehenden folgte ihm bis in das Gotteshaus hinein.

Agathe indes verspürte keine Freude über ihren Sieg. Erbost über ihre eigene Unbeherrschtheit, biss sie sich auf die Lippe. Wie hatte sie sich vor aller Augen und Ohren nur so gehen lassen können? Und wieso nur schaffte dieser elende Neiffer es immer wieder, dass sie die Fassung verlor?

Neiffer traf den Münsterprediger in denkbar schlechter Laune an. Zornig und müde hockte dieser in seiner Schreibstube und brüllte nach der Magd. Das dumme Stück war zu einfältig, die Tür zu öffnen, wenn es klopfte.

Seit seine erste Frau im vergangenen Jahr an der Pest gestorben war, hatte sich ein rechter Schlendrian unter dem Gesinde breitgemacht. Seine zweite Frau Christina hatte die Zügel noch nicht so fest im Griff, wie sie sollte. Längst hätte er ihr beibringen sollen, was er von seiner Gemahlin erwartete, doch dafür hatte er bislang keine Zeit finden können. Wie sollte er auch, wenn man ihn ständig störte?

Erneut klopfte es an der Tür, herrisch und laut, und abermals rief Frecht nach der Magd. Er wollte jetzt keinen Besuch empfangen. Nicht nach diesem schrecklichen Tag!

Dabei war bereits das Hochamt am gestrigen Tag für sich genommen schon eine Zumutung für jeden aufrechten Anhänger des wahren Glaubens gewesen. Das Münster war so voller Menschen gewesen wie seit Jahren nicht, wobei die Messe natürlich nur deshalb so gut besucht war, weil das tumbe Volk ausgiebig den Kaiser begaffen wollte.

Die Abendmahltische hatten zwei neuen Altären weichen müssen, die der Bischof von Arras, Anton Granvella, Sohn des kaiserlichen Kanzlers, mit pompösen Getue zu Beginn des Gottesdienstes geweiht hatte. Im Anschluss daran hatte dieser feierlich ein Hochamt gelesen, bei dem der Kaiser und viele aus seinem Gefolge das Abendmahl in beiderlei Gestalt – mit Kelch und Wein – empfangen hatten, wie es das Interim gestattete.

Frecht schnaubte verächtlich. Glaubte Kaiser Karl etwa, man würde ihm diese lächerliche Geste als Zugeständnis gegenüber der protestantischen Reichsstadt abkaufen?

Freundliches Getue war es, reine Heuchelei! Das jedenfalls hatte Seine Majestät spätestens an diesem Morgen deutlich gemacht, als er ihn und eine Handvoll anderer Prediger – Jakob Spieß, Martin Rauber, Georg Fieß und Bonaventura Stelzer – auf das Pfarrkirchenbauamt hatte laden lassen. Dort hatte Bürgermeister Kraft von ihnen auf des Kaisers Befehl hin verlangt, einen Eid zu Gott und den Heiligen zu schwören, sich an das Interim zu halten, es zu lehren und nicht dagegen zu predigen.

Bei dem Gedanken daran stieg Frecht noch jetzt vor gerechter Empörung die Röte ins Gesicht. Natürlich hatte er in aller Schärfe gegen das Interim, das all jenes verriet, für das er und alle aufrechten Christen seit Jahrzehnten stritten, protestiert und sich geweigert, den Eid zu leisten. Vielmehr hatte er für sich und die anderen Prediger die sofortige Entlassung gefordert.

Es klopfte ein drittes Mal, und diesmal erhob sich der Münsterprediger knurrend aus seinem unbequemen Sessel. Vielleicht war es ein Bote des Bürgermeisters, der ihm das Einlenken Seiner Majestät mitteilen wollte, dachte er, und seine Miene erhellte sich um ein Gran.

Daher war seine Verärgerung umso größer, als er stattdessen Doktor Neiffer erblickte, der zu allem Überfluss auch noch Katholik war. Der Prediger bat den Arzt nicht einmal herein, wie es die Höflichkeit geboten hätte. »Was wollt Ihr?«, fragte er in harschem Ton gleich auf der Schwelle.

»Euch an die Erfüllung Eurer Pflichten gemahnen«, erwiderte Neiffer, durch diese Unhöflichkeit in seiner Eitelkeit gekränkt, mit eisiger Miene.

Frecht schnappte nach Luft. Niemand hatte das Recht, so mit ihm zu sprechen. Auch nicht, wenn er Doktor der Medizin war. Immerhin bekleidete er – zumindest, solange der Kaiser und die Stadtväter sein Rücktrittsgesuch nicht akzeptiert hatten – das höchste kirchliche Amt der Stadt. »Eure Belehrungen habe ich beileibe nicht nötig!«, gab er erbost zurück.

»Anscheinend doch«, parierte Neiffer. »Denn wie lässt es sich sonst erklären, dass ketzerische Personen auf offener Straße ungestraft versuchen, unbescholtene Bürger zu ihrem Teufelsglauben zu bekehren, und Ihr tatenlos dabei zuseht und sie gewähren lasst!«

Frecht verschlug es den Atem. »Wer?«, krächzte er.

»Jungfer Streicher! Die Jüngere.« Genüsslich betonte Neiffer den Namen, wohl wissend, dass er damit einen Dorn, der längst schon in Frechts Fleisch stach, noch tiefer trieb.

Frecht hatte zwar vermocht, seinen alten Widersacher Schwenckfeld aus der Stadt zu entfernen, nicht aber das gefährliche Gedankengut, das er hinterlassen hatte. Noch immer gärte es in den Köpfen einiger Sektierer, die hartnäckig an ihrem Irrglauben festhielten.

Schon oft war er wegen dieser Personen beim Rat vorstellig geworden, doch die meisten der Ketzer entstammten denselben alten Patrizierfamilien wie die Herren des Rates. Und natürlich hackte eine Krähe der anderen kein Auge aus.

Solange sie nicht in der Öffentlichkeit auffällig wurden, hatte Frecht nichts Ernsthaftes gegen ihr Treiben zu unternehmen vermocht. Doch nun hatten sie einen Fehler gemacht! Innerlich rieb sich der Münsterprediger die Hände.

»Bekehrungsversuch auf offener Straße?«, fragte er begierig. Das wäre zu schön, um wahr zu sein!
Neiffer nickte knapp. Er hatte Frecht seine Unhöflichkeit noch nicht verziehen, zumal sie immer noch auf der Schwelle zu dessen Haus standen.
»An wem?«, begehrte Frecht zu wissen.
»An mir. Vor Zeugen, die ich namhaft machen kann.«
»Jetzt hab ich euch!«, murmelte Frecht bei sich. Laut sagte er: »Das werdet Ihr zu gegebener Stunde vor dem Rat zu Protokoll geben«, und schlug dem verdutzten Arzt die Tür vor der Nase zu. Schließlich war Neiffer immer noch ein Katholik, auch wenn dieser ihm gerade eine unschätzbare Waffe in die Hand gegeben hatte.

Als die Kirchendiener an die Tür des Streicherschen Hauses klopften und Agathe baten, sie zu begleiten, warf diese sich wie gewohnt ihren schwarzen Mantel um und griff nach dem Medizinkasten.
»Den werdet Ihr kaum brauchen, Jungfer Streicher«, beschied ihr einer der beiden Männer.
Verwundert setzte Agathe den Kasten wieder ab. »Wohin bringt Ihr mich?«, fragte sie arglos und trat auf die Straße hinaus.
Die Männer nahmen sie in die Mitte. »Ins Haus von Martinus Frecht«, antwortete der Wortführer der beiden.
Verwundert hob Agathe die Brauen. »Das muss ein Missverständnis sein«, sagte sie. »Sicher sollt Ihr nicht mich, sondern meinen Bruder holen. Der Herr Prediger wird doch wohl einen richtigen Arzt rufen, wenn er erkrankt ist.«
Der Kirchendiener schüttelte den Kopf. »Der Prediger ist nicht erkrankt.«
Erschrocken hielt Agathe inne. Es konnte nichts Gutes verheißen, wenn der oberste Kirchenherr der Stadt sie vorlud!

Freundlich, doch bestimmt genug, deutlich zu machen, dass sie keinen Widerstand duldeten, fassten die Männer Agathe an den Armen und zogen sie weiter.

»Was will der Prediger von mir?«, fragte Agathe. In ihrer Magengegend breitete sich ein mulmiges Gefühl aus.

»Das werdet Ihr noch früh genug erfahren«, beschied ihr der Kirchendiener knapp.

Agathe verstand, dass er nicht mehr dazu sagen würde. Fieberhaft überlegte sie, was Frecht ihr wohl anlasten mochte. Denn dass er sie auf ein freundliches Plauderstündchen lud, das stand nun wirklich nicht zu erwarten. Außer dass sie Anhängerin Schwenckfelds war und an den geheimen Zusammenkünften seiner Gemeinde im Haus ihrer Mutter teilnahm, war sie sich keines Vergehens bewusst.

Wobei das bereits für mehr ausreichte als eine Ladung vor die Kirchenpfleger. Doch diese Treffen fanden nun schon seit etlichen Jahren statt, und Agathe glaubte nicht, dass sie ein echtes Geheimnis waren. Es hätte sie sehr gewundert, wenn der Rat davon keine Kenntnis hätte.

Lag es daran, dass man strenger verfuhr, nun, da der Kaiser in der Stadt war? Doch auch das erschien Agathe unwahrscheinlich. Sie selbst hatte Seiner Majestät ja ihre Anhängerschaft zu Kaspar gestanden. Hätte er daran großen Anstoß genommen, hätte er es damals sicherlich nicht bei einer Ermahnung belassen.

Wie sie es auch drehte und wendete – Agathe konnte sich beim besten Willen keinen Reim auf diese Vorladung machen.

Das Stampfen schwerer Stiefel vor dem Haus ließ Martinus Frecht von seiner Lektüre aufblicken. Das ging aber schnell, dachte er und bemühte sich erst gar nicht, nach der Magd zu rufen. In freudiger Erwartung eilte er höchstselbst zur Tür. Endlich würde er den Anhängern seines Widersachers Schwenckfeld einen empfindlichen Schlag versetzen können!

Mit Jungfer Streicher finge er an, und Frecht war sicher: Sobald seine Befragung unbequem – um nicht zu sagen, schmerzlich – würde, kämen Abgründe ans Licht, die genügten, auch dem Rest dieser Sekte für alle Zeiten den Garaus zu machen.

Schwungvoll öffnete er die Tür und musste feststellen, dass er sich zum zweiten Mal an diesem Tag geirrt hatte. Vor ihm standen vier Mannen, den Farben ihrer Waffenröcke nach aus dem Gefolge des Kaisers, um ihn zu Jörg Besserers Haus hinter der Sammlung zu geleiten, in welchem Kanzler Granvella während seines Aufenthaltes in der Stadt residierte.

Na bitte! Hatte er es nicht gewusst? Der Kanzler würde einlenken. Es hatte nur ein wenig länger gedauert als erwartet. So gestaltete sich dieser Tag in seinen späten Nachmittagsstunden doch noch besser, als er zu hoffen gewagt hatte, dachte Frecht.

Eilfertig trat er auf die Straße hinaus. Einen Kaiser, der sich entschuldigen wollte, ließ man nicht warten. Um die Schwenckfelder könnte er sich auch später noch kümmern. Jungfer Streicher würde ihm schon nicht davonlaufen. Im Gegenteil: Es schadete gar nicht, wenn sie sich eine Weile gedulden musste. Das Warten würde sie umso gefügiger machen.

Zu Frechts großer Bestürzung war Kanzler Granvella von nichts auf der Welt weiter entfernt als von einer Entschuldigung im Namen Seiner Majestät, das wurde dem Münsterprediger mit erschreckender Deutlichkeit klar, sobald man ihn vor den Gewaltigen brachte. Auch seine Predigergefährten Spieß, Rauber, Fieß und Stelzer hatte man geladen. Mit betretenen Mienen standen sie vor dem Kanzler.

Mit eindringlichen Worten sprach Bürgermeister Kraft ihnen zu, sich dem Willen des Kaisers zu beugen und das Interim anzunehmen – zu ihrem eigenen Besten und zum Wohle der ganzen Stadt.

»Es ist doch nur eine Zwischenlösung, bis man auf dem nächsten Konzil zu einer endgültigen Fassung findet«, erklärte er besänftigend, »eine Regelung, mit der alle, die sich ein wenig bemühen« – hier blickte er Frecht bedeutsam in die Augen – »sicherlich leben können. Immerhin ist der Kaiser uns Protestanten doch in wichtigen Punkten entgegengekommen. Hat er nicht gestern erst seinen guten Willen unter Beweis gestellt, indem er das Abendmahl auf protestantische Weise genommen hat?«, fragte er.

Fieß und Stelzer hielten den Blick eigensinnig auf ihre gefalteten Hände gesenkt, doch Rauber schürzte die Lippen und legte bedächtig den Kopf schief, stellte Frecht mit einem Seitenblick auf seine Gefährten fest. Spieß nickte sogar einsichtsvoll.

»Wenn ein Kaiser derart über seinen Schatten zu springen vermag, dann kann man Gleiches doch sicherlich auch von Euch erwarten«, forderte Kraft und blickte einen jeden von ihnen ermahnend an.

Unbehaglich wechselten die Prediger ihrerseits Blicke, und Frecht spürte ihr Schwanken. Es bedurfte nicht mehr vieler Worte, und sie wären zum Einlenken bereit. Nun war es allein an ihm, dem einzig Standhaften unter ihnen, für die rechte Sache einzutreten.

Aufrecht, das Haupt erhoben, das Kinn streitbar vorgereckt, trat er einen Schritt nach vorn und blickte dem Kanzler direkt in die Augen. »Nie und nimmer, unter gar keinen Umständen werden wir uns den Bestimmungen beugen und das Interim annehmen!«, sagte er in aller Entschiedenheit.

Für einen Moment herrschte gespannte Stille im Saal,

dann hob Granvella die Hand, um den kaiserlichen Wachleuten, welche die Prediger bereits zu Besserers Haus geleitet hatten, ein Zeichen zu geben.

»Euer Exzellenz?«, bat Kraft ihn um einen letzten Moment des Aufschubs.

Der Kanzler senkte die Hand und nickte nachsichtig sein Einverständnis.

Der Verzweiflung nahe, versuchte Kraft es ein letztes Mal: »Ist das Euer letztes Wort?«, begehrte er von Frecht zu wissen. »Oder möchtet Ihr nicht noch einmal darüber ...«

»Mein allerletztes!«, versicherte Frecht.

Granvella und der Bürgermeister wechselten einen Blick.

»Dann sei's drum. Der Himmel ist mein Zeuge, dass ich alles versucht habe, was in meiner Macht steht, um Euch vor den Folgen Eurer eigenen Engstirnigkeit zu bewahren.« Kraft seufzte und hob die Stimme, damit jeder seine nun folgenden Worte laut und deutlich vernähme. »Im Namen des Kaisers verkünde ich Euch hiermit, dass Ihr Gefangene Seiner Majestät seid.«

Die Mannen des Kaisers kamen herbei, und bevor Frecht protestieren konnte, ja, bevor er auch nur verstand, was ihm geschah, hatten die Wachleute ihn bereits gefesselt und seine rechte Hand an die von Jakob Spieß gebunden.

Entsetzt und völlig überrascht, ließ der Münsterprediger es geschehen. Er hatte damit gerechnet, dass er seines Amtes enthoben würde, er selbst hatte sogar darum ersucht. Doch unter keinen Umständen wäre er auf die Idee gekommen, dass der Kaiser ihn wegen seiner Unbotmäßigkeit verhaften lassen könnte! Ihn! So hatte sich Martinus Frecht zum dritten Mal an diesem Tag geirrt.

Die anderen Prediger erlitten das gleiche Schicksal wie ihr Oberhaupt: Rauber band man an Fieß, Stelzer fesselte man einzeln, und von den Bewaffneten auf das schärfste bewacht, führte man sie aus Jörg Besserers Haus und die Hafengasse hinauf.

Auf der Straße blieben die Menschen stehen, wandten die Köpfe und gafften. Wie ein Lauffeuer verbreitete sich die Nachricht, der Münsterprediger habe des Evangeliums halber dem Kaiser die Stirn geboten.

An der Mehlwaage stockte der kleine Zug mit den Gefangenen just in dem Moment, als Agathe zwischen ihren beiden Bewachern auf den Münsterplatz trat. Wie alle anderen Passanten hielten auch die Kirchendiener inne und blickten fassungslos auf die gebundenen Prädikanten.

Agathe schreckte aus ihrem Grübeln auf und schaute sich verwirrt um. Was hatten all die Leute hier zu gucken?

Dann erst entdeckte sie die Gefangenen. Was hatte das zu bedeuten, fragte sie sich verwundert. Wieso hatte man sie verhaftet? Für einen kurzen Moment kreuzte ihr Blick den des Münsterpredigers. Unermesslicher Hass lag darin, und unwillkürlich zuckte Agathe zusammen.

Der Blick der Kirchendiener glitt ratlos zwischen den schwer bewachten Gefangenen und Agathe hin und her. Was hatte das zu bedeuten, fragten auch sie sich. Für sie und für den Befehl, den Frecht ihnen gegeben hatte? Hilflos zuckten sie die Schultern und traten von einem Fuß auf den anderen.

Schließlich traf der Wortführer eine Entscheidung und räusperte sich.

»Das hat sich dann wohl erledigt«, murmelte er, ließ Agathe los und trat einen deutlichen Schritt zur Seite. Sein Gefährte tat es ihm gleich.

Agathe spürte, wie sich der Griff um ihre Arme lockerte, doch es dauerte noch einen Moment, ehe sie wirklich begriff, dass man sie gehen ließ. Zitternd vor Erleichterung lehnte sie sich gegen eine Hauswand und rieb sich die schmerzenden Oberarme. Ihre Beine waren ganz weich geworden, und sie musste ein paarmal tief durchatmen, um ihren Herzschlag zu beruhigen.

Für die gefangenen Prediger indes gab es kein Entkommen. Man führte sie an Eitel Giengers Haus vorbei, die Gasse beim Wengenkloster hinab und durch das Kleine Gässle zum neuen Bollwerk hinter den Keltern, wo man sie in einem Haus gefangen hielt, bis der Kaiser sie mitnahm, als er drei Tage später die Stadt verließ.

Vierter Teil

1560–1561

16. Kapitel

Mit klammen Fingern schnitt Agathe eingemachte Kalmuswurzeln in feine Stücke und gab sie in einen irdenen Topf. Sie hatte großes Glück gehabt. Nicht auszudenken, was ihr geschehen wäre, wenn Kanzler Granvella Frecht auch nur einen Tag später hätte verhaften lassen!

Zwölf Jahre waren seither vergangen, dennoch fuhr Agathe bei der Erinnerung daran immer noch ein kalter Schauder über die Haut, und das, obwohl bereits zu dieser frühen Morgenstunde ein gemütliches Feuer im Herd der Streicherschen Küche brannte.

Frecht und seine getreuen Prädikanten hatte man in Kirchheim gefangen gehalten, zeitweise sogar an einer Kette angeschmiedet. Erst im Frühjahr des darauffolgenden Jahres, nachdem sie endlich dem Interim zugestimmt hatten, waren sie zwar freigelassen, aber auf ewig aus der Stadt verbannt worden. Ihre Gesundheit hatte im Gefängnis gelitten, so dass sie bald darauf verstarben. Einzig Frecht hatte das Glück gehabt, in Tübingen eine Professur an der Universität zu bekommen, wo er bis zu seinem Tod lehren durfte.

Kaiser Karl hatte ihn nur um weniges überlebt. Im August des Jahres 1556 hatte dieser – seines Amtes müde und von den Vorwürfen des Papstes über seine Zugeständnisse an die deutschen Protestanten enttäuscht – die Kaiserwürde seinem Bruder Ferdinand übergeben und sich in das Kloster Sankt Just in Estremadura zurückgezogen, wo er zwei Jahre darauf verstorben war.

Mechanisch zerkleinerte Agathe ein Stück Ingwer und füllte ihn ebenfalls in den Topf. Zwölf Jahre – eine lange Zeit. Unvorstellbar, dass auch der Brand des Seelhauses schon so lange zurücklag. In den ersten Wochen danach hatte Agathe die Schwestern und ihre Arbeit in der Klause schmerzlich vermisst. Doch allzu viel Zeit, dem Vergangenen nachzutrauern, hatte man ihr nicht gelassen. Mehr und mehr Kranke hatten sie um Hilfe ersucht, und viele, dankbar und zufrieden, hatten es anderen erzählt.

Wie ein Schneeball war es gewesen, der – einmal ins Rollen gekommen – immer größer wurde. An manchen Tagen behandelte sie, sehr zu dessen Verdruss, sogar mehr Patienten als ihr Bruder Augustin, und längst hatte man sich in der Stadt an den Anblick der Frau im schwarzen Arztmantel gewöhnt.

Nach wie vor waren es meist arme Leute, die Agathe um Hilfe ersuchten: Mägde, Tagelöhner, Träger und Wäscherinnen. Doch in der vergangenen Zeit hatte man sie auch immer häufiger in die Häuser bemittelter Handwerker gerufen.

Von früh bis spät hatte sie Harn beschaut und untersucht, Rezepte geschrieben und Medizin verabreicht. Sie hatte Augenleiden und Wassersucht behandelt, Schwären, Würmer und Geschwüre, Bauchgrimmen und Reißen im Rücken.

Oft sank Agathe des Abends völlig ermattet auf ihre Bettstatt, und die Augen fielen ihr zu, kaum dass sie eines ihrer geliebten medizinischen Bücher auch nur aufgeschlagen hatte. Aber sie war glücklich, froh über jeden einzelnen Menschen, dessen Krankheit sie zu lindern vermochte. Sie litt mit jedem, dessen Los sie nicht erleichtern konnte, und sie trauerte mit denen, die zurückblieben.

Es gab nicht viel mehr, das sie sich vom Herrgott erbeten hätte, außer dass es ihr vergönnt wäre, Kaspar wiederzusehen. Agathes Blick glitt durch das Küchenfenster zum wolkenverhangenen Morgenhimmel hinauf. Oder just an diesem Tag vielleicht würde sie bitten, dass sich das Wetter besserte. Dann würden sich heute nicht so viele junge Fischerburschen eine deftige Erkältung zuziehen.

Auch in diesem Jahr stachen die Fischer erst zu Laurenzi. Die jungen Gesellen der Fischerzunft hatten den Rat gedrängt, die Wettkämpfe doch bitte schön am Aschermittwoch abhalten zu dürfen, wie es seit Urzeiten der Brauch sei. Die besten Fische hatten sie den Stadtvätern verehrt, um diese ihrem Ansinnen gegenüber wohlwollend zu stimmen.

Der Grund für die so dringlich vorgetragene Bitte – das war dem Rat bewusst – war purer jugendlicher Leichtsinn. Denn natürlich bedurfte es eines ganz anderen Mutes, sich im Februar in die eiskalte Donau stoßen zu lassen, als an einem warmen Sommertag, weshalb die hohen Herren aus Sorge um die Gesundheit der jungen Heißsporne bei ihrer Entscheidung geblieben waren und deren törichtes Ansinnen abgelehnt hatten.

Dieser Laurenzi-Tag jedoch stand an Kälte so manch einem Aschermittwoch kaum nach, dachte Agathe. Überdies fiel ein feiner Nieselregen aus dem grauen Himmel und verwischte die Grenze zwischen den tiefhängenden Wolken und dem Nebel, der aus dem Ried aufstieg. Da hätten die Fischer auch am Aschermittwoch ihr Stechen veranstalten können.

»Agathe! Wo bist du mit deinen Gedanken!«, rügte Augustin sie.

Agathe riss sich zusammen und konzentrierte sich auf ihr Tun. Nach Augustins Anweisung maß sie ein halbes Lot Zitronat und je zwei Lot Rosen-, Rosmarin-, Lavendel- und Masareinzucker ab und gab sie zum Ingwer und den Kalmuswurzeln. Alsdann fügte sie zerstoßene Mastixkerne und etwas Muskat hinzu und stellte den Topf auf den Herd, wo sie die Mischung unter stetigem Rühren erhitzte.

Augustin überwachte aufmerksam jede ihrer Bewegungen. Er war sehr stolz auf die Latwerge, die er seinen Patienten erfolgreich zur Stärkung von Magen und Haupt verkaufte.

Zwar war es den Ärzten in Ulm verboten, Siechen Medizin zu geben oder selbst eine Apotheke zu besitzen, doch wer mochte daran Anstoß nehmen? Das Gesetz war vom Rat erlassen worden, damit der Habgier der Ärzte nicht Tür und Tor geöffnet würde. Doch galt es sicher nicht ihm, dem angesehenen, in Ulm niedergelassenen Doktor, sondern vielmehr den ungebetenen auswärtigen Ärzten, die in die Stadt kamen, um zu praktizieren – ohnehin eine unnötige Zumutung für die Ärzteschaft der Stadt.

Augustin achtete sehr streng darauf, das Rezept für seine Latwerge und auch das für seinen Brusttrunk, der Leib, Kopf und Magen reinigen sollte, geheim zu halten, denn sie waren seine eigene Errungenschaft. Warum sollte er sie anderen Ärzten zugänglich machen, damit diese sich mit seinen Rezepturen bei ihren Patienten hervortaten? Warum sollten sich die Apotheker daran eine goldene Nase verdienen, wenn er das Geld auch in die eigene Tasche stecken konnte?

Zwar stand es dank seines Verdienstes und der Erbschaft von Vetter Bartholomäus um die Barschaft der Familie nicht schlecht, doch zu verschenken hatte er nichts. Schließlich hatte er seine Mutter zu unterhalten – Helene war mit siebzig Jahren noch eine aufrechte Frau und erfreute sich guter Gesundheit –, und seine zwei unverheirateten Schwestern würden ihm zeitlebens auf der Tasche liegen. Katharina, in Augustins Augen bereits als alte Jungfer zur Welt gekommen und zudem entstellt, hatte mit den

Jahren nicht an Liebreiz gewonnen. Ihr religiöser Eifer und der Umstand, dass sie gelernt hatte, gebildet zu disputieren, hatte die Hoffnung auf eine Verehelichung nicht gerade erhöht. Immerhin führte sie den Streicherschen Haushalt so trefflich, dass ihr gleichfalls noch unverheirateter Bruder nicht auf die Annehmlichkeiten eines bequemen Hausstandes verzichten musste, obschon sie einen großen Teil ihrer Tage mit der Lektüre theologischer Schriften verbrachte.

Agathe, die mit ihrem unbändigen Wesen jeden interessierten Bewerber abgeschreckt hatte, trug mit ihrem wohltätigen Medizinieren nicht einen Kreuzer zum Unterhalt der Familie bei. Im Gegenteil: Oftmals verschwendete sie sogar sein schwer verdientes Geld, um ihren mittellosen Kranken auch noch kostspielige Medizin zu kaufen.

Augustin hätte Meister Heubler den Ertrag aus dem Verkauf der von ihm verordneten Arzneimittel bereitwillig zugestanden, schließlich hatte dieser sich über viele Jahre hinweg um die Gesundheit der Familie Streicher verdient gemacht. Doch Heubler war vor wenigen Jahren verstorben, und Augustin schätzte weder seinen Nachfolger Gaudentius Löschbrand noch Adrian Marsilius, der inzwischen die Kron-Apotheke von Meister Goll übernommen hatte. Insbesondere Marsilius hielt er für einen unfähigen Wichtigtuer, mit dessen Fertigkeiten es nicht weit her war, und gönnte ihm nicht das Schwarze unter den Fingernägeln.

Als die Arzneimischung zu einer zähen, klebrig-braunen Masse eingekocht war, nahm Agathe den Topf vom Herd. Zufrieden betrachtete Augustin die Latwerge, und Agathe wollte sie gerade in einen verschließbaren Tiegel füllen, als durch das geöffnete Küchenfenster fröhliches Lärmen drang.

Das Rühren von Trommeln, überlagert von Pfeifen und munterem Rufen, kündete die Fischerburschen auf ihrem traditionellen Heischegang schon von weitem an. Um die Kosten für das Stechen zu bestreiten, war es ihnen gestattet, durch die Stadt zu ziehen und unter allerlei Schabernack Beiträge einzusammeln.

Augustins Protest ignorierend, stellte Agathe den Topf beiseite, eilte zur Tür und kam gerade recht, als der Kollektionszug vor dem Streicherschen Haus anlangte. Zwei junge Fischerburschen zielten zum Scherz mit dem Speer auf ihre Brust, kaum dass sie die Tür geöffnet hatte. Sie waren vom Regen reichlich durchfeuchtet, was ihrer Laune jedoch keinen Abbruch zu tun schien. Offensichtlich hatten sie sich auch innerlich bereits genügend angefeuchtet.

An die Speere – lange Stecken, deren Spitze ein hölzerner Teller die Gefährlichkeit nahm – waren allerlei Kostbarkeiten geknotet: seidene Halstücher, silberne Medaillen am samtenen Band, aber auch schlichte blecherne Löffel – die Fischer nahmen dankend an, was ihnen geschenkt wurde.

Lachend griff Agathe in ihren Beutel und förderte eine kleine Münze zutage. Sogleich sprang ein als Narr gewandeter Bursche herbei und schüttelte die Blechdose vor ihrer Nase. So ernsthaft nahm er seine Narretei, dass er es kaum vermochte, so lange still zu stehen, bis Agathe die Münze in den schmalen Schlitz befördert hatte. Voller Schalk herzte er sie und drückte ihr unter dem Gejohle der vom Bier und Branntwein erheiterten Schaulustigen einen deftigen Kuss auf die Wange.

Die beiden Tambouren, die den fröhlichen Kollektionszug mit ihrem Getrommel begleiteten, belohnten seine Kühnheit mit einem Tusch, doch bevor er zu weiterem Ulk ansetzen konnte, packte ihn der Fischermeister, der als einzig Besonnener den allzu zügellosen Klamauk der jungen Heischegänger zu verhindern suchte, beim Kragen und zog ihn mit sich fort.

Während die Fischerburschen weiter sammelnd und trinkend durch die Gassen streiften, bevor sie gegen Mittag gemeinsam mit den Weißfischern und ihren Schönen in einen Gasthof einkehren würden, widmeten Agathe und Augustin sich wieder der Fertigung ihrer Arzneien. Doch sehr bald schon wurden sie ein weiteres Mal gestört: Der Knecht von Julius Ehinger bat Augustin, ihn zu seinem Herrn zu begleiten. Der Arme habe sich eine unappetitliche Erkrankung zugezogen. Widerstrebend überließ Augustin Agathe die Herstellung der Medizin und eilte, um seinem alten Freund einen Besuch abzustatten.

Als Agathe nach der Latwerge auch noch den Trank zur Reinigung von Leib, Kopf und Magen fertiggestellt hatte, beendete sie ihre Arbeit in der Küche und kleidete sich hastig um. Für nichts auf der Welt hätte sie – wie auch die meisten anderen Bürger der Stadt – das Stechen verpassen wollen.

Derweil hatten sich die Fischer ausgiebig gestärkt, und nun ging es – weitaus gesitteter, von Musikanten geleitet und stolz die von Gaben schwer gewordenen Speere tragend – zur Donau hinaus, wo sich am Ufer bereits zahlreiche Zuschauer tummelten.

Den Ehrengästen der Stadt – in diesem Jahr waren darunter der just von Papst Pius ernannte Bischof von Speyer und seine Konkubine – hatte man ein Podest direkt am Wasser errichtet und mit farbigem Tuch geschmückt. Von dort aus würden sie in kommoder Weise dem Stechen zuschauen können, ohne dem Stoßen und Schieben des gemeinen Volkes ausgesetzt zu sein.

Zwar wusste niemand so genau zu sagen, wann das allererste Fischerstechen stattgefunden hatte, doch wie es dazu gekommen war, darin war man sicher: Zwei Ulmer Fischer, Käßbohrer und Molfenter, hatten ein Ritterturnier, das von den in Ulm ansässigen Mönchen des Klosters Reichenau veranstaltet wurde, angesehen und waren zu dem Schluss gekommen, dass sie Gleiches eigentlich auch könnten. In Ermangelung der für solche Wettkämpfe landläufig verwendeten Rosse, traten sie kurzerhand auf ihren Zillen gegeneinander an.

Als Augustin, der gerade noch rechtzeitig von seiner Visite heimgekehrt war, mit Agathe und Katharina das Donauufer erreichte, hatte es aufgehört zu regnen. Eben näherten sich die beiden als Bauer und Bäuerin verkleideten Fischerburschen den illustren Gästen auf der Tribüne. Die älteren Fischer hatten den kleinsten und schmächtigsten unter den jungen Burschen in die bäuerliche Tracht gesteckt, für die Figur der Bäuerin dagegen hatten sie einen dicklichen großen Jungen mit rundlichen Pausbacken auserkoren und ihn mit besticktem Rock und gepolstertem Mieder kostümiert.

Die beiden trugen ihr Los mit Humor. Unter allerlei Schieben und Stoßen brachten sie sich vor dem Bischof in Position und hielten ihm in Erwartung einer großzügigen Gabe den Hauptspeer hin, den bereits einige kostbare Preise zierten.

Bischof Marquard von Hattstein, ein großer, zur Korpulenz neigender Mann in den Dreißigern, ließ sich nicht lang bitten. Ohne zu zögern, streifte er einen Ring von seinem behandschuhten Finger und reichte ihn der zierlichen Frau an seiner Seite. Elisabeth Gummitz löste ein seidenes Band von ihrem Handgelenk, fädelte den Ring darauf, und unter den beifälligen Rufen der Fischer knotete sie ihn geschickt an den Schaft des Speeres.

»Was ein katholischer Bischof wohl in einer protestantischen Reichsstadt zu suchen hat? Der führt doch sicher was im Schilde«, bemerkte Augustin halblaut zu seinen Schwestern.

Dieselbe Frage schien sich auch Ludwig Rabus, Frechts nicht weniger streitbarer Nachfolger im Amt des Münsterpredigers, zu stellen, der mit säuerlicher Miene ein Stück entfernt dastand und den Bischof voller Argwohn musterte.

»Noch dazu in Begleitung seiner Konkubine!«, fügte Augustin abfällig hinzu.

»Da sieht man wieder einmal, wohin es mit den Kirchenfürsten gekommen ist«, pflichtete Katharina ihrem Bruder bei.

Agathe beobachtete Elisabeth Gummitz mit einiger Neugier. Die Konkubine eines Bischofs hatte sie sich anders vorgestellt. Gewöhnlicher.

Doch an Elisabeth war nichts Gewöhnliches zu finden. Weder war ihr smaragdblaues Kleid zu tief ausgeschnitten noch von aufdringlicher Farbigkeit. Ihr brünettes Haar wurde von einem mit Perlen bestickten Haarnetz gehalten, kostbar, doch von schlichter Eleganz. Ihr herzförmiges Gesicht mit den fein geschwungenen Brauen und dem kleinen Mund bildete in seiner Zartheit einen starken Kontrast zu der fröhlich-jovialen Grobschlächtigkeit des Bischofs, dessen rot geäderte Wangen und Nase unschwer die Neigung zu irdischen Freuden erkennen ließen.

Die Bäuerin dankte die Großzügigkeit mit einer tiefen Verbeugung, die den Spendern einen großzügigen Blick in ihr gepolstertes Mieder gestattete, nicht ohne dabei den Umstehenden ein gutes Stück ihrer behaarten Beine preiszugeben. Der Bischof lachte dröhnend und nahm einen großen Schluck aus seinem überschäumenden Bierkrug.

Unter weiteren Verbeugungen zogen Bauer und Bäuerin hinüber zur Fischerhütte, wo sich die Weißfischer, allesamt kräftige und vor allem ledige Fischerburschen, versammelt hatten. Stolz wie die Pfauen, deren Federn sie sich an die hohen, randlosen grünen Filzhüte gesteckt hatten, stelzten sie einher in ihren knapp sitzenden Hosen und ärmellosen Westen aus weißem, mit schwarzer Litze verbrämtem Kattun, unter denen sie nichts trugen als die eigene Haut.

Die Weißfischer waren sich der begehrlichen Blicke der jungen Fischermädchen wohl bewusst, doch auch die übrigen Zuschauer ließen sie und vor allem die Tür der Fischerhütte nicht aus den Augen. Denn außer Bauer und Bäuerin hatten sich noch weitere junge Burschen aus ihren Reihen im Schutz des Schuppens für das Stechen kostümiert. Stets gab es je ein Paar Narren und Mohren. Doch in diesem Jahr hatten sich die Fischer etwas ganz Besonderes einfallen lassen: Schwerfällig humpelnd trat hinter dem zweiten Mohr eine Gestalt in kurzem dunklen Umhang mit schwarzem Barett und angeklebtem Kinnbart aus der Fischerhütte hervor.

Die Zuschauer johlten, als sie Kaiser Karl erkannten. Nach allen Seiten grüßend, nahm der falsche Kaiser die Huldigung der Bürger entgegen, und diese mochte ehrlicher empfunden sein, als sie der echte Karl von den Ulmer Bürgern je hatte erfahren dürfen.

Einzig Ludwig Rabus blickte finster ob dieser Maskerade, und seine Miene erhellte sich erst recht nicht, als der Kaiser ein wenig widerwillig beiseitetrat und seinem Gegenspieler Platz machte: Martinus Frecht im Predigerrock mit einem hölzernen Kreuz um den Hals und vor der Brust gefesselten Händen.

Münsterprediger Rabus schnaubte, als er seinen Vorgänger erkannte, doch die Zuschauer klatschten begeistert in die Hände, allen voran der Bischof. Einer seiner Nachbarn musste ihm erklärt haben, welche Figur der Fischerbursche darstellte.

Lächelnd beobachtete Agathe den Eifer, mit dem die jungen Mädchen die Weißfischer umringten, um ihre Brüder und Liebsten mit Bändern zu schmücken und ihnen Glück zu wünschen. Auch Roswitha, die jüngste Tochter von Fischer Stäbl, trat mit einem rotseidenen Band in den Händen vor.

Erwartungsvoll wandte ihr Bruder Paul sich seiner Schwester zu, über die er seit dem tragischen Tod seiner älteren Schwester Veronika aufmerksam wachte. Doch Roswitha schien ihn nicht wahrzunehmen. Ohne ihn eines Blickes zu würdigen, schritt sie an ihm vorbei und blieb vor einem anderen Burschen stehen: Mathias Hüve.

Aufmerksam musterte Agathe den Nachbarsjungen der Stäbls. Aus dem kleinen, pfiffigen Mathias, der ihr einst den Medizinkasten getragen hatte, war ein erwachsener, ausnehmend gutaussehender Mathias geworden, groß und breitschultrig wie sein Vater. Ein Strahlen erhellte seine jungenhaften Züge, als er sich zu der zierlichen Roswitha herabbeugte, die sich ihrerseits auf Zehenspitzen erhob, um das Seidenband um seinen Hals zu knüpfen.

Agathes Blick glitt zurück zu Paul, der die beiden mit unverhohlener Wut beobachtete. Wie konnte seine Schwester ausgerechnet Mathias Hüve ihre Zuneigung schenken! Spätestens seit jenem unglückseligen Tag, an dem Vater Hüve Veronika mit Gewalt ins Blatternhaus gebracht hatte, wusste man doch, was für ein hinterhältiges Pack die Hüves waren! Paul hasste seine Nachbarn wie den Leibhaftigen.

Möge Gott verhüten, dass Paul und Mathias beim Stechen als Gegner aufeinandertrafen, hoffte Agathe. Zwar achteten die Fischermeister beim Zusammenstellen der Paarungen darauf, dass keine Burschen gegeneinander antraten, die ein ernster Zwist trennte – zu leicht wurde aus sportlichem Wettkampf ein erbittertes Duell –, doch Agathe bezweifelte, dass jemand außer ihr den Vorfall überhaupt bemerkt hatte. Kurz überlegte sie, ob sie einschreiten sollte, aber dafür war es bereits zu spät. In diesem Moment bestiegen einige der Fischerburschen, darunter auch Mathias und Paul, die Boote, um sich zum Kirchweihschiff rudern zu lassen, das am gegenüberliegenden Ufer vor Anker lag. So wäre es nicht sehr wahrscheinlich, dass die beiden aufeinandertrafen, dachte Agathe ein wenig erleichtert, zumindest nicht in der ersten Runde.

Auf das Zeichen des Fischermeisters hin begann das Stechen, und wie gewohnt machten die Verkleideten den Anfang. Am diesseitigen Ufer bestieg der Bauer seine Zille, eines jener schlanken kleinen Fischerboote, auf das man für das Stechen am Ende eine hölzerne Plattform montiert hatte, am jenseitigen Ufer die Bäuerin. Während der Bauer leicht einen festen Stand auf dem vom Regen feuchten Holz der Plattform fand, bemühte sich die schwerfällige Bäuerin, mit ausgebreiteten Armen ihr Gleichgewicht zu halten, um nicht bereits vor Beginn des Kampfes in die Fluten zu stürzen.

Beiden wurden die Speere gereicht, etwa drei Schritt lange, hölzerne Stangen mit runder Scheibe an der Spitze und einem gebogenen Querholz am unteren Ende, das sich die Bäuerin unter allerlei Gewese an den gepolsterten Busen drückte.

Der Fischermeister hob den Arm, die Trommeln wurden gerührt, und unter den anfeuernden Rufen der Zuschauer legten sich die Ruderer der beiden Zillen – auch sie in Weiß gekleidet, jedoch mit langen Beinkleidern – in die Riemen und steuerten ihre Boote aufeinander zu.

Rasch näherten sich die Zillen einander, und als sie in schneller Fahrt aneinander vorbeifuhren, zielte die Bäuerin mit aller Kraft auf die Brust ihres Gegners. Doch der wendige Bauer hatte den Stoß kommen sehen. Er duckte sich, und die Bäuerin traf ins Leere. Der Stoß riss sie nach vorn, und sie schwankte. Nur mit Mühe konnte sie sich auf der glitschigen Plattform halten und vollführte eine Drehung.

Der Bauer gab ihr mit dem Speer einen gezielten Hieb auf den Allerwertesten – eigentlich eine Regelwidrigkeit, welche die Fischermeister mit einem Verweis hätten ahnden müssen, doch den Verkleideten sah man des Spaßes halber in dieser Hinsicht einiges nach. Die Zuschauer quittierten es mit vergnügtem Jauchzen. Die Bauersleute – für die Städter Inbegriff der Tölpelhaftigkeit – brauchten sich in diesem Jahr gar nicht zu verstellen, um ihrer Rolle gerecht zu werden, insbesondere die Bäuerin nicht.

Die Ruderer wendeten die Boote und fuhren erneut aufeinander zu. Mit einem gezielten Stoß brachte der Bauer den gepolsterten Busen seines Weibes in Unordnung und sie selbst dazu, gefährlich zu schwanken. Der Speer entglitt ihren Händen und fiel ins Wasser.

Damit hatte sie den Kampf verloren. Rufe des Bedauerns schallten über den Fluss, doch so leicht ließ sich die wackere Frau vom Land nicht den Schneid abkaufen. Mit beiden Händen griff sie nach dem Speer ihres Mannes. Auch das war eine grobe Regelwidrigkeit, doch was hatte sie noch zu verlieren? Da sie von weit größerer Kraft war als er, gelang es ihr mühelos, ihm seine Waffe zu entwinden und ebenfalls in den Fluss zu werfen.

Doch damit war es der Unsportlichkeit noch nicht genug: Mit beiden Händen stieß die Bäuerin ihren Mann vor die Brust, und nun war er es, der taumelte. Als er merkte, dass er sein Gleichgewicht nicht würde halten können, packte er sein unholdes Weib fest bei der Hand, und mit einem lauten Platschen versanken beide gemeinsam in den kühlen Fluten der Donau. Unter dem Applaus der Zuschauer schwammen sie lachend und prustend ans Ufer.

Als Nächstes stachen zwei Mohren mit rußgeschwärzten Gesichtern gegeneinander, danach das Narrenpaar. Man spürte deutlich ihre Jugend und Unerfahrenheit. Rasch verlor einer der Mohren das Gleichgewicht und trat mit dem Fuß von der Plattform in die Zille, was bedeutete, dass er *nass* geworden war im Sinne der Regeln und damit den Kampf verloren hatte. Ein Narr ging bereits bei der ersten – zugegebenermaßen von den Ruderern ein wenig unglücklich ausgeführten – Wendung der Zille über Bord und wurde mitsamt seinem schwarz-weißen Kostüm und dem Fuchsschwanz, der seine Mütze zierte, *nass* im wahrsten Sinne des Wortes.

Die Zuschauer quittierten es mit höhnischem Gelächter, doch dann kehrte erwartungsvolle Stille ein: Kaiser Karl und Martinus Frecht machten sich bereit. Mit flatternden Mänteln führten sie ihren Kampf deutlich routinierter als die vorherigen Stecher. Nach einem schweren Treffer mitten auf seine Brust schwankte der Kaiser so bedenklich, dass die Menge bereits daranging, den Münsterprediger hochleben zu lassen, doch im letzten Moment gelang es ihm, sich zu fassen. Nach der nächsten Wende reckte er das Kinn vor, wie es ein echter Habsburger nicht besser vermochte, klemmte das Querholz fest unter den Arm, und mit einem mächtigen Stoß hob er Frecht von den Füßen.

Der Getroffene strauchelte und fiel rücklings auf den Boden der Zille, wo er mit schmerzverzerrtem Gesicht liegen blieb. Die Zuschauer schwiegen entsetzt, während die Ruderer ihn eilig ans Ufer zurückbrachten. Behutsam bettete man ihn ins Gras, doch nach einer Weile konnte er sich – mühsam und unter Schmerzen – erheben und alle

Gliedmaßen bewegen. Anders als der echte Frecht war er bei seinem Kampf gegen den Kaiser mit dem Schrecken und ein paar blauen Flecken davongekommen.

Nachdem die Verkleideten für reichlich Unterhaltung gesorgt hatten, begann nun der ernsthaftere Teil des Stechens. Denn jetzt machten sich die Weißfischer bereit und tauschten ihre prachtvollen Hüte gegen einfache Mützen.

Bereits daran, wie sicher sie auf ihren Plattformen standen, die Speere locker in der Hand, und erwartungsvoll auf den Fußballen wippten, spürte man ihre Erfahrung.

Die Kämpfe entbehrten aller Faxen, hatten nichts Lächerliches mehr an sich, und es war eine rechte Freude, die Kraft und Wendigkeit der jungen Burschen zu beobachten. Sie stachen, den Regeln gehorchend, und zielten auf die Brust des Gegners, und meist gelang es einem, den Gegner mit einem einzigen Stoß ins Wasser zu befördern. Nur ab und an hatte der Fischermeister einen Stecher zu verwarnen, dessen Stich zu hoch oder zu niedrig lag.

Sowohl Paul als auch Mathias hielten sich wacker. Was der eine mit Kraft erledigte, das vermochte der andere mit Geschick und Wendigkeit, und zu Agathes wachsender Besorgnis räumten sie einen Gegner nach dem anderen aus dem Weg. Schließlich kam es, wie es kommen musste: Paul und Mathias waren die letzten Trockenen.

Paul bestieg vom Kirchweihschiff aus eine Zille, Mathias eine andere. Die Trommeln wurden gerührt, und die Boote glitten aufeinander zu.

In ruhiger Erwartung stand Mathias auf seiner Plattform, den Speer unter die linke Achsel geklemmt, und blickte seinem letzten Gegner entgegen. Paul dagegen feuerte seine Ruderer hitzig auf, schneller zu fahren.

»Na warte, du Saudaggl!«, knurrte er. »Wenn ich mit dir fertig bin, taugen deine Reste gerade noch für den Köderbeutel!«

Schon passierten die Spitzen der Zillen einander, nur eine Handbreit Wasser zwischen den Rümpfen. Die vorderen Ruderer fuhren aneinander vorbei, dann die zweiten. Die Stecher hoben ihre Speere, holten aus, und für einen kurzen Moment kreuzten sich ihre Blicke. Der wütende Hass in Pauls Blick traf Mathias völlig überraschend und ließ ihn zurückzucken. Gänzlich überrumpelt verpasste er den rechten Moment zum Stoß und verschenkte den körperlichen Vorteil, den ihm seine Größe und die Länge seiner Arme verschafften. Sein Hieb ging ins Leere, während Pauls Stoß ihn schmerzhaft in seine Männlichkeit traf.

Die Zuschauer quittierten den unlauteren Hieb mit Pfiffen und Buh-Rufen, vereinzelt ertönte auch höhnisches Lachen. Mathias krümmte sich vor Schmerz zusammen, beide Hände fest um seinen Speer gekrallt. Nur mit Mühe gelang es ihm, auf den Beinen zu bleiben und nicht mit dem Fuß in das Innere seiner Zille zu treten.

Paul nahm die Verwarnung des Fischermeisters gleichmütig hin. Ein grimmiges Lächeln umspielte seine Lippen, als die Boote wendeten und erneut aufeinander zusteuerten. Mathias biss die Zähne zusammen und versuchte, den Schmerz zu ignorieren. Aufgeben stand nicht zur Wahl. Denn hier ging es um mehr als nur den Sieg, das hatte er verstanden. Und diesmal war er gewarnt. Wie es die Regeln verlangten, zielte er auf die Brust seines Gegners und stieß mit aller Kraft genau im rechten Moment zu.

Doch der wendige Paul hatte den Stoß kommen sehen. Geschickt duckte er sich, und der Stoß ging über seine Schulter ins Leere. Sogleich setzte er mit seinem Speer nach. Kurz und heftig traf er den Brustkorb seines Gegners, und Agathe vermeinte, Mathias' Rippen knirschen zu hören. Mathias stieß einen leisen Schrei aus, doch er blieb auf den Beinen.

Der Fischermeister sah keinen Grund zu einer weiteren Ermahnung, doch die Meinung der Zuschauer zu diesem Treffer war geteilt. Einige pfiffen und taten ihrem Unmut mit lauten Rufen kund, andere hielten es aus Mitleid mit dem körperlich unterlegenen Stecher und applaudierten.

Doch noch war der Kampf nicht entschieden. Ein drittes Mal fuhren Mathias und Paul gegeneinander, Paul mit lodernder Wut im Bauch, Mathias mit schmerzverzerrter Miene, doch entschlossen, sich nicht den Schneid abkaufen zu lassen.

Er hatte aus dem vorausgegangenen Kampf gelernt und rechnete damit, dass Paul sich abermals vor seinem Hieb wegducken würde. Er zielte gerade um so vieles tiefer, dass der Fischermeister ihn nicht der Unlauterkeit halber verwarnen oder gar für *nass* erklären würde, und als Paul eben in Reichweite seines Speeres gelangte, stieß er zu.

Mathias hatte sich nicht verrechnet. Sein Stoß traf Paul mit voller Wucht gegen die Brust und beförderte ihn in hohem Bogen ins Wasser. Der Kampf war entschieden. Ein einzelner Schrei, ausgestoßen von einem Mädchen, gellte über das Wasser. Während Paul fluchend und prustend ans Ufer schwamm, hob Mathias die Arme über den Kopf und lächelte, ein wenig mitgenommen, doch siegreich.

Unter dem Beifall der Zuschauer schickten sich die Ruderer an, Mathias ans Ufer zu bringen, als dieser überraschend dem vorderen Steuermann seinen Speer reichte. Kerzengerade richtete er sich auf, dann sprang er kopfüber in die frostigen Fluten.

»Alberner Daggl!«, murmelte Agathe, die Absicht des Jungen durchschauend, der mit seinem kühnen Sprung seiner Angebeteten beweisen wollte, dass es ihm einzig um die Ehre zu tun war und nicht darum, im wahrsten Sinne des Wortes *trocken* zu bleiben. Eine Verkühlung konnte man sich bei der Witterung allemal holen. Sie hatte das ungute Gefühl, dass dieser Kampf noch nicht vorüber war.

Pitschnass kletterten Paul und Mathias ans Ufer, wo Roswitha ihnen bereits entgegenlief. Lachend hakte sie sich bei dem triefenden Mathias unter, der ihr einen Arm um die Schultern legte. Mit einem Aufschrei sprang Roswitha beiseite. Die Weißfischer, nasse wie trockene, umringten den Sieger und klopften ihm derb auf die Schultern. Der Fischermeister präsentierte ihm den Hauptspeer, von dem er als Erster seinen Preis schneiden durfte, und selbstredend wählte er den Ring des Bischofs.

Höflich verbeugte Mathias sich in Richtung des roten Kleckses inmitten der dunklen Schauben von Ratsherren und Zunftmeistern. Der Bischof grüßte aufgeräumt zurück. Seine rot glänzenden Wangen verrieten, dass er auch während des Stechens den einen oder anderen Krug geleert hatte.

Unter dem Jubel seiner Fischergenossen löste Mathias den Ring von dem seidenen Tuch und steckte ihn seiner Angebeteten an den Finger. Roswitha errötete und blickte verlegen zu Boden, doch ihre Augen strahlten vor Glück. Suchend schaute sie sich nach ihrem Bruder um und wollte ihm den Ring zeigen, doch Paul – obwohl er als Nächster an der Reihe gewesen wäre, seinen Preis zu wählen – war verschwunden.

Agathe beeilte sich ebenfalls, das Ufer zu verlassen, denn das Ende des Stechens war ein Brauch, dem sie keinerlei Freude abgewinnen konnte und dessen Zeuge sie nicht werden wollte. Bereits am Mittag waren drei Gänse an den Füßen an ein Seil gebunden worden, das man über die Donau gespannt hatte. Seit Stunden nun hingen die armen Tiere kopfüber, schlugen verzweifelt mit den Flügeln und versuchten, sich aus ihrer misslichen Lage zu befreien. Gleich würden Bauer und Bäuerin, Mohren und Narren ihre Zillen besteigen und sich unter dem Seil hindurchrudern lassen. Einer nach dem andern würden sie hochspringen und versuchen, eine Gans am Kopf zu erhaschen. Manche der Fischer hatten dabei den richtigen Dreh heraus und bekamen den Gänsekopf gut zu packen und stürzten sofort damit ins Wasser. Andere hingegen drehten und wanden sich oft sehr lange, am Hals der erbarmungswürdigen Tiere hängend, bis deren Genick endlich brach und sie ins Wasser plumpsten.

Agathe schüttelte sich bei der Vorstellung, wie sie, die blutigen Gänseköpfe siegreich emporhaltend, ans Ufer schwammen.

Immer noch patschnass – zumindest die meisten von ihnen –, zogen die Stecher alsdann in die Stadt, wo sie auf den Plätzen und vor den Wirtshäusern tranken und sich warmtanzten. Die Mädchen und viele der Zuschauer schlossen sich ihnen an, und das Feiern dauerte die ganze Nacht, so dass einige der Burschen erst in den frühen Morgenstunden in trockene Kleidung stiegen, andere überhaupt nicht.

Auch an den darauffolgenden Tagen zogen die Fischerburschen, geschmückt mit Bändern und den errungenen Preisen, trinkend und feiernd durch die Gassen der Stadt, und erst als die Woche zu Ende ging, hatte das fröhliche Treiben ein Ende.

Wenigstens zwei der Fischer konnten in diesem Jahr das Feiern jedoch nicht bis zur Neige auskosten: Mit triefenden Nasen lagen Mathias Hüve und Paul Stäbl auf ihren Strohsäcken, husteten und schüttelten sich im Fieber. Das wenigstens berichtete Roswitha Agathe mit kummervoll verzogener Miene.

»Könnt Ihr ihnen etwas gegen das Fieber geben?«, bat sie niedergeschlagen. »Sie müssen doch auf Fang gehen!«

Agathe legte ihr beruhigend die Hand auf den Arm.

»Natürlich kann ich das. Ich komme später vorbei und schaue nach den beiden«, versprach sie. Doch sie wusste, Roswitha brannte noch mehr auf der Seele. »Paul will nicht, dass du Mathias heiratest, nicht wahr?«, fragte sie.

Überrascht blickte Roswitha auf. »Ihr wisst davon?« Agathe nickte.

»Paul kann Mathias nicht ausstehen. Aber ich verstehe überhaupt nicht, warum!«, rief das Mädchen. »Sie sind doch beide so nette Jungen, und ich hab sie beide so gern!«

Vor Agathes innerem Auge entstand das Bild eines kleinen Jungen, der mit tränenüberströmtem Gesicht mit ansah, wie man seine geliebte Schwester gewaltsam fortbrachte, dem sicheren Tod entgegen. Sie schluckte trocken, bevor sie Roswitha antworten konnte.

»Es ist eine alte und sehr traurige Sache, die zwischen den beiden steht. Vor langer Zeit hat der Vater von Mathias etwas getan, das Paul ihm nicht verzeihen kann.«

Mit großen Augen starrte Roswitha Agathe an. »Was? Was hat er getan? Und was kann Mathias denn dafür?«

»Jungfer Agathe?« Die Hausmagd unterbrach ihr Gespräch, was Agathe gar nicht ungelegen kam. »Der Bischof von Speyer wünscht Euch zu sehen.«

Wenig später geleitete ein Diener Seiner Exzellenz eine reichlich verwunderte Agathe in das herrschaftliche Haus am Markt, das die Stadtväter Marquard von Hattstein für die Dauer seines Aufenthalts zur Verfügung gestellt hatten. Elisabeth Gummitz empfing sie mit einem freundlichen Lächeln. Aus der Nähe betrachtet, wirkte sie nicht mehr ganz so jung, wie Agathe erwartet hatte.

»Seiner Exzellenz geht es nicht gut«, erklärte die Konkubine des Bischofs bedauernd. »Er leidet ziemliche Schmerzen.«

»Woran leidet er?«, erkundigte Agathe sich höflich.

Elisabeth blickte sie verblüfft an. »An der Gicht natürlich. Deshalb sind wir doch nach Ulm gekommen. Damit Ihr ihn in Kur nehmt.«

Nun war es an Agathe, verblüfft zu schauen. »Aber ... aber wie kommt der Herr Erzbischof im fernen Speyer darauf, dass ich ihn kuriere?«

Um Elisabeths braune Augen kräuselten sich Fältchen. »Er folgt der Empfehlung eines guten Freundes«, antwortete sie amüsiert und machte eine beredte Pause. »Freiherr Schwenckfeld von Ossig.«

Wie stets, wenn Kaspars Name unerwartet fiel, machte Agathes Herz einen winzigen Hopser. Kaspar, das wusste sie, hatte seit geraumer Zeit Unterschlupf im Franziskanerkloster in Esslingen gefunden, wo er unter dem Namen Eliander lebte. Es überraschte sie, zu hören, dass ein katholischer Geistlicher, noch dazu ein Bischof, Kontakt zu einem Schwärmer hatte, dessen Lehren derart umstritten waren, und diesen sogar als seinen Freund bezeichnete.

Elisabeth Gummitz bemerkte Agathes Erstaunen. Gelassen erklärte sie: »Seine Exzellenz ist ein großer Bewunderer von Schwenckfelds Lehren. Er korrespondiert regelmäßig mit ihm.« Dann jedoch wurde sie geschäftig. »Irrt von Ossig etwa? Versteht Ihr Euch nicht auf die Behandlung des Zipperleins?«

»Doch, doch, natürlich!«, beeilte Agathe sich zu versichern.

»Dann also!« Elisabeth nickte zufrieden und führte Agathe ins Schlafgemach seiner Exzellenz im Obergeschoss des Hauses.

»Hier kommt die Jungfer, Marquard«, verkündete sie und strich ihm liebevoll über die Stirn. Sie hatte beschlossen, in Agathes Gegenwart auf die scheinheilige Förmlichkeit, die ihr in der Öffentlichkeit abverlangt wurde, zu verzichten.

Von der bischöflichen Pracht, mit der Marquard von

Hattstein noch vor wenigen Tagen beim Fischerstechen geglänzt hatte, war nichts mehr zu sehen. Bar seiner roten Dalmatika, nur in eine verschwitzte, weißseidene Alba gewandet, lag er erbärmlich wie jeder Kranke zwischen den Laken seiner Bettstatt.

»Mein Fuß tut so weh! Und der Arm auch!« Der mächtige Kirchenfürst greinte wie ein verzogenes Kind. »Sie soll machen, dass das aufhört!«

»Scht!« Elisabeth tätschelte ihm beruhigend die Schulter, schlug die Bettdecke zurück und trat beiseite, damit Agathe seine schmerzenden Gliedmaßen untersuchen konnte.

Die Gicht hatte nicht nur seine Fuß- und Ellbogengelenke, sondern auch das rechte Knie und die Fingerknöchel an beiden Händen rot und heiß anschwellen lassen. Es war in der Tat ein schlimmer Gichtanfall, der seine Exzellenz beutelte, und wenn er in der Hoffnung, von Agathe kuriert zu werden, sogar den beschwerlichen Weg nach Ulm auf sich genommen hatte, musste die Krankheit ihm bereits in Speyer argen Verdruss bereitet haben.

Hier in Ulm hatte er dann zunächst einmal die Gelegenheit des Fischerstechens ausgiebig zum Feiern genutzt, wovon Agathe sich mit eigenen Augen hatte überzeugen können, anstatt direkt mit ihrer Kur zu beginnen, vielleicht bereits in der Ahnung, dass sie ihm in nächster Zeit jedwede Ausschweifung untersagen würde.

Und genau das tat Agathe nun, denn Maßhalten bei Speis und Trank war, neben der Verabreichung purgierender Mittel, der wesentliche Kern ihrer Kur. Entsprechend unwirsch reagierte Marquard von Hattstein auf ihre Empfehlung, sich mit Getreidegrütze und Gemüse anstelle von Braten mit Klößen zu begnügen und mit Milch statt Wein und Bier.

»Grütze und Milch mag ich nicht und Gemüse schon gar

nicht!«, schmollte er wie ein großer Junge, dem man sein Lieblingsspielzeug fortgenommen hat. Und genau wie eine Mutter ihr quengelndes Kind mit einem Spielzeug abzulenken versucht, stellte Elisabeth ihm in Aussicht: »Wenn du brav den Anweisungen der Jungfer folgst, spiele ich jeden Tag mit dir eine Partie Schach.«

Der Bischof warf Agathe einen finsteren Blick zu, doch dann gab er brummend sein Einverständnis.

Agathe entnahm ihrem Medizinkasten ein starkes Purgans aus Zaunrübe, Rhabarber und Engelsüß und reichte es Elisabeth mit der Anweisung, seiner Exzellenz das Pulver aufgelöst in lauwarmem Wasser zu verabreichen, eine halbe Stunde vor den Mahlzeiten.

»Das wird ihn ein paarmal auf die Latrine zwingen, doch es wird helfen, seinen Leib von schadhaften Säften zu reinigen«, erklärte sie. »Ich komme morgen und schaue, wie weit die Kur gediehen ist.«

Vom Haus des Bischofs eilte Agathe geradewegs ins Fischerviertel, um nach den verschnupften Streithähnen zu sehen. Wie Roswitha gesagt hatte, litten beide an einer ansehnlichen Erkältung. Agathe verordnete ihnen einen Aufguss aus Brennnessel- und Minzblättern und dazu Salbei für den Hals, wohl wissend, dass diese Arzneimittel das ursächliche Übel nicht würden kurieren können.

Auch Roswitha erschien Agathe ungewohnt kränklich. Ihr Gesicht war fahl, und die Augen lagen tief in ihren Höhlen. Als das Mädchen gar von dem Geruch des Tees angeekelt zurückwich, fragte Agathe sie unumwunden nach ihrem Befinden.

»Es ist nichts!«, wehrte Roswitha ab, konnte aber nicht umhin, unter Agathes forschendem Blick bis zu den Haarwurzeln zu erröten.

»Du bist in Umständen, nicht wahr?«, mutmaßte Agathe.

Roswitha senkte verlegen den Kopf. »Mathias würde mich ja sofort heiraten«, murmelte sie, »aber Paul ...«

»Soll ich mit ihm sprechen? Vielleicht hört er auf mich?« Betrübt schüttelte Roswitha den Kopf. »Mutter hat es schon versucht. Vater auch. Paul hat gedroht, er ramme Mathias sein Fischmesser zwischen die Rippen, wenn er mir zu nahe kommt.«

Auf dem Heimweg grübelte Agathe darüber, wie sich Roswithas Problem lösen ließe. Es musste schnell geschehen, so viel war klar. Doch solange die Burschen krank waren, ließe sich nichts unternehmen.

Agathe besuchte den Bischof jeden Morgen, und am dritten Tag zeigten ihre Bemühungen Wirkung. Die Schwellungen verloren allmählich ihre hitzige Röte, und die Schmerzen wurden erträglicher. Zwar maulte von Hattstein immer noch über die Entbehrungen der Kur, doch er schickte sich in Agathes Behandlung und war voll des Lobes.

Mit der Besserung kam jedoch die Langweile, so dass er am Morgen des vierten Tages sogar den verabscheuten Gerstenbrei, den Elisabeth ihm servierte, als willkommene Abwechslung betrachtete.

Das brachte Agathe auf einen Gedanken. Als Elisabeth sie zur Tür geleitete, bat sie diese kurzerhand, in einem Raum des ungenutzten Erdgeschosses zwei Kranke unterbringen zu dürfen.

»Kranke? In unserem Haus?« Elisabeth zeigte sich entsetzt. »Das geht auf gar keinen Fall! Nicht auszudenken, was die hier einschleppen könnten. Oder davontragen.«

»Seid unbesorgt. Die beiden Burschen sind redliche Fischer. Ich verbürge mich für sie, und Ihr werdet sie nicht zu Gesicht bekommen. Sie haben nur eine gewöhnliche Erkältung. Viel mehr jedoch leiden sie an einer Verwirrung des Herzens, wenn Ihr versteht, was ich meine, und könnten eine Lektion gebrauchen. Ihr würdet mir und einem jungen Fischermädchen wirklich einen großen Dienst erweisen, wenn Ihr es zuließet.« Agathe blickte Elisabeth treuherzig in die Augen.

Widerstrebend gab diese ihre Einwilligung.

Noch am selben Morgen ließ Agathe zwei Strohsäcke herbeischaffen und quartierte Paul und Mathias unter dem Vorwand, ihnen hier eine bessere Behandlung angedeihen lassen zu können, in dem engen, fensterlosen Raum ein.

Paul protestierte zwar dagegen, mit Mathias eine Kammer teilen zu müssen, doch vom Fieber geschwächt und froh, das nackte Leben zu haben, leistete er keinen ernstlichen Widerstand.

In den nächsten Tagen traktierte Agathe die beiden mit übelschmeckenden Aufgüssen, und solange das Fieber in ihren Körpern wütete, straften sie einander mit Missachtung. In dem Maße jedoch, in dem sie gesundeten, fiel es ihnen immer schwerer, die Anwesenheit des anderen zu ignorieren.

»Mit Verlaub, Jungfer Agathe, es ist edelmütig von Euch, uns zu pflegen. Aber mir geht es schon besser, und ich halte es keine Minute länger aus, mit diesem Seggl in eine Kammer gesperrt zu sein«, beklagte Paul sich.

»An einer Erkältung ist schon manch einer verreckt. An schlechter Gesellschaft noch keiner«, gab Agathe ungerührt zur Antwort. »Willst du tot umfallen?«

Erschreckt schüttelte Paul den Kopf.

»Was fällt dir Bachl ein, mich einen Seggl zu schimpfen!«, fuhr Mathias auf. »Wenn hier einer ein Bachl ist, dann ja wohl du!«

»Das nimmst du sofort zurück!«

»Wie würdest du denn einen nennen, der seiner eigenen Schwester verbietet, den Vater ihres Kindes zu heiraten?«

Paul brauchte einen Moment, um zu verstehen. Dann

jedoch sprang er mit einem Satz aus den Federn und packte Mathias am Hemd. »Du verdammtes Schwein!«, wütete er.

Unsanft stieß Mathias ihn zurück auf seinen Strohsack. »Pass auf, was du sagst!«

»Du mieser Dreckskerl«, brüllte Paul. »Ich werde ... ich werde einen anderen Mann für sie finden! Du bekommst sie nicht, so viel ist sicher!«

Erneut wollte er sich auf Mathias stürzen, doch ein Hustenanfall warf ihn zurück in die Laken.

»Jungfer Agathe!«, bat er flehentlich, als er wieder zu Atem gekommen war. »Habt ein Einsehen!«

Agathe ließ sich nicht erweichen. »Ich kümmere mich um eure Leiber. Für euer Gezänk habe ich keine Zeit«, beschied sie ihm knapp, verabreichte ihnen ihre Medizin und überließ die beiden Zornickel sich selbst. Entweder, sie schlugen sich die Köpfe ein, oder aber sie kämen mit der Zeit zur Vernunft.

Agathe hatte Roswitha strikt angewiesen, sich von den Burschen fernzuhalten und auch sonst keinerlei Besuch zu ihnen zu lassen oder ihnen anderweitig Zerstreuung zu verschaffen. Das Essen brachte ihnen Bärbel, die mittlere der Stäbl-Töchter, doch auch sie wechselte kaum ein Wort mit den beiden.

Paul und Mathias gesundeten zunehmend, und wie Agathe beabsichtigt hatte, begann die Langeweile sie zu quälen. Ab und an stritten sie, wenn Agathe zu ihnen kam, meist aber schwiegen sie einander erbittert an.

»Ich bin längst gesund und munter. Ihr könnt mich getrost entlassen«, bat Mathias sie und war sich darin zum ersten Mal mit Paul einig.

»Bitte, Jungfer Agathe!«, flehte auch dieser.

»Nichts da! Wann ihr gesund seid, entscheide ich!«, entgegnete Agathe und verabreichte ihnen ihren übelschmeckenden Hustensud aus Zwiebeln, dem heute allerdings der Honig fehlte. Die beiden sollten ruhig ein wenig leiden.

»Dann sagt wenigstens dem da, er soll nicht so schnarchen«, maulte Paul.

Jener beschwerte sich: »Pah, schnarchen! Seine Fürze sind schlimmer als alles Schnarchen dieser Welt!«

Agathe überhörte die Klagen geflissentlich, doch ganz nebenbei legte sie ein Blatt Spielkarten auf den Sims.

Am nächsten Morgen lagen die Karten anscheinend unberührt an derselben Stelle, genauso am darauffolgenden. Beiläufig nahm Agathe das Spiel auf und drehte es in den Händen. Die unterste Karte war das Schellen-Ass. Agathe verbiss sich ein Lächeln. Sie war ganz sicher, dass zuvor die Eichel-Neun unten gelegen hatte.

Zwei Tage darauf – sie war an diesem Morgen weit früher unterwegs als gewohnt – vernahm Agathe durch die Tür hindurch herzhaftes Männerlachen. Polternd machte sie sich bemerkbar, und als sie eintrat, lagen Paul und Mathias mit unschuldigen Mienen auf ihren Strohsäcken, die Hinterteile einander abweisend zugewandt und die Bettdecken bis an den Hals hinaufgezogen. Etwas jedoch hatten sie in ihrer Eile übersehen: Unter Pauls Strohsack lugte eine Herz-Dame hervor.

Agathes Rechnung war aufgegangen: Langeweile und bittere Medizin waren stärker gewesen als der Groll der Burschen aufeinander. Das Kartenspiel hatte sie einander nähergebracht und ihren Zwist verblassen lassen, und auch wenn sie dadurch noch keine engen Freunde geworden waren, so waren sie wenigstens keine Feinde mehr.

Agathe bückte sich und warf die Spielkarte auf Mathias' Laken. »Genug gefaulenzt!«, entschied sie. »Seht zu, dass ihr aus den Federn kommt. Zu Hause wartet Arbeit auf euch: Am nächsten Sonntag wird geheiratet!«

Das brauchte Agathe kein zweites Mal zu sagen. Schwungvoll warfen Paul und Mathias ihre Bettdecken zur Seite.

»Den da heiraten?«, flachste Mathias übermütig und wies mit dem Finger auf Paul, »Jungfer – mit Verlaub: Da verlangt Ihr wirklich zu viel von mir!«

»Bleeder Seggl!«, knurrte Paul und verdrehte theatralisch die Augen. »Womit hat meine Schwester das nur verdient!«

Agathe lachte, und die beiden Fischerburschen fielen in ihr Gelächter ein. Hastig kleideten sie sich an und nahmen sich gerade noch so viel Zeit, wie es bedurfte, Agathe für ihre Pflege zu danken, bevor sie nach Hause eilten.

Agathe hatte ihnen ihre Freiheit nicht eine Stunde zu früh geschenkt, denn am selben Morgen war auch die Geduld des Bischofs zu Ende. Sein Gichtanfall war vorüber, die Gelenke abgeschwollen, und er fühlte sich wie neugeboren. Ihn gelüstete es nach deftiger Speise und einem anständigen Krug Bier, und so dankbar er Agathe auch für ihre Kur war, nicht einen Tag länger wollte er unter ihrer Aufsicht Gerstenbrei essen und Milch trinken.

Reisefertig angekleidet mit Dalmatika und Schultertuch, entlohnte er Agathe, wie es einem angesehenen Arzt zukam, und versicherte sie überschwenglich seiner ewigen Dankbarkeit. Dann jedoch hatte er es eilig, seine Kutsche zu besteigen, die ihn in die Heimat brächte.

Roswitha und Mathias wurden zu Beginn des Herbstmondes getraut, und von dem Lohn des Bischofs kaufte Agathe ein paar solide Teller und Becher für das Brautpaar und dazu ein gutes Federbett.

Auch für ein anderes Paar galt es, in diesem Monat ein Geschenk zur Verehelichung zu wählen: Zu Lambertus heiratete Augustin in Geislingen an der Steige Euphrosina Furtenbacher, die Tochter von Hieronymus und der Anna

Weitnauer. Zunächst erwog Agathe, für Augustin ein Rezeptarium zu erstehen, doch eingedenk dessen, dass Augustin höchst selten medizinische Bücher zur Hand nahm, beschloss sie, es bei einem Satz Zinnlöffel zu belassen, und erwarb stattdessen einen Ballen guten gebleichten Barchent für Roswitha. Den würde sie für den Säugling gut gebrauchen können.

Am meisten überraschte Agathe in diesen Tagen jedoch eine gänzlich andere Einladung: Walburga bat sie auf eine Tasse heiße Schokolade zu sich.

Ob es daran lag, dass der Base zu Ohren gekommen war, dass sich der Bischof von Speyer eigens nach Ulm begeben hatte, um sich von Jungfer Streicher kurieren zu lassen, fragte Agathe sich, als sie sich auf den Weg zum Haus der Familie Ehinger machte. War sie dadurch in Walburgas Augen wieder gesellschaftsfähig geworden? Oder war es vielmehr die schlichte Neugier, die sie trieb, mit ihr wieder Umgang zu pflegen?

Dabei hätte Agathe leicht wissen können, warum Walburga sie einlud, wenn sie Klatsch und Tratsch mehr Aufmerksamkeit gewidmet hätte. Denn in den Stuben und Küchen der Herrenhäuser sprach man ausgiebig und viel über Julius Ehinger und seine Gemahlin.

Ausschlagen hätte Agathe die Einladung niemals mögen. Nur zu gern würde sie dieses neue Getränk versuchen, von dem es hieß, der gesamte Spanische Hof sei vernarrt darin. Denn wenn die Familie Streicher auch in solidem Wohlstand lebte – solcherlei Luxus suchte man in ihrem Hause vergeblich.

Wenn Agathe erwartet hatte, dass die Base sie gleich an der Tür mit Fragen über den Bischof und seine Konkubine bestürmen würde, so hatte sie sich geirrt. Es war eine ungewöhnlich stille Walburga, die sie in der großen Stube empfing.

Wie stets war die Base sorgfältig gekleidet und frisiert, doch die lebhafte Frische hatten die Jahre ihr genommen. Um Taille und Hüften war sie füllig geworden, und auf ihrem puppenhaften Gesicht hatte sich ein bitterer Zug eingenistet.

Schweigend kaute sie auf ihrer Lippe, während die Hausmagd zwei Becher auf dem Tisch abstellte und unter großem Gewese aus einem gläsernen Krug eine sämig-braune Flüssigkeit ausschenkte. Ein süßlicher Duft stieg auf, und Agathe lief das Wasser im Mund zusammen.

Als die Magd die Stube verlassen hatte, bedeutete Walburga Agathe, sich zu bedienen, und ergriff einen der Becher. Agathe tat es ihr gleich. Vorsichtig nahm sie einen Schluck, ließ ihn über die Zunge rinnen und presste diese prüfend an den Gaumen.

Die Schokolade schmeckte so gut, wie Agathe erwartet hatte. Nein, besser noch, viel besser! Es war eine Offenbarung: schwere Süße, unterlegt mit einem Hauch von Bitterkeit – ein Geschmack, der in bemerkenswerter Weise zu Walburga passte. Rasch nahm Agathe einen zweiten Schluck. Er war genauso köstlich wie der erste. Genießerisch schleckte sie sich den winzigen Milchbart von der Lippe.

Walburga indes hatte ihren Becher mit wenigen Zügen geleert. »Gut, nicht wahr?«, fragte sie.

Agathe nahm gerade einen weiteren Schluck, daher nickte sie nur, während die Base düster fortfuhr: »Sonst habe ich derzeit ja nicht viel Freude.«

»Wieso?« Agathe nippte abermals an dem Getränk, bemüht, die Schokolade in kleinen Schlucken zu trinken, um sie länger genießen zu können.

Ungläubig starrte Walburga sie an. »Du hast es nicht gehört!«, stellte sie fest und schüttelte den Kopf. »Damit bist du wahrscheinlich der einzige Mensch in der Stadt. Für Klatsch hast du immer noch nichts übrig, nicht wahr?«

»Was klatschen sie denn?«, fragte Agathe, eher pflichtschuldig denn interessiert.

»Ich hätte meinen Mann aus dem Ehebett geworfen«, antwortete Walburga tonlos.

»Und? Hast du?«, fragte Agathe mitfühlend, auch wenn sie es in einem kleinen Winkel ihres Herzens für gerecht hielt, dass Walburga, die ihr Leben lang ihre Zunge an anderen gewetzt hatte, nun selbst zum Gegenstand des Geredes geworden war.

»Und ob ich das habe!«, antwortete Walburga grimmig, und ein Stück ihrer alten Lebhaftigkeit kehrte auf ihr Gesicht zurück. »Dieser verdammte Mistkerl hat sich mit losen Weibern herumgetrieben!«

Voller Unbehagen entsann Agathe sich, dass Julius Augustin am Tag des Fischerstechens wegen einer unappetitlichen Krankheit, wie der Knecht es genannt hatte, zu sich gerufen hatte. »Hat er die Franzosenkrankheit?«, fragte sie, den landläufigen Namen der Syphilis verwendend.

Walburga schüttelte den Kopf. »Die Franzosen sind es wohl nicht. Aber es ist eklig. An seinem besten Stück wuchert etwas!«, sagte sie angewidert.

Agathe war sogleich interessiert. »Wie sieht es denn aus?«, fragte sie sachlich.

»Schrumpelig wie Dörrobst. Wenn es weiterwächst, wird es ein Blumenkohl! Ich mag es gar nicht anschauen.«

Das konnten nur Feigwarzen sein, schloss Agathe. In der Tat würden sie weiterwuchern und konnten erschreckende Ausmaße erreichen.

»Lass das auch besser sein«, riet sie. »Du hast gut daran getan, Julius von dir fernzuhalten. Lass ihn bloß nicht mehr in dein Bett, sonst steckst du dich bei ihm an.«

»Aber was soll ich denn jetzt tun?«

»Hast du die Warzen etwa auch bekommen?« Bestürzt starrte Agathe sie an.

»Gott bewahre, nein!« Walburga verzog angeekelt das Gesicht. »Und ich will sie auch nicht kriegen. Einen richtigen Arzt kann ich so etwas nicht fragen, das sind schließlich Männer. Aber du bist doch so etwas Ähnliches. Kannst du mir nicht sagen, wie ich mich schützen soll, wenn ich wieder mit Julius ... ähem ...« Sie verstummte und blickte Agathe erwartungsvoll an.

Das also war der Grund, weshalb ihr die Ehre einer Einladung zuteilgeworden war, erkannte Agathe.

»Nein«, antwortete sie ehrlich, »das kann ich leider nicht. Wenn du meinen Rat hören willst, so darfst du Julius körperlich nicht mehr zu nahe kommen.«

Einst hatte Walburga sie davor gewarnt, in die Klause zu gehen, weil sie sich dort wer weiß welche Seuche holen könne, und nun drohte ihr selbst die Gefahr im eigenen Ehebett, von ihrem eigenen Gemahl. Bei dem Gedanken hätte Agathe lachen mögen, wenn es nicht so traurig wäre.

Walburga deutete das Zucken ihrer Lippen falsch. »Du kannst das natürlich nicht verstehen!«, fuhr sie auf. »Du als alte Jungfer! Du weißt ja nicht einmal, was dir entgeht! Aber ich – ich weiß es!«

Betroffen holte Agathe Luft, um ihr heftig zu widersprechen. »Ich bin keine ...«, stieß sie hitzig hervor, doch im letzten Moment besann sie sich eines Besseren und konnte sich gerade noch hüten, Kaspars und ihr Geheimnis ausgerechnet der größten Klatschbase der Stadt anzuvertrauen.

»Ich dachte, du wärst böse auf Julius, weil er dich betrügt«, sagte sie stattdessen. »Wie kannst du da noch mit ihm ...«

»Du kannst denken, was du willst«, platzte Walburga ihr ins Wort. »Es fehlt mir! Es fehlt mir zum Verrücktwerden!« Aufschluchzend verbarg sie das Gesicht in ihren Händen.

Für dieses Dilemma wusste Agathe auch keine Lösung. Tröstend strich sie Walburga über den Rücken und erhob sich. Wirklich verstehen würde sie die Base wohl nie. Und das beruhte sicher auf Gegenseitigkeit.

Bevor sie ging, leerte Agathe ihren Becher bis zur Neige. Die Schokolade darin war kalt geworden.

17. Kapitel

Es war ein kalter, schneereicher Neujahrstag, an dem sich die Doktoren Martinus Neiffer und Friedrich Fuchs sowie der Apotheker Adrian Marsilius zu einem späten Mahl in der Krone trafen. Der Wirt kredenzte heißen Würzwein, der ihnen die Zungen lockerte, und bald schon hoben sie an, einander ihr Leid zu klagen.

»Es ist eine rechte Frechheit, was sich manche unserer Berufsgenossen erlauben«, beschwerte sich der alte Neiffer. Im kommenden Jahr würde er siebzig Jahre alt, und sein Haar war inzwischen schlohweiß geworden. Doch immer noch hielt er sich aufrecht und dachte nicht daran, sich aus der ärztlichen Praxis zurückzuziehen. »Schon wieder ist einer in die Stadt gekommen, um hier zu medizinieren.«

»Und uns unser Brot wegzunehmen«, ergänzte Fuchs.

Neiffer nickte gewichtig. »Und der Rat hat es ihm für ganze drei Wochen zugestanden.«

Fuchs seufzte und rollte über die Unvernunft der Stadtväter seine kleinen Mausaugen.

»Aus Augsburg stammt er«, wusste der Apotheker.

»Früher gab es so etwas nicht«, fuhr Neiffer fort, sich zu entrüsten. »Man studierte, und wenn man entsprechend befähigt war, erlangte man seinen Doktorgrad. Und dann ließ man sich in einer Stadt nieder und erwarb sich einen Ruf.«

»Wahrscheinlich hat er sich daheim am Lech einen Ruf erworben«, mutmaßte Fuchs und griff nach seinem Becher. »Aber wohl einen so schlechten, dass sich in Augsburg keiner mehr von ihm behandeln lässt.« Er stieß ein meckerndes Kichern aus, das die Spitzen seines dünnen, rötlichen Barts zittern ließ.

»Immerhin verschwindet er nach drei Wochen wieder, um anderenorts seine Unfähigkeit zu verdingen«, warf Apotheker Marsilius ein. »Ein anderer Eurer werten Amtsbrüder – und ich meine damit einen angesehenen Ulmer Arzt – macht uns das Leben nicht minder schwer. Und es besteht leider gar keine Hoffnung, dass er jemals verschwindet!«

Neiffer und Fuchs blickten ihn fragend an. »Von wem sprecht Ihr?«, wollte Fuchs wissen.

»Von Augustin Streicher natürlich!« Marsilius schnaubte.

»Streicher!« Neiffer lachte. »Ihr seid doch nur gekränkt, dass er seine Patienten in die Mohren-Apotheke schickt und nicht zu Euch.«

»Vielleicht ist die Verehrung, die Ihr ihm zukommen lasst, zu gering«, spöttelte Fuchs.

»Wenn es das mal wäre!« Marsilius kratzte sich den zurückweichenden Haaransatz. »Er schickt sie ja gar nicht zu Löschbrand. Er macht seine eigenen Arzneimittel und verkauft sie für teures Geld an seine Patienten.«

Neiffer hob die Brauen. Dass Streicher selbst zubereitete Medizin verabreichte, war ihm neu. »Das darf er doch gar nicht!«, fuhr er auf.

Der junge Fuchs, ursprünglich aus Ansbach stammend, hatte sich nach Studienjahren in Tübingen und Padua erst vor fünf Jahren in Ulm niedergelassen. Er hatte den Wortlaut des Amtseides noch recht gut präsent, den er auf dem Steuerhaus geschworen hatte: »… dass er niemandem einen Sirup oder eine Arznei geben würde, der nicht von einem geschworenen Apotheker der Stadt bereitet worden ist, es sei denn, die Schwere der Krankheit erfordere eine neue und eigene Vermischung der Arznei …«, zitierte er.

»Item, dass er nicht in seinem Haus noch sonstwo eine vermischte oder treibende Arznei machen soll …«

»Vielleicht war es eine neue, unbekannte Krankheit, für die Streicher eine Medizin ausprobiert hat?«, warf Neiffer zweifelnd ein.

»Iwo! Ganz gewöhnliche Arzneimittel stellt er her. Magenlatwerge, Brustränke, sogar eine Salbe für das Gehör«, erwiderte Marsilius.

»Und? Taugen die Rezepturen etwas?«, erkundigte sich Fuchs.

Der Apotheker bedachte ihn mit einem bösen Blick. »Darauf kommt es doch gar nicht an.«

»Das ist unerhört!«, echauffierte Neiffer sich. »Damit verstößt er gegen den Eid, den er geleistet hat.«

Fuchs hob seinen Becher an die Lippen. »Hat er nicht!«, gurgelte er zwischen zwei Schlucken hervor.

»Natürlich hat er das!«, widersprach Neiffer.

»Nein. Er hat nicht geschworen«, beharrte Fuchs.

»Hat er nicht?« Marsilius starrte ihn ungläubig an.

»Nein! Ich habe das Blatt mit den Eintragungen selbst gesehen. Gregorius Salzmann hat seinen Eid 1533 geleistet, dann kamt Ihr.« Der junge Arzt blicke auf Neiffer.

Dieser nickte bestätigend.

»Im Jahr 1541. Streicher hat ein Jahr bei Doktor Stammler – Gott habe ihn selig – gelernt und sich dann kurz nach mir niedergelassen. Sein Eintrag muss direkt unter meinem stehen.«

»Die nächsten Ärzte, die vereidigt wurden, waren Gabriel Zwilling und Daniel Keller in 1554!«, rief Fuchs triumphierend. »Von Augustin Streicher stand dort nichts geschrieben.«

»Er mediziniert also, ohne den Eid geleistet zu haben!« Marsilius ließ sich die Worte auf der Zunge zergehen. »Das sollte man dem Rat tunlichst zur Kenntnis bringen.«

»Und wenn schon.« Neiffer winkte ab. »Das ist doch nur eine Formsache. Er geht aufs Steueramt und leistet den Eid, damit hat es sich.«

»Dann kann er aber seine Arzneien nicht mehr verkaufen!«, schloss Marsilius. Mit einem zufriedenen Grinsen lehnte er sich auf der Bank zurück, leerte seinen Becher bis zur Neige und machte dem Kronenwirt ein Zeichen, ihnen eine neue Runde zu servieren. »Ist das nicht eine böse Kälte da draußen?«, fragte er im Plauderton. »Bin nur froh, dass ich es nicht so weit bis nach Hause habe.« Ein schlichter Witz, lag doch seine Apotheke in unmittelbarer Nähe zum Gasthaus.

Neiffer indes mochte noch nicht von dem Thema lassen. »Hier medicastern einige, die es nicht dürfen«, brummte er düster.

»Wer denn noch?«, fragte Fuchs interessiert.

»Jungfer Agathe, die Schwester von Doktor Streicher.«

»Ach, die ist doch harmlos.« Fuchs winkte ab. »Seit wann scheren wir uns um Kräuterweiber und Hebammen?«

»Harmlos?«, schnappte Neiffer. »Mit Verlaub: Ich finde sie viel gefährlicher als den Genossen Streicher mit seinen paar Arzneimittelchen. Weil ihr Bruder studiert hat, glaubt sie, sie wäre selbst ein Arzt.«

»Sie treibt sich bei den Armen im Fischerviertel herum. Wen schert das schon? Da kann sie nicht viel anstellen.« Fuchs verlor das Interesse.

»Sie behandelt beileibe nicht nur arme Leute«, widersprach Neiffer ihm, »sondern eine ganze Menge anderer auch. Und dazu noch fast umsonst!«

»Sorgt Ihr Euch um Eure Patienten?«, stichelte Marsilius. Er nahm es Neiffer übel, dass dieser seine Sorgen so leichtfertig abtat.

»Nein, das tue ich nicht!«, widersprach Neiffer mit Nachdruck. An seiner Schläfe schwoll eine Ader bedenklich an. »Ich sorge mich nur um das Wohl der Kranken, die ihr in die Hände fallen.«

»Ungebildetes Pack«, brummte Fuchs. »Zu dumm oder zu geizig, zu einem seriösen Arzt zu gehen. Sie sind selbst schuld, wenn sie sich in die Hände einer Kurpfuscherin begeben. Mit denen habe ich wenig Mitgefühl.«

»Und die Sache mit dem Bischof?«, insistierte Neiffer beharrlich.

Fuchs kratzte sich am Kopf und nickte widerstrebend. »Mit welch perfiden Schlichen sie sich den wohl als Patienten unter den Nagel gerissen hat«, überlegte er laut.

»Na, wie wohl?« Marsilius grinste süffisant. »Dass seine Exzellenz eine Schwäche für Weiber hat, war wohl nicht zu übersehen.«

»Aber die Streicher? In ihrem Arztmantel und der altmodischen Haube sieht sie aus wie eine alte Krähe! Nein bitte, da tut Ihr dem Bischof aber unrecht! Der ist anderes gewohnt!«, ereiferte Fuchs sich. »Habt Ihr seine ... hm ... Begleitung gesehen?«

Marsilius widersprach ihm. »Mit Verlaub, Euch fehlt die nötige Reife, das zu beurteilen. Ohne Arztmantel und Haube ist die Streicher-Tochter durchaus appetitlich anzusehen. Da sitzt noch alles, wo es sitzen soll.«

»Sieh an!«, flachste Fuchs. »So habt Ihr bereits einen Blick unter Ihren Arztmantel riskiert!«

Neiffer beteiligte sich nicht an dem leichtfertigen Geplänkel der Jüngeren. Grimmig starrte er in seinen Becher, denn anders als Marsilius und Fuchs empfand er Agathes Medizinieren durchaus nicht als harmlos. Zudem hatte das Gespräch über die Geschwister Streicher an einen alten Dorn gerührt, der tief in seinem Fleisch saß.

Auf jeden Fall würde er auch das Medizinieren der Jungfer zur Sprache bringen, wenn sie wegen Doktor Streicher beim Rat vorstellig würden.

Der Wirt stellte eine herzhaft duftende Fleischplatte und Schüsseln mit dampfenden Klößen zwischen sie auf den Tisch und wünschte eine gesegnete Mahlzeit. Neiffers düstere Miene erhellte sich um eine Spur. Vielleicht tat sich hier der Gerechtigkeit endlich ein winziger Spalt auf!

Früh am nächsten Morgen begaben sich Neiffer, Fuchs und Marsilius auf das Rathaus, um ihre Beschwerden vorzutragen.

Die Stadtväter handelten rasch. Ohne ihre Erlaubnis durfte niemand in der Stadt medizinieren – gleich, welch angesehener Familie dieser auch entstammte. Der Städtischen Ordnung musste schließlich Folge geleistet werden.

Und wenn man dem Doktor Streicher das Praktizieren verbot, weil er den Eid nicht geleistet hatte, dann musste man es selbstredend seiner Schwester auch verbieten – in dem Punkt stimmten die Stadtväter Doktor Neiffer natürlich zu.

Bereits am selben Nachmittag hielten Augustin und Agathe ein Schreiben in Händen, in dem man ihnen beiden jedes weitere Medizinieren untersagte, da sie weder von der Stadt dazu bestellt seien, noch den Eid auf die Einhaltung der Ärzteordnung geschworen hätten.

Agathe traf es wie ein Schlag. Sie konnte kaum glauben, was sie da las.

»Du hast den Eid nicht geleistet?«, fragte sie Augustin völlig entsetzt.

»Habe ich vergessen«, brummte dieser ausweichend.

»Vergessen?«, wiederholte Agathe entgeistert und schüttelte den Kopf. Wie konnte man etwas derart Wichtiges vergessen? »Dann musst du also nur auf das Steueramt gehen und den Eid leisten«, schloss sie.

»Das habe ich sicher nicht vor«, entgegnete ihr Bruder entschieden.

Agathe blickt ihn fragend an. »Ja, aber ... dann darfst du nicht mehr praktizieren!«

»Das werden wir sehen!«, entgegnete Augustin grimmig. »Glaubst du im Ernst, ich werde einen Eid leisten, der mich dazu verpflichtet, nur Medizin aus Ulmer Apotheken zu verschreiben? Ich verdiene gutes Geld mit meinen Arzneien. Sie sind besser als das meiste, was Löschbrand und Marsilius zusammenrühren!«

Agathe fand es nur rechtens, dass die Aufgaben von Arzt und Apotheker einer strikten Trennung unterlagen: Der Arzt durfte keine Medizin verkaufen, und der Apotheker keine verordnen. Anderenfalls wäre es für beide zu leicht, sich am Leid ihrer Patienten zu bereichern. So bestand immerhin eine gewisse Kontrolle.

Eine mächtige Wut auf ihren Bruder ergriff sie. »Du hast den Eid aus reiner Profitgier nicht geleistet!«, zürnte sie. »Und hältst dich auch noch für besonders schlau!«

Augustin nickte selbstgefällig. Ihn schien das Verbot des Rates nicht sonderlich aus der Ruhe zu bringen.

Aber er hatte auch keine ernsten Konsequenzen zu befürchten, dachte Agathe bitter und presste die Lippen aufeinander. Schlimmstenfalls leistete er den geforderten Eid und verzichtete künftig darauf, eigene Arzneien zu bereiten. Die finanziellen Einbußen würde er verschmerzen können.

Sie jedoch hatte Augustins selbstsüchtiges Tun nun auszubaden. Sie würde keinen Eid leisten können. Schlagartig wurde Agathe bewusst, was das Verbot für sie bedeutete: Nie wieder würde sie Kranke behandeln dürfen! Tränen des Zorns und der Hilflosigkeit stiegen ihr in die Augen. Alles, was ihr je etwas gegolten hatte, alles, wofür sie gelebt und so viele Opfer gebracht hatte, wurde ihr mit einem Mal genommen.

Agathe hatte das Gefühl, ihr Leben zerfalle von einem

Moment auf den nächsten in Scherben. Abwechselnd wurde ihr heiß und kalt. Ihr Gesicht verlor alle Farbe, und sie spürte, wie ihr die Glieder schwer wurden.

Während Augustin, laut auf die Missgunst seiner Amtsbrüder und die Kleinlichkeit der Stadtväter schimpfend, in seine Schreibstube eilte, um sie in einem geschliffenen Brief zu ersuchen, ihm das Medizinieren auch ohne Eid zu vergönnen, schleppte Agathe sich mühsam die Stiegen hinauf in ihre Kammer.

Aber ja, sie war kein Arzt, geschweige denn ein Doktor der Medizin. Sie hatte nicht an der Universität studiert. Sie hatte keine Prüfung abgelegt. Doch sie hatte sich ein medizinisches Wissen angeeignet, das umfassender war als das vieler anderer, die stolz ihre Doktorwürde spazieren führten.

Schwer ließ Agathe sich auf ihre Bettstatt sinken. Wie viele Stunden hatte sie hier oben zugebracht und studiert! Zuerst heimlich Augustins dünne blaue Hefte mit Notizen, danach die Schriften von Hippokrates, Galen, Avicenna. Später dann Paracelsus. Doch vor dem Gesetz galt das alles nichts, dachte sie betrübt.

Wie hatte sie auch annehmen können, dass sie für alle Zeit unbehelligt in ihrem Tun würde fortfahren können? Wenn man es genau nahm, hatte sie sich ein Amt angemaßt, das ihr nicht zustand. Daher war es eigentlich nur rechtens, dass man ihr das Praktizieren untersagte, das musste sie sich der Ehrlichkeit halber eingestehen.

Es wäre unverantwortlich, wenn jeder einfach hingehen und medizinieren könnte, dem danach gelüstete. Nur durch strenge Bestimmungen konnten die Patienten sicher sein, dass die Ärzte ein gewisses Maß an Kenntnissen und Fähigkeiten besaßen. Nur so konnten sie vertrauen.

Andererseits: Viele Arme konnten sich keinen Arzt leisten. Wenn man ihnen die Wahl ließe, so zögen sie es sicherlich vor, von einem nicht studierten Arzt behandelt zu werden als von gar keinem.

Doch Agathe hatte ja nicht nur Mittellose behandelt. Marquard von Hattstein kam ihr in den Sinn. Dass seine Exzellenz sich von ihr hatte kurieren lassen, hatte die Sache in ein ganz anderes Licht gerückt. Jeder Arzt in der Stadt hatte davon erfahren, und natürlich mochte es den einen oder anderen geben, der ihr diese Ehre neidete.

Agathe seufzte. Vielleicht hätte sie ablehnen sollen, ihn zu behandeln. Sicherer wäre es gewesen. Doch Bischof hin oder her – er war ein Kranker, der ihre Hilfe suchte. Wie hätte sie ihn abweisen können?

Das war jedoch nur die halbe Wahrheit, musste Agathe sich eingestehen. Sie war stolz darauf gewesen, dass sich ein so reicher und mächtiger Mann, der sich die besten Ärzte des Landes leisten konnte, ausgerechnet von ihr behandeln ließ. War dies nun Gottes Strafe für ihre Hoffart, fragte sie sich.

Mehr noch: Bestand hier sogar ein Zusammenhang? War das vielleicht auch ein Grund, vielleicht sogar der eigentliche, der wahre Grund dafür, dass man ihr plötzlich das Medizinieren verbot?

Agathe wusste, auf diese Fragen würde sie nie eine Antwort erhalten. Gleich, ob man sie unbehelligt hätte gewähren lassen, wenn Augustin seinen Eid geleistet hätte, oder nicht – es war vorbei. Einzig ein Wunder vermochte ihr jetzt noch zu helfen.

Demütig fiel sie neben ihrer Bettstatt auf die Knie. »Lieber Gott«, flehte sie, »hab Erbarmen. Mit mir und mit meinen Kranken. Bitte erlaube mir weiter, ihnen zu helfen!«

Agathe fragte sich nicht, was sie nun mit ihren Tagen anfangen sollte. Stumpf und hohl, einer wie der andere, dämmerten sie herauf, zerrannen und versanken in Dunkelheit, reihten sich in quälender Sinnlosigkeit zu Wochen. Es gab nichts, was die Leere zu füllen vermochte, die sich wie ein umgedrehter Topf über sie gestülpt hatte.

Mit ausdruckslosem Gesicht saß sie des Tags in der Stube am Fenster, den Blick in der grauen Ödnis des Himmels verloren, aus dem unablässig Kaskaden von Schneeflocken fielen.

Zur Untätigkeit verdammt, verfiel Agathe zusehends. Sie verlor den Appetit, und dunkle Schatten legten sich unter ihre Augen. Kaum dass sie an den Mahlzeiten mit Mutter und Geschwistern teilnahm. Ihre Wangen wurden hohl, ihre Haare büßten ihren Glanz ein und ihre Augen das Strahlen.

Als die Antwort des Rates kam, die Augustins Bitte, auch ohne Eid in seiner Heimatstadt praktizieren zu dürfen, abschlägig beschied, sah sie teilnahmslos zu, wie er seine persönlichen Dinge auf einen Wagen laden ließ, um Ulm den Rücken zu kehren. Eidam Furtenbacher hatte ihm zu einer Anstellung als Stadtarzt in Geislingen verholfen, wo er ohnedies bereits einen Hausstand unterhielt. Dort wusste man die Präsenz eines studierten Arztes noch gebührend zu würdigen.

Am darauffolgenden Morgen fehlte Agathe die Kraft, aufzustehen und sich anzukleiden. Ihr Kopf war wie mit Watte ausgestopft, und ihre Gliedmaßen fühlten sich an, als seien sie aus Blei. Wozu auch die Anstrengung unternehmen? Es gab nichts, wofür es aufzustehen lohnte.

Katharina betrachtete den Fortgang des Bruders mit Sorge. Abgesehen davon, dass dadurch ein Mann im Hause fehlte, schien es Mutter Helene arg zuzusetzen. So sehr hatte sie sich gewünscht, ihre Enkelkinder in ihrem Haus aufwachsen zu sehen. Um diese Hoffnung getäuscht, wurde sie schwach und begann zu kränkeln.

Ob Katharina es zugeben mochte oder nicht: Auch das Leid der Schwester bereitete ihr Kummer. Es erschien ihr, als sei Agathe innerhalb weniger Wochen um Jahre gealtert. Nie hätte sie vermutet, dass ihr das Medizinieren so viel bedeutete und dass das Verbot so schreckliche Folgen für ihren Leib und ihre Seele zeitigen könnte.

Drückend und hoffnungslos dehnten sich die Wochen zu einem Monat, zu zweien, während derer Katharina hilflos mit ansehen musste, wie Mutter und Schwester stumm unter ihrem Kummer litten. Keine Besucher und keine Patienten unterbrachen die drückende Stille, die auf dem Haus lastete und sich in Flure und Kammern schlich.

Da mochte selbst das leise Pochen an der rückwärtigen Küchentür für sie wie die Antwort auf all ihre Gebete erscheinen. Doch zu Katharinas Enttäuschung waren es nur zwei junge Fischer.

Im Januar war Roswitha von einem gesunden Mädchen entbunden worden. Sie hatte ihr den Namen Agathe gegeben, doch die Patin der Kleinen war der Taufe ferngeblieben. Roswitha indes habe sich bislang nicht vom Kindbett erholen können, berichtete Mathias. Sie klage über Kopfschmerzen, liege abwesend im Bett, sei zu erschöpft, um aufzustehen, und doch fände sie des Nachts keinen Schlaf. Kaum möge sie eine Speise zu sich nehmen, und bisweilen zittere sie am ganzen Leib, weswegen er und sein Schwager höflich bäten, Jungfer Agathe möge sich ihrer annehmen.

»Meine Schwester braucht ihr nicht zu behelligen. Sie mediziniert nicht mehr«, beschied Katharina ihnen und wollte ihnen die Tür weisen, doch dann besann sie sich eines Besseren. Vielleicht vermochten ja die beiden Fischer, Agathe aus ihrer Lethargie zu reißen. Schlimmer konnte es beileibe nicht mehr werden.

»Wartet hier!«, befahl sie ihnen und eilte in Agathes Kammer.

»Da sind zwei Fischer für dich. Du sollst einer Roswitha

helfen. Sie sagen, es stünde nicht gut um sie«, erklärte sie der Schwester.

»So ruft Doktor Stammler«, entgegnete Agathe müde und drehte sich auf die andere Seite.

»Agathe!«, rief Katharina schrill, entsetzt, dass die Schwester sich bereits so weit von der Wirklichkeit entfernt hatte. »Doktor Stammler ist seit zweieinhalb Jahren tot!«

»Ach ja.« Agathe erinnerte sich. Stammler war im selben Jahr verstorben wie Kaiser Karl. »Lass mich, ich bin so müde!«, murmelte sie.

»Agathe, du stehst jetzt auf! Roswitha braucht deine Hilfe!«, befahl Katharina streng. Sie hätte nicht zu sagen gewusst, warum sie das tat. Vernünftig war es sicher nicht, vielleicht sogar gefährlich. Doch aus einem unerfindlichen Grund heraus erschien es ihr einfach das Richtige zu sein.

Mit bleischweren Gliedern erhob Agathe sich aus dem Bett. Es fiel ihr unsagbar schwer, aufrecht zu stehen. Katharina half ihr, sich anzukleiden, doch das dunkle Arztkleid umschlotterte erbarmungswürdig ihre magere Gestalt. Katharina beeilte sich, ihr ein Kleid von sich selbst zu holen. Das war zwar um einen guten Zoll zu lang, ansonsten passte es weit besser als Agathes Gewand.

Mathias schulterte den alten Mehlsack, in den man in aller Hast die wesentlichen Utensilien aus Agathes Medizinkasten gepackt hatte, und als Agathe, schwer auf Pauls Arm gestützt, auf die Sattlergasse hinaustrat, stellte sie verwundert fest, dass ihr ein warmer Lufthauch über die Wangen strich. Unbemerkt von den Bewohnern des Hauses gegenüber der Greth, war draußen das Frühjahr angebrochen.

Die steile Stiege zur Hüveschen Wohnung verlangte Agathe eine Anstrengung ab, die ihr den Schweiß auf die Stirn trieb. Ihr wurde schwindelig, und sie musste sich für einen Moment auf die schmierigen Stufen niedersetzen, um wieder zu Atem zu kommen, bevor Paul und Mathias sie an die Schlafstatt des jungen Paares geleiten konnten.

Blass und hohlwangig, die Haare strähnig unter der zerdrückten Haube, entsprach Roswitha so gar nicht dem Bild, das man sich gemeinhin von einer strahlenden jungen Mutter machte. Neben ihr auf dem Strohsack lag die kleine Agathe und wimmerte leise vor sich hin.

Der Anblick trieb Agathe Tränen in die Augen, und einer heißen Woge gleich durchflutete sie ein Gefühl tiefer Scham. Sie hätte schon eher kommen sollen. Heimlich, wie sie es früher auch getan hatte. So dringlich hätten die junge Frau und ihr Kind ihrer Hilfe bedurft!

Sie aber hatte sich voller Selbstmitleid in ihren eigenen Kummer vergraben und sich um nichts und niemanden sonst auf der Welt gekümmert! Wie hatte sie nur so selbstsüchtig sein können! Was hatte sie schon zu verlieren? Die Freiheit? Um was zu tun? Das Leben? So, wie sie es in den vergangenen Wochen hatte verrinnen lassen, war es nicht wert, gelebt zu werden.

Zugleich mit der Scham erwachte in Agathe auch die Willenskraft. Unwillkürlich straffte sie die Schultern. Zeit zu hadern bliebe später noch genügend. Jetzt galt es, sich um Roswitha und das Kind zu kümmern.

Barbara, die nach Agathe die Kammer betreten hatte, schüttelte den Kopf und schimpfte Sohn und Schwiegersohn aus: »Ich hatte euch doch gesagt, ihr sollt Jungfer Streicher nicht bemühen!«

»Doch, es war schon recht«, beschwichtigte Agathe sie.

Barbara schnaubte. »Es sind bloß die Heultage, sonst nichts. Die kriegen doch viele nach der Geburt. Hatte ich selbst nach Paul. Und nach Bärbel auch. Aber irgendwann muss es damit auch mal gut sein. Dann muss man sich einfach zusammennehmen und aufstehen. Wo kämen wir da hin, wenn jede Frau monatelang im Wochenbett läge«, lamentierte sie.

Mathias und Paul traten unbehaglich von einem Fuß auf den anderen.

»Ihr habt sicherlich noch etwas Wichtiges zu tun, nicht wahr?« Damit entließ Agathe die beiden jungen Männer.

Dankbar verließen diese die Kammer, während Barbara ungebremst fortfuhr zu klagen: »Ich selbst habe sieben Kinder zur Welt gebracht und nie länger als ein paar Tage damit herumgemacht.«

Unter den harschen Worten ihrer Mutter schien Roswitha noch weiter in sich zusammenzusinken. Agathe schenkte ihr ein aufmunterndes Lächeln und streckte die Arme aus, um den Säugling aufzunehmen. Doch jäh hielt sie in ihrer Bewegung inne. Etwas stimmte nicht. Doch sie wusste nicht, was es war. Verärgert runzelte sie die Brauen. Ihr Verstand arbeitete noch nicht so schnell, wie sie es gewohnt war.

Es dauerte noch einen Moment, dann endlich kam Agathe darauf, was sie irritierte: der Abstand zwischen Mutter und Kind. Jede Mutter hätte ihr Kind im Arm gehalten, es an sich geschmiegt, insbesondere, wenn es ihr oder gar dem Kind nicht gutginge. Doch die kleine Agathe lag neben Roswitha wie ein Fremdkörper. So als achte die Mutter sorgsam darauf, den Säugling nicht zu berühren.

Vielleicht stimmte etwas nicht mit dem Kind, mutmaßte Agathe und nahm die Kleine auf den Arm. Vorsichtig, um sie nicht zu erschrecken, schlug sie die Windeln auseinander, die sie umhüllten. Die Kleine, zu schwach für einen lautstarken Protest, wimmerte leise.

Aufmerksam betrachtete Agathe den winzigen Körper. Es war alles daran, was daran sein sollte: Finger und Zehen in der rechten Anzahl, zwei winzige Ohren und riesige blaue Augen. Da war auch nichts, was das Kind entstellen würde, weder Teufelsmal noch Hasenscharte, stellte Agathe fest. Im Gegenteil: Soweit sie es beurteilen konnte, war die kleine Agathe ein auffallend hübsches Kind.

Doch sie war erbarmungswürdig dünn, wodurch der winzige Kopf mit dem feinen goldblonden Flaum riesig erschien.

»Sie trinkt nicht richtig«, erklärte Barbara.

Agathe reichte ihr das Kind, und sorgsam hüllte Barbara ihre Enkeltochter wieder in die Tücher. »Kein Wunder, wenn deine Mama sich nicht richtig um dich kümmert!«, murmelte sie in die Windel.

Agathe wandte sich Roswitha zu. »Was ist mit dir? Hast du Schmerzen?«, fragte sie sanft.

Tränen stiegen dem Mädchen in die Augen, doch nach einem raschen Seitenblick auf ihre Mutter schüttelte sie den Kopf.

»Ach was!«, fuhr Barbara dazwischen. »Es wird Zeit, dass sie aufsteht und sich um Mann und Kind kümmert.«

Agathe hatte Roswithas Blick wohl registriert. Sie kramte in ihrem Beutel und reichte Barbara eine Münze. Es kostete sie große Anstrengung, doch es gelang ihr, ihrer Stimme einen Tonfall zu geben, der keinen Widerspruch duldete. »Geh und besorg für das Kind eine saubere Amme«, befahl sie.

Gehorsam verließ Barbara mit dem Säugling die Kammer.

Kaum dass sich die Tür hinter ihrer Mutter geschlossen hatte, kullerten Roswitha auch schon die Tränen über das blasse Gesicht.

»Kann es nicht einfach wieder weggehen?«, brach es aus ihr heraus. »Ich weiß doch gar nicht, was ich damit anfangen soll!«

»Was soll weggehen?«, fragte Agathe irritiert »Deine Krankheit? Du wirst bestimmt wieder ...«

»Nein! Das Kind!« Roswitha schlug die Hände vor das Gesicht und weinte bitterlich.

Agathe ließ sich neben ihr auf dem Strohsack nieder und zog sie in ihre Arme. Sachte wiegte sie das Mädchen, bis ihr Schluchzen leiser wurde.

»Ich ... ich mag es nicht«, bekannte Roswitha schließlich mit dünner Stimme. »Ich kann es einfach nicht leiden. Und ich weiß auch gar nicht, was ich damit anfangen soll. Alle betrachten es und schwärmen, wie süß es ist. Aber ich finde es hässlich.«

Roswitha schluckte. »Und es spürt, dass ich es nicht mag. Ich bin eine ganz schlechte Mutter, und deshalb schäme ich mich so.«

Beruhigend streichelte Agathe ihr den Rücken. Schon einmal hatte sie eine junge Mutter behandelt, die sich nach der Geburt ihres Kindes nicht recht hatte erholen wollen. Sie hatte ihr einen stärkenden Trank aus Eidotter, Honig und Wein verabreicht, und nach einiger Zeit hatte sie sich so weit erholt, dass sie sich selbst um ihr Kind kümmern konnte.

Doch bei Roswitha schien der Fall anders zu liegen. Ihre tiefe Traurigkeit entbehrte jeden wirklichen Grundes und ließ vielmehr vermuten, dass ein Zuviel schwarzer Galle in ihr war, welche ihr die Mönchskrankheit beschieden hatte.

»Scht!« Agathe versuchte, Roswitha zu trösten. »Du bist keine schlechte Mutter. Du bist krank. Ich werde dir eine Arznei verordnen, die dich wieder gesund macht. Und du wirst sehen: Dann hast du auch Freude an der kleinen Agathe.«

Roswitha schniefte, doch in ihren verweinten Augen blitzte ein Funken Zuversicht auf. Agathe hoffte inständig, ihr Versprechen halten zu können.

Das probate Mittel gegen die Schwermut wäre sicherlich ein kräftiger Sud aus Johannis- und Mutterkraut. Doch vor einiger Zeit hatte Agathe von einem neuen Kraut gehört, das noch wirkungsvoller sei: das Kraut der Passionsblume, einer wunderschönen Blüte, deren Name an die Leiden Christi erinnerte.

Teurer war es sicherlich auch, vermutete Agathe, denn es kam den weiten Weg von Neuspanien aus hierher. Doch sei es drum. Hauptsache, Roswitha würde wieder gesund. Abermals fingerte sie eine Münze aus ihrem Säckel.

»Ich bin sicher, Barbara kümmert sich ganz liebevoll um deine Tochter, bis du es tun kannst«, sagte sie mit einem verschmitzten Lächeln. »Wozu hat das Kind schließlich eine Großmutter?«

Roswitha wischte sich die Tränen aus dem Gesicht und versuchte, ihr Lächeln zu erwidern. So ganz gelang ihr das noch nicht, aber immerhin war es ein Anfang.

Als hätte Barbara an der Tür auf ihr Stichwort gewartet, trat sie just in diesem Moment in die Kammer, den schlafenden Säugling auf dem Arm. »Klara, die Frau meines Neffen Paulus, hat letzte Woche ihr Kind bekommen«, berichtete sie mit zufriedener Miene. »Sie habe genug Milch für einen ganzen Stall voll Lämmer, sagte ihr Mann, und die käme ihr schon aus Nase und Ohren heraus. Wir sollen ihnen die kleine Agathe ruhig bringen, sie würden sie schon satt bekommen.«

»Wunderbar!«, lobte Agathe, bückte sich, entnahm dem Mehlsack zu ihren Füßen ein Säckchen mit Johanniskraut und eines mit Mutterkraut und reichte beide Barbara. Alsdann rief sie laut nach Mathias.

Sogleich steckten Paul und sein Schwager ihre Köpfe herein. Wie Agathe vermutet hatte, hatten sie sich aus Sorge um Roswitha nicht weit von der Kammertür entfernt.

»Lauf in die Mohren-Apotheke und kauf zwei Lot Passionsblumenkraut«, befahl sie dem jungen Mann und reichte ihm das Geldstück. »Warte, ich schreibe es dir auf.«

Mathias hastete mit Zettel und Geld davon, und mit einem Mal spürte Agathe die Erschöpfung in jeder Gliedmaße. Sie hatte nicht die Kraft, den Sud für Roswitha eigenhändig zu bereiten. Aber das war nicht weiter schlimm. Es war nicht schwieriger, als Fischsuppe zu kochen. Ausführlich erklärte sie Barbara, wie diese den Kräutersud zu bereiten und Roswitha zu verabreichen habe, dann bat sie Paul, sie nach Hause zu geleiten.

»Du hast mein Kleid ruiniert!«, schimpfte Katharina anstelle einer Begrüßung, als Agathe endlich in den Flur des Streicherschen Hauses wankte. Voller Unruhe hatte sie die Schwester erwartet, und nun schlug ihre Sorge um in Zorn. Doch ihr harscher Ton vermochte nicht, ihre Erleichterung darüber zu verbergen, dass das trotzige Funkeln in Agathes Blick zurückgekehrt war.

Nur ungern trat die Hausmagd an diesem Samstag in die Stube und unterbrach das mittägliche Mahl der Familie Streicher. Agathe und Katharina hatten sich gerade zu Tisch begeben, und zum ersten Mal seit Wochen hatte sich auch Helene von ihrer Bettstatt erhoben, um ihnen Gesellschaft zu leisten. Der herzhafte Duft, den die gebratenen Äschen, die Mathias am Morgen gebracht hatte, im ganzen Haus verströmten, war gar zu unwiderstehlich.

Mathias' Nachricht, das Passionsblumenkraut habe seine Wirkung getan und Roswitha befände sich auf einem deutlichen Weg der Besserung, hatte zusätzlich für freudige Stimmung gesorgt, welche die Magd nun jäh zerstören musste.

»Was gibt es?«, fragte Katharina, ungehalten ob der Störung.

»Zwei Ratsdiener. Sie fragen nach Agathe.« Die Magd knickste.

»Nein!«, stieß Katharina heiser hervor und sprang auf.

»Sag ihnen, meine Schwester sei außer Haus. Sag ihnen, sie sei in ... in ... Geislingen. Genau! Bei unserem Bruder in Geislingen!«

»Ich komme«, sagte Agathe ruhig und erhob sich.

»Du darfst nicht gehen!«, rief Katharina schrill und krallte ihre Finger in Agathes Arm, um sie aufzuhalten. »Wir verstecken dich im Keller, bis es dunkel ist, und heute Nacht verlässt du heimlich die Stadt. Bei Augustin bist du in Sicherheit!«

»Lass es gut sein«, sagte Agathe sanft und löste Katharinas Finger von ihrem Arm. »Ich werde nicht davonlaufen und mich verstecken.«

»Agathe!« Katharinas Stimme überschlug sich. Wie konnte die Schwester so naiv sein? »Agathe, du hast gegen das Verbot des Rates verstoßen! Du glaubst doch nicht, dass sie dir das durchgehen lassen. Dafür werden sie dich an den Pranger stellen und dir die Ohren stimbeln. Dann setzen sie dich auf den Schinderkarren und peitschen dich zum Frauentor hinaus!«

Helene wurde aschfahl. Entsetzt schlug sie die Hände vor das Gesicht, und auch Agathe schluckte trocken bei den Strafen, die Katharina ihr plastisch vor Augen geführt hatte.

»Dann kann ich immer noch nach Geislingen gehen«, entgegnete sie. Doch so gefasst, wie sie vorgab, war Agathe beileibe nicht. Sie fürchtete sich vor dem Kerker mit seinem Dreck und seinen Ratten. Fürchtete den Schmerz der Schläge und die Misshandlungen. Und sie hatte große Angst davor, für immer aus der Stadt vertrieben zu werden, dazu verurteilt, heimatlos und als Verbrecherin gebrandmarkt durch die Lande zu irren.

Doch Reue verspürte sie nicht. Nicht deswegen, weil sie Roswitha behandelt hatte. Sie hatte das Richtige getan, dessen war sie sicher. Und wenn das bedeutete, dass man sie dafür strafte, dann wäre das nicht zu ändern.

Behutsam küsste sie ihre Mutter zum Abschied und schloss Katharina fest in die Arme. Das hatte sie nicht mehr getan, seit sie ein kleines Mädchen gewesen war. Seit Hellas Tod nicht. Dann verließ sie die Stube, ohne sich noch einmal umzublicken.

Katharina schaute ihr stumpfen Blickes nach. Hätte sie nur nicht zugelassen, dass Agathe zu diesen Fischersleuten ging! Das heißt, *zugelassen* traf es ja nicht einmal annähernd. Sie selbst hatte Agathe aus dem Bett gescheucht und dazu gedrängt, das Fischermädchen zu behandeln. Wäre sie doch nie auf diese gefährliche Idee verfallen! Dann läge Agathe jetzt sicher und friedlich oben in ihrer Kammer! Unbemerkt rann eine Träne über Katharinas verunstaltetes Gesicht.

Agathe hatte in ihrem Leben beileibe viel Ungehöriges getan. Vieles, mit dem sie den Namen der Familie befleckt hatte, vieles, für das Katharina sich geschämt hatte. Doch nie hatte sie etwas unternommen, das den Gesetzen zuwiderlief.

Katharina hatte immer befürchtet, dass eines Tages etwas Schreckliches mit Agathe geschehen würde. Stets hatte sie die Schwester ermahnt, besonnener zu sein. Und nun war sie selbst es, die Agathe in den Untergang geschickt hatte. Beinahe mochte das anmuten wie eine der Mythen des Ovid, die Lehrer Ruf ihnen zu übersetzen aufgetragen hatte.

Reue und Schmerz schnürten Katharina die Kehle zu, und ein heiserer Wehlaut drang über ihre Lippen. Was hatte sie nur getan! Möge der Herrgott ihr vergeben!

Am Vortag war mit bösartigen Schneeschauern der Winter zurückgekehrt, und ein eisiger Wind hatte den Schnee zu Haufen gefegt. Zum Schutz gegen die Kälte in ihren schweren Mantel gehüllt, trat Agathe auf die Gasse hinaus, wo die beiden Ratsdiener, frierend von einem Fuß auf den anderen tretend, gewartet hatten.

Die Männer nahmen sie in die Mitte. Vielleicht aus Mitleid, vielleicht, weil sie nicht davon ausgingen, dass die Jungfer sich ihrer Verhaftung widersetzen würde, verzichteten sie darauf, sie bei den Armen zu packen und mit sich zu zerren.

Die Fassade aus sturer Gelassenheit, die Agathe ihrer Mutter und Katharina gegenüber aufgesetzt hatte, brach in sich zusammen. Unwillkürlich traten ihr Bilder von Frauen vor Augen, die man an den Pranger gestellt hatte, zur Abschreckung der Böswilligen und zur moralischen Erbauung der braven Bürgersleute, die sie dann mit allerlei Unrat bewerfen durften.

Sie vermeinte die Schreie der Gepeinigten zu hören, denen der Scharfrichter die Ohren stimbelte. Aus schrecklichen Löchern tropfte ihnen das Blut auf die Schultern, und ihr Schreien erstarb erst, als der Schinderkarren, an den man sie band, sie aus der Stadt geschleppt hatte. Und dort wartete beileibe kein Arzt darauf, ihnen die Blutung zu stillen und die Wunden zu versorgen.

»Lieber Gott«, betete Agathe leise, »hab Erbarmen.«

Wie ein dichter schwarzer Klumpen ballte sich die Angst in ihrer Brust zusammen, dehnte sich aus und wurde größer, bis sie ihre ganze Brust füllte und alle Atemluft daraus vertrieb. Die Straße begann, vor ihren Augen zu schwanken, und sie merkte, wie ihr eine bleierne Schwäche in die Beine kroch.

Einer der Ratsdiener schien Agathes Ermattung bemerkt zu haben und griff ihr unter die Arme. Doch auch jetzt kam es ihr eher wie ein sorgliches Stützen vor und nicht wie das gewaltsame Abführen einer Delinquentin. Aus irgendeinem Grund schien der Mann ihr wohlgesinnt.

Mit Mühe hielt Agathe sich aufrecht und setzte bereitwillig einen Fuß vor den anderen. Auf gar keinen Fall wollte sie sein Wohlwollen verlieren. Es war ein gutes Stück Weges bis zum Kerker im Armbrustertor, und Agathe hoffte inständig, dass es ihr gelänge, ihn zurückzulegen, ohne vorher zusammenzubrechen.

Der Schützenturm an der Donau! Mit einem Mal war aller Schwindel verflogen, und Agathe sah ihre Umgebung in stechender Klarheit. Die bemalten Fassaden der Häuser, der zu Eis gefrorene Schlamm der Pfützen unter ihren Füßen und die scharfen Schneekristalle, die aus dem bleifarbenen Himmel fielen und ihr, feinen Nadeln gleich, in das Gesicht stachen.

Es war kein Mitleid, das der Ratsdiener ihr gegenüber empfand! Eine Jungfer aus vornehmem Haus, die noch dazu das Wohlwollen des Bischofs von Speyer genoss, öffentlich zu strafen, das würde unliebsames Aufsehen erregen. Der Schützenturm an der Donau stand zu einem Teil unter Wasser. Nie hatte man es offiziell verlauten lassen, doch jedermann in der Stadt wusste, dass man dort jene ertränkte, die der Rat ohne unliebsame Zuschauer hingerichtet wissen wollte – still und leise und ohne jedes Aufhebens.

Das also war das Schicksal, das man ihr zugedacht hatte. Agathe wurde es kalt, als träfen die Schneeflocken ungehindert durch das Tuch des Mantels auf ihre Haut. Der Rat wollte sie sich auf diskrete Weise vom Hals schaffen.

Die Männer hielten in ihrem Schritt inne und klopften sich auf den Stufen zum Steuerhaus den Schnee von den Stiefeln. Überrascht realisierte Agathe, dass sie erst wenige Schritte zurückgelegt hatten.

»Jungfer Streicher, hier entlang, bitte.« Höflich öffnete ihr der Ratsdiener die Tür.

Warum in aller Welt führte man sie in das Steuerhaus? Gehörte das alles zu dem hinterhältigen Plan? Argwöhnisch musterte Agathe die Züge ihrer Begleiter. Doch deren Mienen ließen keine Regung erkennen. Wortlos geleiteten sie Agathe hinauf in das Obergeschoss und dort in eine düstere Schreibstube. Sogleich überfiel sie der heimelige Geruch nach Staub und Papier, aber sosehr Agathe diesen Duft auch liebte, er vermochte nicht, ihre Angst zu besänftigen.

»Wartet!«, befahl Stadtschreiber Neithart, der gewichtig hinter einem mächtigen Schreibpult stand, ohne den Blick von dem Buch vor sich zu erheben. Mit langsamen, schwingenden Bewegungen fuhr er in seiner Arbeit fort, und es erschien Agathe, als benötige er eine Ewigkeit dafür.

Sie sollte Urfehde leisten, das Versprechen, sich nicht für ihre Bestrafung an den Stadtvätern zu rächen, wenn man sie der Stadt verwies, verstand Agathe und war um ein winziges Gran erleichtert. Man würde sie zumindest nicht im Stillen ersäufen.

Endlich legte der Stadtschreiber die Feder beiseite und streute Löschsand auf die Zeilen. Gewissenhaft wartete er, bis die Tinte getrocknet war, bevor er den Sand fortblies und das Buch zuklappte.

Sogleich sprang ein junger Schreibergehilfe herbei, nahm das Buch vom Pult und stellte es in das mit kunstvollem Rankwerk verzierte Regal an der hinteren Wand der Stube. Alsdann entnahm er dem Bord einen anderen Folianten. *Der freien Reichsstadt Ulm Eide und Ordnungen* entzifferte Agathe die Prägung auf dem Buchrücken, bevor der Gehilfe das Buch aufschlug und mit einer winzigen Verbeugung seinem Vorgesetzten vorlegte.

Einen Moment lang blätterte Neithart darin herum, dann schien er die richtige Seite gefunden zu haben. »Ah, da haben wir es ja: Rubrik Ärzte, so nicht von der Stadt bestellt«, murmelte er, und erst jetzt hob er den Kopf und winkte ihr, vorzutreten.

Unsicher machte Agathe einen Schritt auf ihn zu, doch der Stadtschreiber hatte seinen Blick bereits wieder auf das Buch gesenkt. Er nahm den Federkiel zur Hand, tauchte ihn in die Tinte und notierte, während er sprach:
»Jungfrau Agatha Streicherin gelobt des ehrbaren Rates Ordnung zu halten auf Samstag den fünfzehnten Marty anno 1561. Jungfer, sprecht mir nach: ›Ich gelobe, fürderhin dem Bürgermeister, Rat und der gemeinen Stadt getreu und gewogen zu sein, zu dienen und vor Schaden zu bewahren ...‹«
»Ich gelobe, fürderhin dem Bürgermeister, Rat und der gemeinen Stadt getreu und gewogen zu sein, zu dienen und vor Schaden zu bewahren ...« Mechanisch formten Agathes Lippen die Wörter, ohne dass sie deren Sinn erfasste.
»... des Weiteren, ob ich von einem Bürger oder einer Bürgerin, Einwohner oder Einwohnerin dieser Stadt, reich oder arm seiner Krankheit halben, ausgenommen in der Krankheit der Pestilenz, so sie gemeinlich hier regiert, gefordert werde ...«
Allmählich, wie die Sandkörner durch ein Stundenglas rannen, tröpfelte der Sinn der Worte, die der Stadtschreiber Agathe überdeutlich vorsagte, in ihr Bewusstsein. Dann wurde ihr schlagartig klar: Dies war keine eidliche Versicherung der Urfehde. Man gedachte auch nicht, sie zu bestrafen.
Agathe entfuhr ein Ächzen, und einer heißen Woge gleich schoss ihr das Blut durch die Adern. Der Schwur, den man von ihr zu leisten verlangte, war das Gelöbnis eines Arztes, der sich in der Stadt niederließ, um zu praktizieren. Der Eid auf die Ärzteordnung! Wieder wurde ihr schwindelig, und tastend suchte sie Halt an Neitharts Schreibpult.
Der Stadtschreiber hob den Kopf. »Jungfer Streicher,

was ist mit Euch? Wollt Ihr mir bitte nachsprechen: ›... dass ich darin ungefährlich, willig, fleißig und unsäumlich erscheinen und dem Kranken zu seiner Krankheit das Beste nach meinem Verständnis raten und helfen soll und will, und mich deswegen mit angemessener Entlohnung begnüge.‹« Aufmunternd nickte er Agathe zu.

Diese öffnete den Mund, doch sie brachte keinen Ton hervor. Tränen der Erleichterung, einem elenden Schicksal entgangen zu sein, traten ihr in die Augen und rannen ungehindert über ihr Gesicht, und zugleich war eine unglaubliche Freude in ihr. Ein Glück, das ihr schier die Brust bersten ließ.

Das Durcheinander der Gefühle ließ sie lachen und weinen zugleich. Sie würde Arzt. Richtig, wirklich und wahrhaftig! Sie dürfte medizinieren wie Augustin, Doktor Stammler und Doktor Neiffer. Sie! Eine Frau! Ohne Studium und ohne Doktorgrad.

»Jungfer?« Der Stadtschreiber hob die Brauen und blickte sie fragend an.

Zaghaft und stockend zunächst, dann fließender und zuletzt mit einem unbändigen Jubeln in der Stimme wiederholte Agathe seine Worte: »Des Weiteren, dass ich auch niemandem einen Sirup oder ein Arzneimittel geben werde, außer den durch geschworene Apotheker der Stadt gemachten.

Des Weiteren, dass ich auch keinen Apotheker dem anderen vorziehe, lobe oder schelte, noch die Leute zu einem vor dem anderen weise, weder um Nutzen, Gaben, Neid, Hass, Freundschaft, Feindschaft noch anderer Sachen willen, sondern einen jeden selbst gehen und kaufen lassen soll und will ...«

Mit angehaltenem Atem öffnete Agathe früh am nächsten Morgen die Tür zu Augustins Studierzimmer. Sie hatte es seit jenem bitterlichen Tag im Winter, an dem der Rat ihr das Medizinieren untersagt hatte, nicht betreten. Wie oft war sie ihrem Bruder hier voller Neugier bei seiner Harnbeschau zur Hand gegangen? Wie viele Male hatte sie sich heimlich hereingeschlichen, um eines seiner medizinischen Bücher auszuleihen?

Heute jedoch betrat sie den Raum mit einem ganz anderen Gefühl. Er erschien ihr neu und fremd. Dabei war er reichlich verstaubt, denn stets war es Agathe gewesen, die hier für Ordnung gesorgt hatte. Nach Augustins Fortgang hatte niemand diese Pflicht übernommen. Alles stand noch genauso da, wie Augustin es hinterlassen hatte: der Arbeitstisch in der Mitte des Raumes, das Schreibpult seitlich daneben und an der Wand das Bücherregal, in dem allerdings die kostbareren Werke fehlten.

Auf dem Arbeitstisch standen zwei ausgediente Harngläser und die verbeulte Apothekerwaage, die Augustin für die Bereitung seiner Arzneimittel verwendet hatte. Für sein Haus in Geislingen hatte er neue Möbel fertigen lassen, die meisten Gerätschaften hatte er jedoch mitgenommen.

Zunächst einmal würde sie hier sauber machen, beschloss Agathe und trat zum Fenster, um die Klappläden zu öffnen. Danach würde sie alles fehlende Inventar ersetzen, das sie benötigte, um Patienten vernünftig behandeln zu können.

Beschwingten Schrittes eilte Agathe in die Küche, wo ihr Medizinkasten an seinem angestammten Platz in der Nähe der Hintertür stand. Liebevoll, wie man einen Säugling in seine Wiege legte, hob sie ihn hoch und trug ihn in Augustins – nein: *ihr* Studierzimmer.

Neue Harngläser brauchte sie am dringendsten, entschied Agathe und stellte die alten neben die Tür, um sie später fortzuwerfen. Dazu gläserne Rührstäbe und Haltegestelle. Im Schreibpult fand sie einige Bögen Papier und einen ausgefransten Federkiel, mit dem sie das Gewünschte notierte. Sie überlegte, was sie außerdem noch benötigte.

Nachdem sie ihren Eid auf dem Steuerhaus geleistet hatte, war sie, überwältigt vor Glück, heimgekehrt und hatte Mutter und Schwester in tiefer Sorge vorgefunden. Katharina hatte sie unendlich erleichtert in die Arme geschlossen und konnte zunächst gar nicht begreifen, was sie, scheinbar zusammenhanglos, hervorsprudelte.

Mit kummervollem Blick hatte die Schwester sie gemustert, als befürchte sie, Agathe hätte aus Schreck über ihre Verhaftung den Verstand verloren oder man hätte ihr eine besonders schreckliche Tortur angedeihen lassen.

Doch als Agathe ihr versicherte, sie sei wirklich unverletzt, und ihr schließlich auf das genaueste schilderte, wie man sie in die Stube des Stadtschreibers geführt und Neithart sie den Eid auf die Ärzteordnung hatte ablegen lassen, war ihre Sorge allmählich geschwunden.

Für Mutter Helene war die Aufregung zu groß geworden, und sie hatte sich ermattet zurückziehen müssen. Doch die Erleichterung darüber, dass Agathe wohlbehalten zurückgekehrt war, hatte sie mit einem Lächeln auf den Lippen einschlafen lassen.

Agathe entfuhr ein kleiner Seufzer. Einen Satz gläserner Farbscheiben für die Harnbeschau würde sie sich auch zulegen, beschloss sie, obwohl diese kostspielig waren und sie bislang auch ohne sie gut zurechtgekommen war. Eben hob sie an, dies auf dem Blatt zu notieren, als Katharina anklopfte und einen sichtlich ermatteten Boten hereinführte.

Er käme im Auftrag des Bischofs von Speyer, erklärte dieser. Am Vortag sei er bereits schon einmal im Hause Streicher vorstellig geworden und habe nach Doktor Streicher gefragt. Doch habe man ihm beschieden, Doktor Streicher hätte nunmehr Wohnung in Geislingen genommen, weswegen er sich dorthin begeben hätte. In Geislingen jedoch habe er feststellen müssen, dass der Adressat des Schreibens nicht Doktor August, sondern Jungfer Agathe Streicher sei, die sehr wohl in Ulm zu finden sei. Weswegen er ihr das Schreiben nun mit Verzögerung überbringe, was sie höflich verzeihen möge. Mit einer formvollendeten Verbeugung überreichte er Agathe den Brief und empfahl sich.

Agathe brach das bischöfliche Siegel und entfaltete das kurze Schreiben. Um seine Gesundheit stünde es nicht zum Besten, teilte Marquard von Hattstein mit, und er hoffe, Jungfer Agathe würde ihn ein weiteres Mal von seinen Leiden zu kurieren wissen. Deshalb gedenke er, sich, in der kommenden Woche in Ulm eintreffend, in ihre Kur zu begeben, was er im Übrigen auch in gesonderter Postille den Herren des Rates der Stadt Ulm avisiert habe, damit diese entsprechende Vorsorge träfen, ihn gebührend zu empfangen.

Verblüfft ließ Agathe die Hand mit dem Schreiben sinken. Das also war der Grund für den abrupten Sinneswandel des Rates, erkannte sie. Die Stadtväter hatten das Schreiben des Bischofs vor ihr erhalten. Wie hätten sie ihm erklären sollen, dass seine hochgeschätzte Jungfer ihn nicht behandeln könne, weil sie ihr das Medizinieren untersagt hatten? Es war ihnen gar nichts anderes übriggeblieben, als das Verbot zurückzunehmen.

Da aber niemand in der Stadt als Arzt praktizieren durfte, der nicht auf die Ärzteordnung geschworen hatte, musste Agathe eben diesen Eid leisten. Ein schelmisches Lächeln schlich sich auf Agathes Züge. So hatten diejenigen, die versucht hatten, ihr Medizinieren zu verhindern, mit ihrem Vorgehen letztlich dafür gesorgt, dass sie es nunmehr nicht nur mit Duldung, sondern sogar vereidet und mit städtisch verbrieftem Recht betreiben durfte.

Und genau das würde sie tun. Offen und erhobenen Hauptes wie alle anderen geschworenen Ärzte der Stadt auch. Entschlossen wischte sie mit dem Ärmel den Staub vom Arbeitstisch.

Wie selbstverständlich begab Katharina sich auf Agathes angestammten Platz hinter dem Schreibpult und nahm die Feder zur Hand. »Was brauchst du sonst noch für deine Patienten?«, fragte sie.

Ein Wort zum Schluss

Fortan durfte Agathe Streicher in der Stadt ungehindert ihre Tätigkeit ausüben und war somit die erste rechtmäßige Ärztin, die in deutschen Landen praktizierte.

Es ist nicht bekannt, wie sie ihr umfassendes medizinisches Wissen erlangte, doch wahrscheinlich hatte ihr Bruder Hans Augustin sie unterwiesen. Auch Paracelsus mit seinen neuartigen Lehren wird Einfluss auf sie gehabt haben. Als freier Christ stand er mit Schwenckfeld und Sebastian Franck, der 1541 tatsächlich seine *Sprichwörter, schöne, weise Klugreden* veröffentlichte, in Verbindung und weilte im Jahr 1535 in Ulm.

Augustin, dessen Eid bereits im Eidbuch vorbereitet worden war, leistete diesen jedoch nicht. Im Juli des Jahres 1561 einigte er sich mit dem Rat dahingehend, dass er sich bei seinen Behandlungen innerhalb der Stadt an die Ärzteordnung hielte, inwiefern er aber außerhalb Ulms mit seiner Medizin handele, darin sei er ungebunden. Bis zu seinem Tod im Jahr 1565 lebte er in Geislingen, kam jedoch des Öfteren zum Praktizieren nach Ulm.

Eine Abschrift (ca. 1580–1595) seines *Iudicium Urinarum* (Harntraktat) ist in der Londoner Wellcome Historical Medical Library erhalten. Seine Arbeit geht erkennbar auf zweierlei Quellen zurück: die Schulmedizin und die Volksheilkunde.

Im selben Jahr noch ging auch Agathes großer Wunsch, Kaspar wiederzusehen, in Erfüllung. Schwerkrank kam Schwenckfeld nach Ulm, wo Agathe und Katharina ihn in ihrem Haus verbargen. Agathe tat alles in ihrer Macht

Stehende, um ihn zu kurieren, doch er schien zu wissen, dass sein Ende nahte. Unermüdlich schrieb und arbeitete er, um noch all das zu erledigen, was ihm wichtig erschien. Er starb am zehnten Dezember im Alter von fast zweiundsiebzig Jahren. Wissend, dass ihm kein kirchliches Begräbnis würde zuteilwerden, beerdigten die Geschwister ihn heimlich im Keller ihres Hauses in der Sattlergasse.

Nach seinem Tod schien Agathe das Oberhaupt der Schwenckfelder Gemeinde in Ulm geworden zu sein, denn mehrfach ist in den Ratsprotokollen der Stadt die Rede von der »Streicherin-Sekte«.

Nachdem Agathe ihren Amtseid geleistet hatte, praktizierte sie noch zwanzig Jahre lang als Ärztin und behandelte unter anderem berühmte Persönlichkeiten wie den Bruder des Bischofs von Mainz oder die Frau des Markgrafen Karl von Baden. Der Bischof von Speyer, Marquard von Hattstein, zählte noch 1580 zu ihren Patienten.

Der Höhepunkt ihrer ärztlichen Tätigkeit mochte jedoch der Ruf an das Krankenbett Kaiser Maximilian II. im September 1576 gewesen sein. Der Kaiser, in jungen Jahren ein lebensfroher Herr, dem sein Vater bereits damals vorgeworfen hatte, zu sehr dem schweren Wein zuzusprechen, litt seit langem schon an der Gicht und war bereits krank zum Reichstag nach Regensburg gekommen.

Auf Empfehlung des Kaiserlichen Rates Georg Ilsung, Landvogt von Schwaben, des Reichstaggesandten und Propst von Trient, Franz Prinkenstein, und des Grafen Günther XLI. des Streitbaren von Schwarzburg – Letzterer rühmte, sie habe auch ihn vom Zipperlein befreit, derselben Krankheit, an welcher der Kaiser litt – ließ er nach Ulm schreiben.

Auf Kosten des Rates schickte man Agathe mit einem Schiff, das zu ihrer Bequemlichkeit mit einem Öflein ausgestattet war, die Donau hinab nach Regensburg. Sie verabreichte dem Kaiser ein Purgiermittel, linderte seine Schmerzen durch warme Umschläge und verbot ihm den Wein.

Natürlich sah sie sich den Anfeindungen ihrer Kollegen ausgesetzt. Insbesondere Johann Crato von Krafftheim, erster Leibarzt Seiner Majestät, versuchte, sie als Kurpfuscherin zu diffamieren und widersprach jeder ihrer Behandlungen. Doch wie ihr Abstinenzgebot erkennen lässt, schien sie die Krankheit besser erfasst zu haben als er, der weiterhin die Gabe von Wein als dringend notwendig zur Erhaltung der Kräfte des Kaisers empfahl.

Alle Behandlung wurde indes zwecklos, als Maximilian sich zudem eine Rippenfellentzündung zuzog. Am 12. Oktober 1576 erlag er seinen Leiden.

In den Folgejahren ging man in Ulm – wohl auf das Betreiben des Dr. Rabus – strenger gegen die Anhänger Schwenckfelds vor. Einige, darunter auch Agathes Magd Susanna Hornung, wurden aus der Stadt gewiesen, und man verbot ihnen, sich Ulm auf eine Meile zu nähern. Die meisten fanden bei den Herren von Freyberg in Justingen Zuflucht. Agathe selbst, geschützt durch ihr Ansehen, ermahnte man lediglich, keine Versammlungen abzuhalten und niemanden ihrer Sekte zu lehren oder zu unterweisen, und man drohte mit harten Maßnahmen für den Fall einer einzigen Übertretung.

Agathe starb im April 1581 im Alter von sechzig Jahren. In ihrem Testament vom Januar des Jahres setzte sie den vertriebenen Schwenckfeldern in Justingen ein hohes Legat aus.

Der Rat befahl, Agathe ohne Totenschild zu beerdigen. Da Frauen die Ehrung eines Wappenschildes, der oberhalb des Grabes aufgehängt wurde, in der Regel nicht zustand, zeigt diese Anordnung, dass Agathe bei ihrem Tod so angesehen gewesen sein musste, dass man es immerhin in Erwägung gezogen hatte, ihr einen Totenschild zu gestatten.

Dass ihr diese Ehrung dennoch letztendlich nicht zuteilwurde, mag an ihrer Glaubensausrichtung gelegen haben, da nach der Ulmer Begräbnisordnung Personen, die mit der falschen Lehre behaftet waren, ohne Sang und Klang zu Grabe getragen werden mussten.

Ein Jahr nach Agathes Tod wurden alle noch in Ulm verbliebenen Anhänger Schwenckfelds der Stadt verwiesen. Sie fanden sich später in Schlesien zu freikirchlichen Gemeinden zusammen und zählten um das Jahr 1700 an die tausendfünfhundert Mitglieder. Unter dem Druck der Jesuiten jedoch wanderten viele 1724/25 in die Lausitz oder in die USA nach Maryland und Pennsylvania aus.

Aktuell gibt es im Südosten von Pennsylvania, USA, fünf Gemeinden mit etwa dreitausend Gläubigen, alle innerhalb eines Umkreises von fünfzig Meilen um Philadelphia.

Unter dem Leitspruch *ecclesia abhorret a sanguine* verbot die Kirche ihren Mönchen im Konzil von Tours 1163 die Berührung mit Blut und somit jegliche chirurgische Tätigkeit. Im 4. Laterankonzil 1215 verfügte der Vatikan unter Papst Innozenz III. dann auch für die Weltgeistlichkeit eine Trennung von allgemeiner Medizin und Chirurgie.

Als Folge wurde an den deutschen Universitäten ausschließlich die innere Medizin gelehrt. Zudem vermittelte man dort reines Buchwissen, praktische Übungen wurden nicht durchgeführt. Erst die Statutenreform des Jahres 1558 befreite beispielsweise die Medizinische Fakultät der Universität Heidelberg vom bloßen Buchwissen.

Die Chirurgie indes gelangte in die Zuständigkeit der niederen Wund- und Schneidärzte. Sie hatten nicht studiert und durften keine innerlich einzunehmenden Arzneien verschreiben. Zu ihren Aufgaben gehörte das Versorgen von Wunden, das Einrichten von Brüchen und jede Art von chirurgischem Eingriff. Neue Heilberufe entstanden, so der Chirurgus für die schwerwiegenden Eingriffe oder der Bader für Kleinchirurgie und Aderlass, zudem Steinschneider, Starstecher, Zahnbrecher und andere. Bis aus dieser Tätigkeit der sogenannten »Unehrlichen Leute« die angesehene Fachrichtung der Medizin wurde, sollten noch Jahrhunderte vergehen.

Während es im 14. und 15. Jahrhundert Bader und Chirurgen in genügender Zahl gab, waren studierte Ärzte rar. Stadtväter, denen das Wohl und die Gesundheit ihrer Bürger am Herzen lagen, versuchten, sie mit guten Gehältern und besonderen Vergünstigungen wie Steuerfreiheit oder der Erlaubnis, kostbaren Zierrat an der Kleidung zu tragen, in die Stadt zu holen und schlossen mit ihnen auf mehrere Jahre ausgelegte Verträge.

Als es dann zu Beginn des 16. Jahrhunderts mehr Ärzte gab, wuchs die Konkurrenz unter ihnen. An die Stelle individueller Dienstverträge traten Ärzteordnungen, die von den Ärzten beeidet werden mussten, und sukzessive beschnitt man ihre Vergünstigungen.

Zum Schutz der Patienten wurden mannigfaltige Anstrengungen unternommen. Bereits 1241 erließ Stauferkaiser Friedrich II. eine Medizinalordnung, die erstmals die Trennung der Berufe von Arzt und Apotheker gesetzlich vorschrieb. Bis dahin hatten die Ärzte Medikamente nicht nur verordnet, sondern auch hergestellt und verkauft. Ursprünglich nur für das Königreich Sizilien gedacht, wurde diese Medizinalordnung zum Vorbild für Apothekenordnungen in ganz Europa, in denen den Ärzten geschäftliche Verbindungen mit Apothekern und der Besitz von Apotheken untersagt wurde, um zu verhindern, dass Apotheker und Ärzte in eine Konkurrenzsituation gerieten.

Ein nicht zu unterschätzendes Problem des 16. Jahrhunderts war das Auftreten der Syphilis, wie man die Franzosenkrankheit nach dem Lehrgedicht *Syphilis sive Morbus Gallicus* von Girolamo Fracastoro aus dem Jahr 1530 nannte.

Mit klassischen Heilmethoden war dieser Krankheit nicht beizukommen, weswegen »modern« denkende Ärzte wie Paracelsus neue Wege ersannen. 1529 erschienen seine *Drei Bücher von der Französischen Krankheit*, wonach die Pfeile der Venus schuld an der »venerischen« Krankheit seien, weshalb man sie mit Merkurs Kraft, dem Mercurium (Quecksilber), zu behandeln habe.

Ulrich von Hutten, selbst an Syphilis erkrankt, hatte 1519 die Guajak-Kur hochgelobt. Er starb nach elf Quecksilber-Schmierkuren.

Trepanationen, Bohrungen an der Schädeldecke zur Entlastung raumfordernder Hämatome, sind bereits seit dem Neolithikum (ca. 5000 v. Chr.) bekannt und wurden bei den Ägyptern und auch zur Zeit des Hippokrates regelmäßig durchgeführt. Unter kirchlichem Einfluss wurden derartige Eingriffe im Mittelalter verboten. Zu Agathes Zeit war die Trepanation zwar bekannt, ihre Anwendung wurde jedoch eher skeptisch betrachtet. Erst ab der Mitte des 16. Jahrhunderts erfuhr sie eine Wiederbelebung.

Auch wenn die Medizin des ausgehenden Mittelalters manchen Heilerfolg erzielt haben mag, so kann ich die in diesem Buch erwähnten Rezepte und Arzneimittel, auch das aus Doktor Streichers Feder stammende Rezept für das Gehör, seinen Brust- und Magentrunk und seine Magenlatwerge, nicht zur Nachahmung empfehlen. Sie halten keiner wissenschaftlichen Überprüfung stand, und ich rate dringend davon ab, diese auszuprobieren. Viele von ihnen – und zwar insbesondere die eklig anmutenden Heilmittel der Beginen in der Klause bei der Eich – entstammen Christian Franz Paullinis *Heilsamer Dreck-Apotheke*.

Die theologischen Grundsätze der Reformation, um die zu Agathes Zeit so erbittert gestritten wurde und die auch heute noch die Grundlagen der protestantischen Kirchen sind, lauten: *Sola scriptura* – allein die Schrift ist die Grundlage des christlichen Glaubens, nicht die Tradition; *sola gratia* – allein durch die Gnade Gottes wird der glaubende Mensch errettet, nicht durch eigenes Tun; *sola fide* – allein durch den Glauben wird der Mensch gerechtfertigt, nicht durch gute Werke; *solus Christus* – allein Christus erwirkt mit seinem Heilwerk die Erlösung des sündigen Menschen; *soli deo gloria* – allein Gott gehört die Ehre, nicht anderen Heiligen.

Der am 25. September 1555 auf dem Augsburger Reichstag verabschiedete Augsburger Reichs- und Religionsfrieden gewährte den Protestanten erstmalig Religionsfreiheit. Allerdings blieben Calvinisten, Täufer und andere konfessionelle Gruppen davon ausgeschlossen.

Es galt das Prinzip *cuius regio, eius religio,* im damaligen Sprachgebrauch *wes der Fürst, des der Glaub,* was bedeutet, dass der Herrscher eines Landes das Recht hatte, die Religion seiner Untertanen zu bestimmen.

Erst die Weimarer Republik garantierte in ihrer Verfassung die ungestörte Religionsausübung des einzelnen Bürgers. Heute ist sie im Artikel 3 des Grundgesetzes für die Bundesrepublik Deutschland verbrieft: »Niemand darf wegen seines Geschlechtes, seiner Abstammung, seiner Rasse, seiner Sprache, seiner Heimat und Herkunft, seines Glaubens, seiner religiösen oder politischen Anschauungen benachteiligt oder bevorzugt werden.«

Ursula Niehaus,
Juni 2013

Glossar

Äsche: Donaufisch
Alba: weißes Unterkleid eines Bischofs
Albarello: Apothekengefäß zur Aufbewahrung von Arzneimitteln
Bachl: schwäb., Trottel
Barchent: linksseitig aufgerauhtes Mischgewebe aus Leinenkette mit Baumwollschuss
Brachmond: Juni. In der Dreifelderwirtschaft im Mittelalter begann in diesem Monat die Bearbeitung der Brache.
Brodem: Dampf, Dunst
Brunz: Urin
Daggl: schwäb., Simpel
Dalmatika: rotes Überkleid eines Bischofs
Ehalte: Gesinde
Eidam: Schwiegervater
Engelsüß: Wurzelstock des Tüpfelfarns
Fallsucht: Epilepsie
Fünf Geheime (die Fünfer): fünf angesehene Männer, zwei aus den Geschlechtern und drei aus den Zünften, die vom Rat aus ihren Reihen gewählt werden, zur Entscheidung dringlicher oder geheimer Fälle, wenn die Zeit nicht reicht, den Rat ordentlich einzuberufen, oder es nicht ratsam wäre, die Angelegenheit zu vielen bekannt zu machen
Galens Stopfpulver: War damals eher als Antidiarrhoeikum (= Mittel gegen Durchfall) gedacht und wurde entsprechend eingenommen. Die Zugabe von essigsaurer Tonerde ermöglichte auch die lokale Anwendung als Mittel gegen oberflächliche Wunden.
Greth: städtisches Waag- und Lagerhaus

Hartung: Januar
Heischegang: Umzug von Haus zu Haus zum Zwecke des Bettelns oder Erbittens von Geld und Gaben
Herbstmond: September
Heumonat: Juli
Hornung: Februar. In diesem Monat wirft der Rothirsch sein Gehörn ab und beginnt ein neues zu schieben.
Item: ferner, ebenso
Javelline: kurzer (Wurf-)Spieß
Kattun: Baumwolle
Kimmicher: schwäb., Kimmichweck, kleines Weißbrot mit Kümmel
Konkordie: Eintracht
Kren: Senf
Kröß: Gekröse
Latwerge: breiig zubereitetes Arzneimittel
Laxieren: leeren, abführen
Lectio: Vorlesung
Lenzig, Lenzmond: März
Medicastern: abwertend für medizinieren
Messner: Kirchenküster
Metamorphosen: Bücher der Verwandlung, Mythologisches Werk von Ovid
Metz(-ig): Fleischbank
Mönchskrankheit: Melancholie
Offizin: Werkstatt, in welcher der Apotheker Arzneien herstellt
Oheim: Onkel
Ohren stimbeln: Ohren abschneiden
Prädikant: Hilfsprediger
Purgans: Mittel zur Reinigung des Leibes
Repositorium: Schrank zur Aufbewahrung (von Arzneimitteln)
Rezeptarium: Arzneibuch

Sammlung, Ulmer: Frauengemeinschaft, die sich zur Lehre des Franz von Assisi bekannte
Scharpie: Verbandswatte aus Baumwolle oder Leinen (von lat. carpere, pflücken, zupfen)
Schaube: weiter, faltenreicher, vorn offener Herrenrock
Schell, bleede: schwäb., dummes Frauenzimmer
Schmalkaldischer Bund: in Schmalkalden geschlossenes Verteidigungsbündnis protestantischer Fürsten und Städte gegen die Religionspolitik Kaiser Karl V.
Scholar: Student
Schwärmer: Sektierer
Seggl, bleeder: schwäb., Idiot
Septembertestament: von Dr. Martin Luther aus dem Althebräischen und Altgriechischen übersetzte, deutsche Fassung des Neuen Testaments, erschienen September 1522
Siesta: Mittagsruhe
Tageszeiten, orientiert an der monastischen Tageseinteilung in je drei Stunden: **Matutin,** Tagesbeginn 3 Uhr, **Prim** 6 Uhr, **Terz** 9 Uhr, **Sext** 12 Uhr, **Non** 15 Uhr, **Vesper** 18 Uhr, **Komplet,** nach Sonnenuntergang 21 Uhr, **ad mediam noctem** 0 Uhr
Tambour: Trommler
Terziarinnen: Ordensschwestern, die gemäß der dritten Regel des hl. Franziskus leben
Wassersucht: abnorme Ansammlung von Körperflüssigkeit, deren Ursache meist eine Herzinsuffizienz ist
Weinmond: Oktober
Ziefer: Gesindel
Zille: einfach konstruiertes, damals circa fünf bis zwanzig Meter langes Boot
Zipperlein: Fußgicht
Zornickel: schwäb., streitsüchtiger Mensch
Zuddel: schwäb., Schlampe

Danke

An dieser Stelle möchte ich all jenen danken, die mich bei der Arbeit an diesem Buch so großzügig unterstützt haben, insbesondere meinem Mann Andreas, der es mir wieder ermöglicht hat, Zeit und Muße für das Schreiben zu finden, und mir mit unerschütterlichem Optimismus auch über die schwierigeren Phasen hinweggeholfen hat.

Ganz besonderer Dank gilt Dr. Kristian Knoell für seine kompetente Unterstützung in medizinischen Fragen. Sollten sich dennoch in dieser Hinsicht Fehler eingeschlichen haben, so sind diese ausschließlich mir anzulasten.

Danke auch diesmal wieder Dr. Georg Ehlen für den kreativen Standby-Support und Sabine Gemünden für das kritische Lesen des Manuskriptes.

Ein liebes Dankeschön an Norbert Korsmeier in Valencia für die Übersetzungen ins Valencianische und an Friederike Gemünden für jene aus dem Lateinischen.

Dr. Maike Rotzoll vom Institut für Geschichte und Ethik der Medizin der Ruprecht-Karls-Universität Heidelberg gewährte mir freundlicherweise Einblick in das studentische Leben der Medizinischen Fakultät jener Zeit, und Dr. Gudrun Litz, Lehrbeauftragte der Eberhard-Karls-Universität Tübingen und Leiterin des Sachgebietes Mittelalter und frühe Neuzeit im Stadtarchiv der Stadt Ulm, versorgte mich großzügig mit Informationen über die Ulmer Ärzteschaft und mit Ratsprotokollen.

Große Hilfe waren mir auch die netten Mitarbeiter der Wissenschaftlichen Stadtbibliothek Mainz und das Team von Diplom-Bibliothekarin Isabell Heinze von der Stadtbücherei Ingelheim. Mein Dank gebührt nicht zuletzt Ingeborg Castell, die sich liebevoll des Manuskriptes angenommen hat, sowie meiner Agentin Lianne Kolf, meiner Lektorin Ilse Wagner für ihre unglaubliche Sorgfalt und Christine Steffen-Reimann für ihre Geduld und ihr Verständnis.

Mein letzter Dank gilt dem Ulmer Schuhmacher und Chronisten Sebastian Fischer (geb. 1513, gestorben nach 1554). Um das Geschehen in der freien Reichsstadt für sich und seine Nachfahren zu bewahren, verzeichnete er in lebendigen Worten neben autobiographischen Informationen und Berichten über Krankheiten, Todesfälle und Geburten seiner Familie auch alle kleinen und großen, täglichen und politischen Begebenheiten seiner Zeit.

Von ihm erfuhren wir vom Sturm des Ulmer Münsters, von den Besuchen Kaiser Karls V., von der Einführung und Verkündung des Interims und von der Verhaftung Frechts und der Prädikanten. Er berichtete, wie Jerg Lauthe seinen Sohn erstach und wie er selbst, Sebastian Fischer, einmal des Kaisers Stiefel anprobierte, als dessen Schuhmacher in seine Werkstatt kamen, um von ihm neue Sohlen zu kaufen.